魅丽文化 花火工作室

心有怦怦然 2

Heart is beating

折窈 著

江苏凤凰文艺出版社
JIANGSU PHOENIX LITERATURE AND ART PUBLISHING

图书在版编目（CIP）数据

心有怦怦然．2 / 折杏著．-- 南京：江苏凤凰文艺出版社，2023.7
ISBN 978-7-5594-6554-2

Ⅰ．①心… Ⅱ．①折… Ⅲ．①长篇小说－中国－当代 Ⅳ．① I247.5

中国版本图书馆 CIP 数据核字 (2022) 第 004320 号

心有怦怦然．2

折杏 著

出版统筹　曾英姿
责任编辑　张　倩
特约编辑　夏　沅　余叮咚
封面设计　殷　舍
出版发行　江苏凤凰文艺出版社
　　　　　南京市中央路 165 号，邮编：210009
网　　址　http://www.jswenyi.com
印　　刷　长沙金鹰印务有限公司
开　　本　880mm × 1230mm　1/32
印　　张　10
字　　数　322 千字
版　　次　2023 年 7 月第 1 版
印　　次　2023 年 7 月第 1 次印刷
书　　号　ISBN 978-7-5594-6554-2
定　　价　46.80 元

目录

CONTENTS

目录

CONTENTS

第一章

陆斯衍的“渣男”语录

温茴都不知道自己是怎么睡着的。

醒来的时候她已经被洗干净，窝在了被子里。灯没打开，室内一片漆黑，耳边的呼吸声平稳规律。她倒是不像第一次那么难受了，但是毕竟没有什么经验，动作稍微大一些还是觉得不太舒服。

温茴在床上躺了好一会儿才翻了个身，摸黑从床头柜上拿起了手机。

她花了几秒开机后，屏幕亮起，上面的时间显示出来——凌晨四点多。

温茴把屏幕亮度调到最低，给付曦发了条消息：曦哥，你在干吗呢？

北城现在是白天，那边回得很快：刷微博呢。

紧接着，付曦就反应过来：不对啊，你怎么醒得这么早？你别说你还没睡。

hui：我刚醒。

付曦忙问道：不是因为网友的发言睡不着吧？茴茴，咱不至于……这个是小事，网友都是调侃，没有真正上纲上线的。

温茴换了个姿势，趴在枕头上：不是。

顿了几秒，她又发消息过去：曦哥，最近有剧组找我吗？

xixi：有几个。

付曦给她发来两张图，是特意挑出来的。

两张图都是女二号的角色，一个是女主角的闺密，还有一个是大反派。

xixi：我刚才跟文姐谈过了，她好像比较倾向那个反派角色，不过接不接还是看你的意思。

陆文艺的想法是《十七岁》的女二号跟这次女主角的闺密角色重合度高，温茴没必要接两个差不多的。

两个角色的人设都还不错，不过真的要拍的话，肯定是正派闺密更讨喜，所以陆文艺干脆把选择权交给温茴自己。

xixi：其实我也更倾向那个反派，你想想，黑化这种剧情多带感啊！

温茴也不想接太单一的角色，不然在观众眼里容易定型。她慢慢地敲字：有剧本吗？

xixi：女主角的闺密那个可以直接接下来，另一个要试镜。

付曦解释：因为反派那个电视剧的导演是汪导，就是你和陆斯衍婚前协议里的那个汪导——汪先明。

温茴马上从床上坐起来。

汪先明是导演行业的标杆，执导过的片子不管是电影还是电视剧，没有一部质量差的。他这个名字就跟陆斯衍一样，是一部片子的保障。

温茴立刻打定了主意：那就选反派吧。

付曦不忘给她打预防针：你要知道汪导的上一部戏中的反派，到现在还有人追着骂呢。

虽然大家骂的是剧里的角色。

hui：“山顶洞人”无所畏惧。

顶多大家骂得狠了，她听不下去的话就直接断网，再当几个月的“山顶洞人”。

xixi：那我给你转达一下。试镜剧本已经给我了，20号试镜。

这个角色能不能接下来，付曦还真的不确定，干脆就没说开机日期。剩下的等试镜完了再说。

温茴回答“好”。

xixi：所以你为什么醒得这么早？

hui：昨天睡得早。

温茴怕付曦再八卦，岔开话题：我再睡会儿，中午还要赶飞机。

温茴睡了个回笼觉，再醒来时已经日上三竿了。

节目组的其他人都聚在一楼聊天，温茴洗漱好下楼的时候，正好听到言宁在教他们说法语。

温茴昨天被折腾得狠了，没什么力气，表情也有些怏怏的：“陈导。”

陈导立刻朝她招了招手：“小温以前也在法国留学吧，快来教大家说几句。”

温茴坐到陆斯衍旁边，下意识地就想往他身上靠，但是一想到周围有一大群人，她像个不倒翁一样晃了下身子，又坐直了：“你们想学什么呀？”

陈导回道：“早上好。”

温茴抿了下嘴角，说了一句法语。

陈导问道：“我爱你呢？”

陆斯衍瞥了他一眼。

陈导咳了声，说道：“就是想学一下，回头跟我的太太说。小陆，你别这么看我。”

温茴没忍住笑出声来，用法语说了一遍“我爱你”。

陈导没多少语言天赋，学了好几遍才勉强听得出来。

十几个人有说有笑地聊了会儿，等时间差不多了，一行人才出发去机场。

登机前半个小时，言宁的眼睛都红了，昨天还不觉得有什么，今天等人真的要走了，她才觉得不舍：“茴香，你真的不在这边多待几天吗？”

“不了，我明天还要拍戏。”

言宁吸了吸鼻子，又看向陆斯衍：“行行，你一定要照顾好我们家小茴香。”

温茴拍了拍她的肩膀，说道：“你不是快回国了吗？”

“还有两个月呢。”

“快了，”温茴抱了她一下，小声地在她耳边说，“宁宁，你想要陆斯衍的签名吗？”

“你为什么要问这种废话？”

温茴觉得自己像是不久前给她要周祯的签名的陆斯衍，问道：“有纸和笔吗？”

言宁准备齐全，立刻从包里找出钢笔和陆斯衍的照片来：“给你。”

陆斯衍就等在几米开外，因为快要登机了，温茴也没拖拉，快步走到他跟前把纸笔递了过去。

照片是陆斯衍的一张机场照，应该就是最近拍的，男人的脸上什么遮挡都没有，正转头在看什么。他的表情很淡漠，机场明亮的灯光落下来，在他的眼底映出一小片睫毛的阴影。

温茴眉眼低垂，看着男人白皙修长的手指夹着黑色钢笔快速地在照片上勾了几笔，她不自觉地抿了抿嘴巴。

陆斯衍签名很快，几秒就把笔盖合上递过来。

温茴又转交给言宁，问道："满意了吗？"

言宁总算笑了下，说道："那你等我回去。"

"知道了，我还等着拍你的新漫画呢。"

"真的吗？"言宁的眼睛一亮，"我的新漫画尺度很大呀！"

温茴没接话。

算了，当她没说过。

飞机十二点半起飞，跨越了经纬之后，在首都机场降落的时候天还没亮。

北城时间，周一早上近五点。

温茴在飞机上没怎么睡觉，下飞机的时候大脑还有些晕乎乎的。

北城最近虽然在升温，但是这个点的空气都带着凉意。

陆斯衍把外套搭在她身上，揽着她从VIP通道去了地下停车场。

栗子已经在这边等了半小时，年轻人精力旺盛，早起几个小时也不觉得累，一见他们过来连忙下车帮忙拿行李箱。

"衍哥，嫂子，你们是先回家睡个觉，还是吃点儿早餐再回去？"

温茴有些睁不开眼睛，一上车就闷声说道："回家吧。"

她不想吃早餐，只想睡觉。

栗子见她实在是太困，也没再烦她。发动车子后好半晌，他才从后视镜里看了一眼后座上的男人："衍哥。"

温茴嫌靠在他肩上不舒服，干脆枕在他的腿上睡觉。

陆斯衍的手落下来，轻捂住她的耳朵，然后说道："说。"

栗子："你看微博了吗？"

他刚问出口就反应过来，陆斯衍平时都懒得看微博，更别说刚下飞机的现在了。

果然，陆斯衍回了简短的两个字："没有。"

事关女神，栗子还是鼓起勇气说道："昨天《我们恋爱吧》不是播出了第三期吗？那个微博话题是关于你跟嫂子的。"

陆斯衍瞥了他一眼，这才看了一眼手机。

综艺节目是昨晚播出的，到现在话题还在榜首挂着。话题的标题倒也不算不友好，叫"彗星恋爱长跑七年"。

表面上看确实没什么大问题，但是他一点进去，问题就出来了。

几条热门微博精准地抓住了上周节目组在山顶看流星雨前夜谈会的话题，猜测陆斯衍和温茴的七年恋爱长跑一事。

但是有心人评论：所以换句话说就是……温茴早恋？

目前他看微博上的导向，这对于温茴来说肯定不是什么好事。

陆斯衍低了低头，垂眸看到躺在他的腿上安安静静睡着的小姑娘，轻轻扯了下嘴角。

随后，陆斯衍点开最开始讨论这个话题的微博，在评论区打了几个字后，转发到自己的微博上。

“@陆斯衍 y：一、没有早恋。二、是我暗恋她。”

他懒得看评论，转发完那条微博就直接收了手机。

栗子在后视镜里偷瞄了后排好一会儿，看见自家老板放下手机，才问了句：“衍哥……你真的跟嫂子恋爱长跑七年吗？”

他觉得不太像，但是一看到老板看他女神的眼神，又觉得的确像那么回事。

陆斯衍的手指钩起温茴散落在脸侧的长发，语气淡淡地说道：“没有。”

栗子：“哦……”

他好失望啊。

温茴到中午才睁开眼。

她的大脑还没正常启动，盯着天花板看了半晌，才有些僵硬地动了动身体。昨天的那种不适感已经缓和了不少，现在单纯地只剩下因为时差产生的乏累感。

陆斯衍不在卧室里，温茴摸到手机的第一时间就是给他发消息：你在哪儿啊？

陆斯衍回得也快：汪导找我有事。

hui：哦。

L：醒了？

hui：嗯。

L：想吃什么？

温茴从床上爬起来：我待会儿出去随便吃点儿，下午得去片场。

温茴这一觉睡得长，而且沉，微博上发生了什么，她压根儿不知道。

她回复完陆斯衍的消息后，再去看付曦的那一长串消息，才注意到发生了什么。

付曦是个话痨，从昨天晚上开始给她发消息，一直发到今天中午。

微信上的红点标记足足几十条，温茴还没开始看就已经开始冒冷汗了。

最新的消息停留在——

xixi：陆斯衍，我是真的服气，太有魅力了。

xixi：他果然是暗恋你……

温茴光是看着她的消息，短短几分钟的时间，心情就跟坐了过山车一样跌宕起伏。

她回了个问号。

xixi：去看微博！

温茴这才想起来，昨晚的综艺节目播了第三期。

她一边轻揉太阳穴，一边打开微博。

陆斯衍恋爱长跑七年没问题，他那时候好歹成年了；温茴就不一样了，她当时才十六岁。

但是问题在于……她根本没有早恋啊！

温茴的太阳穴一跳一跳的，她深呼了好几口气才点开另外一个话题——“陆斯衍暗恋”。

陆斯衍早上转发的那条微博赫然在最上面，温茴盯着那些字，只觉得心脏像被人猛地敲了下。

温茴本来觉得这应该是个很严肃的话题，但她的嘴角就是抑制不住地往上扬。

xixi：讲真的，茴茴，你不心动吗？

何止是心动，温茴的心脏都快要从胸口跳出来了。

xixi：所以这是一个暗恋成真的故事。

温茴没回复，又点开陆斯衍的微信头像，打了几个字上去。

hui：你以前都没说过喜欢我。

所以温茴一直都不知道，她以为陆斯衍那样的天之骄子，就应该喜欢和他门当户对的豪门公主。

另一边，陆斯衍收到这条消息的时候，汪导正在给他说自己的新剧：“我还想让小温来试演女二号，你回头好好地跟她对对戏……还有两个女演员想接这个角色，到时候我可走不了后门。”

他随口应道。

汪先明是陆青元多年的好友，也是看着陆斯衍长大的，关系自然亲近。

汪先明瞥了眼亮起来的手机屏幕，问道：“小温吗？”

陆斯衍弯了下嘴角：“嗯。”

“回复吧，我又不看。”

男人这才把消息点开。

陆斯衍以前确实没说过喜欢温茴，因为那时候的他清楚温茴对他没有别的想法。他从小顺风顺水，连向别人表白都没有过，更别说表白失败了。

温茴出国之后，陆斯衍一开始甚至是松了口气的，只不过那口气也没松多久，又全部回笼，逐渐积聚成了郁气。后来他在娱乐圈待得越久，见过的阴暗面也就越多。

陆斯衍又安慰自己，她走了也挺好，最好永远都不要回来。

后来呢？

既然她回来了，那就只能回到他身边。

陆斯衍的手指在屏幕上点了几下，字还没打好，那头的人又发来一条信息。

宝贝：哦，对不起，我忘了是暗恋。

宝贝：你果然是天蝎座。

天蝎座的人闷骚，善妒，占有欲强……而且精力旺盛。

温茴这几天的戏排得满满当当的，连续一周她几乎得从早到晚待在片场。

偏偏汪导的新剧试镜又在周三下午。

温茴跟《十七岁》那边的剧组又协调了一遍，最后总算提前半天拍好了戏份，赶去了试镜的地方。

汪导选角是不对外招募演员的，他是知名大导演，除了早就有了心仪的人选，会主动递剧本，其他时候大多是演员自己找上门来。他的要求颇高，主要演员必须试镜。

温茴到的时候，外头已经等了好几个演员。有男有女，而且很多看上去有些眼熟。

温茴虽然没怎么见过真人，但也从网上见到过他们的照片。

他们基本是一二线的明星，全场估计就她的咖位最低。

因为都是人气比较高的明星，所以也没有人多看温茴一眼。

大概大家都想拿下汪导的角色，走廊里除了背台词的声音，听不到半点儿别的声音。就像以前上学时，班上的其他同学都在背书，而学渣温茴什么都背不进去一样。

温茴觉得自己当惯学渣了，坐在一边安安静静地翻着剧本，光是听着声音就没来由地紧张起来。

本来她来的时候好好的，这里的气氛这样紧张，她的一颗心也跟着提了起来。

现场助理已经开始喊人进去了，温茴排在后面，过了一个多小时才轮到她去试镜。

温茴仿佛回到了体育测试的八百米现场，心脏扑通跳得厉害。她一进门，看到那边坐了一整排的人时就更加紧张了。

温茴的胆子其实也不算小，但她总觉得这次跟上次的《十七岁》不一样，排场不一样，结果可能也不一样。

哪里都不一样。

温茴抿了下嘴角，刚试着放松下来，安静的室内突然响起男人的一声轻哂："紧张什么？"

温茴愣了愣，才下意识地转头看了一眼。

陆斯衍就坐在距离她几米开外的地方，男人矜贵慵懒，在一群人当中相当出挑，只不过温茴刚才没注意到他。

她抽了下嘴角，开口道："你怎么……"

温茴的话说到一半又止住，她总不能当着这么多导演、副导演的面跟陆斯衍聊起天来。

汪先明咳了声，说道："他非要过来跟你对戏。"

温茴抿出个笑容来，和汪先明打招呼道："汪导好。"

"去吧。"汪先明看了一眼陆斯衍。

汪导的新剧叫《吻香》，是一部仙侠虐恋剧。

温茴今天来试镜的戏份是女二号黑化的那一小段戏，男主角为了窃取女二号腹中的仙丹吻了她，女二号疼得五脏六腑仿佛都要裂开，反应过来后一掌推开了男主角，两个人一起负伤倒在地上。

她咽了口口水，轻声道："不用了吧？"

吻戏不重要，后面的才是重头戏。

温茴下意识地后退了半步，说道：“汪导，我自己演就可以。”

汪导“哎”了声，回道：“小温哪，你说小四难得给别人搭戏，你怎么瞧着还这么不乐意啊？”

温茴差点儿就要笑出声来了——她能乐意吗？陆斯衍在家里跟她对这场戏几次了，没有哪一次他不对她动手动脚的。

从来没有一次！

温茴没想到陆斯衍今天会过来，就跟她之前没想到这个男人会这么不要脸一样。

陆斯衍的演技确实没的说，但是那仅限于工作的时候。他跟温茴对戏的前几分钟也能快速代入角色，不过那几分钟一过温茴的衣带就开始往下滑了，所以每次对完戏，温茴都衣衫不整。

陆斯衍就不一样了。他不管干了什么不正经的事，最后依旧是衣冠楚楚。

温茴只恨自己不是个男人。

她条件反射地就想抓紧衣领，但是一看到齐刷刷盯着自己的那排人，手还没抬起就僵在那儿了。

温茴动了好几下嘴巴，才憋出来一句：“其他人都没有人帮忙对戏，我这样不太好吧？还是说……”她的话音一顿，细长的眉已经不自觉皱了起来，“你也帮她们对戏了？”

温茴大致能把来试镜的女演员给认全了，她们名气大不说，其中有两个还是陆斯衍的微博互关好友。尤其在她前面来试镜的那个女演员，身材跟芭比娃娃一样。

温茴的脑海中已经不由自主地开始浮现他们两个人刚刚对戏时的场景了，她的眉头皱得更深，正要强迫自己把那个画面抹去，汪导就“哈哈”笑了两声：“没有，没有，今天过来的男女演员对的戏。”上了些年纪的人说话也比较直接，“小四是专门为了你过来的。”

在场的人都是在圈子里混的，都知道他们两个人的关系，闻言都含蓄而隐晦地微笑起来。

汪导问道：“还要再准备几分钟吗？”

温茴的位置靠后，但她并不是最后一个。她也没再耽误时间，摇了摇头说：“可以开始了。”

《吻香》不像《十七岁》那样场景布置得很复杂，所以这间屋子里干脆就没怎么布置，除了身后戳了根圆柱体的东西冒充桃花树干以外，整个房间都空荡荡的。

温茴今天为了贴合角色，特地穿了件白色长裙。她呼了口气，然后在那根柱子旁边慢慢坐了下来。

地上虽然铺了毯子，但还是有些凉。温茴交叠着腿轻倚在柱子上，抬头看着柱子上压根儿不存在的桃花。她在脑海里飞快地过了一遍剧情，然后微微翘起了嘴角，抬手试图去接从头顶飘落下来的桃花瓣。

这一段戏演的是作为男主角的小师妹的女二号练功乏了，坐下休息时男主角从身后突然出现的场景。

白衣少女对着花看得出神，一时间竟然没发现有人靠近。直到头发上被轻轻别了一朵花，她才反应过来。

温茴先是微微睁大眼睛，攻击的动作还没做出来，就在看到来人的那一瞬间僵住了。

下一秒少女抿起了嘴角，有些不自在地低下了头。

小师妹并不是天真无邪的人设，比起温柔善良的女主角，小师妹更加骄纵跋扈，只有在男主角的面前才流露出这种羞涩神情。

温茴把这段戏演得很顺，连说话的腔调都是跟陆斯衍对了十几次才定下来的，娇羞又不做作："大师兄……你怎么来了啊？"

房间里异常安静，仿佛只有他们两个人一样。

温茴进入角色后，也不像刚刚那么紧张拘束了。她下意识地想要去摸头上的花，结果手还没碰到就被一只温热干燥的掌心裹住。

不等她反应过来，男人的吻直直落下。

温茴另一只空着的手瞬间不知道该放到哪里了，在半空中停了好几秒，她才用力在自己的腿上掐了一下。

疼的，她不是在做梦。

温茴眨了眨眼睛，然后又轻轻闭上。

男主角要让小师妹分神，所以虽然皱着眉，但还是吻得很深。

两个人的舌尖相触了片刻，少女的眉突然紧皱了起来，她几乎立刻睁开眼，在反应过来前已经一记掌风扫了出去。

女二号根骨极佳，修为和男主角不相上下。

男主角不设防，被这一掌直接打倒在地。

少女的眼神晃了晃，手不自觉地往他那边伸了伸。很快，她又像是想起什么，嘴角浅浅弯了下，问道："是因为她吗？"

陆斯衍今天太正常了，连眼神都是符合男主角人设的沉稳冷静："不然……你以为呢？”

他正常得让温茴差点儿走神，好在她还有职业素养，只是恍了下神就扯开了笑容，死死盯着眼前心爱的男人，嘴角的笑容越扯越大，最后甚至直接笑出声来。

“云逸，我在你眼里算什么？”

男人依旧目光很淡，没说话。

“我在你眼里，只是给她续命的东西吗？”

少女的眼眶通红，表情看上去像笑又像哭：“你何必花心思来讨好我？你想要的话，我给你便是了……”

话音落下，屋子里又静了几秒。

“行了，行了，”汪导叩了下桌面，轻轻点了点头，“还是看你们俩演戏舒服。”

刚才试完镜的那几个演员也不是说不行，就是差了点儿什么。演技在线，可惜她们迟迟没进入状态。

汪导翻了翻剧本，说道：“小温回去等消息吧。”他说着又看向陆斯衍：“你是跟小温一起回去，还是……”

“要不这样，”汪导提议道，“晚上一起吃个饭？”

陆斯衍把温茴从地上拉起来，回道：“好。”

他垂着眸，手指轻屈，替女人理了下有些皱的衣摆，这才转头看了一眼汪先明：“那我们先出去了，汪叔。”

“去吧，去吧。”

后面要试镜的还有三四个演员。

陆斯衍跟温茴也没在外面待着，出了大楼后找了家咖啡厅等汪导。

正是下午茶时间，咖啡厅里的人很多。

两个人压根儿低调不了，刚一进去就吸引了一大批客人的目光。

温茴扯了下陆斯衍的手指，说道：“要不我们出去等吧。”

陆斯衍转过头，看了一眼咖啡厅门口跟过来的一群女孩子，问道：“你确定？”

“人怕出名猪怕壮”这句话果然不是白说的，温茴只能硬着头皮跟着他往里面走。

咖啡厅里的大部分人认识他们，但是没几个上前搭话要签名的。直到他们在角落里找到空位坐下，那群人还目不转睛地看着他们俩。

温茴上次跟猴子一样被人围观，还是跟陆斯衍一起挑婚戒的那天。

时间过得也快，到现在也过了两个多月了。

温茴的适应能力还算不错，她刻意忽略了那些人的视线，手肘搭在桌面上，隔着张小桌子往对面的陆斯衍那边凑过去几分，问道："今天为什么没人跟你要签名啊？"

陆斯衍倾了倾身，拉近两个人之间的距离，两个人连呼吸都是交织在一起的。他也学着温茴的样子压低了声音回道："你猜。"

陆斯衍早就习惯了这种场合，早在几年前他不管走到哪里都会被一群人围观。后来他成名的时间久了，倒是比开始时好了不少，虽然还是会有路人多看他几眼，但是已经很少再有人直接冲上来要签名的了。

温茴猜不出来，不过好像隐约能理解这种情况。

如果是她见到偶像周祯，也不会跑过去要签名，能远远地看几眼就行。

温茴歪了歪头，说道："好多人在看你。"

她可能要收回之前觉得自己是猴子的想法了，因为被围观的根本就是陆斯衍。至于她自己，是因为跟他坐在一起才有机会被围观的。

温茴感触颇深，没忍住叹了口气："什么时候能有人来问我要签名啊？"

她回归娱乐圈这么久，也就一个粉丝找她要过签名。

陆斯衍把手递过去，说道："给我签。"

温茴瞪了他一眼："不给你签。"

也不是不能给他签。

温茴没签过几次名，连笔画都没有陆斯衍签名时写得流畅。

咖啡厅的装饰是文艺风格，墙上贴了很多便利贴，每张桌子上也都准备了笔。温茴想了半分钟，然后抽了支笔出来。

她拧开笔盖后，左手拉过陆斯衍的手翻到掌心朝上，低下头认认真真地在他的手腕上签了个名。

温茴的学习不怎么样，但是字写得还不错。没几秒，男人肤色偏白的手腕上就多出两个字。黑色字迹交错地压在浅青色的血管上面，异常漂亮。

温茴满意得不能再满意了，抓着他的手腕看了半天，最后还拿出手机拍了张照片。

陆斯衍也没急着把手收回去，只转了下手腕看了一眼上面的字。

女孩子的签名字迹娟秀，跟她的人一样。

陆斯衍牵了牵嘴角，唤道：“温茴。”

“嗯？”

“把手给我。”

温茴正在看手机，也没多想就直接把手伸了过去。

没一会儿，她的腕间突然有坚硬的笔尖滑过。微痒的触感持续了几秒后，陆斯衍松开她的手说：“好了。”

温茴再收回手的时候，余光就瞥见了上面的三个字。

她的手腕细且白皙，陆斯衍的名字跟刻进去了一样，清晰又张扬。

温茴歪着头看了会儿，突然笑出声来。

两个二十多岁的人了，还跟三岁的小孩子一样幼稚。

温茴翘着嘴角，趴在桌子上打开微博，把已经截得只剩男人的手腕的那张图发了出去。

她没写内容，光是这一张图，刚发出去就立刻有人点赞了。

几分钟后，微博底下的评论也冒了出来。

“哇，签名好好看啊！”

“签名用的是什么纸啊？纸质看起来好高级。”

“前面的姐妹，你确定这是纸吗？这明明是手腕吧……”

温茴最近发微博发得还算勤，热度不低，没一会儿评论就破千条了。她看了半天评论，嘴角的笑容从头到尾都没压下去过。

陆斯衍的坐姿比她直些，男人微靠着椅背，右手就放在距女孩子的脸颊不足三厘米的地方。他的食指一屈，就在她的耳朵上轻碰了下。

“痒。”

温茴往旁边蹭了下，手指继续在评论区滑动。

滑着滑着，她就看到了一张图片——是从距离他们不远的地方，以旁观者角度拍的照片。

照片上，赫然是她抓着陆斯衍的手签名的画面。

“@我是 v8 别打我：呜呜呜，太甜了，太甜了，我嘴里的甜品瞬间变得苦涩无比。”

评论是两分钟前发的，照片应该也刚拍下来不久。

温茴也没去追究是谁拍的，回复了她一句：要签名吗？

对方秒回：真的可以吗？！但是我要是过去，会不会好多人跟着过去啊？还是不要打扰姐姐和行行了。

还真是这个道理。

温茴点开她的微博私信：我签到便利贴上，你晚点儿来拿。

温茴本来想问她要不要陆斯衍的签名，但是又总觉得这个称呼太僵硬了。

她想了半天，才终于慢吞吞地敲上了字。

“@温茴 h：要阿衍的吗？”

虽然知道陆斯衍看不到，但温茴还是觉得脸有些热，可她明明不是一个容易害羞的人。

温茴把脸埋进胳膊里待了几分钟，等她缓过来些了才又坐直了上身，从那沓便利贴上撕下来一张，签上自己的名字后给陆斯衍递过去。

男人挑了下眉，问道：“怎么？”

温茴把笔也递过去，陆斯衍这才懂了她的意思。他也不问她想干什么，直接拿笔把名字签到了上面。

不知道从什么时候开始，温茴和陆斯衍好像就有了种很奇妙的默契。

两个名字挨在一起，排得跟结婚证一样。

温茴把便利贴又拿回来，然后在墙上贴好，又用抽纸的盒子给挡住了。

她这才给那个粉丝回了消息：贴墙上了。

“@我是 v8 别打我：看到了！姐姐，我永远爱你们！”

汪导的电话是在一小时后打过来的，他忙完的时候太阳都落山了。

温茴中途还在咖啡厅里睡了一会儿，这种地方她不可能睡得很沉，等陆斯衍接起电话，她立马就醒了。

温茴感觉眼皮还有些沉重，趴在桌子上不太想起来。

陆斯衍打电话向来很快，几句话就没了声音，他用手指勾了下温茴放在桌子上的手：“醒了？”

“嗯……”

“饿了没？”

“还行……”

温茴不太想说话，鼻音也有些重：“汪导叫我们了吗？”

“嗯。”

“去哪里吃啊？”

“半岛。”

半岛是近几年新兴的餐饮店，高端奢侈又人满为患，餐位都需要提前好几天订。

温茴回国以后听付曦提起过，但一直只闻其名未临其境。

她来了些精神，终于从桌旁直起身来："预约过了吗？"

"嗯。"

温茴随口问道："汪导订的？"

陆斯衍没再回答这句话，视线落在温茴的脸上，好几秒才扯了下嘴角："我爸订的。"

温茴突然就不那么想去了，也不是不想见陆青元，只是觉得太早了。

陆斯衍问道："怎么了？"

温茴咬了下嘴角，说道："我……"

陆斯衍不接话，等她继续往下说。

温茴接着说道："有点儿紧张。"

"紧张什么？"

本来她跟陆斯衍还没有感情的时候，可能还不至于这么紧张。

现在不一样了，她上了心。

温茴一直觉得见家长是件很严肃且难熬的事情，越是自己不常接触的人或物，她越不知道该怎么去应对。

温茴抬手摸了摸后颈，说道："好久没见到陆叔叔了。"

陆青元当年对她多好——

温茴从小到大，除了奶奶都没碰上过对自己这么好的长辈。这么一想，她就更加紧张了，问道："你不紧张吗？"

陆斯衍觉得温茴是紧张过头了，急促又小心翼翼，偏偏又想表现出淡定的样子。

陆斯衍爱死了她这样。

他的喉结轻动，嗓音沾了浅淡的笑意："他是我爸。"

温茴应道："哦……"

陆斯衍有什么可紧张的？该紧张的只有她一个人。

温茴也不可能说"改天再见"这种话，盯着陆斯衍看了好半晌，才后知后觉地想起来，问道："那你妈来了吗？"

"没有。"

温茴稍稍松了口气。

"还紧张吗？"

"好一点儿了。"

陆斯衍轻哂了声："你在怕什么？"顿了顿，他压低声音唤道，"温茴妹妹。”

轰的一声，温茴的耳边像是炸开了一个雷，她几乎立刻就知道了这人是什么意思。

因为他们第一次见面的时候，陆青元说了句“不要欺负妹妹”。

温茴第一次从陆斯衍的嘴里听到这两个字，半天没回过神来。

还是那人抬手在她眼前晃了晃，男声微哑，像是覆了层暧昧的纱：“走了，妹妹。”

他更像变态了。

温茴和陆斯衍到半岛的时候，已经是半个小时后了。

陆青元还没过来，汪导倒是比他们早了几分钟，正坐在包间里翻看菜单。

温茴跟汪导打了声招呼，然后才找了个座位坐下来。

包间很大，只有他们几个人。

温茴刚自欺欺人地抚平了裙子，就听汪导问了句：“小温啊，你喜欢吃什么啊？”

他们上了些年纪的人都喜欢清淡的食物，就怕年轻人不喜欢。

汪导干脆直接把菜单递过来，说：“来，你先点。”

温茴也没推托，随便勾了几个菜。她不太挑食，点餐也快，没一会儿就把菜单递给了陆斯衍。

汪导的视线在他们身上来回打量了几圈，随后他问道：“小温，你喜欢我们小四吗？”

他膝下无子女，一直把陆斯衍当作亲儿子看待。

温茴本来正在喝茶，汪导的这句话一说出来，茶水在她的喉间哽了下，差点儿直接从鼻子里出来。她被呛得咳了声，说道：“汪导，您……”

温茴接过陆斯衍递过来的纸巾擦了擦嘴角。她刚才被呛到了，这会儿脸还有些红，缓了几秒才答道：“喜欢啊。”

喜欢陆斯衍又不是件难以启齿的事，温茴作为他的万千追随者的一员，承认得非常痛快。

汪导明显轻松了不少，连皱纹似乎都舒展开来了：“你们打算生几个孩子呀？”

温茴生无可恋地看了一眼陆斯衍，后者不知道是被她的眼神逗笑了还是怎的，嘴角拉开笑了下：“她说了算。”

温茴想生就生，不想生也无所谓，陆斯衍对孩子并没有很深的执念。

毕竟他想了温茴这么久，还是希望多享受一些二人世界的时光。

汪导说："所以我在问小温啊，你插什么话？"他又看向温茴："喜欢男孩还是女孩？"

汪导说着，自己先反应过来，"哦"了声："你们俩还年轻，尤其你还在发展事业，瞧我这记性……"

他抿了口茶水，又说起正事来："《吻香》的女二号估计没问题，等我回头和副导演再商量一下，看看需不需要二次试镜。"

十有八九是不需要了，不过汪先明也没太过担保这件事："这周应该能出结果，你耐心等待就行。"

温茴点点头，想起今天试镜的那场吻戏，没忍住问了句："汪导，男主角定了吗？"

"定了。"

《吻香》的男、女主角去年就定好了，男、女配角也已经定了好几个，汪导瞥了一眼陆斯衍："本来想给小四来着，他没接。"

汪导说着叹了口气，说道："他嫌吻戏太多。"又说："小温哪，幸亏你不嫌吻戏多。"

气氛逐渐变得诡异起来。

温茴后面都没怎么看陆斯衍，但即使不看，也能察觉落在自己身上的那两道深沉的目光。

她是真的不知道这部剧吻戏多，而且……就算知道，估计也会接下来。

温茴抿了抿嘴角，听着汪导从前几年的仙侠剧说到了去年那部大名鼎鼎的烂片，正说到兴头上，包间的门被人敲了下。

侍应生的声音在外面响起："汪先生，陆先生来了。"

紧接着，门被推开，温茴的心瞬间提到了嗓子眼儿。

侍应生走在前面，后面几步远的地方跟着年过半百但依旧精神英俊的陆青元。

温茴动作先于大脑反应，直接从椅子上站了起来。她真的见到陆青元后，倒也没那么紧张了，只不过心跳依旧很快。她弯唇笑了下，说："陆叔叔。"

陆青元挑了挑眉，问："叔叔？"他跟陆斯衍的五官相似，但是组合在一起之后，气质就天差地别了。

陆青元不像陆斯衍那么冷漠疏离，人看上去就温和得多。

汪先明有些诧异：“怎么还叫叔叔呢？”

温茴刚才是想过改口的，但是她从记事起，就没叫过陆青元“爸”了。

这个称呼对她来说，比叫陆斯衍“老公”都难以启齿，咬在齿间连舌头都发涩。

温茴扯了下嘴角，音调微微压低，听着就多了几分无辜和内疚感：“叫习惯了。”

陆斯衍坐在她的右手边，攥住她的手腕，拉着她坐下来：“不急。”

“对，不急。”陆青元笑了笑，“还没给我们小茴香包改口红包呢，等爸……叔叔改天给你包个大的。”

温茴的掌心温热，端了大半天的肩膀突然就松懈下来。

打过招呼后，陆青元很快入了座。

时间这把杀猪刀对这对父子异常友好，这么多年过去了，陆青元好像也没怎么老，就是气质比之前更沉淀了些。

他是真的很喜欢温茴，吃饭的时候还不时地看向陆斯衍：“给你的老婆多夹点儿菜啊。”

陆斯衍也难得听话，一顿饭吃下来，给温茴剥了一碟子虾。半小时后，他才起身去包间里的洗手间洗手。

陆青元和汪先明想去看电影，比他们先走了一步。

温茴靠在椅子上，听着几米开外的洗手间里水声哗啦啦地响了半晌。

陆斯衍大概是虾剥多了，人又有些洁癖，在里面洗了好一会儿的手。

温茴觉得有些好笑，起身走过去，倚在墙边敲了敲门：“陆斯衍。”

作为犒劳，她凑近门口又叫了一声：“阿衍。”

下一秒，水声骤然停下。

温茴不确定陆斯衍有没有听见，反正她说过奖励就算给过了，也不打算再说第二遍。

水声一停，温茴就条件反射一样站直了身，正要往座位上走，洗手间的门就被人从里面打开了。

包间里安安静静的，开门的声音清晰入耳。温茴的步子只是顿了下，手腕就蓦地被人攥住。

男人用力不大，但偏生让她挣脱不开。

温茴的心头一跳，她抬眸瞥见了包间角落里的摄像头：“你别乱来啊……”话音未落，她整个人被拽进了洗手间。

半岛档次高，连包间里设的洗手间都干净宽敞。墙纸和地板都是灰色调，把头顶的灯光衬得更亮了些。

温茴踉跄了半步才站稳。她被灯光晃得眯了下眼，视野里有一瞬间的空白，等再清晰的时候，陆斯衍的脸已经近在咫尺。

两个人挨得极近，鼻尖轻抵，再近几寸就能双唇相触，温茴的喉咙突然有些发干。

这个男人长得是真的好看，即使贴得这么近她都看不出他脸上有任何瑕疵。

陆斯衍今天没吃多少东西，但是喝了杯红酒，这会儿连呼吸都带了涩涩的醇厚酒香。他轻声开口道：“刚才叫我什么？”

温茴感觉喉咙更干了：“陆斯衍。”

“不是这个。”

看来他是听到了。

温茴的眼睫垂了一下，余光瞧见还开着的门，她偏了偏头，说道：“你把门关上。”

“你先说。”

温茴往身后的墙上贴了贴，开口道：“阿……”刚才叫得痛快，现在怎么叫不出口了？

陆斯衍在她的脸上轻轻地落了个吻：“什么？”

“阿衍。”

温茴以前只听裴越和沈懿这么叫过他，当时单纯觉得挺好听，那种好听跟从自己嘴里说出来又完全不一样。

“嗯。”

男人的吻落下来，他抬起她的下巴，吻落到了她的嘴角。

与此同时，手边的门砰的一声合上。

这个吻跟下午试镜那场戏的吻差不多，由缓到急，陆斯衍似乎想跟《吻香》里的大师兄一样把她吻得理智逐渐瓦解。

温茴也确实走了半分钟的神。她毕竟不是剧里的小师妹，没想着推开他，还浅浅地回应起来。

然而半分钟后，陆斯衍反倒自己先退离了她的唇。

温茴的眼睛沾着潮气，眼神雾蒙蒙的。

陆斯衍站直了身，视线在她的脸上停了几秒，然后又硬生生地别开。他有些头疼地按了按眉心：“不想让你接了。”

他刚才只是试想了几秒，看自己能不能接受温茴跟别人接吻，就几秒。

陆斯衍只要想到未来的某一天，会有另外一个男人像他这样吻他的宝贝，那口郁气就怎么都呼不出来。

温茴跟他待的时间久了，很快就明白了他话里的意思。她垂下头，扯着男人袖口的扣子玩儿。

那粒扣子被她解开又扣上，扣上再解开。反复了几次后，温茴才抬了下头：“工作嘛，没什么的。”她又不可能因为拍了场吻戏就喜欢上别人。

陆斯衍的头更疼了，就是因为他什么都懂，他知道温茴是演员，也知道这些都是她的正常工作，所以才更觉得心口发堵。

陆斯衍向来把工作和私生活分得开，居然也第一次萌生了把那个男主角顶替下去的念头。

温茴微仰着脸，一眼就看见男人侧脸时微微绷着的下颌线条。看了几秒后，她突然笑起来：“陆斯衍，你这样不行的。”

温茴说：“就算这次我不接，还会有下次、下下次……”她想了想，问得很认真，“你见过有哪个大火的女演员没接过吻戏的吗？”

不用说大火，就连十八线艺人云集的《十七岁》里面，毕业后的男女主角都有吻戏。

成年人的吻戏又不好用替身和借位的方法，温茴其实能理解陆斯衍的心情，就跟她也不想让陆斯衍亲别的女人是一个道理。

但是不想归不想，陆斯衍如果真的接了吻戏，她肯定也不会不同意。

她不开心，要被哄肯定是真的。

只不过这次角色调换，是她先接了吻戏而已，陆斯衍成了被哄的那一方。

温茴记得这人特别好哄来着，她的手指松开男人的袖子，然后往下改为拉住他的手：“阿衍……哥哥……老公？”

陆斯衍的眉心跳了下，他也不理她，开了门就直接出了洗手间。

温茴跟在后头，拉着他的手不肯放：“现在想让我接了吗？”

“闭嘴！”男人拿过搭在椅背上的外套，抬腿往门口走去。

温茴的语气软了又软：“陆斯衍……”

“知道了……”

温茴弯起嘴角来，一时半会儿没能收住笑。

陆斯衍打开包间的门，出去前才又回头看了温茴一眼：“别让我看见。”

温茴答应得特别痛快："你放心吧。"

陆斯衍刚吐出来的郁气瞬间又升腾起来堵在了胸口。他怎么觉得这个丫头看起来还挺开心的？

温茴当然开心。她接吻戏，本来最怕的就是陆斯衍这一关。

陆斯衍倒也不至于不同意，但是温茴也不想因为这件事而让他太不开心，所以提前就想着哄人了，好在把人给哄好了。

回家以后，温茴就收到了付曦的消息。

xixi：《吻香》的初试过了，周日下午准备第二次试镜。

果然被汪先明给说中了。

付曦解释道：男二号已经定了，因为女二号这个角色前几天有个来试镜的演员也不错，所以还得再来一次。我这就把剧本发过去，你们俩要演一个片段，加把劲儿。

今天试完镜的时候，温茴本来是觉得没太大问题的，她别的可能不太行，但是演技这方面她心里还是有底的。现在听付曦这么一说，她连那点儿底气都快没有了。

hui：那个女演员是谁啊？

xixi：说来也巧，是楚夏。

这可太巧了，温茴都不知道怎么接话了。

xixi：我看你们俩的关系好像还可以？

hui：嗯。

xixi：缘分哪。

这种缘分，不如不要。

楚夏那边显然也是知道了这件事，很快就发了消息过来：茴茴！

温茴一时不知道怎么回应了，盯着屏幕看了好一会儿，才敲了两个字上去：夏姐。

楚夏：还没休息吗？

hui：刚洗完澡。

楚夏比她看得开：收到《吻香》那边的消息了吧？缘，妙不可言。

温茴发了个委屈的表情图。

楚夏：看开点儿，至少说明我们俩的演技都得到了汪导的认可。

hui：夏姐，我太难了。

温茴觉得自己真的挺难的，不过这种"难"很快就在楚夏紧接着发过来的一长串魔性的笑声中淡化了不少。

楚夏：真的没事，正常来就行。如果是你最后拿了这个角色，我还挺开心的。

温茴老老实实地回答：如果是你拿了，我也挺开心的。

楚夏：所以说啊，谁拿下都是好事，好好准备就行了，我们周日录完综艺节目正好还能一起过去。

hui：好。

跟楚夏聊了几句，温茴倒是没那么纠结了。刚好付曦那边把剧本发了过来，她就直接下载看了一眼。

试镜的剧情不长，就一张 A4 纸那么多。

这一段应该是在第一次试镜的那段剧情之前，写的是女二号去找男主角的时候，正好撞见男女主角初遇的场景。

温茴虽然还没收到全部剧本，但从这两段的内容也不难看出女二号和男主角的人设。

这部剧里的女二号本来是个骄蛮却心思单纯的聪慧小师妹，被深爱的大师兄也就是男主角伤透了心后，一夜之间变成了一个杀人不眨眼的女魔头。

至于男主角，应该是个让人又爱又恨的大“渣男”。

温茴把这段文字从头到尾地看了一遍，正要看第二遍的时候，刚才出去接电话的陆斯衍恰好推门进来。她抬了下眼皮，然后又把视线落回到手机屏幕上。

陆斯衍把手机搁在床头，问道：“看什么呢？”

温茴：“《吻香》还得再试一次镜。”刚说完，她又想起什么似的抬头看向陆斯衍，“你真的是因为这部剧吻戏太多，所以没接吗？”

那人掀开被子上床：“忘了。”

他的咖位和演技都有保证，加上汪先明跟他也熟，当初是直接把剧本递过来的。

陆斯衍没怎么看剧本，因为不太想接这种人设的角色，借口是栗子随便编出来的。

陆斯衍偏了下头，瞥了她的手机屏幕一眼：“怎么了？”

温茴回道：“我觉得你还挺适合这个角色的。”

“怎么？”

“都挺冷漠的，”温茴转头看向他，“而且……看上去都像个‘渣男’。”

陆斯衍半晌没什么表情，盯着她看了好一会儿才扯了下唇：“‘渣男’？”

“你不知道吗？”温茴坐正了身体，“你现在这样，就特别像一个‘渣男’。”

她想说这句话很久了，不是她对陆斯衍有偏见，而是他真的很像。

他本来长得就好看，每次亲密过后脸上的表情一淡下来，看上去无情又淡漠。

温茴盘起了腿，问道：“你的粉丝里没人说过吗？”

她还觉得有些诧异，立刻就从文档界面退出来，点开微博直接进了陆斯衍的超话。他的超话热热闹闹的，每天都跟过年一样。

温茴也没一条条地去翻看，直接搜索“渣男”两个字。搜索结果一出来，热门微博里显示了数不清的相关微博。

“@追星每日专用：最近在补《情投意合》，我们衍哥哥怎么演‘渣男’都有种该死的魅力？”

“@见星辰：首先声明，我真的是行行的铁粉，然后说重点……我总觉得行行有种‘渣男’的气质，如图。”

“@你是星河万里：我可太希望行行哪天演一个斯文败类的反派大‘渣男’了！呜呜呜，鼻血要出来了。”

这三条微博下面都配了图，其中有几张还是男人戴了金丝边眼镜的剧照。

果然如温茴所料，照片上的他更像“渣男”了。

她把手机扔给陆斯衍，说道：“你看吧，你的粉丝也是这么想的。”

男人轻挑一侧的眉梢，粗略地看了几眼。

温茴还在感慨：“陆叔叔那么正直的长相，你怎么就这么像‘渣男’呢？”又说道：“你真的是陆叔叔的亲生儿子吗？”

“温茴。”陆斯衍突然打断她的话，半低着头点开浏览器，“你知道‘渣男’喜欢说什么吗？”

“什么？”

他点开了一张图片，然后递到温茴面前。

屏幕上头赫然是一条“渣男”语录：“我会负责的，宝贝！”

温茴嘴边的笑容正在逐渐消失，她还没来得及把陆斯衍踹下床，男人突然倾身把她压到身下：“宝贝——”

温茴踢了他一脚，吼道：“滚，不让！”

第二章

怕就抓紧“姐姐”的手

温茴觉得陆斯衍是真的“渣男”。

连着几天，温茴都不想再去看作为罪魁祸首的陆斯衍的微博超话了。

“彗星”的超话她倒是去过几次。

之前她在咖啡厅和陆斯衍签名的便利贴还被那位粉丝晒了出来，粉丝应该是个文艺青年，洋洋洒洒地写了一条长微博。

温茴点开微博看了一眼，第一句就是“我要对温茴小姐姐路转粉了，这是多么温柔可爱的小仙女啊”。

——原来之前这人还不是她的粉丝。

这位粉丝跟写高考作文一样，对着她和陆斯衍吹了不低于八百字的“彩虹屁”。

温茴不是第一次看这种小作文，但好歹收获了一个新粉丝，开心快乐总归比平常要多一些。

她再退回微博主页一看，微博粉丝数已经近七百万了。如果不出意外的话，等《我们恋爱吧》这档综艺节目播完，粉丝破千万应该没什么问题。

到了周日，天刚蒙蒙亮，温茴就先去学校串了几分钟的戏。

七点多，她打着哈欠从校门口出来，正要打车去密室逃脱场景那边，身后就有车在鸣笛了。

温茴转头一眼看到那排惹眼的车牌号码，收回伸出去拦出租车的胳膊，抬脚上了那辆法拉利。

陆斯衍就低调不了，连带着开的车都引人注目。

豪车遍地的北城里，依旧有人频频往这边望。

温茴关上车门，哈欠打得多了，说话时总像带着鼻音：“不是说不用过来了吗？”

陆斯衍上半身微倾，扯了安全带过来给她扣好。

男人的动作带了种慢条斯理的慵懒感，隔了几秒，他才抬眸看过来：“一起过去。”

他现在事情不多，就想着多跟温茴待在一起。

温茴挑了下眉，哦了一声。陆斯衍最近比较黏人，大概是闲出来的毛病。

温茴拽着安全带：“你下部戏是什么时候啊？”

男人发动了车子，回道：“录完综艺节目。”

陆斯衍不喜欢接综艺节目的原因就在于耗费时间。如果不是飞行嘉宾的话，一档综艺节目接下来基本上就意味着这两个月都接不了别的戏。他不知道别的明星是什么情形，至少他确实是这样。

温茴抿了下嘴角，眼神闪了又闪，问道：“陆斯衍，你是因为我才接的综艺节目吗？”

“温茴。”他也叫她的全名，“这种问题下次就别问了。”

温茴追问道：“为什么不能问？”

对于这种问题，她就喜欢明知故问，因为陆斯衍的回答会让她的心情好上一整天。

温茴的眉头轻皱起来，语气很认真：“陆斯衍，现在是早上，你听过一句话吗？”

“什么？”

“一日之计在于晨。”

陆斯衍太了解她了，前面的路口碰巧是红灯，停车之后他歪了下嘴角：“是。”男人转头看向她，“是因为你才接的。”

临近五月底，北城气温越发高了。

陆斯衍今天只穿了件黑色衬衣，清晨的阳光透过玻璃窗打进来，映出来的轮廓都像精雕细琢过一样。

那人修长的手指在方向盘上轻叩：“开心了吗？”

温茴的嘴角这才弯了起来：“嗯。”

停顿了一会儿，温茴得寸进尺地说道：“你每天早上都说一件让我开心的事，好不好？”

陆斯衍的视线落在她的脸上，片刻后他才扯唇笑了下。

女孩子的一张脸莹白又漂亮，桃花眼的眼尾微微压下，眼底有明亮的碎光，就像很多年前那样，一蹦一跳地跳进了他的心里。

区别在于，现在的温茴比以前多了分不自知的媚。

陆斯衍倏地握紧方向盘，收回视线的同时踩下油门，没回答这个问题。

静了好几秒，温茴才听到他问了句："喜欢你够吗？"

温茴目视前方，过了好久才轻轻回道："够……"

太够了。

如果陆斯衍每天都能喜欢她，就够了。

温茴和陆斯衍去密室逃脱场景前，在街边的早餐店里随便吃了点儿东西。

八点整，两个人准时到达目的地。

《我们恋爱吧》难得在本地录制了一期综艺节目，既不用舟车劳顿，又不耗费太长时间。

偏偏这期的密室逃脱从一周前节目组透露消息的时候，网上就有一大批观众在期待了。

密室逃脱的场景选的是北城最有名的一家，因为节目组提前沟通好了，老板特地关店一天，腾出时间和地方给他们。

温茴不像陆斯衍的粉丝，个个都是柯南、福尔摩斯。她的逻辑思维不太好，就连脑回路都跟别人不太一样。

她录制这期节目前，还特地恶补了几十集《名侦探柯南》。

可惜没什么用，她还没进密室就全给忘了。

陈导拿着小喇叭，还在外面叮嘱他们："手机不能带进去啊！朋友们，把随身物品放进这个袋子里，我们替你们保管。"

密室逃脱讲究神秘感，节目组的工作人员不可能全程跟着，所以只有三个摄像师分别跟在三组嘉宾后面。

陈导说道："这个密室逃脱的剧本可能有一点儿恐怖……放心，真的只是一点儿。"他越是加后半句话，越是让人害怕。

谢褚辰的女朋友已经进入了状态，瑟瑟发抖地抱着他的胳膊。

温茴瞧了一眼，打心底里觉得这人演技不错，跟真的一样。

楚夏就轻松多了，抬手捏了一下温茴的脸："茴茴，你怕不怕这个？"

温茴不知道怎么回答。她没看过恐怖片，对这些东西没什么概念。

想了几秒，温茴摇了摇头，回道：“应该不怕。”她转头看向陆斯衍：“你怕不怕？”

不等男人回答，温茴就又接着说道：“没事，怕的话就抓紧姐姐的手。”

陈导小声提醒道：“小温，已经开始录制了。”

温茴一下子就红了脸，说道：“陈导……可以把这段剪掉吗？”

陈导笑眯眯地拒绝道：“不可以。”

副导立刻附和道：“小温，待会儿最好是你怕得要死，然后紧紧地抓住小陆的手，这样的综艺节目效果绝对拉到满格了，哈哈哈……”

陆斯衍像是被这句话逗笑了，微微弯了下嘴角。

几个人插科打诨没一会儿，密室的工作人员就安排他们进场了。

温茴没玩过密室逃脱，既兴奋又好奇。她还没来得及往四周张望，就被工作人员拿黑色布罩遮住了脑袋。

“温老师，你要成功地从这间密室里逃脱出去，才能和陆老师见面。”

温茴觉得以自己的智商从密室出来，那她今天都不可能见到陆斯衍了。温茴舔了下唇，问道：“有提示吗？”

“温老师，你能不能有点儿自信？”

“温老师不用怕，我把对讲机放在了桌子上，你按住‘0’就可以和陆老师交流。”工作人员又问，“还有问题吗，温老师？”

温茴：“没了。”

“那我先出去了，有问题的话，可以长按‘1’叫我。”

很快，开关门的声音响起来。周遭恢复寂静，半点儿人声都没有。

温茴刚摘下那个布罩，诡异又轻盈的背景音乐就响了起来。没几秒，又有嘎吱的开门声和瓷器碰撞碎裂的声音响起。

温茴的冷汗都要冒出来了，最可怕的是她还没看清房间的布置，灯就突然关了。

视野瞬间一片漆黑，只有对讲机的屏幕隐隐亮着光。温茴哆哆嗦嗦地伸手去拿对讲机，深呼吸了好几口气，才朝“0”的按钮按下去。

对讲机没有反应。

温茴小声问了句：“陆斯衍？”

耳边静悄悄的，只有似有若无滑过耳边的风声。

温茴这才注意到自己刚才因为紧张没能按对地方。她贴墙站着，又花了好一会儿才按住了“0”。

这次刚按下去，她就听到那边的男人低笑了声：“姐姐怕吗？”

温茴突然后悔打这通电话了。

嗬，节目效果肯定拉满了，温茴以后都不想再参加综艺节目了。

温茴并不是第一次听到异性叫自己姐姐。

《十七岁》剧组的演员年龄偏低，里面不管男女，包括盛洋在内的小年轻基本都是叫她姐姐。

温茴本来以为自己已经习惯了这个称呼，直到刚才听陆斯衍叫了那一声。

他的声音很低，少年感不明显，但是音色干净动听，并不违和。

温茴的耳朵像是过了阵电流，痒得厉害。她贴墙贴得更紧，那股子痒意像是取代了刚才的紧张和害怕感。温茴呼了口气，硬着头皮答道："不怕……"

她正要加句"有什么好怕"的，头顶就突兀地传来一声尖锐的哭声。

温茴的音调也跟着提了下："啊！"她差点儿就被吓出脏话来了。

温茴的心口扑通、扑通地乱跳，刚叫完她就后悔了。等这期综艺节目播出的时候，弹幕里肯定全都是笑她打肿脸充胖子的。

温茴这会儿是真的冷静下来不少，静了几秒，对讲机里又传来男人的声音："这么害怕吗？"

温茴："有点儿。"

"别松手。"

温茴看了眼自己快把"0"那个按键都抠进去的手，嗯了一声。

室内其实是有光的，只不过那道光像是从墙缝间挤进来的一样，微弱又涣散。

温茴往光的那边挪了挪，唤了一声："陆斯衍。"

"嗯。"

"我这边有一个日记本。"

男声很轻："打开。"

温茴刚翻开那个日记本，头顶的光就亮了些。

上头的字这才清晰一些，温茴的视线落在上面，她一字一字地读给他听："还有两周就是平安夜了……"

日记有几百字，温茴读得认真，声音隐约在轻颤。

陆斯衍轻轻笑了声，说道："别怕。"

陆斯衍其实也没怎么来过这种地方，悬疑推理的片子倒是拍过几部。

虽然之前有剧本，但是拍完一部完整的戏后总归是顶些用的。他比温茴要淡定得多："还有多久到平安夜？"

"两周……"温茴终于开始习惯这种阴森可怕的环境了，连声音都稳了些，"我这边还有个日历板。"

她就算逻辑推理能力不太行，这会儿也把两者联系在一起了，一边摆弄日历板上的日期，一边喊他："陆斯衍。"

"嗯。"

"你说话。"

他不说话，温茴就总是觉得定不下心来。

"你想听什么？"

"想听……你跟叶景是怎么认识的啊？"

陆斯衍那边有翻东西的声音传来："从小就认识。"

"从小是多小？"

"叶景出生。"

这听起来还真的是一段感天动地的兄弟情。

温茴突然就对叶景这个人羡慕得不行。她跟陆斯衍认识也不算晚，但是算下来要比他晚了好多年。

"你们小时候的关系就这么好吗？"

"不是。"

陆斯衍一心二用，边找线索还能边回答她的问题："小时候经常打起来。"

温茴想象了一下小陆斯衍和小叶景扭打在一起的画面，没忍住笑出了声："为什么啊？"

"他喜欢的女孩子喜欢找我玩儿。"

温茴笑得更开心了："几岁的时候啊？"

"一年级。"

这两个人还挺早熟的。

温茴又问："那个女孩子长得漂亮吗？"

"忘了。"

陆斯衍把话题拉了回来："还怕吗？"

"嗯，"温茴对着黑暗的地方轻点了点头，"好多了。"

因为要推理解密，两个人也没说太多无关的话题，很快又跟对方互通起线索来。

在密室里待了近半个小时，温茴全程没松开按着对讲机的手。

半个小时后，她总算从第一间密室里逃了出来。

陆斯衍比她解密得要早一些，但是怕她自己在里面害怕，又在隔壁的房间里陪她听了十分钟的恐怖背景音乐。

温茴出来的时候，腿都要软了，不仅是被这种氛围吓的，更多的是那种自己被关在一个地方的孤独和不安。

如果没有陆斯衍，她今天估计会晕倒在房间里。

门一开，温茴就扑进了那人怀里。

男人的手在她的背上轻拍了下，他问道："胆子不是挺大的吗？"

"闭嘴！"

温茴是典型的过河拆桥，刚才在密室里非要听他说话，现在一出来立马就翻脸不认人了。

外面的走廊里还站着一个摄像小哥。

温茴也没在陆斯衍怀里多待，过了不出半分钟，她就又站直身体，问道："下一步是什么？"

摄像小哥熟悉流程，立马接话道："等其他两组嘉宾出来。"

温茴有些诧异地挑了下眉："他们还没出来吗？"

"嗯……"摄像小哥有些为难地解释道，"孟老师差点儿被吓晕过去。"孟老师，指的是谢褚辰的女朋友。

没有对比就没有伤害，温茴瞬间觉得自己也不是那么难拿出手了。

摄像小哥刚说完这话没多久，对面的门就被人打开了。

楚夏夫妇还没出来，女声就先一步传出来："我刚才跟你说什么来着？就应该是拿着石头在墙上画……"

男声也不还嘴，附和道："好好好，我下次一定听你的。"

楚夏也不是咄咄逼人的性子，没再继续往下说，抬眼看到外面的陆斯衍和温茴，哎了一声，问道："你们俩早就出来了吧？"

温茴答道："刚出来。"

楚夏朝另一边紧闭着的两扇门努了努嘴，问道："他们俩呢？"

摄像小哥只能又解释一遍。

谢褚辰的女朋友大概是真的被吓得不轻，几个人在外面又待了一刻钟，那两扇门才总算开了。

女人的脸色不太好，她几乎是挂在谢褚辰身上走出来的。

温茴也没多瞧他们两个，视线很快收回来，转向摄像小哥："馒头，我们接下来要干什么？”

被叫“馒头”的摄像师指了指那扇最宽也是最高的门，说道：“接下来就是六位老师一起从这间大的密室里逃出去。”

馒头善意地提醒道：“我们提前走了一遍这间密室，难度其实不算太大……就是可能会让女老师害怕一些……”

说完，他还特地看了一眼温茴和谢褚辰的女朋友。

谢褚辰的女朋友一听这句话，更黏着她的男朋友不肯放手了……

前面的单独解密环节耗费时间有些长，到了后面几个人只休息了几分钟，就开始进入下一个环节。

温茴跟在楚夏后面，也抓着陆斯衍的手不肯放。

楚夏胆子大，还在前面给她打气：“茴茴，你别怕，姐姐给你探路。”

她刚说完，走在前面的楚夏的老公就接了句：“楚夏小姐，注意你的说辞，明明是我给你探路。”

“一样的，一样的。”

温茴没忍住笑出了声。

气氛也没轻松几分钟，等进了第二间密室之后，温茴就笑不出来了。

这间密室明显比之前的那间恐怖得多，光线倒是强了不少，只是亮起来的地方无一不挂着诡异又血腥的照片。

温茴光是看了一眼，身体就止不住地颤了颤。

陆斯衍皱眉，凑在她耳边说道：“闭上眼睛。”

“不要。”

这种节目，她如果真的闭上眼睛的话，回头肯定会被网友嘲讽。

陆斯衍也没再继续说，只把她的手握紧了些。

密室的难度确实不大，每一条线索都有迹可循，再加上人多力量大，通关速度也比之前快了很多。

楚夏就跟来到自己的地盘一样，推理和胆识样样拿得出手。

至于温茴，因为有了谢褚辰的女朋友的对比，她的反应倒也不算太丢人。

到了第四关的时候，重头戏终于来了。房间的门一打开，白色墙面上到处是红色的字。

几排鲜红的字歪歪扭扭的，显得格外瘆人。

温茴抿了抿口水，紧贴着陆斯衍才敢进去，脚一迈出去，肩膀上就被砸了一下。

温茴没反应过来，光是听到一声重物落地的声音，再一低头，其他人也反应过来了：“这是什么东西掉下来了？”

那是只断了的手掌。

谢褚辰的女朋友看清时，立刻就惊叫起来。

温茴已经回过神来，肩膀像是麻了一样，明明跟谢褚辰的女朋友一样害怕得要死，但是偏偏什么表情都做不出来。

她呼吸急促，出气的长短也不够均匀。

陆斯衍皱了皱眉，微俯下身遮住她的眼睛，说道：“别看。”

温茴还是没什么表情，眼睛被遮上了，但是画面还停留在那只血淋淋的手上。

陆斯衍压低的声音缓缓传过来：“乖，我们下次不接了。”

温茴终于有了点儿反应，嘴角微微扁了下。

她今天十有八九会做噩梦，但是现在几个摄像机盯着呢，她这个唯一被手砸中的“天选之女”也不能吐槽什么，只能有些无奈地扯了下唇，说道：“我还挺幸运的，哈哈！”

她这反应把楚夏都逗笑了，楚夏安慰道：“茴茴没事，下次我往哪儿走，你就跟着走哪里。”

自从断手出现以后，温茴的警惕性高了不少，每到一个地方她必然要先四下望一遍。哪里有箱子，她就绕开哪里走。

到最后一个关卡的时候，温茴还没看完哪处有不明物体，整个房间就突然暗了下来。

周围完全暗下来了，只有头顶的红外线细细地晃了下。温茴刚要抓紧陆斯衍，右肩上就突然搭了只手。

那只手的力道不重，带着一种很暧昧的轻柔感，正要继续顺着她的肩膀往下滑。

惊吓度堪比那只断掌，但是这又分明比那个道具恶心得多。

温茴条件反射般缩了下肩膀后，轻轻“啊”了声。

下一秒，那只手瞬间从她的肩上移开了。

温茴的胃里又开始翻滚，深呼吸了一下才勉强压下去一些。她的耳边嗡嗡乱叫，陆斯衍刻意压低了的声音却异常清晰：“宝贝，怎么了？”

温茴身上阵阵发寒，那只手明明已经从她的肩膀上移开了，触感却仿佛还停留在那里。

温茴清早才去过学校拍戏，现在穿的还是私立高中的校服，短袖、短裙。刚刚如果那人的手再往下移几寸，就能碰到她袖子下面的胳膊了，光是想象一下她就觉得头皮发麻。

陆斯衍见温茴没有回应，抬手在她的肩膀上轻揽了下，刚一碰到，掌心底下的人就轻轻颤了下。

陆斯衍皱眉，腕间用力，把她往怀里带了带，唤道："温茴？"

他很确定刚才并没有什么东西掉下来，背景音乐也没有多大变化，"温茴"这声音不大，但是响得很突然。

楚夏就在前面，听到动静很快也转过身来问道："怎么了，茴茴？"

温茴动了动嘴巴，却无论如何都发不出声音。

节目组的工作人员还以为她在里面待久了，被吓出病来了，连忙问道："还能往下录吗？温老师……要不我们休息一下？"

温茴掐了掐手心，脸色不太好，但是匿在黑暗里，没人看得到。

工作人员正要叫人来开灯，她回了句："我没事。"

"那……陆老师？"

陆斯衍不太确定温茴到底怎么回事，越是不确定，他的语气就越是沉得可怕："继续。"

工作人员也不敢再多说什么，赶紧招呼人继续录制节目。

温茴被接二连三地刺激，后面已经完全没什么心思录制节目了。

综艺节目不比拍戏，有那么多重来的机会。温茴的表现不仅关系着自己，跟陆斯衍也分不开。

这人压根儿就不是耐心、好脾气的性子，刚才的语气就已经不太好了，温茴就怕他后面的状态也不对，轻轻攥住他的手指，说道："陆斯衍。"她踮起脚来，在他的耳边把声音放到最轻，"我出去跟你解释。"

她等了几秒，男人才从喉间挤出一个字："好。"

陆斯衍平时话不多，这次就算一句话都不说也不会让人觉得奇怪。

倒是温茴，怕节目播出的时候让别人觉出不对劲来，强撑着多说了几句话。

最后一个密室本来难度最大，但是因为中间出了个小插曲，反而是通关最快的。

在里面又待了十分钟，几个人总算重见光明。

等工作人员关了摄像机，温茴端了半天的肩膀才敢垮下来。

她的表情不太好，一张脸本来就白，这会儿更是比身后白花花的墙都好不到哪儿去。

陈导刚才没跟进去，不知道前因后果，但是看见她这样还是被吓了一跳：“小温怎么了啊？”

温茴扯了下嘴角，说道：“我的胆子有点儿小。”

她的心跳已经缓和下来，现在她只觉得冷，胳膊和腿都很冷，连心也跟浸在冰水里一样，凉得厉害。

楚夏把自己的外套给她披上：“好些了没？”

温茴的力气因为那只手被抽走了大半，她半依半靠地站在陆斯衍身边，朝着楚夏点了点头。

楚夏问道：“是不是饿了啊？”

温茴摇头。她也没刻意地去看谁，声音淡得像是在说一件和自己无关的事：“刚才灯关了的时候，不知道谁碰了我一下。”

全场瞬间安静下来。她没说太明白，但是大家在这种圈子里待得久了，很多事情一点就透。

陈导以前也不是没碰上过这种事，一个头两个大，转头瞧向几个摄像师：“是不是谁不小心碰到了小温啊？”

灯关了之后，估计就只有摄像机能拍出画面来。摄像小哥大眼瞪小眼了几秒，然后不约而同地摇了摇头。

陈晶突然有种不太好的预感。他为人正直，倒是想直接调出密室里的监控，就是怕监控真的调出来以后，大家都不好收场。如果真的是哪个摄像师鬼迷心窍了也好说，到时候直接把人踢了就行；万一是哪个男嘉宾……陈导想都不敢想。

他要愁死了，前面几期节目那么顺利，结果就差下一期收官了，出来这么个大的问题。陈导进也不是，退也不是。

现场又恢复安静，大概半分钟后沉默了半天的陆斯衍才冷声问了句：“碰你哪儿了？”

“肩膀。”

温茴猜得出来是谁，但是不好说出来。

楚夏的老公刚刚一直跟她走在一起，几个摄像师估计也没那个胆子这么做，温茴又能确定不是陆斯衍。把这些人排除一遍之后，就只剩一个谢褚辰了。

再加上他以前也有过那方面的暗示，最可能做出这种事来。

谢褚辰的女朋友似乎终于意识到什么，脸色由白转红，再由红转白：

“哎……那个不好意思啊，温茴，刚刚可能是我不小心碰到你了。”

她解释得苍白，在场几个人瞬间心知肚明了。

陈导的心里跟明镜似的，他皱着眉，一方面不齿这种行为，另一方面又不能让这把火继续烧下去。沉默了会儿，他才勉强扯了个笑容：“估计把小温吓坏了……咱们今天就录到这里吧，大家早点儿回去休息。”

陈导又说道：“下周是最后一期，下下周还剩个收官聚会……”他的话里有显而易见的暗示意味，“希望大家合作愉快！”

温茴脸上的表情没变，她既不觉得意外，也不觉得失望。

这种结果是她早就料到的，陈导人品是不错，但是《我们恋爱吧》毕竟是他一手执导的，这个节骨眼儿上出了问题肯定损失惨重。不光对综艺节目本身，对几个嘉宾也没有任何好处。

楚夏皱着眉，刚想再说几句，被温茴一个眼神给制止住了，她们两个还要去试镜《吻香》。

温茴松开陆斯衍的手，转而拉过楚夏说道：“那陈导……我们先走了。”

楚夏动了动嘴角，到底是没继续往下说，她们俩先一步下了楼。

陆斯衍和楚夏的老公跟在后面，因为没人说话，连脚步声都像带了种诡异的音调。

直到完全从森冷的楼道里出来，楚夏才没忍住问了句：“是谢褚辰吧？”

温茴伸手在她嘴上捂了下，说道：“嘘！夏姐，你小声点儿。”

楚夏撇了撇嘴，说道：“那你就这么算了吗？”

温茴耸了下肩膀无奈地说道：“可是我没有证据啊。”确实没有证据。

当初谢褚辰加她的时候，温茴根本没有多想，就想着直接删了万事大吉，没承想还会有后续。

谢褚辰也不是傻子，不可能敢对着几台摄像机对她动手动脚，既然动了手，那肯定就是找好了相机和监控都拍不到的死角。

除了就这么算了，她也没有别的办法。

温茴现在就是后悔，非常后悔当时把谢褚辰删得那么干脆。

楚夏看了她半晌，大致也猜到是怎么回事了，叹了口气，没再往她身上撒盐：“没事，茴茴，我们以后离他远一点儿。”她语气嫌恶，“他早晚会糊……”

“别……”温茴打断她的话，替她开了后座车门，“上了车再说。”

上午楚夏和她老公是步行过来的，回去的时候倒是蹭了陆斯衍的车。

两个女人坐在后座上，从上车以后话就没停过，尤其是楚夏：“是不是你上次找我问他的时候，就发现他不对劲了啊？”

陆斯衍从后视镜里往后座瞥了一眼，温茴对上他冷淡的眼神，心尖没来由地颤了下。

楚夏深呼了一口气，转头看向陆斯衍：“陆老师知道吗？”

温茴摇了摇头：“我没告诉他……”

陆斯衍连眉头都没皱一下，脸上淡得看不出多少表情。

楚夏骂人都不知道从哪一句骂起了。

没人再往下接话，车子一路疾驰，不出一刻钟就停到了试镜的大厦前。

楚夏夫妇先下车，温茴没立刻下去，抬眼瞧了下主驾上的人：“陆斯衍……”

“下车。”

他还生气了……

温茴知道他在气什么，但是她真的不是有意要瞒着他。

谢褚辰最开始给她发消息的时候，她也没想到会有麻烦事。而且从这几周的节目录制情况来看，谢褚辰对她好像没什么特别的，温茴也就没太在意，就更没必要跟陆斯衍说了。

温茴往前倾了倾，解释道：“我真的没想到他会这样……”

陆斯衍攥紧握着方向盘的手指，手背上的血管隐约可见。沉默片刻，他问道：“上次是什么时候？”

温茴老实答道：“半个月前。”

陆斯衍又沉默了会儿，才从齿缝间挤出两个字：“过程。”

“就是他加我的微信聊……”

“聊什么？”

“聊……他年轻、体力好……”

陆斯衍扯了下嘴角，眼神很凉：“下车。”

温茴在他的耳朵上飞快地亲了下：“别生气啊，老公。”

亲完之后，温茴立刻拉开车门下了车。

楚夏正站在路边朝她招手：“茴茴，我们先去吃点儿东西吧？”

车门砰的一下合上，陆斯衍的视线落在温茴身上，等那两个人进了一家餐厅，他才给裴越发了条消息：谢褚辰是哪家公司的？

三分钟后，裴越回复：我们公司的啊。

L：行程安排给我。

裴越：你的还是他的？

L：他。

裴越被吓了一跳：你不是暗恋温茴吗？要谢褚辰的行程干吗？

L：别废话。

裴越就没再废话。

谢褚辰是盛娱旗下的艺人，虽然不归裴越管，但是他的权力在那里摆着，要拿一个艺人的行程安排再简单不过了。

不出十分钟，裴越就回复了。

裴越：刚接了冯导的《檀香劫》，马上签合同。

L：别签了。

裴越：嗯？

如果不是打太多问号浪费时间，他真的想发一屏幕的问号过去。

裴越：你要干吗？

L：换人。

裴越不太明白：他到底怎么惹到你了啊？

最重要的是——

裴越：这公司是我开的吗，男主角说换就能换？

裴越跟陆斯衍认识这么多年，除了前阵子他跟温茴结婚的那件事，很少见他这么反常过。

他的身份摆在那里，圈里本身就很少有人会惹他。

这人又对什么都不太上心，也不会平白无故地看谁不顺眼，所以出道这么多年，身边一直都还算消停。

裴越联想到《我们恋爱吧》，试探性地问了句：他对温茴干什么了吗？

他当了多年的经纪人，即使不是自己带的艺人，也知道很多圈内外没听过的料，好的或者坏的都有。毕竟在公司面前，所有艺人都没有秘密。

谢褚辰的黑料不少，出道前他还和之前的女朋友一起拍过小视频。他出道的时间晚，温柔宠粉人设立得好，短短几年就在娱乐圈里站稳了脚跟。

这几年来，公司花费不少财力和物力帮他压黑料。这部《檀香劫》是去年就开始筹备的，男主角早就定好了谢褚辰，剧方官方微博就差直接宣布谢褚辰是主演了。

粉丝也大多听到了消息，临时换人还真的有点儿难度——但也不是不可以。

裴越没法干涉：你自己去找陆总说。

陆斯衍没再回复裴越，点开通讯录，拨了号码出去。

他等待接听的空当，发动车子。

“嘟”了两声后，那头的人终于接了电话，爽朗的男声很快传过来：“太阳打西边出来了吧，我们家小四还会主动打电话过来？”

陆家人丁不太兴旺，陆青元那一辈就两个兄弟，到了陆斯衍这一代也只有三个孩子。

因为人少，陆家人的关系都显得更亲近些。

陆斯衍“嗯”了声：“二叔，你知道谢褚辰吗？”

陆江元不太关心公司旗下的艺人，但是大火的几个人总归知道：“知道，怎么了？”

“他的新戏呢？”

“等我问一下。”

陆江元那边有短暂几秒的交流声，他又很快回复过来：“《檀香劫》是吧，在走流程。”

陆斯衍就等他的这句话呢，轻挑了下眉梢，声音很淡，辨不出情绪来：“换人吧。”

陆江元都被惊到了。他不记得这两个人结过什么仇，问道：“怎么还要换人了？”

陆斯衍沉默不语。

陆江元干脆也就不问了，说道：“行吧，我回头通知一下。”

陆江元都坐到了那个位置，办事效率自然不用多说。

陆斯衍把车开到御南一品的几分钟里，手机屏幕就亮了下。

谢褚辰的微信消息发了过来：陆哥，你这是什么意思？

陆斯衍没回复，把车开到车库，熄了火之后也没立刻下去。

谢褚辰的微信早两年前陆斯衍就加上了。

那边的人大概是被气坏了，根本耐不住性子等他回复，一连发过来好几条信息。

谢褚辰：《檀香劫》那边是你截掉的吧？我不太懂我哪里让你不满意了。这事如果传出去，对你也不好吧？

陆斯衍抽了支烟。

谢褚辰被晾了半天，没忍住打了语音电话过来。

陆斯衍这次倒没继续不理他，把烟咬在嘴里，按了接听键。

那头隐约有些气急败坏的男声传了过来："陆哥，你就算想接《檀香劫》，也得讲究个先来后到吧？"

陆斯衍轻嗤了一声："谁说我要接了？"

"那你截我的剧干什么？"

"你今天碰了温茴？"

他轻扬尾音，是疑问的语气。

谢褚辰咽了下口水，不过很快又来了底气："陆哥，这话随便说出来可不好，你有证据吗？"

"不需要证据。"陆斯衍按了打火机，又点上烟，"有理由就行。"

他跟温茴结婚以后，烟抽得比以前少了。

刚吸了一口，辛辣刺鼻的味道进入喉咙，他不自觉地皱了下眉道："你让她不开心了。"所以谢褚辰也不能好过。

陆斯衍就打算给他一支烟的时间。

谢褚辰的大脑一片空白，他压根儿没想过这个问题。他好歹也算是盛娱的人气艺人，戏居然还能说截就被截了。冷静了半分钟，他才终于找回自己的声音："我怎么也是公司的……"

"继续。"

在陆斯衍面前，"人气"两个字谢褚辰都不好意思说出口。

陆斯衍把烟摁灭在烟灰缸里，说道："是不是喜欢碰她？"

谢褚辰一口气哽在嗓子眼儿里，上不去下不来的，窒息感持续了好几秒。

"那对不起……"男人轻轻笑了声，"我也喜欢断你的财路。"

这声"对不起"怎么听都没有半点儿真心实意道歉的意思，谢褚辰的一张脸涨得通红。

陆斯衍开了车锁，说道："最后一次。"

电话一挂断，谢褚辰直接把手机摔到墙上。

他用劲很大，手机屏幕立马四分五裂，旁边的助理被吓得不轻，大气都不敢出，好言好语地想劝他："辰……辰哥……"

谢褚辰的经纪人就在一边，大概也猜到了是怎么回事，皱紧了眉厉色道："你想约女明星我也不管你，约谁不好非得去约温茴？"

经纪人一脸恨铁不成钢的表情："陆斯衍对温茴怎么回事，你还看不出来是吗？”她也知道最开始的结婚是假的，但现在只要是有眼睛的人，都能看出来陆斯衍是认真的。

经纪人的手指隔空在他跟前指了指，好一会儿她才叹了口气：“截了也好，你最近先消停一下。”

谢褚辰的眉眼间都是郁色，他一屁股瘫坐到沙发上，说道：“萍姐，陆斯衍总不能真的一点儿黑料都没有吧？”

“谢褚辰，我警告你，你别跟他硬碰硬。他不在娱乐圈里照样有钱，你不在娱乐圈里就不行。你这几天给我老实点儿，实在不行先去国外深造一年。”

中午温茴跟楚夏吃了碗面。她没什么胃口，面汤倒是喝了不少，面就只动了两筷子。

楚夏还不放心地看了一眼温茴碗里的面，问道：“就吃这么点儿？”

温茴拿筷子戳了几下面，说道：“吃不下。”

“待会儿试镜的时候别饿晕在里面。”

温茴被她逗得笑了下，回道：“那倒不至于。”

两个人在餐厅里待了大半个小时，三点多才进了隔壁的大楼。

这次来试镜的就她们两个人，所以走廊里安静得也只有她们的脚步声。

温茴心里装着别的事，今天倒是没怎么紧张了。

楚夏在前面一个试镜，温茴在外面等了二十分钟，等楚夏出来了再进去。

一刻钟后，温茴又怏怏地走了出来。

楚夏还在外面等她，跟怕她晕倒一样，连忙过来扶住她，问道：“有力气没？”

“还行。”

“我还真的怕你晕倒在里面。”

温茴笑了笑。

“怎么样？”

“还行。”

她确实还行。

温茴今天的状态虽然到不了满分，但她毕竟是专业演员，要入戏也不是多困难的事。只不过比起第一次试镜，效果肯定要差了些。

温茴试完镜倒是松了口气，弯了下嘴角，说道：“夏姐，我觉得你应该没问题。”

“行了啊……”楚夏实在不放心她，揽过她往门口走，“我送你回去。”

温茴翘了下嘴角，说道：“夏姐，我不想回家。”她今天心情不太好，“我想喝酒。”

楚夏愣了愣，然后摸了摸她的额头，说道：“没发烧啊！大白天的，你还记得自己是陆斯衍的老婆吗？”

虽然盯着她的人不算多，但是她如果去酒吧那种地方，万一被人认出来到底不太好。

温茴往她肩上靠了下，委屈地呢喃：“夏姐……”

“好了，好了，我带你去我朋友的清吧。”

楚夏虽然在娱乐圈里混，但是跟圈里的大多数女明星不太一样。她的私生活跟那个圈子完全不搭边，朋友也遍布各个领域。

开清吧的朋友是个三十岁出头的男人，一身肌肉，胳膊用力时就跟威猛先生一样。

温茴看呆了，还是楚夏抬手在她眼前晃了晃她才回神：“你这么盯着别人看，要是被陆斯衍知道了，他以后肯定不让你跟我出来了。”

温茴这才又把视线收回来，问道：“夏姐，你看过喜羊羊吗？”

楚夏诧异地看了她一眼。

“你朋友和那个泰哥……好像啊。”

楚夏的耳边回荡着“泰哥”两个字，她心想：那是个什么东西？最后，楚夏还是靠浏览器知道了“泰哥”是谁。

一旦接受了这个设定，她再看自己的朋友时就觉得他脸上都写着“泰哥”两个字了。

泰哥跟楚夏是朋友，特地给她们俩调了低度数的酒。

因为是清吧，再加上天还没黑，所以吧台处很清静。

温茴就着果盘，边和楚夏聊些有的没的，边慢吞吞地抿着酒。两杯果酒下肚以后，她虽然不太晕，但是意识已经开始有些混乱了。

楚夏的酒量比温茴好一百倍，这会儿什么事都没有，转头一看就见小姑娘白皙的脸有绯色晕染开来，眼神也有些迷蒙。

她觉得好笑，伸手戳了下温茴的左脸：“茴茴，你喝醉了。”

温茴趴在桌上，语调很轻：“茴茴没醉。”

她居然就叫自己“茴茴”了。

楚夏笑出了声，又伸手捏了下她的鼻子。她太可爱了，怪不得连陆斯衍那种人都喜欢。

温茴的酒量不好，楚夏怕出事，也没敢多喝，就坐在旁边吃了点儿甜品。

八点多的时候，温茴已经趴在了吧台上。这个时间点人也多了不少，好在不同于其他酒吧，人虽然多了，环境依旧还算安静。

楚夏正要结账，温茴搁在一边的手机响了起来。

来电显示是L，楚夏猜测是陆斯衍。

她一接听来电，那人的声音果然就传了过来：“在哪儿？”

楚夏报了个地址，那头静了几秒，男人的声音才又响起：“她喝醉了？”

“嗯……有点儿。”

温茴也不知道是喝多了还是困了，这会儿睡得正香。

陆斯衍沉默了一会儿，然后有些无奈地说道：“我去接她。”

电话挂断。

陆斯衍的动作很快，不出二十分钟他就进来了。

楚夏盯着门口半天了，一见到人就抬手招了招：“这边！这边！”

她的声音其实不大，但是可能有些人天生就带了一种吸引力，还是有不少人朝陆斯衍的方向望过去。

大家这一望，本来就算安静的清吧就更安静了。

陆斯衍也没在意别人的视线，直接向吧台走来。

楚夏这才拍了下温茴的胳膊：“茴茴，你的老公来接你了。”

温茴的眼睛眯了眯，声音轻得跟刚出生不久的小猫一样：“茴茴没有老公。”

有那么一瞬间，楚夏甚至怕陆斯衍当场黑脸，毕竟他的脾气向来算不上好。

楚夏屏着呼吸，胆战心惊地瞥了一眼陆斯衍。然后，她瞧见男人弯了下嘴角，俯身凑近温茴纠正道：“茴茴有老公。”

温茴抿了抿嘴巴，不太想睁眼，连话都不太想说。她现在只是觉得困，非常困。

陆斯衍把人打横抱了起来：“回家了。”

温茴调整了个舒服一些的姿势，没再吭声。

清吧不大，男男女女都在看他们。直到陆斯衍几个人一前一后地出去了，才有人开口问了句：“那个是陆斯衍吗？”

“好像是……”

“陆斯衍和温茴？”

“他们说的什么来着？”

“茴茴没有老公。”

“茴茴有老公。”

有个位置距离远一些的女生立刻激动起来：“这么温柔的陆行行是真实存在的吗？我怎么就不能被偶像暗恋呢？”

同伴看了她一眼，回道：“首先你要有温茴小姐姐的神颜。”

温茴睡了个觉，醒来的时候不知道是深夜还是凌晨，反正天还没亮。

在床上盯了会儿天花板，温茴才伸手往床头柜上去摸手机。

开机后她一看时间，深夜十二点多。

温茴其实真没喝太醉，就是喝了酒犯困，没忍住睡了过去。她把动作放到最轻，点开微信看了一眼。

付曦的消息发过来几条：啧，你跟陆斯衍去酒吧了啊？

温茴又看了一眼时间，没回复。

付曦既然知道了这事，那估计又是上微博了。

温茴的大部分记忆还是有的，她趴到枕头上，又去看微博。

她和陆斯衍的话题不算太靠前，卡在了排行榜第十几名。《我们恋爱吧》第四期节目播出，占了好几个话题。

温茴因为不想看到谢褚辰，所以一个话题都没点开。她的手指下滑，点了下她和陆斯衍的那个话题。

微博里的照片应该是围观路人拍的，像素不太高，但是也能看清他们两个人的脸。

网友纷纷留言，温茴看得想笑。

过了半个白天和夜晚，她被谢褚辰搞出来的坏心情疏散了不少。

温茴看了几分钟，刚要从微博退出来，视野就亮起来。

另一侧的床头灯被人打开，护眼的暖色灯光倾泻过来。

温茴愣了会儿，才转了下头。她咳了声，又看了一眼自己的手机：“被我吵醒了吗？”

“没有。”陆斯衍靠在床头，侧头看她，“怎么醒了？”

“睡醒了。”

昨天睡得太早，她根本不可能睡到天亮。

陆斯衍瞥见床头柜上的烟盒和打火机，看了几秒，到底没伸手去拿。

温茴注意到他的视线，摸了摸鼻子：“你抽吧。”

“算了，”男人将视线转回到她的脸上，“喝了多少？”

温茴想了想，说：“就三杯。”

陆斯衍：“就？”

温茴忙解释道：“度数挺低的。”跟菠萝啤差不多，也喝不太醉。

“心情不好？”

温茴猜是楚夏跟他说的，也没否认，嗯了一声，心情能好就奇怪了。

温茴从小长得好看，街坊见了都要夸几句。她以前也觉得这是好事，进了娱乐圈以后，倒是希望自己的长相普通一些，因为好看得太过招摇，就容易让人不怀好意。

谢褚辰并不是第一个骚扰她的人，温茴早就见惯了，只不过到现在还是习惯不了而已。

他们把手伸过来的时候就跟毒蛇吐芯子一样，滑腻又恶心。

温茴一想到上午的事，眉头就忍不住皱起来：“不太喜欢被别人碰。”

陆斯衍没说话，不用温茴说，他也看得出来。

陆斯衍的头有些疼，他的下颌微微收紧了些，侧脸线条流畅明显，神情很专注。他盯着温茴看了半晌，才轻声开口：“温茴。”

“嗯？”

陆斯衍俯身压过来，脸埋进她的颈间：“对不起！”

温茴听蒙了，压根儿不知道陆斯衍在道什么歉。愣了半晌，她才问：“对不起什么？”

男人的声音很低，没有半点儿刚睡醒的涩和哑：“我十九岁的时候，喜欢上了一个女孩子。”

温茴的眼眶突然热了下，她和陆斯衍好像就是有种默契，很多事情不用他说得太清楚，她也能明白。

——就像这次。

温茴猜他是为拍《海棠依旧》时的那场吻戏道的歉。

温茴的嘴巴动了几下，一时间她竟然不知道该怎么回应了。

她当时是真的没把这事放在心上，因为是在戏中，也因为她知道陆斯衍不会像其他男人那样占她的便宜。

不过现在想起来，温茴又觉得庆幸。

温茴其实不太在意这些事，但是这并不影响她开心。

陆斯衍把她抱紧了些："宝贝，对不起！"他小的时候叛逆，但是也没做过太离经叛道的事。

陆斯衍活了二十几年，做过最出格的那件事就是十九岁那年，未经允许亲了喜欢的女孩子。

陆斯衍知道自己做得不对，但是同样没有后悔过。

温茴伸手回抱了他一下："如果让你回到十九岁……"

"还是会亲。"

温茴的动作猛地僵住，所以这个男人在道什么歉？！

温茴被他逗笑了，嘴角弯起来的时候，眼神也跟着柔和起来。

她偏了下头，轻轻在男人喉结处的那颗痣上落了个吻。

"没关系，"温茴的手顺着他的背往下移，然后像哄小孩睡觉一样，在他的背上轻轻拍了拍，"你的宝贝原谅你了。"

温茴主动一次的结果就是第二天去剧组差点儿迟到。

到的时候其他人已经准备就绪了，温茴把外套脱了放在一边，跟导演打了声招呼之后快步走到自己的座位坐下。

没几分钟后，有场助提醒开拍。

今天的主要戏份都在男女主角身上，温茴只需要露几面就行。

一个上午很快就过去了。

温茴演的是个学渣少女，为了符合人设，她趴在桌子上看了半天的漫画书。

等到剧组终于收工了，她还在看。

这本漫画书的人设"玛丽苏"，剧情浮夸，但就是有一种让人欲罢不能的魔力。

温茴看得入迷，正要往下翻页，桌子就被人轻敲了几下。

"温茴姐，你有什么想吃的东西吗？"是盛洋的声音。

温茴抬了抬头，问道："中午了吗？"

盛洋的嘴角和眉眼都弯了下，他反问道："不然呢？"

"哦……"温茴想了几秒，答道，"随便什么都可以。"

她以为是剧组工作人员让问的。

盛洋扯了邻桌的椅子过来坐下，说道："我妈觉得剧组盒饭单调，打算以后给我送饭过来。”

他果然是养尊处优的大少爷。

温茴看着他，就差问一句“那跟我又有什么关系呢”了。

两个人对视几秒，盛洋才又问道：“我们一起吃？”

“别，”温茴立马拒绝道，“我不敢跟你一起吃。”

“我的意思是……我们吃一样的。”男生皱眉，表情居然有点儿委屈。

温茴瞬间又心软了，不过也只心软了几秒。反应过来后，温茴又开始担心盛洋是不是真的对她有意思。她把漫画书合上。

“盛洋。”

“嗯。”

“你有没有喜欢的女孩子啊？”

盛洋回道：“没有……”

“真的没有？”

盛洋开始迟疑了，温茴循序渐进地说道：“姐姐已经结婚了。”

盛洋脸上没太多的表情，耳朵却飞起了一丝红晕，说道：“姐，你想什么呢？我不喜欢你……”不对，他的眉头皱得越发深了，“我对你不是那种喜欢。”

温茴挑眉，问道：“那你为什么对我这么好？”

她根本想不通，她跟盛洋才认识没多久，总不可能处出什么感情来吧？

盛洋的表情淡了下去：“因为喜欢你。”兜兜转转，又绕了回去。

温茴扯了个笑容，说道：“没必要的。”

她虽然也很喜欢这个弟弟，但是演员嘛，相处再好基本也就这一部剧的事。戏演完之后一群人一拍两散，大家都忙，下次见面可能都是猴年马月的事了。

温茴叹了声：“可能拍完这部戏，我们以后都碰不上了。”

盛洋站起身来，问道：“温茴姐，你不喜欢我？”

“也没有……”

“那就是有。”

这小孩平时看着挺成熟，没想到这会儿居然这么幼稚。

温茴懒得跟他辩驳，嘴角一扬，轻轻笑了声：“你说有就有吧。”

盛洋笑不出来，盯着温茴看了整整三分钟。半晌，少年一言不发地走出了教室。

温茴又趴回桌子上，这次再翻开漫画，却无论如何都没有了看下去的欲望。

温茴不是爱跟人吵架的性子，她跟付曦、言宁认识好多年，极少有冷战的时候。但是不知道为什么，她这次回国不久跟陆斯衍冷战过一次后，现在又莫名其妙地跟盛洋冷战起来。

温茴甚至不知道这一切是怎么发生的。

吃过午饭以后，盛洋就跟变了个人一样，经过她身边的时候别说跟她说话，连个眼神都没给她。

连女主角都发现了不对劲，开拍前的几分钟凑过来问了句："姐，你跟盛洋吵架了吗？"

温茴摸了摸鼻子，回道："没有啊。"

"那他今天是怎么回事啊？"

"可能……男生一个月也有那么几天？"

面前的女生想了想，然后很认真地点了点头："有道理。"

盛洋还不够成熟，行事作风多少还有些幼稚。

陆斯衍当初跟她冷战的时候，双方起码还能正常交流；盛洋就不行了，整整一个下午都没跟她说过话。

平时剧组晚上收工，温茴要回家的时候，盛洋都会让她注意安全。今天收了工，温茴就只看到了一个浑身上下充满冷漠气息的背影。

温茴心里莫名其妙地有些不是滋味，男人可真的难伺候。

温茴干脆也不看盛洋了，跟剧组里的其他人说了声之后就出了学校。

陆斯衍的车已经停在了校门口，他今天换了车开，黑色卡宴，不太引人注意，但温茴还是一眼认出来了。

刚上车，偏头系安全带的时候，温茴就瞥见了正从校门口走出来的男生。她扯安全带的动作一顿，视线跟着盛洋转动，安全带扣了几次也没找准地方。

陆斯衍也不管她，视线同样落向右侧的斜前方。

他记得这个人——跟温茴录过一期综艺节目，送温茴回过一次家，跟温茴接了同一部剧。

现在呢？温茴正目不转睛地看着这个男人。

陆斯衍的左手搭在方向盘上，食指轻抬，再重落，声音异常清晰。

温茴还没发现异样，看着盛洋停在前面那辆拉风的红色跑车旁边，不知道说了句什么，然后又转身往回走。

很快，跑车主驾的车门打开，一个穿着贵气的女人下了车。

两辆车的距离很近，温茴轻易就看清了女人的长相，很眼熟，但一时半会儿好像又不知道在哪里见过。

温茴也不知道怎么回事，还没想起来女人是谁，心脏倒是跳得厉害，她脑袋里的那根弦绷起，然后啪的一下被陆斯衍极淡的声音割断了。

“看够了没？”陆斯衍慢悠悠地提醒她，“两分十七秒，温茴。”

温茴这才把视线拉回来，问道：“怎么不开车？”

男人一字一顿，话像是从齿缝间轻咬出来的：“等你看完。”

温茴不知道说什么了。旁边坐着个醋缸，温茴唯恐将其打翻了，解释道：“剧组的一个弟弟。”

“男的。”

“他比我小。”

陆斯衍又想起谢褚辰的那句“年纪轻、体力好”，神色越发不悦。

温茴说道：“我把他当弟弟看待的。”顿了顿，她又补充道，“就跟你对长晴差不多。”

男人轻嗤笑道：“我没看陆长晴这么久过。”

温茴真的不知道该怎么解释了，也没太多的心思解释，视线不由自主地又落向正前方。刚才那个女人似乎跟盛洋谈得并不愉快，短短几分钟后就又上了车。

温茴越看越觉得女人熟悉，答案呼之欲出，却怎么都拼凑不出最后一步来。

温茴想得太阳穴发涨，有些头疼地按了按眉心，喊道：“陆斯衍。”

陆斯衍也将视线落在那辆法拉利上，应道：“嗯。”

“你认不认识那个人啊？”

陆斯衍应该见过，但是记不起是谁了，微眯了下眼，回道：“不认识。”

“那算了，”温茴耗时五分钟，终于把安全带扣好了，“走吧。”

“没了？”

“没了……”

陆斯衍侧目看她，温茴“哦”了声，说道：“走吧，老公。”

男人扯了下嘴角，也启唇回应她：“老婆……”

“嗯？”

他终于发动了车子：“今晚别睡了。”

第三章

是夫妻，就要一起被骂

陆斯衍向来说到做到。

最可怕的是他对温茴所有的行程安排了如指掌，知道她明天白天没有戏份，所以真的让她没能早睡。

一晚上下来，她要对盛洋和两分十七秒PTSD（创伤后应激障碍）了。

第二天，温茴登上小号去给言宁道了个歉。

lsybyl：对不起作者，以前是我太年轻，现在我知道了，原来欲仙欲死犹如升天的感觉是真实存在的。

她刚发完没几分钟，言宁的微信就发了过来：行行进步得这么快吗？

温茴很认真：我怀疑他去学了。

言宁倒也没有时刻关注评论区的动态，主要是温茴的这条评论一发出来，瞬间就被其他读者盖起了高楼，她想不注意都不行。

“lsybyl”这个昵称是读者圈里的风云人物，而且由于网站的读者昵称单一且固定，连高仿号都少有，此号一出，那必定掀起腥风血雨。

言宁给温茴截了图发过来，短短几分钟的时间，底下居然已经有上百条评论了。

言宁佩服得不行：我们茴香因为陆行行的技术问题，要出圈两次了。

涉及偶像的私密问题，言宁也不好多说，调侃几句后很快就转移话题说起正事来：对了茴香，你去看微博，谢褚辰好像取关你了。

温茴一抬眉梢，立刻去看微博。

本来谢褚辰关注了她，她没回关这事之前就被他的粉丝提过。

温茴当时只是偶然点进了谢褚辰的话题广场，结果实时第一条微博就是说她耍大牌、假清高的。

温茴也不是软柿子，看了之后就更不想关注他了。半个多月过去，温茴都快忘了这茬儿了。

现在她点开谢褚辰的关注列表一看，她果然不在最上面了。

谢褚辰关注的人并不多，他们这群人似乎都有个共同点，越是正当红的流量艺人，关注列表里的人越少。就像他们关注的人多了，会拉低他们的身价似的。

别人不知道，但是陆斯衍和叶景也是这样。

温茴又往下拉了拉，很快就拉到了底。正要退出来，她突然瞥见了界面底下的关注人。

那应该是谢褚辰最早关注的一个，那人用的本人照片做头像，微博昵称叫高泽。

温茴对这个人眼熟，不用想太久，只花了几秒就把这人和拍《海棠依旧》时非要叫她一起去玩儿的那个男人联系到了一起。

温茴的太阳穴像是被针扎了一下，猛地疼了一下。可能是上天觉得她嫁给陆斯衍太便宜她了，所以最近总是接二连三地让她不舒服。

温茴闭上了眼，隔了好一会儿才又睁开眼，点进了那个账号。

她对高泽其实没太关注过，拍《海棠依旧》那年高泽好像是男三号，过了几年粉丝也才十几万，他的主页微博删得干干净净。

温茴觉得不太对劲儿，直接截了图给言宁发过去。

hui：宁宁，你知道他吗？

言宁回复她：这人是谁？

过了一会儿，言宁又发消息过来：想起来了，拍过《海棠依旧》吧？

这个不能怪她，她是陆斯衍的粉丝，重温《海棠依旧》时只看陆斯衍和温茴单独的剧情片段。

高泽的长相还可以，但是在帅哥云集的娱乐圈里并不算出挑。言宁记不住也正常：他怎么了啊？

hui：他的粉丝为什么这么少？

宁宁：这几年没见他出来过……你等一下，我去问问朋友。

温茴等她的空当，去搜了一下高泽。这人的人气比她想象中的还要低，百科里的信息还没有盛洋多，相关新闻更是没有一条。

温茴完全没办法从网络上获取任何他的近期动态，只能把希望寄托在言宁身上。

言宁也是厉害，很快就又发消息过来：好像是之前他没认出老总的女儿，对人家动手动脚，被公司封杀了几年。

hui：……

宁宁：群里刚好有个姐妹以前喜欢过他，他跟原公司的合同好像快到期了，应该会换公司复出吧。这个我也说不好。

宁宁：你怎么突然想起他来了？

hui：谢褚辰的关注列表里有他。

看来这两个人还真的是臭味相投。

言宁跟温茴是拍完《海棠依旧》才认识的，所以压根儿不知道高泽和温茴的事。

沉默了几秒，那头的人才回了句：行吧，有别的消息我再跟你说。

温茴跟盛洋连续冷战了几天，她冷战得不明不白，既不知道这场冷战因何开始，也不知道要到什么时候才能结束。

剧组里的女孩子一个比一个细心，每次休息必定会有人跑来向她打听情况。

温茴知道这群少女的心思，盛洋长得好看又年轻，剧组里喜欢他的演员和工作人员不少，比如剧组里的“小白兔”女主角。

中场休息，“小白兔”已经盯着温茴看半天了。温茴百无聊赖地翻着《十七岁》的原著小说，眼睛也没抬一下：“别问了，真的没有吵架。”

“小白兔”有些不好意思地拢了下头发，说道：“那他最近怎么不跟你说话呀？”

小女生说话，都喜欢用“呀”和“嘛”这类可爱的字结尾。温茴打算今天回家也跟陆斯衍说几句试试。

小女生不知道她在想什么，还在纠结：“茴姐，你跟盛洋的关系为什么这么好呀？”

温茴将视线从小说上移开，转而看了女生一眼：“你从哪儿看出来好的？”她说这话的时候，盛洋刚好从她身边经过。

不知道是不是温茴的错觉，她总觉得男生的脸色更差了。

女生一瞧见盛洋，便抿了抿嘴，没敢继续问。

温茴把小说合上，趴在桌子上。

没出五分钟，手机屏幕亮了，付曦的消息发了过来。

xixi：《为后》定档5月21日，预告片已经出来了。

xixi：预告片居然把你剪进去了，两个镜头呢！

付曦还贴心地给她分享了视频过来。

《为后》从拍摄到剪辑用时虽然不长，但是预告片出乎意料地精良，不管是从场景的布置还是妆容的色调来看，都算得上是近几年比较良心的制作了。

温茴的两个镜头都是一晃而过，加起来不到两秒，还没有陆斯衍客串的那一瞬间拉得长。

xixi：陆斯衍居然客串了这部剧？

温茴的嘴角没忍住弯了起来，她其实也不知道陆斯衍什么时候去客串的，但就姑且认为他是因为自己才友情出演的。

xixi：我觉得你可以去看看微博。

距离拍摄还有十几分钟，温茴很听话地登录了微博。

《为后》的片花是在上午发出来的，这会儿相关话题已经冲上了话题榜单第一。温茴猜测有大半的功劳在陆斯衍身上。

温茴刚刚只放了一遍视频，现在看到粉丝的评论，没忍住再次点开了视频。

预告片将近两分钟，陆斯衍相当于彩蛋被剪辑到了最后面。接近尾声时，他的身影才在漫天大雪中出现，只有一个回眸的镜头。

男人的眼神很淡，但是又仿佛藏了无尽的伤感在里面。

视频播放完后自动跳转到下一个的时候，温茴返回了原微博。

评论区并不全是陆斯衍的粉丝。

冯俊逸和许橙作为男女主演，粉丝倒是拉家带口地早早出现在评论区里。温茴一直刷下去，全都是“哥哥好帅”“姐姐好美”。

温茴没再继续看片花，退了微博给付曦发微信。

hui：曦哥，下次别接综艺节目了吧，我想好好演戏。

她也想到陆斯衍的高度，不是为了想把他踩在脚底下，只是想站到更高的地方，站在那么好的陆斯衍身边。

付曦回应得也快：之前文姐也是这么说的，《我们恋爱吧》录制完了，应该就不会再接这种连续录制的综艺节目了。不过说起戏……最近公司投资的一部剧的女主角还没定下来，我回头问问文姐。

温茴调整了一下姿势：哪部剧？

xixi：《檀香劫》。

温茴听说过这部剧，这部剧是根据十年前大火的一部描写主角前世今生的仙侠小说改编的，原著的热度跟《十七岁》不是一个级别。

《檀香劫》光是原著小说都有千万粉丝，包括言宁在内，也是原著粉丝。

温茴虽然没看过这本小说，但也早已经听过无数次了。只不过她没想到这部剧筹备了那么久，现在居然连女主角都没定下来。

hui：男主角定了没？

xixi：谢褚辰。

hui：……

xixi：不是，以前是谢褚辰。

hui：现在不是了？

付曦其实也不太确定，她跟裴越不一样，很多消息都慢了一拍：我也是听说换人了，不过现在也不太确定。毕竟如果真的换了，谢褚辰的粉丝应该不会这么安静。

消息确实在传播，就是真假不太确定。

温茴还没跟付曦说过谢褚辰的事，想了想，长话短说：他对我有非分之想。

如果是别人说这话，付曦肯定觉得对方有臆想症，但是温茴就不一样了。

xixi：他骚扰你？

hui：嗯，他说他比陆斯衍年轻、体力好。

付曦一时不知道该笑还是该替温茴生气，表情拧巴了几秒，然后才又说道：那估计换男主角的事是真的了。

温茴发了个问号过去。

xixi：谢褚辰这种咖位，能把他换掉的就只有公司高层……我猜是你的老公让换的。

付曦很酸：柠檬树上柠檬果，柠檬树下你和我。

hui：不，柠檬树下只有你。

被爱情滋养的女人就是不一样。

付曦也没再给自己找罪受，转而去找陆文艺问《檀香劫》。她之所以这么想给温茴接下这部剧，是因为《檀香劫》是大制作，从导演到剧本都是业内顶尖的。

温茴如果能接下这部剧，那就真的是迈出了成功的第一步。最重要的是这部剧筹备的时间久，反倒不急着开拍了，今年年底能投入制作都算快的，跟温茴现有的行程完全不冲突。

付曦就怕温茴到时候接下别的剧，等《檀香劫》再递剧本邀约的时候，她已经没有档期了。

这是件大事。

付曦立刻就把顾虑也一股脑儿地给陆文艺发过去了。

过了一会儿，那头的人回复过来消息：你先去忙吧，我跟小茴香谈一下。

陆文艺直接自己来找温茴了，开门见山地说：谢褚辰被换下来了，过几天剧方应该会被他的粉丝闹腾一阵。

之前就差官方宣布角色了，结果男主角突然换人，粉丝不闹就奇怪了。

陆文艺都觉得头疼，陆斯衍多少年没让她这么不省心过了，结果这次一出来，就给她挖了个天大的坑。

文艺姐：剧方那边在和公司调解。

这还幸亏是合作了几次的影视方和导演，不然现在双方估计都掐起来了。

陆文艺越说越头疼：小四这次真的是气死我了……

温茴听明白了，陆斯衍都没跟她说过这些事。

温茴弯起嘴角，然后又快速抿下来：对不起啊，姐！

文艺姐：算了，也不是你的错。

谢褚辰作风不正，出问题也怪不得谁，主要是陆斯衍卡的这个时机不太好。但是陆文艺再回过头想想，这个大少爷想做什么事的时候，又哪里考虑过时机的问题？

文艺姐：男主演现在只能找个比谢褚辰更红的演员替上去，不然被换上去的人肯定要被骂惨了。

现在消息还没放出来，谢褚辰的粉丝就已经嗅到了异样的气息，开始每天去剧方微博下面追问了。

文艺姐：剧方那边是想让小四来接，但是我看他好像没那个意思。

陆文艺是劝不动：小茴香，要不你去劝劝？

省略号和问号，温茴只敢在自己心里打出来，压根儿不敢发给陆文艺。

文艺姐：公司这边在跟剧方谈，想着如果小四能接的话，女主角就干脆让你来。

温茴有点儿心动，但是——

hui：捆绑销售吗？

买一送一，买陆斯衍，送温茴。

文艺姐：也不算。

陆文艺解释道：其实之前女主演定好了，不过那个女主演上个月查出怀孕了。你说这能怎么办，也不能让人家到时候大着肚子来演吧？

这部剧重要归重要，关键那个女演员又是大龄孕妇，好不容易才怀上，考虑了好久才决定解约的。

文艺姐：我看过剧本，女主角人设不错，剧情也挺好的，就是有点虐……男主角人设有点儿渣。

温茴反问：真的只是有点儿渣吗？

陆文艺发了长长的一串省略号。

过了半晌，那头的人才又说道：好吧，如果有评选"渣男"主角的活动，他要是第二，就没人敢拿第一。

陆斯衍演过"渣男"，但是没演过这么渣的"渣男"。

文艺姐：我觉得还挺有挑战性的，不知道他为什么不愿意接。你回头跟他说说吧，公司里人气高的艺人今年通告基本排满了，就他还空着，他能接是最好的。

温茴应了声，跟陆文艺聊完没多久，剧组就开工了。

温茴下午的戏份占比很重，空闲时间并不多。这次要拍的是男二号和女二号吵架的一场戏，两个人发生了稍微激烈些的肢体冲突。

一连拍了几次，徐导都不太满意。

温茴反思了下自己，觉得可能是发生冲突的时候自己的手被男二号甩出去之后，没真的磕到桌沿上的原因。因为借位再加上没有真的疼，脸没有瞬间白下来，所以达不到那种真实的效果。

温茴呼了口气，最后拍的时候也是豁出去了，没刻意收着手腕，直接往桌沿上磕了过去。

这次是真的磕到了，桌子边缘坚硬，她一时没控制好力道，整个手腕瞬间就麻了几秒，尖锐的痛感过了几秒才一股脑儿地涌上来。

温茴的脸白得吓人，鼻尖已经冒出了豆大的汗珠。

男二号明显慌了，但是这时候也不敢轻举妄动，只能接着往下演。

好在这段戏不长，导演一喊"cut（停）"，男二号立刻关切地问道："温茴姐，你没事吧？"他比温茴本人还着急，说话都有些不利索了："对……对不起啊……"

"没事，"温茴的左手压根儿使不上多少力气，她只能抬了下右手朝他摆了摆，“我自己往上撞的。”

这种突如其来的疼痛其实不太能演得自然，刚刚借位的时候温茴的表情倒是有了，就是脸色红润，压根儿不像磕疼了的。妆也试了几次，感觉还是不对。

温茴干脆就来真的了，只是力道没控制好，比她想象中的疼了不少。她长得白，手腕那处红肿就显得尤为明显。

徐导也被吓了一跳，关切地问道：“小温，你这……”

温茴垂眸看了一眼自己的手腕，问道：“徐导，我这算工伤吧？”

“算……”

温茴觉得徐导要被她吓坏了，她抬手蹭了下鼻尖的汗，扯了个笑容，说道：“明天的盒饭，我想吃肉。”

“哎……好好好，鸡鸭鱼肉全给你准备上。”

温茴的手腕还是抬不起来，她抽了张纸巾把脸简单地擦了下，正要伸手去拿自己的手机，就有只手先把东西递了过来。

少年指骨分明，纤瘦有力。

温茴弯了下嘴角：“不是不理我吗？”

说完之后，温茴发现自己把话说早了，因为盛洋并没有理她的意思。

温茴倒也没觉得尴尬，挑了下眉梢，接过手机出了门。

陆斯衍已经在校门口等她半个小时了。他这几天没什么事，一到这个点就开着车出现在高中校门口。

车窗降下来，目光所及，他等的那个“高中生”正往车这边走来。

温茴的手腕还疼着，上车的时候她只是碰了一下车门，就疼得倒吸了口冷气。

陆斯衍皱眉问道：“手怎么了？”

温茴把安全带扯出来，然后抬眼看向他，说道：“帮我系。”她现在像个手脚不方便的人。

陆斯衍微倾了身过来，拉了安全带过去帮她扣好。系好后他也没立刻推开，手往下移了些，轻握住温茴的左手。

男人的动作很轻，刻意避开了她的手腕红肿的地方，一瞥见明显跟右手手腕不是同一个颜色和粗细的手腕，眉就皱得更深了。

温茴动了下嘴角，说道：“不小心磕到的。”

演员嘛，难以避免的事，吊威亚受伤的都有，她这根本算不了什么。

“疼吗？”

温茴被这个问题问笑了：“你说呢？”

她不是娇生惯养长大的，但是身子向来娇贵，娇贵到陆斯衍在某些行为上都会刻意控制住自己。

男人偏着头，把她的手往跟前拉了下，然后在她的手腕上轻轻亲了下。

温茴觉得口渴，不自觉地抿了下嘴角。下一秒，有湿润的触感在她的腕间扫了下。

温茴的手腕受伤了，但是大脑没伤到，反应过来她立马把手抽了回来：“你……你别动手……”

哦，应该是别动嘴。

温茴懒得理他了，她的手腕虽然还疼，但是这种疼痛的级别已经在她的可承受范围之内了。就是比起疼来，还有从那一点上蔓延开来的热和痒的感觉。

温茴目视前方，没再看他。

陆斯衍扯唇笑了下，手搭在方向盘上，挂挡的前一秒抬眼瞥见了停到前面的那辆红色法拉利。他动作一顿，没继续发动车子。

温茴不明所以地问道：“怎么了？”

“两分十七秒。”

两分十七秒，是陆斯衍给盛洋起的代号。

温茴一听到这几个字就浑身不舒服，说道：“我不看。”

“真的不看？”

“嗯，”温茴催促道，“赶紧开车。”

陆斯衍这才发动了车子。

私立高中距离家不远，到最后一个路口的时候，温茴想起了陆文艺的话。她盯着刚变换的红绿灯看了几秒，然后又转头看向陆斯衍：“陆斯衍，你演过‘渣男’吧？”他应该是演过的。

陆斯衍没转头，从后视镜里瞥了她一眼：“怎么？”

“你不喜欢演‘渣男’吗？”

陆斯衍冷笑了声，反问道：“还有人喜欢演‘渣男’吗？”

温茴问得还很认真：“你为什么不喜欢啊？”

陆斯衍抬手碰了下嘴角。他其实谈不上喜不喜欢，主要是怕“渣男”演多了，温茴看他就更像“渣男”了。

陆斯衍觉得她话里有话，问道：“想问什么？”

温茴也不跟他兜圈子，说道：“文艺姐让我问你《檀香劫》的事。”她的眼睛亮晶晶的，“你真的不接吗？”

“你要接？”

温茴闭了嘴。

车子过了最后一个路口，两分钟就到了御南一品。

上楼之后，温茴换了宽松舒适的睡衣，先在手腕上涂了层消肿的药膏。清清凉凉的感觉从手腕上传开后，疼痛感仿佛消下去大半。

她半靠在床头坐着，把左手轻搭在床头柜上，然后转头看向正在换衣服的陆斯衍：“我还真的挺想接的。”

如果按照陆文艺的意思，她不是必须跟陆斯衍一起的话，也不是没有接下这部剧的可能。

温茴没看过《檀香劫》的原著，不过知道大概的剧情。女主角的人设确实好，温柔但是又不“傻白甜”，整个人都带着种坚韧的美好感觉。至于男主角，给女主角提鞋都不配。

温茴这么一想，好像就能理解陆斯衍为什么不愿意接了——她如果是个男人，也不想接。

陆斯衍把家居服换上，问道：“有多想接？”

“就是特别想接。”

比起《十七岁》和汪导的《吻香》，她都要更想接一些。

温茴把手腕晾了一会儿，然后抬起腿上了床。房间里的温度不低，她也没掀被子去盖，两条纤细的小腿笔直细腻。

女孩子的腿微微屈了下，她问道：“如果我接了，你会接吗？”

虽然没有陆斯衍的话，她不一定接得到这部剧。

陆斯衍抬脚过来，说道：“不一定。”

“这部剧有吻戏。”

男人的脚步顿在沙发边上，他轻皱了下眉。

温茴继续说道：“还有亲密戏。”

那人眉峰微扬，问道：“谁说的？”

温茴自己说的。

不过仙侠虐恋，吻戏肯定必不可少，亲密戏有没有她倒是不确定。

陆斯衍轻轻扯了下嘴角，问道：“这么想跟我拍亲密戏？”

温茴抬眼，瞧见了他的表情。

男人神色凉薄，但是眼底又偏生带了丝浓重的欲色。

温茴咽了下口水，实在没忍住，脱口而出道：“陆斯衍，你只当演员真的可惜了。”

光是想象一下他衣服下的身材，温茴就觉得欲罢不能。毕竟是见过陆斯衍全身上下的人，所以他现在即使穿着衣服，她也有了画面感。

温茴只觉得血液正在直直往上冲，脸的温度也跟着升了些。不等男人回应什么，她突然感觉鼻子下面有温热的液体流了下来。

温茴下意识地伸手一抹，然后立刻跳下床，直奔洗手间而去。

很快，里面传来哗啦啦的水声。

陆斯衍慢悠悠地跟在后面，抬手叩了下本来就没关上的门，问道：“老婆，你在想什么？”

温茴上次流鼻血还是上小学的时候。她那会儿年纪不大，鼻子一流血就觉得自己命不久矣，一边在教室外面的洗手池旁边拿凉水拍额头，一边可怜巴巴地抹眼泪。

温茴当时虽然已经进了娱乐圈，但是还不算太忙，没有广告拍的时候就在老家的镇上读书。

那天回到家里，温茴还在吸鼻子。本来流鼻血没多大事，她哭得把温奶奶都吓得不轻，温奶奶好声好气地哄了半天，最后还是带她去小卖部里给她买了一大袋奶糖才给哄好。

那一年温茴八岁，因为那袋奶糖而掉了三颗牙，说话都开始漏风了。

这一年她二十三岁，对着水流如注的水龙头，眼睛跟十几年前似的就湿了起来。

温茴第一次觉得自己是个多愁善感的人，她的眼泪混着自来水一起往下落，正要伸手去扯纸巾，水龙头就突然被人一把关上了，有纸巾递过来：“怎么还哭了？”

温茴的鼻血止得快，这会儿只要她不刻意去碰，就已经见不到血了。她吸了吸鼻子，把纸巾卷了下塞进鼻子里，说道：“想起我小学的时候流鼻血了。”

陆斯衍伸手蹭了下她的眼角，问道：“怎么回事？”

温茴的眼睛还红着：“我当时以为我快死……”话还没说完，唇上突然被那人的食指轻压了下：“嘘！”

温茴撇了撇嘴角。她现在觉得陆斯衍像她的奶奶，因为奶奶当时也不让她说出这个字。

温茴眨了下眼，说道：“陆斯衍，你好像我的奶奶啊。”

男人把她浸了水的发丝从耳后挑出来，问道：“你对着奶奶流鼻血？”

陆斯衍看出她的心情不算太好，微微俯下了身，有意逗她：“温茴，你只是当演员也可惜了。”

温茴不觉得这是好话，当真瞬间从幼时并不算美好的记忆中抽离出来，抿起嘴角，抬头瞪了他一眼：“陆斯衍，你是什么意思？”

“没什么意思，”男人也没立刻站直身，视线从她的脸上滑下，“因为一看见你，我就想……”

温茴瞬间睁大了眼睛，无奈道：“你……”

她“你”了好几秒，直到尾音完全消散开，陆斯衍才笑了下，漫不经心又一字一顿地接上后半句话：“日日夜夜，醉生梦死。”

温茴伸手推了他一下，说道：“你自己去醉生梦死吧。”她从男人身侧挤出了洗手间，“我听文艺姐说，你喜欢有挑战性的角色……”

温茴走到床头柜前，还没说完就被那人从身后抱住，陆斯衍问道：“你跟我一起演？”

温茴说：“《檀香劫》也不演，《吻香》也没接……那你要接什么有挑战性的角色？”

陆斯衍半低着头，指尖钩着温茴垂到腰际的长发，问道：“真的想接？”

温茴点了点头，回道：“真的想。”

“接也可以，”陆斯衍放轻声音，低低在她的耳边说，“亲密戏和吻戏多加几场。”

温茴想了想，答得很认真：“过不了审核。”

“不播。”

“嗯？”

“保存下来。”

陆斯衍把她推到床上，说道：“想你的时候看。”

温茴立刻坐起来：“陆斯衍——”

“嗯？”

“你是不是拍《海棠依旧》的时候就对我有那种想法了？”

陆斯衍被她问得一怔，片刻后才似笑非笑地扯了下唇：“我是变态吗？”

温茴同样被他问得一怔：“你不是吗？”

温茴的手腕受了伤，虽然在按时抹药膏，但是恢复得并不算快。

剧组的工作人员唯恐她再出点儿别的差池，恨不得把她捧在手心里，每天鸡鸭鱼肉地给她轮番换。

温茴吃了几天后，比刚开始进组时重了三斤多。

到了拍《我们恋爱吧》最后一期节目的时候，她手腕上的红肿还隐约可见。这期的综艺节目录制依旧是在国外，只不过由上次的法国换成了更为浪漫的巴厘岛。相当于节目组出钱出力，让几组嘉宾录节目的顺便度蜜月。

一行人踩着五月的尾巴去了巴厘岛，这边气候宜人，不多雨也不过分干燥闷热。

温茴这几天精神状态不错，在飞机上睡了一晚后，抵达目的地的时候太阳刚升起没多久，她整个人都精神得不得了。

两座城市没有时差，航程刚好是睡一觉的时间。昨晚登机的时候嘉宾都困得不行，一晚上过去后倒是都有了精力。

下了飞机，楚夏才有空打量了温茴好几眼："茴茴，你是不是……"

温茴揉了下眼睛，嘴边还带着笑意："怎么了啊？"

楚夏凑过来，问道："你是不是有了啊？"

温茴低头看了一眼自己的小腹，还是很平，但是好像比之前确实肉感了一些。

温茴伸手摸了摸，说道："夏姐，说出来你可能不信……我这是胖的。"她说着晃了下自己的手腕，"前几天磕了下，我们导演在给我大补。"

温茴本来不觉得有什么，她长得瘦，最近也没有需要严格控制体重的角色，重了几斤也不是什么坏事。但是今天楚夏一提，她就开始郁闷了。

自我反思还不够，温茴还要找陆斯衍的碴儿。

跟着节目组去酒店的路上，温茴连眉都没松开过。

陆斯衍明知故问："怎么了？"

"楚夏姐刚才说我胖了。"

陆斯衍瞥了一眼女孩子依旧像是一掐就断的腰，回道："没有。"

"有。"温茴抬眼看着他，甩锅甩得得心应手，"你为什么不告诉我？"

陆斯衍说道："我没看出来。"

"你明明每天都抱着我睡……"

温茴的音调只是微微拔高了些，结果这句话一出来，前面的几个人不约而同地转过了头。她动了动嘴角，此地无银三百两般说道："你们听错了……"

陈导一副“我们都懂”的表情，转过头就去问摄像师：“录下来了没？”

摄像师连忙答道：“录了，录了。”

温茴无语凝噎，他们说这些话的时候，就不能偷偷摸摸地不让她听到吗？

最后一期节目录制的时间很长，算上往返在飞机上的时间，要耗费足足三天。活动安排比起前几期倒是没有多少新意，跟度蜜月来的其他情侣流程都差不多。

大家上午去冲浪，下午去看日落，只有晚上的活动还算有意思。

导演在酒店订了一间超豪华房间，等白天的活动一结束，他就把嘉宾叫到了一起。超豪华的房间就是不一样，客厅超大，里面放着的桌子也是超大号的。

工作人员已经把几个人的椅子都摆放好了，为了防止嘉宾坐错地方，还跟晚宴会场一样特地在椅背上贴了每个人的名字。

温茴坐到靠向门的那一处，左边是陆斯衍，右边是谢褚辰的女朋友。

不知道是不是损失了一部大制作的原因，谢褚辰今天特别老实，连看都没多看温茴一眼。

谢褚辰的女朋友叫孟林悦，倒是跟什么都不知道一样，在摄像机启动前还趁机偷瞄了陆斯衍几眼。

温茴侧了侧身，有意挡住了她的视线。

耳边传来女人的一声轻嗤，温茴也没在意。这种话她不方便直接跟陆斯衍说，就点开微信给他发了条消息。

hui：孟林悦好像很喜欢你的样子。

陆斯衍搁在桌子上的手机屏幕亮起，他回消息也快。

L：谁？

他是真的没想起这人是谁来。

hui：谢褚辰的女朋友。你好歹也跟人家录了这么多期节目了，居然现在还不知道人家叫什么。陆斯衍，她不会是想红杏出墙吧？

温茴关注过她好几周了。

孟林悦每期录制节目的时候，必定会两眼放光地看着陆斯衍，不止一次。她看陆斯衍的眼神，比看自己的男朋友还暧昧欢喜。

温茴觉得有点儿郁闷：到底为什么有这么多人喜欢你啊？

L：你不也喜欢我？

虽然这话听起来很狂妄，但他说的话又确实没错。

温茴更郁闷了，喜欢一个粉丝无数的国民老公可太辛苦了。

温茴锁了手机屏幕，不想继续跟他聊了。

几分钟后，导演终于拿了一副定制的牌过来：“朋友们，我们玩个小游戏。

“在座的除了小孟，大家都拍过戏，我们这里呢……把各位拍过的经典电视剧写到了牌里，每部剧里有两张牌是一样的……游戏规则就是每人从里面抽出一张牌，抽到同样牌的两位嘉宾就现场还原一下那部剧的场景。”

导演洗了洗牌：“台词都已经写到牌上了，大家只需要随机抽牌就行。”说完，看了一眼孟林悦，“小孟没问题吧？”

孟林悦虽然是圈外人，但是早就签了娱乐公司，未来也有往演艺圈进军的打算。陈导就是知道这事，才特地加了这个环节。

果不其然，孟林悦笑了下说：“没问题。”

工作人员拿牌过来，按照顺序让嘉宾抽牌。温茴的位置在中间，她随便拿了一张，翻开一看，还是她自己演的剧——《海棠依旧》。台词就一句：鹤行哥哥，我们去看花灯吧。

温茴记得这一段，就是因为这场花灯，男主角才对这个小公主动了心。

温茴又把牌扣过去放在桌上，解锁了手机问楚夏。

hui：夏姐，你抽的什么啊？

楚夏：《第二次初恋》。

《第二次初恋》是谢褚辰进军演艺圈的第一部剧，当时热度不小。因为女主角太过“傻白甜”，谢褚辰反倒被衬托得演技犹如天神下凡，靠这部剧收获了大票的女友粉。

hui：不知道是谁跟你对戏？

楚夏很紧张：谁都行，只要不是你的老公，我都乐意接受。

hui：……

偌大的客厅里安安静静的，抽完牌之后大家都准备起来，只有温茴跟陆斯衍淡定得不像当事人。

温茴怀疑他抽到的也是《海棠依旧》，静了半分钟后，发消息问道：你抽的什么啊？

陆斯衍拍了张照片过来，上头写得明明白白，《情投意合》，台词：逢场作戏而已，别太认真。

这是很典型的“渣男”语录。

温茴开始有点儿期待了：你猜谁跟你对戏啊？

导演虽然没明说一定是男嘉宾和女嘉宾一组，但是八九不离十会这样。

温茴那点儿期待瞬间又落了回来：不会是孟林悦吧？

虽然她也不希望是这样，但是眼下就只剩下孟林悦一个女嘉宾了。

温茴抿了抿嘴角，问道：没有吻戏吧？

两个人其实挨得很近，陆斯衍稍一偏头就能看到她，他扯了下唇：嗯。

hui：嗯……是有还是没有？

L：没有。

温茴这才放心了。

导演给了十分钟的准备时间，时间一到，他就敲了下桌子：“好了，朋友们，让我来看看从哪部剧开始……”

陈导看了一眼几部剧的名字，说道：“先从《第二次初恋》开始吧。”他抬头看过来：“谁抽到的这个？”

楚夏举了举手，过了半分钟，温茴惊讶地发现她左边的孟林悦也把手举起来了。

孟林悦皱眉问道：“陈导，真的让我演女主角，楚夏姐演男主角，然后我们两个女人一起演对手戏吗？”

陈导也有些尴尬地咳了声：“也不是不可以。”

两个女人演怎么了？到时候播出更有看点！而且看这个意思，待会儿还有两个男人演的。

陈导摆了摆手，说道：“快来吧，小孟，小楚都愿意演男人了。”

孟林悦虽然依旧不太高兴，但好歹还是走出来了。

这部剧的女主角人设是真的不太行，脑袋跟被驴踢了一样，跟一盆花都有天可聊。

孟林悦的演技跟原女主角可谓不相上下，台词说得生硬且做作。

温茴听得尴尬不已，她就怕自己笑出声来，头都快低到桌子下面了。

还是不太管用，温茴只能又把手抬起来，微屈起手指放进嘴里咬了下。她才咬下去，一只骨节分明的手就从桌下递了过来。

温茴愣了几秒，又很快反应过来，拉过男人的手在他的食指关节的地方轻轻咬了一口。

下嘴的时候，她还特地用余光瞥了一眼陆斯衍。

男人的表情变化不大，不知道他是被咬疼了还是怎的，眉头轻敛了一下。

温茴把力道放得更轻。

好在孟林悦也没折磨他们太久，几分钟就回来了。

温茴立马放下陆斯衍的手，坐得端端正正、规规矩矩。

看得出来陈导也忍得不容易，眉头紧皱着，但是嘴角又克制不住地往上扬。他用力掐了自己的大腿一把，才好不容易让自己的话音平稳：“接下来……《情投意合》吧。”

话音落下，陆斯衍跟楚夏的老公几乎同时站起来。

这副牌果然没让他们失望。

温茴刚才还需要忍着，轮到陆斯衍，就没必要忍这么辛苦了。

那两个人刚过去，她的嘴角就先翘了起来。

这一场是楚夏的老公反串，演的是被“渣男”主角骗了身和心的坚强灰姑娘，台词一出来，楚夏没绷住给笑出了声——

“你到底有没有喜欢过我？”为了符合人设，楚夏的老公还在眼角抹了水，吸着鼻子哀戚戚地看着陆斯衍，“我在你心里，也跟别的女人一样吗？”

温茴也没忍住，“扑哧”笑出了声。

陆斯衍倒是没什么表情。

男人的眉梢和眼尾轻轻挑着，眉眼间都是冷淡疏离的薄情寡义之色：“逢场作戏而已，别太认真。”

也不知怎的，陆斯衍的话一出来，温茴的笑容就莫名其妙地止住了。他明明衣冠整齐，语调也没有任何暧昧之意，但是就在这一刻偏偏撩人得要命。

温茴终于知道为什么会有那么多女孩子被“渣男”耽误了，因为有些“渣男”不仅长得好看，还有种特殊的吸引力。

温茴在陆斯衍回来前，又给他发了条消息。

hui：你真的太像“渣男”了。

每段戏时间都不长。

温茴刚刚只顾着憋笑了，直到陆斯衍坐回到右边，她才反应过来自己要和谁一起演戏。

导演也是沉默了会儿，才咳了声：“那小温和小谢……”

陆斯衍没说话，垂着眼在看手机。

温茴先站起来，说道："陈导，我准备好了。"

谢褚辰的表情也没好到哪儿去，他是挺喜欢温茴，但也只是喜欢她的长相而已。

这个女人刚刚害他丢了那么一部大戏，偏偏他还不能表现出来，脸僵硬了半天才勉强扯了个笑容出来。

他抬脚过去，开口时像是把台词从嘴里挤出来的："小七，明日便是上元节了。"

陆斯衍抬了下眼。

温茴入戏是真的快，她甚至根本就不在乎对方是谁，点了绛色的红唇弯起来，桃花眼尾泛了层浅浅的红意："鹤行哥哥，我们去看花灯吧。"

陆斯衍一个不留意，手机就从掌心滑出去，直直地砸到了桌面上，啪嗒一声，他也没再去拿，视线直勾勾地落在了温茴身上。

温茴不用刻意去瞧，也知道这人的表情好不了，但戏还得演完。

温茴顿了两三秒，刚要伸手去拉谢褚辰的手，就听到陆斯衍冷声开口："温茴。"

谢褚辰觉得自己要疯了，陆斯衍看他的眼神像是恨不得把他这两年的通告全给断了一样。

这是他的错吗？！

温茴的手僵在半空中，陆斯衍又出了声："回来。"

如果今天和她对戏的是别人，陆斯衍也不至于管得这么多，但谢褚辰不行。

温茴半晌没动静，陆斯衍这才觉出自己的语气重了。隔了两秒，他的尾音微微拉长，再轻轻放缓了些："茴茴。"

"哦。"

温茴最受不住他这样，收回手后老老实实地回到自己的座位坐下。

客厅里瞬间安静下来，好一会儿陈导才找回自己的声音："好了，今天的录制就到这里。大家今晚好好休息，我们明天去打高尔夫。"

又沉默了几分钟，楚夏才把温茴拉起来："茴茴，你跟我去楼下买点儿东西吧。"

楚夏永远能拯救温茴于水火之中。

不过刚出第一个火坑，温茴就又被推进了另外一个——她怎么也没想到，楚夏来买的东西在24小时不关门的那种成人用品店里。

温茴站在外面像是一个变态，等了半分钟后怕被人认出来，不得已溜了进去。

楚夏还在挑挑选选，见她进来，还有些诧异地挑了挑眉：“茴茴，你不买吗？”

“我……还是算了吧。”

楚夏笑了一声，问道：“你怎么还脸红了？”

温茴被她笑得脑袋一热，当即就扔了几个包装盒进购物车。

楚夏心想，陆斯衍一定要好好感谢她。

两个人并没有在外面待太久，不到十点就上楼了。

温茴像做贼一样，一进房间就准备把手里的袋子藏起来。结果她刚拉开抽屉，还没把东西扔进去，陆斯衍就从浴室出来了。

温茴的动作进行到一半，硬生生地被按了暂停键。

“怎么了？”

“没有。”

温茴若无其事地把袋子放在里面，想若无其事地合上抽屉，就听男人若无其事地问了句：“买的什么？”

“什么都没买。”

温茴慢慢地往里推抽屉，就快合上的时候，抽屉突然又被陆斯衍一下拉了出来。

袋子是半透明的，他根本不用打开就能看见里面是什么东西。

陆斯衍沉默了几秒，语气隐约有些无奈：“宝贝，虽然我也很想——”他的手指轻轻拨开那个白色袋子，接上后半句话，“但是你的生理期……”

男人的指尖很随意地在那几个盒子上轻轻掠过，他似是很轻地“啧”了一声：“我以前没满足你吗？”所以她一下子买了这么多。

温茴的脑袋嗡嗡作响。

好了，她成功地把自己变成了一个正在生理期还欲求不满的饥渴少妇。

温茴的生理期最近很准时，最难熬的第一天过了之后，后面几天就好了很多，肚子不痛了。

他们从巴厘岛返京的时候，生理期也刚好结束了。

飞机上午起飞，临近晚上才抵达首都机场。

等温茴和陆斯衍回了家，正好赶上《我们恋爱吧》第五期节目开播。

本来这个综艺节目对温茴来说可看可不看，不过由于第五期节目录制的时候出了那么大的问题，虽然知道节目组后期会剪辑好，但温茴还是不太放心，连预告片都没放过，一分钟不落地从头开始看。

不仅她自己看，她还非要拉着言宁跟着一起看。

前半段果然如温茴所料，自己成了这一期节目的笑点担当。

节目组对她十分不友好，温茴在密室里给陆斯衍打电话的那段画面，后期还把前面她说的那句“不怕”剪进来循环了好几遍。

弹幕“哈哈哈”了半分多钟，才有其他的文字渐渐滑出来。

“我真的笑吐了，这么可爱的小姐姐是真实存在的吗？只有天上才会有吧？”

“行行说的‘姐姐怕吗？’，姐姐！姐姐！”

“讲真的，我真的羡慕死温茴了，这是上辈子拯救了银河系吧？……”

温茴被这群粉丝感染了，立刻点开微信里面那个黑色头像，给她们的偶像改了她加他好友以来的第一个备注。

一个太阳的表情，金灿灿、明晃晃——特别符合他的气质的颜色。

改完以后，温茴还截图给陆斯衍发了过去。

hui：陆先生，请问你对自己的备注满意吗？

陆斯衍这会儿在书房里不知道在干什么。

两墙之隔，那人的消息回得很快。

L：不满意。

hui：你不觉得很符合自己的形象吗？

他回复了一个问号。

温茴特别认真地解释道：你们都是一样的颜色。

他很无语地回了一个句号。

过了半分多钟，他又发了消息过来。

L：改了。

hui：不要。

他劝道：听话。

hui：我不。

温茴以前不觉得自己是窝里横的性子，但是跟陆斯衍在一起之后，这一点就越发明显了。

说白了，她这叫恃宠而骄。

温茴蹬鼻子上脸，而且没有任何收敛的意思。

hui：你不喜欢吗？

陆斯衍没有回复了。

温茴还以为陆斯衍被她逼得不想说话了，思考了几秒，老老实实地把备注又给删掉了。

L：改了？

温茴没理他，又继续看起了《我们恋爱吧》。

这一期节目的场景布置几乎是最简单的，不过弹幕也是最热闹的，因为涉及密室推理解谜之类的话题，很多网友会更有代入感，前半部分一直跟着几位嘉宾认真地在推理。可能是代入久了就容易柯南“上身”，到了最后一间密室的时候，很快有人发现了不对劲。

节目组的后期剪辑已经尽量在减少冲突了，温茴在黑暗中被谢褚辰碰到的那个片段甚至被剪得干干净净，半点儿痕迹都没留下，但是等到灯再亮起来，没过几秒弹幕就全部换了种画风——

“行行的表情不太对啊……什么情况？”

到了后面几个人出了密室，收尾的几分钟里网友又注意到了其他嘉宾。粉丝对偶像都自带放大镜，就几秒的镜头，大家都瞧出了不对劲。

温茴当时被吓得不轻，根本没有心思留意其他嘉宾的表情。

这会儿画面里灯光明亮，几个人的神色被摄像机记录了下来，她看得清清楚楚。

大家的表情确实太不对劲了。

温茴本来以为那天陆斯衍只是单纯话少，今天一看，他脸上就差明明白白把“不高兴”几个字写上去了。他平时波澜不惊，但是绝对不像现在节目里表现得这么冷。

粉丝不知道具体情况，仅是猜测。有几个提到谢褚辰有问题的，又很快被其他弹幕刷了过去。

直到这期综艺节目播放到尾声，弹幕里大家还没讨论完，不仅没有讨论完，而且还有要吵起来的迹象。原因就在于谢褚辰的粉丝听不得别人说自己的偶像，抓着那几条弹幕吵起来。

原本还算和谐的评论区，瞬间变得乌烟瘴气起来，最后大家都挑温茴这个软柿子捏。

明明受委屈的是她，结果到头来受伤害的也成了她。

言宁给她发了条消息：谢褚辰的粉丝是有被害妄想症吗？

hui：骂谁了？在微博吗？

宁宁：把节目嘉宾都骂了。

言宁又聊了其他的：谢褚辰跟叶景的关系不太好，所以谢褚辰的粉丝也大多对陆斯衍有偏见。

往常粉丝顶多是井水不犯河水，今天逮到了机会，难免会多嘲讽几句。

hui：骂陆斯衍什么？

脾气坏，耍大牌？

温茴最担心的就是这个，脑袋瞬间“嗡”的一下，头皮一阵发麻。

宁宁：你去看看微博吧。

温茴只是粗略地看了几眼微博上的消息，就心慌得不行，事态发展已经超出了她的可控范围。

温茴甚至没敢继续看，点开了发微博的页面，对着屏幕看了半天，也不知道该发点儿什么内容。

她应该解释那天只是身体不太舒服并没有不开心，还是澄清自己没有跟任何人不和？可事实明明不是这样的。

温茴打了几行字，然后一口气全都删掉了。

过了五分钟后，屏幕又亮了下。

L：过来。

温茴猜陆斯衍已经知道这件事了，不太想过去，假装没看见微信，又在床上待了一会儿。

最后实在坐不住了，温茴给导演和被她牵连的几个嘉宾都发了条消息道歉。

楚夏第一个回复过来：又不是你的错，要道歉也应该是谢褚辰和他的粉丝道歉。

导演大概也在为这件事发愁，这会儿还没睡觉，所以回复得也很快。

陈导：这怎么能怪你啊？没事，反正综艺节目也快播完了，被骂也是有热度的，是吧？我们这边下次应该不会再和谢褚辰合作了。

幸亏节目已经录制到倒数第二期，不然节目组非得被谢褚辰坑死。

陈导也是个见过大场面的人，忧心归忧心，倒是看得开：那些微博就当是给咱们的综艺节目增加热度了。

虽然温茴自始至终不觉得自己有错，但是这么大的娄子又确实是她捅出来的。

跟几个人都道过歉后，温茴的负罪感才减轻了一些。她又在床上待了几分钟，然后认命般踩上拖鞋出了房间。

书房在隔壁的隔壁，门关着。温茴进去之前，先抬手敲了两下，里面没人回应，她干脆直接把门推开了。

陆斯衍正坐在书桌前打视频电话，听到动静也只是侧目看了她一眼。

温茴抬脚进去，然后把房门轻轻掩上。

电话那头应该是个外国人，因为她听见陆斯衍全程在讲英语。

温茴的英语不太好，只能听懂某些词，她干脆也不注意去听了，随便坐到了旁边的沙发上。

男人的声音不时传过来，温茴只觉得这人讲起英语来也异常流畅好听。她整个人都窝进沙发里，玩了两盘“贪吃蛇”后，陆斯衍的电话总算打完了。

书房内静了两秒，然后温茴先一步开了口：“陆斯衍。”

女孩子的声音轻，甚至没陆斯衍手指敲在键盘上的声音大。他手上动作微顿，又听见她问：“你是不是生气了？”

陆斯衍抬了下眼，回道：“为什么生气？”

还能为什么？

温茴从沙发上坐起来，说道：“你因为我被骂了。”

陆斯衍扯了下嘴角，说：“哦。”

他这也太淡定了吧？

陆斯衍今天确实有正事，有个电影剧组想找他，但是《檀香劫》那边没谈拢，现在他还没办法接电影。

陆斯衍不常看微博，也不太在乎自己有没有被骂，今天的事还是栗子跟他说的。栗子句句不离他的女神，温茴有点儿什么风吹草动，他绝对第一个冲上来汇报。

温茴现在只觉得五味杂陈，委屈、郁闷和内疚感全都糅合在一起，连带表情都不太好，问道：“你会不会被骂到明年啊？”

这人很可爱。

陆斯衍嘴角的弧度完全拉开，他轻哂了声。

“你还笑得出来……”温茴的眉头都皱了起来，“现在怎么办啊？”

陆斯衍果然配合地敛了嘴边的笑容，朝她勾了下手指，说道：“过来。”

“干吗？”

“告诉你怎么办。”

温茴也没多想，走到书桌边时，被那人一把拉到了腿上。

男人的声音轻而含混：“被骂一辈子也没关系。”

他心甘情愿，总好过温茴自己被骂。

温茴的眼眶热了热，下一秒她又听见陆斯衍微微压重的声音：“那你就还我一辈子情，好不好？”

沉默了好半晌，温茴也听见自己很轻很轻地答了句：“好。”

温茴本来以为这事会在腥风血雨中过去，起码作为彻头彻尾的受害者的几个嘉宾，近期应该不会再发微博了。结果第二天一早，温茴的关注列表里就有“受害”的当事人发了微博。

“@楚夏：前几天去巴厘岛录制节目，我家茴茴给我编的头发，心灵手巧的茴茴！@温茴h”

陈导的评论就在第一条：漂亮。

其他评论也没有那么重的戾气。

温茴吁了口气，商业互夸地评论了句：夏仙女！

她退出来再往下看评论，就看到了陆斯衍的。

“@陆斯衍y：我的女王。”

他的评论刚发出来不久，楼中楼里已经有很多条新评论了。

温茴盯着这条评论，心跳得厉害。她弯起嘴角，然后用一首歌的歌名回复了他。

“我心之王。”

第四章

为了庆祝，亲陆斯衍一下

谢褚辰的粉丝并没有闹腾多久，两天后，微博话题榜已经被包括《为后》在内的全新话题取代了。

《为后》的播出时间是周一到周四晚上，每天黄金档固定播出两集。三十几集的电视剧，一周播 8 集，一个月左右就能播完。

周四正好赶上《为后》开播。临近晚上八点，温茴还在教室里当背景板。

这场拍的是课间男同学打闹时，不小心推搡到女主角的戏份，跟温茴没多大关系。

她趴在桌子上，找了个摄像机拍不到的地方看了一眼手机。

《为后》首播，连言宁都贡献了收视率。

言宁边看剧边给她发感想，这会儿她的微信里已经有十几条消息了。

“果然应了那句话，最好看的永远是片花，这个正片是个什么啊？”

温茴还没来得及看这部剧，但是听言宁这么说，心里当即就咯噔了一下。这是她复出以后的第一部剧，虽然不是主要角色，但是对她毕竟也有非同一般的影响。

hui：很难看吗？

宁宁：怎么说呢，这部剧太诡异了。

言宁阅剧无数，自己又是画漫画的，所以对电视剧还是有些挑剔的：它既没好看到让别人安利给朋友的程度，也没难看到处处是雷点而让别人想吐槽的程度……现在就这样不尴不尬地卡在中间，估计播出时收视率不会太好。

宁宁：我就纳闷了，剧方是怎么做到只有片花剪辑得好的？

温茴也很纳闷。她当时演的虽然是个无足轻重的小配角，但也在片场待过一段时间。

冯俊逸和许橙的演技确实没到惊艳的程度，不过也看得过去，她也奇怪问题出在哪里：哪里不好啊？

宁宁：滤镜很重……可能是因为定档得太早，后期剪辑也急了，整部剧的节奏都不太好。而且戏中的男、女主角真的是情侣吗？一点儿也不搭。

温茴又问了句：我出场了吗？

宁宁：还没。我刚才看了下集预告，好像有你。

hui：画面怎么样？

温茴的心沉了下去。

过了一会儿，言宁大喘气地说道：幸亏你是淡妆，不然浓妆再配上那个滤镜，神仙也救不了。

温茴还真的好奇这部剧的滤镜了。她现在自然看不了视频，只能在微博上搜了下剧照。

这一搜，她搜出来一大堆表情图。

@去你的大西瓜：不想多说别的了，我的昵称送给这部剧吧。

@陆斯衍的小可爱：本来以为这部剧是最近几年的国产剧之光，看来果然是我想得太多……为了我们行行，希望我能坚持看到最后。

@小甜饼今天要早睡：虽然知道行行是为了谁来客串的……但我真的要看不下去了，这是些什么死亡芭比粉啊？！

几乎每条微博都带了剧照的截图。

温茴根本不用点开，光是看小图，就被扑面而来的鲜艳色调刺激得眼睛疼。

hui：完了，宁宁，我出师未捷身先死了。

宁宁：哪有那么夸张？你真的还行！

温茴不太信这种滤镜下的自己能好看，趴在桌子上，像是被这部剧耗费了全身的力气：宁宁，你说后期是怎么想的啊？

宁宁：应该就是太赶了。宝贝，你幸亏不是女主演。

不然，她那才真的叫“出师未捷身先死”。

温茴不想说话了，虽然不是女主演，她的心情也好不到哪里去。

九点半多，等到剧组收了工，温茴出教室之前，特别认真地跟导演建议道："徐导，我们这部剧一定不能加《为后》的同款滤镜。"这话一出来，整个教室的人都笑出了声。

徐导跟她保证道："放心，咱们绝对怎么自然怎么来。"

温茴这才放心地出去了。

虽然已经到了初夏，晚风还是有些清凉。温茴今天没带外套过来，微微绷紧肩膀，连步子都加快了不少，快走出教学楼的时候，身后突然传来朗朗少年音："温茴姐。"

温茴已经习惯了和盛洋冷战，他突然主动跟她说起话来，温茴倒是有些不适应了。她步子微顿，转头看了少年一眼："怎么了？"

盛洋把他的外套递了过来，温茴将视线落在外套上片刻，没有接。

少年的手又往她跟前伸了伸："接着。"

"不用了。"温茴说完，直接转身继续往前走去。

盛洋就跟在后面，也不自作主张地把衣服披在她的肩上，只是声音急了些："外面冷，你先穿上。"

啧，这个小男生如果不是喜欢她，温茴都想不出别的理由了。

她站定了步子，说道："盛洋，你的年纪还小。"

男生的耳朵又红了下，他脸上的表情变化不大，一双眼睛亮如星子："我……"

他的话还没说完，身后突然有女声响起来："洋洋，你怎么不多穿点儿啊？万一着凉了怎么……"

嗒嗒的高跟鞋声响彻整个楼道，女人越走越近，到盛洋身边的时候才注意到刚刚被他挡住了的温茴，她的话还没说完就骤然止住。

——来人是温茴上次看到的那个眼熟的女人。

女人看起来不过三四十岁，依旧化着精致的妆容，一张脸上甚至没有多少皱纹，连头发丝也是精致漂亮的。

今天近距离看到，温茴越发觉得对方眼熟，像是在哪里见到过一样。有什么东西在她的脑海里飞快地晃了几秒，然后又一点儿点儿地沉淀下去。

温茴的脑袋里装了些杂七杂八的东西，乱得很。对着这个女人，她突然连笑都笑不出来了。

好半晌，温茴才朝女人勉强扯了下唇，收回视线转身迈下了台阶。

直到女孩子的身影消失在校门口，盛洋才轻嗤了声："宋女士，你不觉得愧疚吗？”

“洋洋，妈……”

少年转头看向她，问道：“你多少年没见过我姐了？”

宋琴精致的妆容下，表情隐约有了一丝裂痕。

盛洋偏偏不肯罢休：“这么多年来，你想过她一次吗？”

宋琴和温岭山离婚的时候，盛洋才刚刚到学会说话的年纪，根本就记不住事。但是他记不住，总会有人提醒他。

宋琴长得漂亮，和温岭山离了婚之后，即使带着他这个拖油瓶，还是很快找了个有钱又对她还不错的男人再嫁了。

盛洋先前随母姓，后来宋琴再嫁后，他就由姓“宋”改成了姓“盛”。

在五岁前，他是不记得自己有个姐姐的。

温茴入圈早，小小年纪就出现在各大广告里，但是每次出现在盛家的电视机上，宋琴总会立刻换台。

盛洋以前不懂为什么，直到后面再长大一些，宋琴开始带他出去跟一群贵妇朋友聚会。

有一次聚会的时候也是凑巧，刚好有个女人是她的旧识，看到商场上挂着的广告横幅时，咦了一声：“小宋啊，那个不是你的女儿吗？”

盛洋那年已经对这些事有了概念，顺着女人的视线望过去，温茴的脸就印在上面，双马尾，右脸颊上还有个浅浅的梨涡。

盛洋这才知道他有一个长得很漂亮，也很出名的姐姐。

虽然他的妈妈好像并不是很喜欢这个姐姐，但是这么多年过去了，宋琴不提，他也没主动问起过。

一直到今天，盛洋还是第一次跟妈妈提起温茴。他微勾起嘴角，表情隐约有些讽刺：“妈，你不觉得我姐长得比以前更好看了？”

“盛洋，别说了。”宋琴打断他的话，她的脸色不太好，再昂贵的粉底也盖不住她苍白的脸，“我们回家吧。”

少年扯了下嘴角，当真没再继续往下说。

两个人各怀心思，默不作声地出了校门，然后又上了车。

温茴就坐在校门口的一家咖啡厅里，瞥见那辆拉风的红色超跑疾驰而过，这才给陆斯衍发了条消息：我自己打车回去吧。

L：乖乖等我。

hui：不要酒驾。

L：没喝。

温茴趴在桌上，和收银台处频频望过来的女生对视了一眼，女生立刻有些不好意思地抿了下嘴角。

“要下班了吗？”

“没有，没有，姐姐随便待到多晚，我家就在对面，晚点儿回去也没什么的。”

温茴笑了下，说道：“那谢谢啦。”

“姐姐，”女生看了她一眼，又看了一眼自己的手机屏幕，“我是衍哥和盛洋的粉丝。”

温茴翘了下嘴巴，问道：“不是我的吗？”

“是……”女生连忙扯开话题道，“姐姐，我以前不觉得，今天看到你本人了，觉得你和洋洋长得有点儿像……”

她边说边摇头，先自我否定了：“不过可能好看的人长得都很像吧。”

正应了那句话，好看的皮囊千篇一律，有趣的灵魂才万里挑一。

女生正这么想着，就听温茴问了句：“是吗……我们哪里像？”

她是真的很想知道。

她第一次见到盛洋时，也确实有种莫名其妙的熟悉感。但是刚刚碰上的那个女人，不管是长相还是见到她时的反应，每一处都在引导着她往那方面想……

女生认真地看了她几眼：“就是……轮廓和眼睛很像。”他们两个人的相似度没有那么明显，女生也是今天见到了她本人才意识到的。

温茴锁上手机屏幕，微垂下眼睑，在黑屏上看见了自己的脸。

桃花眼，鹅蛋脸，她和弟弟随了母亲宋琴，都是偏温柔干净的长相。

温茴有些头疼，正不知道该如何回复眼前的女生时，手机屏幕就亮了下。

L：出来。

她这才摒弃了这些杂七杂八的念头，起身转移了话题，说道：“可以下班了，小可爱。”

女生果然忘了刚才那茬儿，脸一热，飞快地应道：“姐姐再见！”

温茴弯了下嘴角，刚要推门出去，屏幕又亮起来。

L：先别出来了。

hui：怎么了？

温茴以为有狗仔。

L：冷，我进去。

温茴顿住脚步，当真老老实实地在门口停了下来。

门关得并不严实，夏夜晚风丝丝缕缕地顺着门缝钻进来，比刚刚进来时还要凉。

天气预报说今晚有暴雨，这会儿狂风大作，估计离这场暴雨已经不远了。

温茴轻轻环住手肘，又往咖啡厅内退了几步。

小姑娘立马就去拿空调遥控器："姐姐，你冷吗？"

"不用麻烦了，"温茴转头看了她一眼，"我很快就走了。"

她站在门口，视线再转回来的时候隔着透明的玻璃窗，看到一辆黑色卡宴在马路对面停了下来。

车门打开，男人的长腿迈下。温茴光是远远看着，嘴角就不自觉地翘了起来。

身后的收银台处又传来女生软软的声音："姐姐，你在等人吗？"刚说完，她就瞧见了正要推门进来的人。

不，姐姐不是在等人，是在等神仙哥哥。

温茴这才转头看过来，回道："嗯，在等喜欢的人。"

这话她说得不紧不慢，刚好没让陆斯衍听完整。

咖啡厅的门被推开，男人把还带着他的体温的外套搭在她的肩上，然后轻揽了下她的肩要往外走："怎么穿得这么少？"

"白天的时候不冷……"

温茴出门前又转了下头，说道："我们走啦，小可爱。"

小可爱的反应慢了半分多钟，她才喃喃了句："姐姐再见……"

不对啊，她看到偶像了。

女生刚才甚至都没想起来要合影、签名，再拿起手机的时候也只拍了个背影。但即使是这样，她还是兴高采烈地发了条微博。

盛洋和陆斯衍对我一见钟情：被仙女姐姐叫了"小可爱"，还被迫吃了"狗粮"。好了，为了这声"小可爱"和这份美好的爱情，我就算自戳双目，也要把《为后》给看完！

温茴今天的心情其实不太好，不好的源头在于盛洋和那个看起来很像他妈妈的奇怪女人。

上了车之后，她的脑袋里还时不时地浮现那两张脸。

咖啡厅里小姑娘的那句话也一直在耳边环绕，温茵抬手揉了揉耳朵，盯着前面那辆红色超跑看了几秒，直到车子发动，陆斯衍的声音自她耳边传来："看什么呢？"

温茵收回视线，声音有些沉闷："陆斯衍，我好像……"她咬了咬牙，有些说不出口了。

温茵跟盛洋不一样，父母离婚那年她已经记事了。这么多年过去，虽然记忆淡化了些，但毕竟是血脉相连又让她意难平的人，她不可能忘得彻底。

本来上次见面的时候，她只是觉得那个女人眼熟，今天近距离细看了会儿后，不仅仅是简单觉得眼熟了。更何况温茵的弟弟比她小四岁，而盛洋也恰巧比她小了四岁。

从见面的第一天开始，盛洋好像就一直对她不错。

这种巧合……已经没办法用巧合来解释了。

温茵并不想承认脑海中已经出现的答案，但是小姑娘那句她和盛洋长得有些像，又让她不得不承认。

温茵只觉得遍体生寒，肩膀微缩起来，没继续往下说。

陆斯衍偏头看向她："怎么了？"

女孩子垂下眼睫，敛了眼底所有的情绪："没什么。"

陆斯衍自然不信温茵的"没什么"，但也知道她是不太想说，眼神沉了又沉，到底没再往下问。

温茵今天收工晚，又等了会儿陆斯衍，到家的时候已经过了十点半。她洗完澡出来时更晚，十一点多了，电视端的两集《为后》都播完了。

温茵反正也不困，干脆准备等到十二点整网站更新后，就看一集《为后》。

她实在好奇得不得了，网上关于这部电视剧的风评越差，她就越是好奇。

陆斯衍上床晚一些，处理完正事后都快十二点了，结果等了半晌也没见温茵有睡觉的意思，又把床头的灯调亮了些："还不睡？"

温茵趴在床上玩手机："明天上午没戏拍。"她轻声解释，"我在等《为后》。"

她在剧里面饰演的是个配角，因为首播的两集没有她的单独镜头，她连宣传微博都没发。

陆斯衍想了几秒，才想起《为后》是哪部剧，挑了下眉："几点？"

“还有七分钟。”

温茴趁这空当又去微博搜索了下《为后》，搜索结果一出来，第一条热门微博就是咖啡店的那个小姑娘发的。

她之所以认得这么快，是因为那个角度拍的照片再配上正文内容，除了那个小姑娘，根本就不会有别人。

这条微博的浏览量很高，隔了两个小时，小姑娘又在评论区留言：相遇即是缘，评论区抽十个姐妹送 ×× 视频会员，免费请你们看《为后》。

温茴差点儿忘了，《为后》在网上是付费观看的。

她充值视频会员的工夫，就已经十二点了。

怕影响陆斯衍睡觉，她正要抬手去关灯，男人的声音就又传来：“开着灯看。”

温茴转了下头，问道：“你不睡觉吗？”

“晚点儿再睡。”

温茴抿了下唇，说道：“熬夜对身体不好。”她觉得自己应该做个合格的妻子，所以立刻从床上坐起来，“你睡吧，我去隔壁房间看。”

她还没来得及下床，手腕就被人拽住：“回来。”

温茴觉得如果自己不躺下的话，陆斯衍肯定不会撒手，所以也没多犹豫，又坐回了床上。

沉默片刻，温茴准备关手机了。陆斯衍侧目看着她，问道：“怎么不看了？”

“睡觉。”温茴刻意加重了前两个字提醒他，“男人熬夜对身体不好。”她把手机放在床头柜上，“为了你的身体着想，我们以后都要早点儿睡。”

陆斯衍轻唤了一声：“温茴。”

温茴关了灯。

陆斯衍：“我的身体很好。”

“哦。”

陆斯衍怀疑她最近在拍青春剧，跟一群二十岁的男生相处久了，审美和诉求也开始往年轻化靠拢。他本身就不怎么待见盛洋，所以第一时间就想起盛洋了。

男人的眉心轻蹙道：“我的身体比盛什么的好。”

温茴突然就没声了，本来今天一整晚，她是刻意不去想盛洋和宋琴的。睡又睡不着，所以她想借着看剧把脑海里的某些胡乱蹿的想法压下去。

温茴怕自己胡思乱想，一晚上都没闲着，不是刷微博就是找言宁聊天。

现在夜深人静，陆斯衍只是随口提了一句，温茴的心思就怎么都收不回来了。好在关了灯以后，陆斯衍看不见她的表情。

温茴没回应，装作要睡的样子翻了个身。

陆斯衍直觉不对，眉心蹙得更紧："温茴？"

"嗯……"

陆斯衍哪里知道温茴跟盛洋的关系，还以为这丫头是因为他提到了盛洋才突然这样的，连语气都带了几分凉意："你喜欢他吗？"

这都是什么跟什么啊？！

温茴有点儿想笑，却又无论如何都笑不出来。

窗外的风没停过，闪电划破夜空，伴随着雷声，雨点砸了下来。玻璃的隔音效果再好，也隔不住初夏的一声惊雷。

温茴又睁开眼睛，说道："喜欢。"

"再说一遍。"

她翻过身来正对着他："就像你对长晴的那种喜欢。"

男人轻笑一声，声音几乎要淹没在接连不断的雷声中。

温茴呼了口气，往他怀里挪了挪。

男人身上的沐浴露香味瞬间涌进鼻腔，温茴从来没有哪一刻像现在这样这么贪恋陆斯衍身上的味道，不自觉地伸手抱住他。

陆斯衍的眉眼沾着寒气，他刚要推她，就听到怀里的女人低低说了声："不许推开我。"

他的手生生停在了女人纤细的手臂上。

温茴的声音很沉闷："陆斯衍，我奶奶去世的时候也是下了场这么大的雨。"

说来也巧，温茴的爸妈离婚那天也下了很大的雨。她那年还不到十岁，对生死的概念理解没那么深刻。她只在电视上看到过生死离别，知道人死了之后，活着的人就再也见不到了。

除此之外，好像没别的不一样的地方。

等再长大些，温茴就懂了，死亡的意义根本不止于此。

奶奶去世，在于她流鼻血时再也不会有人拿糖哄她；回家以后，再也不会有人准备一桌子她爱吃的菜；更在于从此以后，她在这个世界上就没了可以依靠的亲人。

温茴心里空荡荡的，她把陆斯衍抱得更紧："小时候什么都不懂，后来才知道这代表我以后都没有家人了。"

温岭山跟宋琴都不是她的家人，包括盛洋，现在也只是个跟她有血缘关系的人而已。

温茴甚至不知道以后怎么面对他，她和盛洋倒不如一直是两个陌生人。

陆斯衍的喉结上下滑动了下：“现在有了。”他的手在温茴背上轻轻抚过，“我爸妈都很喜欢你。”

心中的苦水一吐出来，连心情仿佛都轻松了些，温茴弯了下嘴角：“你妈还没见过我。”

“那也喜欢。”

女孩子的声音终于明朗了些：“为什么喜欢？”

“因为我喜欢你。”

温茴撇了下嘴角，轻轻咬住男人睡袍领口上绣的一圈金边：“你怎么不问我喜不喜欢盛洋了？”像是在对自己说，她自顾自地答：“他是我的弟弟。”

“知道了。”

陆斯衍对温茴的了解，比她以为的要多很多。比如，他知道她自幼父母离异，有个弟弟跟了妈妈。

温茴刚才虽然没明说，但是陆斯衍也不傻，听得出来。

“世界真小啊。”

她本来以为这辈子可能都碰不上的人，就这么遇上了。

“不小。”

温茴从他胸前抬了抬头。

“我去了法国那么多次，都没遇见过你。”

她的眉眼都弯起来了，窗帘没拉紧，闪电的光亮照进来，映出女孩子一双剪水明眸：“你这么喜欢我吗？”

“睡觉。”

“你先回答我。”

陆斯衍的眸子合着，音调有些别扭：“我困了。”

第二天，温茴一早就从床上爬了起来。

睡了一觉后，堵在心头的郁气几乎消散，她花了几分钟洗漱，然后又爬上床，打开电脑看起了《为后》。

《为后》的剪辑委实是败笔，四十五分钟一集的剧，有五分钟都是在讲前情提要，还有五分钟是在讲下集预告，掐头去尾只剩了三十多分钟，剧情节奏还完全乱掉了，典型的高开低走。

温茴看了十分钟，就再也看不下去了。她强撑着将电视剧快进，第二集看到末尾，才总算在“背景板”里看到了自己，说是看到，还不如说是看衣服认出来的。

这里的镜头虽然没有模糊“背景板”，不过因为是长镜头，她又坐在了一众妃嫔当中，并不怎么显眼。

温茴怀疑大部分人没看到自己，但还是点开了弹幕。剧虽然烂，前两集的弹幕依旧很多。

虽然提到她的弹幕不多，但是温茴起码看见了几条带自己的名字的弹幕。

两集总算播完，温茴看得头晕眼花，又去洗手间里洗了把脸，才发消息给言宁：我也看不下去了。

虽然是她参演的剧，但是真的难看。

温茴有点儿郁闷：陆斯衍会不会被骂啊？

他接了这种烂剧。

宁宁：你想多了。

宁宁：他就那么点儿镜头，如果真的要被骂，那也得骂源头啊。

hui：源头是……我？

宁宁：不然还能是我吗？

温茴更郁闷了……

《为后》中陆斯衍的镜头虽然还没出来，但是已经有粉丝开始担忧。

言宁预判得十分准确，温茴果然被吐槽了。

看到大家的评论，温茴犹如被人浇了盆冷水。她倒不是怕被陆斯衍的粉丝说，只是一想到前几天的那部《檀香劫》，整个人瞬间就紧张了。

陆斯衍这种名气的人，大家对他的要求只会越来越高，感情用事要不得。

温茴的心跳骤然快起来，她连忙给陆斯衍发了条消息：你接《檀香劫》了没？

L：还没。

温茴松了口气：你如果真的想接的话，一定要好好看看剧本。

他发了一个问号。

hui：别因为我想接，你连剧本都不看了。

陆斯衍出道这么多年，清清白白，是一个“三好演员”，温茴不想成为他的黑点。

隔了一会儿，那头的人又发来一个字：好。

温茴悬着的一颗心，这才算是完完全全放下来了。

到了下午，温茴再去学校拍戏的时候，和盛洋的相处模式就跟前几天完全反过来了。

她不太想跟盛洋说话，倒也不是讨厌他，只是单纯觉得他们两个人还是交集越少越好。

四点多，课间休息的空当，盛洋往她这边瞧了好几次。

温茴权当没看到，有一下没一下地滑着手机屏幕，滑着滑着屏幕上方就弹出来一条消息。

文艺姐：好消息是《吻香》女二号的试镜过了。

温茴立刻想到了跟她一起去试镜的楚夏。

文艺姐：七月中旬开机，周期两个半月。

温茴抿了抿唇：坏消息呢？

文艺姐：坏消息是和《檀香劫》撞了半个多月，《檀香劫》九月开机。

温茴难得体会了一次人生的大起大落。

陆文艺不是优柔寡断的性子，直接说道：二选一，不然肯定要轧戏才能拍。上一个拍戏用抠图的演员被骂了一年多。

文艺姐还在继续发消息：上上个轧戏的人被几个导演拉进黑名单了。

她没看到《檀香劫》和《吻香》的剧本，但是《吻香》毕竟试过镜，她心里多少有了些底。

hui：那……选《吻香》？

文艺姐：自信点儿。

hui：《吻香》！

陆文艺被她逗笑了：我也是这么想的，而且两部剧都是仙侠，本身就没必要都接。

光看角色人设的话，《吻香》她演得好了，很容易出效果。

《檀香劫》就不一样了，这部剧的女主角人设确实不错，但是只要换个稍微有点儿演技的演员来演就不会太差，无功无过，中规中矩。

文艺姐：那小四也可以安心接电影了。你不知道，他前阵子还问我《檀香劫》是不是有亲密戏。我说我又不是导演，怎么知道？然后他就去问导演了，还真的有场亲密戏。

文艺姐：他对这场戏耿耿于怀，非要先让你选剧本。

hui：如果我选《檀香劫》了呢？

文艺姐：他十有八九会把电影推了吧。

陆文艺知道温茴怕的是什么，作为陆斯衍的亲姐姐，她不担心是不可能的，但担心归担心，也不可能改变陆斯衍的想法。

文艺姐：小茴香，你也别觉得有压力。小四那么大的人了，什么都懂，他只是喜欢你而已。

温茴的手指轻轻攥了起来：姐，我知道。

陆文艺回复她：好好演戏。

然后，你和他站在同样高的地方。

不知道是不是因为家庭环境，陆家人似乎骨子里都带着松弛感。跟陆文艺聊了会儿，温茴绷了半天的弦完全松懈下来。

刚好场助喊了“继续”，她收起手机，端端正正地坐直了身。

这场戏是盛洋和温茴两个人的对手戏。

温茴演戏久了，入戏总比新人演员快很多。盛洋就不一样了，开拍的时候他的脑袋里还是今天一下午都懒得看他一眼的姐姐，脱口而出道：“姐姐……”

徐导咳了声：“盛洋，你怎么也开始喊‘姐姐’了？”

上次跟温茴对戏一直脸红的男二号也是这样，徐导有些无奈地摇了摇头：“重来。”

盛洋是真的没状态。他年轻，而且没有多少经验，心思被温茴分走之后就再也收不回来了。

这场戏连着NG了三次，徐导实在没办法，说道：“先休息几分钟吧。”

剧组向来和谐，而且整部剧拍到现在也一直很顺利。徐导是发不出火的，休息的几分钟里还很关切地问盛洋：“小盛啊，今天不舒服吗？”

少年瞥了一眼依旧不肯给他任何眼神的温茴，闷闷地嗯了一声。

徐导：“生病了吗？”

“嗯。”

温茴还是不看他，盛洋瞬间就泄了气。

亲人间似乎生来就有种相互的引力，加上盛洋从小就开始关注温茴，嘴里虽然没说过，但心里是很喜欢这个姐姐的。

拍《十七岁》的第一天，盛洋因为姐姐跟他在一个剧组里，还请他的那群狐朋狗友胡吃海喝了一顿。少年的心思简单且敏感，他既希望温茴早点儿发现他是自己的弟弟，又希望她晚一点儿发现。

盛洋知道温茴和宋琴没有任何母女的亲情可言，所以昨天他们三个人碰上的时候，他整个人像是被一盆冷水兜头浇下，连心和肺都凉了。

今天他来片场一看，温茴果然跟之前不一样了。

温茴会认出宋琴，盛洋一点儿都不奇怪，他只是有点儿郁闷，开口时声音也沉沉的："头疼。"

温茴强忍着没去看他，为了转移注意力，解锁手机后给陆斯衍发了条消息：文艺姐说你接了新电影。

那人没回复。

温茴等了几分钟，直到徐导又喊了"开始"，微信依旧没有动静。

她打起精神来，这才终于转头看向盛洋。

少年无精打采地喊道："姐——"

徐导要疯了："五点一刻再拍吧。"

温茴觉得再这样下去，盛洋要被徐导拉进黑名单了。她到底还是心软，语气僵硬地跟他说道："好好拍。"

盛洋的眼睛瞬间亮了下，因为激动，连音调都拔高了些："姐姐……"

话还没说完，教室的门突然被人轻敲了两下。

男人的声音懒懒的，也轻轻地和着敲门声响起："姐姐，什么时候收工？"

温茴的眼皮重重地跳了一下。

这个男人又在抽什么风？……

下午片场 NG 了这么多次戏，整个气氛都比往常要凝重。本就不热闹的教室在陆斯衍的这句话说完后，直接安静得落针可闻。

盛洋的声音戛然而止，眉头不自觉地皱了起来，温茴甚至听到了自己重重地吞口水的声音。

还是最靠近门口的徐导先出了声："小陆来探班了啊？"他说着转头看了一眼温茴，早就把盛洋抛到了脑后，笑眯眯地说道："要不今天就到这里吧。"

演员不在状态，硬着头皮拍戏也不可能拍得好。何况前面拍得顺，进度其实是比原计划超前了一周，反正也不差这半天了，徐导摆了摆手："小温，快收拾东西回去吧。"

温茴匆匆瞥了一眼现场，接收到一群人暧昧不明的视线。

剧组里上到中年男人徐导，下到大学还没毕业的场助小姑娘，几乎每个人脸上都写着“不用解释，我们都懂”“你们真有情趣”几个大字。

温茴干脆也不费那个口舌去解释了，不太想理那个反复迫害自己风评的罪魁祸首，只瞪他一眼就把视线收了回来。

对比起来，小心翼翼的盛洋就显得顺眼得多。

她跟这个弟弟也没怎么相处过，感情肯定是没有多少的。但是一对上少年干净的眼神，她再开口时无意识地把语气放软了些：“我们对一下戏再走吧。”

少年的嘴角立刻翘起来，眼尾微微一弯，像缀了两片桃花瓣。

果然是亲弟弟，他笑起来眼睛跟她像是一个模子刻出来的。

温茴还是不知道该怎么跟他相处，有些不自然地抬手碰了下鼻尖：“开始吧。”她完全把陆斯衍当空气了。

徐导坐在门边，一时不知道是该叫陆斯衍进来坐，还是提醒温茴赶紧收拾东西走人。偏偏盛洋没什么眼力见儿，已经跟她对起了台词。

徐导瞄了一眼陆斯衍：“小陆啊……要不你进来坐会儿？”

男人今天穿得休闲随意，扯了下嘴角，随便找了把椅子坐下后，一个眼神递了过来：“徐导，剧本可以看吗？”

徐导万分意外，陆斯衍居然知道自己姓什么，愣了下才立马把剧本递给陆斯衍：“小温和小盛要对的是第三场戏。”

陆斯衍轻挑了下眉梢，垂眸扫了一眼上头的字。

男主角和女二号并没有感情戏，所有的交集都是因为女主角，包括他们两个人的对话，也半句都没离开过女主角。

陆斯衍记台词快，两三分钟就把剧本放在了一边。他再一抬视线，盛洋已经开了口：“方莹同学，麻烦你把这个还给徐青禾。”

温茴演的女二号就叫方莹，她抬了下头，微微弯了下嘴角，说道：“要还你自己还啊。”

盛洋没什么表情，直接把那个盒子放在了温茴的桌子上，二话不说转身直接走人。

“喂……”

温茴拿起那个包装很精致的礼品盒，刚要往盛洋走的方向扔过去，一转身就瞥见了坐在门边的陆斯衍。她的动作顿了一瞬，整张脸的表情都多了几分别扭的娇气：“看什么看……”

徐导的眼睛都在放光，温茴的这个表情太好了，好到他不合时宜地多嘴问了句：“小温……你能再演一遍这一段戏吗？”

温茴听蒙了，问道：“‘看什么看’这句？”

陆斯衍扯了个笑容：“表情不对。”

走到教室后方黑板旁边的盛洋步子僵了一瞬，慢了半拍才问道：“我吗？”

陆斯衍回道：“不然呢？”

温茴的表情就算不对，他也不可能这么直白地说出来。

盛洋的嘴角抽了下，他耐着性子问道：“哪里不对？”

他不太喜欢陆斯衍，他们两个人虽然不是情敌的关系，但他就是不喜欢陆斯衍。

陆斯衍随手往前翻了翻剧本：“男主角对女主角的感情，你要再琢磨一下。”他抬起视线，眼神淡淡的，“不同的感情有不同的处理方式，懂吗？”

盛洋说起“徐青禾”这个名字时，跟说路人甲一样，听着甚至连半点儿好感都没有。

盛洋的年纪在这里摆着，演技虽然还可以，但他到底不是天赋型选手。他以往对角色的解读和呈现都过于表面，导演说可以，他也就那么演过去了，今天还是第一次听陆斯衍对他的表演提出看法。

盛洋站在那里，好半晌也不知道该怎么接话。

陆斯衍也懒得解释更多，站起身来说道：“温茴，走了。”

温茴看向徐导，问道：“徐导，我们明天再拍那句话？”

徐导很痛快地摆了摆手，说道：“好好好，快回去吧。”

温茴笑了下，拿了校服外套起了身。经过盛洋旁边的时候，她微顿了下脚步：“回去好好想一下。”

少年的音调有些委屈：“嗯。”

温茴哑然失笑，也没再继续跟他说什么，快步朝着门口的男人走去。

她的忘性大，只对了一场戏的工夫，就已经忘了自己风评被害的事了，走到陆斯衍身边的时候还不自觉地伸手攥住了他的手指。

等到走出了教室门，她才开口问他：“怎么过来了啊？”怪不得之前的微信消息他没回复。

“顺路来接你。”

“顺路吗？”

陆斯衍笑了下，说道："特地来接你。"

温茴的嘴角跟着弯起来，她问道："你为什么要说盛洋啊？"

"不能说？"

也不是不能说，就是少年更敏感，估计自尊心碎了一地。

温茴摇了摇头，说道："算了，说几句应该也没什么。"

盛洋现在被陆斯衍说，也总好过以后被千千万万的网友说，但事实证明温茴还是想得太多了。

两个人刚上车，她的微信就响了下。

盛洋：姐，我的演技真的很差吗？

盛洋和她有种特殊的默契，明明谁都没有提过"姐弟"这一茬，但是两个人的相处模式完完全全地改变了。

温茴发了串省略号过去。

盛洋发了更长的一串省略号过来。

hui：挺好的。

虽然盛洋不算特别出类拔萃，但是也不至于让别人觉得尴尬。

盛洋：真的吗？

hui：真的。

盛洋：今天这场戏，我是不是不该这么演啊？

hui：如果是"喜欢"的话，情绪是会有变化的。

温茴想了想，尽量用最简单的话给他解释道：听过一句话没？喜欢一个人是会从眼睛里流露出来的，是藏不住的。

其实盛洋今天演得也还行，只不过还能更好。

温茴自恋道：就像陆老师对我一样。

盛洋没忍住发了一串省略号。

温茴看着他们俩的对话，没忍住笑了出来。

就这样也挺好，她跟盛洋谁都不需要戳破这层纸，就这样疏离又亲密自然地相处着。

陆斯衍侧目看了她一眼，问道："笑什么？"

温茴立刻把手机侧向靠近车门，嘴角绷直了些，说道："我没笑。"她扭头看了一眼陆斯衍："你听错了。"

温茴没继续跟盛洋聊了，可能她的那句"就像陆老师对我一样"刺激到了还没有谈过恋爱的单纯少年，盛洋的回复很冷漠地停在了那串省略号处。

温茴收起手机，又想起正事来："陆斯衍，你接新电影了没？"

男人"嗯"了声："在谈。"

温茴又问道："哪部电影啊？"

陆斯衍回道："《第七分钟》。"

温茴对这个名字有印象，前几天陆斯衍在书房打的那通视频电话，提起过这部电影的英文名字。她抿了下嘴角接着问道："导演是谁啊？"

"《逢生》的导演。"

哦……就是那个喜欢加吻戏和亲密戏的美国导演。

温茴问道："有吻戏吗？"

陆斯衍回道："有。"

温茴不知道怎么接话了，沉默了好一会儿，又不死心地问了句："那……亲密戏呢？"

国外的电影尺度一般会大一些，温茴这么想着，已经轻咬起下唇了。

"有一场。"

温茴彻底不说话了。

陆斯衍的嘴角似有若无地扬了下，他问道："怎么了？"

温茴的声音干巴巴的："没怎么。"

"是男二号和女二号的戏份。"

"哦……"温茴得寸进尺地问，"那吻戏呢？"

"男、女主角的。"

温茴解锁了手机，点开浏览器开始搜索"陆斯衍吻戏"。

他确实不常拍吻戏，但是在娱乐圈当了这么多年的演员，不可能一场吻戏都没有拍过。他演了九年戏，平均每年都要有一场吻戏，每一场都是和不同的女人。

温茴咬紧下唇的牙齿微微用力，然后又骤然松开。

"你为什么拍过这么多场吻戏？"

陆斯衍的声音淡淡的："温茴，我是演员。"

温茴被他轻轻松松地堵住了话。

这才应该是她喜欢的陆斯衍，有自己的事业，也有自己的生活。

温茴"哦"了声，说道："我没有吃醋。"

陆斯衍低笑了声："吻戏跟吻不一样。"

男人的笑声短促，很快又敛起，他的语气正经了些："拍《海棠依旧》

的时候，我那天——”车刚好停在御南一品的别墅前，陆斯衍顿了顿，偏过头来认认真真地看着她，“叫了你的名字。”

温茴瞬间想起来了，陆斯衍那次叫了她“茴茴”，不是剧里的“文慧”。

温茴的唇一点儿点儿弯起来，算了，她计较什么呢？

温茴的眼睛也弯了下：“没关系，反正我也有吻戏。”

《为后》的风评不好，收视率也不高，本来首播收视率 3.8% 突破了近期电视剧收视率的新高，结果到第三天的时候收视率直接砍了一半还多，只剩了 1.6%。

温茴还是没有单独的分镜头。

言宁为了温茴还在坚守阵地，每晚必定准时吐槽。到了第四天，言宁总算发了条其他内容的消息：宝贝，你终于要出来了。

言宁的消息发过来的时候，温茴正在化妆间里等着造型师给她上妆。

DK 的代言拍摄在今天，这次的全线代言跟之前的单独产品代言不一样，光是造型和摄影团队的差距就很大。

温茴已经换好了抹胸露背小黑裙，趁着化妆师正在搭配妆容色系，给言宁回了条消息：怎么样？

温茴这几天虽然没看剧，但是看了不少截图，依旧没能适应电视剧的滤镜。

她怀疑《为后》的后期人员跟哪位演员有仇，不然不可能用那么丑的滤镜。

宁宁：从上集预告来看，你的画面还可以，你的妆为什么比别人都淡？

hui：我自己化的。

虽然她当时已经跟陆斯衍结婚了，但是付曦给她接下这部剧时，两个人还没公开关系。

按理来说，公开结婚消息后的温茴虽然不可能接到大制作项目，但是接到《为后》这种剧的女三号、女四号的角色应该没太大问题，只不过温茴太久没演戏了，想先从戏份少一点儿的配角演起。

配角的难处就在于连个像样的化妆师都没有，温茴有的时候不想排队等化妆，干脆就自己化妆了。

言宁松了口气：茴香，你可太有先见之明了。

厚重滤镜下的背景很恢宏，而人物的对比度太强，妆越淡，反而越上镜。

宁宁：等晚上，我绝对守在电视机前。

hui：我要是不好看的话，你就别告诉我了。

刚好化妆师已经准备好了东西，叫了温茴一声："来化妆了，小温。"

温茴放下手机，自觉地闭上了眼睛。

单人的代言拍摄不需要其他合作的演员和互动，所以拍摄速度还算快，但是拍完几组照片，还是用了小半天的时间。

温茴换回自己的衣服出来时，外面天已经暗了。她的肩膀端了一整个下午，直到上了出租车她才放松下来。

陆斯衍最近开始谈新电影了，明显比前阵子忙了不少。他不来接送的第一天，温茴还有些不习惯。她靠着后座，给陆斯衍发了条消息：在干吗？

那人没回复。

温茴看了一眼时间，七点多了，距离《为后》在电视上播放第七集还有二十来分钟。

出租车师傅似乎都很健谈，上车没几分钟就主动说起话来："小姑娘在 DK 上班吗？"

人气再火的演员也不可能人人都认识，何况她还没有红遍大江南北。

温茴把自己当成普通人看了，想了几秒，然后答道："对啊。"

司机只觉得这个小姑娘长得真水灵，问道："多大了啊？"

"23 岁了。"

"只比我的儿子大一岁呀。"司机越看她越顺眼，"喜欢比自己小的吗？"

温茴笑了下，说道："叔叔，我结婚了。"

大叔有些尴尬地摸了摸后脑勺，歉意地说道："你别介意啊，当我没说。"

两个人没聊几分钟，出租车在小区门口停下。

等到温茴付了钱下车，陆斯衍还没回复消息过来。

她慢悠悠地晃回家，整栋别墅的房间都隐在黑暗中，只有院子里有几盏灯亮着。

温茴进屋后，先去泡了个热水澡。她今天一个姿势要固定好久，所以神经都有些紧绷，合上眼靠着浴缸，不知道怎么就睡着了。

她再醒来的时候水都快凉了，刚要起来，浴室的门就被敲了下：

“温茴？”

“嗯……”

声音一出来，温茴才发觉有些哑。

大概是水温不算高，她有些着凉了。温茴再要说话，门突然被人从外面推开。

温茴愣了一瞬间，反应过来后连声音都拔高了些：“你先出去。”

陆斯衍不仅没出去，还直接进了浴室。他腿长，两三步就到了浴缸旁边。

水早就没了热气，他根本不用上手去摸就知道水凉了，眉已经皱了起来：“睡着了？”

“嗯……”

陆斯衍微俯下身，手伸过来就要抱她出去。

“别……”温茴虽然知道自己全身上下他都看过，但是光线这么强的情况下，她还是觉得有些脸热，“我……我没穿衣服。”

“我看见了。”

男人的手已经探进了水里，碰到她的腿的时候，温茴轻声“啊”了声，说道：“我自己……”

陆斯衍的声音低下来：“不想发生点儿什么就闭嘴。”

温茴老老实实地闭了嘴。

五分钟后，温茴披上睡衣，捧着杯热水靠在了床头。

陆斯衍的表情不太好，他叮嘱道：“下次别洗澡时睡觉。”

温茴抿了口热水，说道：“我知道了。”她是真的不敢了，这种危险行为本就一次都不该有。

温茴抬眼看着他说道：“你不要生气了。”

陆斯衍拿了睡袍进了浴室，温茴呼了口气，拿过手机一看将近九点了。

言宁的吐槽果然已经发过来长长的一段：茴香，你是为数不多在这种滤镜下还跟仙女一样的演员了。

温茴整个人躺倒在床上，闲得无聊，点开微博看了几眼私信。

大部分的私信是关于《为后》这部剧的，内容多数是想让她演主角。还有更夸张些的网友私信说让温茴等她发达，投资剧本让温茴当女主角。

温茴哭笑不得。

看了十来分钟的私信，她发了条微博：晚安。

温茴点赞了前几条评论，刚退出微博，浴室的门就开了。陆斯衍穿着睡袍出来，睡袍的垂感极佳，衣摆轻贴着男人肌理分明的小腿。

温茴的视线由下往上，陆斯衍侧身站着，所以喉结的形状突出明显，性感异常。

温茴轻舔了下嘴角，唤道："陆斯衍。"

"说。"

温茴有些犹豫地说道："我想……"

沉默了好几秒，陆斯衍才转头看过来。他的眼神很深："想什么？"

温茴最烦他这种明知故问的样子，翻了个身："不知道就算了。"

她刚说完，男人的声音自身后响起："起来。"

"睡了。"

"我也想。"

周六的时候，陈导解散了《我们恋爱吧》的微信群。

陈导：本来按照原计划《我们恋爱吧》最后一期节目录制后，还要录制一次大家的散伙宴的，但是因为综艺节目播出延后了一周，所以干脆就不录了。大家合作愉快，期待下次合作！

他发完消息没多久，群就被解散了。

温茴花了两个月录制这个综艺节目，突然结束的时候心里还空了一下，不过更多的是松了一口气。

付曦的消息刚好在这时候发过来：茴茴，你还记得年中的金剧盛典吧？刚刚工作人员给我发邮件，说你入围了。

hui：啊？

付曦不知道该不该恭喜她：那个……最佳龙套奖。

付曦早在前阵子就给温茴打过一次预防针，所以温茴听到这话时也没觉得太惊讶。

她唯一好奇的地方在于，为什么会有这种反人类的奖项？

作为入围的主演，连温茴自己都不知道该不该高兴了。这看起来像是件好事，但是这个奖的名字实在有些打击人的积极性。

付曦也不太懂：去年才有的。

hui：去年得奖的是谁？

xixi：说出来你也不认识……

温茴懂她的意思了，这个奖就是为了龙套准备的，并不存在谁拿了奖，谁就能一飞冲天去演主角了。

hui：我会不会被这个奖封印啊？

xixi：你觉得陆斯衍的老婆会一直跑龙套吗？而且你都接到女二号的角色了。

付曦虽然觉得离谱，但也觉得这不是什么坏事。

xixi：放轻松，你说不定是解除封印的人。

温茴不放轻松，也没有别的办法。

她跟付曦聊了几分钟的工夫，微博上就已经有网友开始讨论关于金剧盛典的话题了。

金剧盛典，顾名思义只包含了电视剧的奖项。

温茴本来以为陆斯衍的名字应该不会出现在上面，毕竟他去年下半年到今年上半年没有主演的在播剧，但温茴一点进宣传界面，第一眼就看到了他的剧照。

温茴再定睛一看，才看到下面的一行字。

陆斯衍，代表作《玫瑰糖》《爱杀》《情投意合》等，曾获多项最佳男主角奖。

最后一行字是：本次盛典特邀颁奖嘉宾。

温茴又往下滑了滑，看完最前面的六七个特邀嘉宾，后面就是入围演员了。

金剧盛典设立的奖项并不多，除了“最佳龙套奖”，其他的奖项都正常得不能再正常。温茴甚至怀疑这是官方的恶趣味。

她随意浏览一遍，比较出乎意料的是整部《为后》的剧，入围的只有她一个人。

物以稀为贵。

这么一看，好像连她的“最佳龙套奖”也不是那么随便了。

温茴叹了口气，转而给陆斯衍发了条消息。

hui：这个奖没有内定吧？

L：没有。

hui：你颁发哪个呀？

L：最佳女主角。

hui：要握手吗？拥抱呢？

L：不知道。

陆斯衍也是第一次作为颁奖嘉宾出席这种活动，没有多少经验。如果不是温茴入围了，他可能连这唯一的一次机会都不会有。

hui：如果那个女演员穿得很少的话，你就别抱她了吧。

陆斯衍答应得很干脆，就一个字：好。

第五章

乖乖让我亲一下

金剧盛典举行的日子定在了六月三十日，算起来还有段时间，温茴也就没太关注，反正这个奖项对她来说是可有可无的那一类，作用并不是太大。

自从温茴肯搭理盛洋以后，《十七岁》的拍摄工作也顺利了不少。因为是部网剧，所以播出档期总比上星的剧好排一些，剧还没拍完，档期就提前定好在八月，赶上了暑假的尾巴。

这会儿拍摄进度比预期还早了小半个月，后期应该不至于出现《为后》那种因为赶时间而出现剪辑粗糙的现象。最主要的是自从陆斯衍上次说过了一次盛洋后，盛洋的演技虽然没有大幅度提升，但是也有了肉眼可见的变化。

温茴还是挺看好这部剧的，觉得盛洋的人气会再上升一些，抛开他还不错的演技，光是这张脸就没有不火的道理。

转眼就到了六月中旬，距离《十七岁》全剧杀青只剩下几天了。

温茴饰演的女二号和男二号的结局是并没有在一起，因为误会和阴错阳差，两个人终于渐行渐远。几年后，两个人作为伴郎和伴娘在男、女主角的婚礼上重逢。时隔多年，男二号已经有了温柔的女朋友，而女二号对他余情未了，依旧孤身一人。

替女主角挡酒的时候，伤心欲绝却又不敢表现出来的女二号喝得酩酊大醉，被女主角送回房间后，女二号借着酒劲跟女主角说出了真心话。

这毕竟是部青春剧，关于都市的部分并不多，在剧里只有一两集相应的内容，现实拍摄的时间也只有几天。

温茴总算不用穿校服了，当年那个骄纵又可爱的小公主已经被生活和工作磨去了棱角，每天朝九晚五地上下班。为了贴合角色，温茴还跟着一群摄像师去挤了一天的地铁。

这部剧后期的时间线拉得飞快，温茴只用了两天就拍完了从大学毕业到刚工作，再到被爸妈安排去相亲的戏份。

拍最后两场戏的那天刚好是周末，温茴几乎每场都有哭戏，第一场是女主角结婚的前一天，把她叫去酒吧进行最后的狂欢，女主角放心不下她，问她是不是还打算继续等下去。

温茴趴在吧台上，眼泪稀里哗啦地往下掉。因为中途NG了一次，温茴一下午哭了不少于半个小时。等这场戏拍完，她的眼睛都红肿了。

温茴的眼睛生得漂亮，虽然红肿起来也好看，但还是把导演给吓坏了："小温，你这也太……夸张了。"

这么说又不太好，徐导咳了声，说道："要不……我们明晚再拍最后一场戏吧？"

温茴吸了吸鼻子，说道："不用。"哭得久了，她一直想打嗝。

旁边递过来一只手，盛洋的声音响了起来："拿这个敷一下。"

"谢谢！"

温茴接过来后才发现是个冰袋，没有立刻起身，又趴回吧台上，闭上眼睛把两个冰袋轻覆了上去。

男生还没走，问道："怎么哭得这么厉害？"

温茴的声音还很弱："没有演得太过吧？"

演《为后》的时候，温茴的戏份不多，也没有什么挑战性。《十七岁》才是她重返娱乐圈后的第一部主角戏，温茴最怕的就是用力不足或者过猛。整部剧里，也就最后的两场是重头戏，是最考验演员的演技的戏份。

温茴趴不下去了，立刻从吧台上直起身来："会很假吗？"

"没有。"

她觉得自己问的是废话，粉丝对她有滤镜，盛洋对她也有滤镜。

温茴又转头看向那个正在偷瞄盛洋的女主演，问道："伊伊，我刚才演得假吗？"

女生立刻摇了摇头，说道："温茴姐，你的演技特别好。"可能说完之后连她自己都觉得假，女生又加了句，"我说的是真话。"

温茴又看向导演，徐导连忙点了点头，说道："真的挺好的。"隔了半分钟，他又补充道，"不知道的人还以为你是真的被人始乱终弃了呢！”

那就对了。

温茴刚要松一口气，就又听盛洋压低声音问了句：“姐，你跟陆……吵架了吗？”

“吵什么架？”温茴没听太懂。陆斯衍这两天没在北城，她跟空气吵架吗？

“那你今天为什么哭成这样？”

“剧情需要啊。”温茴有些无奈地扯了下唇，解释道，“女二号这场是哭戏。”

盛洋还皱着眉问：“真的没吵架吗？”他不太放心陆斯衍。

温茴点了点头，回道：“真的。”

盛洋比陆斯衍小了好多岁，温茴当着他的面直接称呼陆斯衍的全名不太好，说“姐夫”就更不合适了。她想了想，说道：“陆老师去国外拍广告了。”

盛洋沉默了下，说道：“打电话也可以吵架。”

他是个“杠精”吧？

温茴简直哭笑不得，说：“要不我给他打个电话，你来确认一下？”

“不用。”盛洋这才没再接着问了。

一行人又在酒吧里歇了会儿，等到太阳快落山才前往已经订好了的酒店。

婚礼现场精心布置过，节目组资金有限，虽然没有布置得特别豪华，但是也像那么回事。司仪和花童也都找好了。

前面一小段剧情不需要男、女二号，温茴随便找了个位置坐下来。

此时下午五点多，温茴刚要点开微博，微信就收到了消息。

“吃瓜”群众言宁永远奔跑在第一线：《檀香劫》官方宣布男主演了。

hui：什么时候？

宁宁：三分钟前。

温茴坐不下去了。

她打开微博一看，话题榜前排有个标题叫“檀香劫谢褚辰”，后面还跟了个愤怒喷火的表情。她光看这个表情，就知道话题里不可能太平静。

温茴已经见识过了谢褚辰的粉丝的威力，但是很显然，上次见识到的不及这次的百分之一。

宁宁：这次剧方确实有点儿过分了……前面的宣传就差明说男主演是谢褚辰了，结果就这么无缘无故地换人，粉丝不生气就怪了。

hui：是谢褚辰有问题吧。

宁宁：我突然想起来……《我们恋爱吧》最后两期节目，你们几个嘉宾的表情都不太对劲，他是非礼你们中的谁了吗？

言宁想来想去，除了温茴，也没能想出第二个人来。她最近忙着赶稿和毕业，那两期节目的视频都只看了一眼预告，还没来得及细看，所以很多情况都不太清楚。但是今天结合《檀香劫》更换男主演的事，她好像突然就明白了。

宁宁：当我没说过前面那句……换得好！

温茴比较担心剧方和后来换的男主角演员，虽然知道双方肯定都跟盛娱谈拢了，但是闹出这么大一出，温茴作为根源，完全撇清关系是不可能的。

她又问言宁：这时候换男主角是不是对剧方影响挺大的？

宁宁：那是肯定的，行行让换的吧？

真爱粉就是不一样。

宁宁：你就放宽心吧，盛娱肯定跟两边都谈好条件了。该担心的应该是谢褚辰，他的粉丝再这么闹下去对谁都没有好处。

温茴也没能忧心忡忡多久，六点整她就被导演叫过去拍最后一场戏了。

温茴的眼睛还没消肿，好在按照剧情来走的话，这些都在正常的范围之内。

她入镜之前，化妆师为了上镜效果，还是又给她扑了层粉。剧本上写得明明白白，以防温茴真的喝醉，剧里的白酒全用凉白开代替了，不过水跟酒毕竟不一样。

温茴已经尽力去还原喝醉的场面了，但是演了两次，效果都不是太好。

一场戏从六点演到了将近八点，温茴喝水上了三次厕所，拍到后面，她看到水就烦。

徐导也有些不知道怎么办了，也不是说温茴演得不行，就是差了那么点儿意思。如果这场戏换成别的演员，估计也就这么过去了。但是温茴不行，她明明可以演得更好的。

徐导皱着眉头看了一眼剧本，问道："小温……你会喝酒吗？"他只能使出撒手锏了。

温茴摇头，然后又点了点头，说道："会一点儿。"

"要不我们来真的吧？"

温茴就等他的这句话呢，立刻点头，说道："没问题。"

温茴就是不知道自己喝醉是什么样子，所以一直演不出那种醉态来。

导演很快叫人去买了瓶二锅头来，温茴的酒量不好，上次喝了两杯低度数的果酒都晕乎乎的，这次的二锅头一上来，她才抿了一口，就被那种辛辣的味道刺激得皱紧了眉。

场助有些不好意思地说道："老板说这个最容易上头。"

温茴屏住呼吸，一口气喝了一大口酒。不知道是因为她没喝过白酒，还是因为这种酒确实容易上头，一口下去，温茴立刻有些头晕了。

温茴现在不担心醉不醉的问题了，开始担心待会儿能不能说对台词了。

导演一看她的表情，就怕还没开始拍摄她已经先醉了，连忙朝摄像师招了下手："开拍了。"他又提醒温茴："小温，表情控制一下。"

温茴抿了下嘴角，渐渐把皱紧的眉头松开。

导演没敢让她全喝酒，白水和酒掺着来的，一整杯白酒下肚后，温茴的脚底像是踩了棉花一样站都站不太稳。她还有意识，情绪酝酿出来后，眼底含着泪看向男二号的方向。

全场的人都屏住呼吸，唯恐一打断就只能明天再来了。

陆斯衍上楼的时候，楼上大厅里安静得不像是有这么多人在场。

男人把步子放轻，直到走近了些，才有工作人员发现他。

小伙子刚张了张嘴巴，陆斯衍就用食指在唇上轻压了下，男生意会到他的意思，老老实实地又闭了嘴。

陆斯衍这周去美国拍了个代言，一个小时前才下飞机，本来想着先回家洗个澡的，后来想到温茴在附近拍戏，干脆直接过来了。他今天穿得偏正式，衬衣、西裤，领口的扣子没系全，随意地散开两颗。

工作人员瞄了他两眼，只静悄悄地指了指旁边空着的椅子，没敢搭话。

陆斯衍朝他微侧了下眼，眉梢轻挑，没有坐下。

温茴前面的台词并不多，基本上是表情和动作。她入了戏，看着男二号的眼神就跟看爱了很多年但最终错过的恋人一样，眼角沁着泪，却始终没有流下来，嘴角明明是翘着的，表情偏偏又比哭出来还哀戚。

陆斯衍的心头一动，眸色不自觉就深了些。

温茴压根儿不知道他来了，就怕自己待会儿真的忘了台词，现在满脑子都是待会儿要说的那句台词，看着男二号的时候都恨不得提前把那句台词说出来。

好在她还有理智，又硬生生忍了下来。她就这么看了几眼，这一幕总算是过了。

温茴终于如愿以偿地趴在了桌子上。

女二号这会儿应该是醉倒的状态，所以她直接把眼睛也给闭上了。

没几分钟，女主角过来拍了她一下："莹莹？"

温茴小声嗯了一声，喝了杯酒后耳边的声音都不那么真切了。她只知道有几个人在旁边说了句话，但说的是什么，她一句都没听出来。

又过了会儿，女主角把她扶起来，说道："我送你去休息。"

"哎……怎么喝了这么多啊？"

"早知道不让你跟孟意在一桌了……"

温茴整个人挂在她身上，步子虚浮，都不知道怎么被带进房间的。

几个摄像师跟在后头。

这时候大多数人已经发现了陆斯衍，但是没有一个人能抽出时间来理他。陆斯衍倒是乐得清净，迈着长腿跟在人群后面。

女主角进了房间把温茴放到床上后，镜头瞬间就拉近了。

温茴今天当的伴娘，所以穿的是裙子。她躺到床上的时候，虽然也没露什么不该露的地方，但光是两条白花花的腿就足够吸引人的视线了。

陆斯衍倚在门口，眉头轻轻皱了起来。

女主角给她倒了杯水，又把人扶起来，将水杯递到她的嘴边。

温茴此时水都该喝吐了，皱着眉推开杯子后又倒回了床上。

"莹莹……"

温茴吸了吸鼻子，问道："他为什么不能一直喜欢我呢？"

女声拍了拍她的后背："睡一觉吧，睡醒就好了。"

温茴没了声音，她的台词终于说完，整个人松了口气。

酒劲儿这会儿完完全全涌上来，温茴动都不想再动一下。

她闭着眼睛，模模糊糊地听到有人说了什么，也只是轻轻哼了一声。

那人也没继续在耳边吵她，把外套遮在她身上后，把人拦腰抱了起来。

温茴的大脑已经不太清醒了，但是她在潜意识里又沉迷于男人的怀抱和他身上的味道，不自觉地往他怀里又蹭了蹭。

"老公……"

“嗯。”

温茴又没了声音。

温茴醉得快，睡得也很快，连醒得都比平时要早。

她醒来的时候还不到十二点，脑袋还有些沉，但是已经能分清东南西北了。

陆斯衍不在床上，大概是伺候她晚了，现在才进浴室。

温茴弯了下嘴角，没继续待在床上，掀开被子下了床。衣服已经换回了自己的睡衣，那件白色的礼服被随便地扔在了地上，把整个房间的气氛都衬得混乱暧昧了些。

温茴低了低头，然后在自己的锁骨下方发现了一个红色的指印。她有些头疼地按了按眉心，拿起那件险些支离破碎的裙子，抬脚走到浴室门口敲了下门。

浴室里面的水声没停，隔了层门，男人的声音越发低沉：“怎么了？”

“你为什么把我的裙子弄成这样了？”

水声停下，没几秒浴室的门就被打开了：“哪样？”

温茴咽了下口水，说道：“这是剧组的衣服。”

“再买一件。”男人垂眸看着她，“还有别的事没？”

“没了……”

温茴的视线都没敢往下移：“你继续洗吧。”

“等等。”

“嗯？”

男人把她拽进浴室，说道：“一起洗。”

温茴睡了一觉，晚上越发清醒。折腾了一通后，她已是半点儿睡意也没有了。

陆斯衍拍了广告又坐了大半天的飞机，要比她累得多，刚上床就合了眼帘。

温茴面对他躺在他的身侧，抬手轻轻在他的眉心处点了下：“陆斯衍。”

男人还没睡着，声音极轻：“嗯。”

温茴抿了下嘴角，问道：“你能不能一直喜欢我？”

“嗯。”

他都该睡着了，温茴也知道这回答不作数，但是嘴角还是弯了下。

刚心满意足地闭上眼睛，她又听到男声低低响起：“陆斯衍一直喜欢你。”

温茴最近越发矫情，陆斯衍不在身边的几天里，她连睡眠质量都仿佛下降了不少，所以他回来的这一晚，温茴睡得异常踏实。

她醒来的时候天刚蒙蒙亮，陆斯衍还没醒。

天光熹微，温茴侧脸看了他好半晌，直到天完全亮起来，男人依旧沉沉睡着，大概是昨天累坏了。

温茴也没吵他，翻身的动作尽量放到了最轻。不仅如此，她还打破了纪录，光起床就花了八分钟，等洗漱完已经是一刻钟以后了。

抹水乳的空当，温茴才拿过手机看了一眼。她作息正常，这个时间点收到的消息就只可能是跟她有时差的言宁发来的。

言宁顶着两个黑眼圈，还在发消息：谢褚辰“塌房”了，他的前女友居然是粉丝后援会会长。

然后言宁解释了一长串的八卦消息。

温茴今天还得去一次片场，确定身上看不出暧昧的痕迹，她才问言宁：你的稿子画完了没？

言宁没回复。

hui：画完赶紧去睡觉。

言宁那边正是深夜，隔了会儿才回了句：收到。

温茴转去微博看了一眼，试着搜索了谢褚辰的名字。页面一出来，她点进了第一个关联话题，话题名字叫“谢褚辰一颗水蜜桃”。

微博是后援会会长本人发的，长达几千字的内容被编辑成了三张长图，后面还加了几张微信聊天记录的截图。

截图的时间线很清晰，但是底下的评论又是两极分化现场。

温茴看得一阵心悸。她看得过于投入，身后男声响起的时候还把她吓了一跳：“饿了没？”

温茴的心脏扑通乱跳，声音都带着心有余悸的颤抖：“还……还行。”

“怎么了？”

温茴转头看了他一眼，说道：“谢褚辰好像跟粉丝牵扯不清。”

陆斯衍倒也不觉得意外，连表情也是淡淡的：“然后呢？”

“然后那个粉丝被骂了。”而且那人还被骂得好惨。

她身为一个公众人物，刚开始被人骂的时候尚且觉得心里不舒服，更别说这个才十九岁的小姑娘了。

温茴有点儿担心她：“谢褚辰还拍了视频威胁她。”

“什么视频？”

陆斯衍的语气很正经，正经到温茴甚至不知道他是真的不知道还是装的了。

她微皱了下眉：“就那种……”

这次话音一落，她就见陆斯衍皱了下眉。

这个男人不管是不是被吵醒的，早上的表情都不会太好，眉头皱起来的时候整张脸都冷了几分。

温茴都不敢代入自己，光是想象一下，就觉得喘不过气来。但是一看到陆斯衍的表情，她又不自觉地垂了眼：“我管得太多了吗？”明明自己就有一大堆事情，结果还担心起别人来了。

“没有。”陆斯衍开了机，“挺好的。”

这是他喜欢的那个女孩子会干的事。

谢褚辰这事像滚雪球一样，越滚越大。陆斯衍没找裴越，直接找了陆江元。

解决完正事后，他的表情还是不见好。

“温茴。”

“嗯。”

温茴的两条胳膊搭在椅背上，还没上妆，一张脸素净漂亮。

“我刚才在想，”陆斯衍抬眼看过来，“如果你上次跟他……也被他拍了视频……”

温茴打断他的话，说道：“不可能。”

陆斯衍没搭她的茬儿，自顾自地接了后半句话：“他怎么死比较好？”

“陆斯衍……你冷静一点儿。”温茴咽了下口水，“杀人是犯法的。”

陆斯衍这才扯了下嘴角，说道：“所以，你不能跟别的男人做——”

男人的话音一顿，隔了两秒，他才又轻吐了三个字：“那种事。”

温茴瞪了他一眼，说道：“我什么时候……”

“听见没？”

温茴沉默片刻，才闷闷地应了一声。

陆斯衍这才又起身朝浴室走去，温茴“哎”了声，开口道：“那个女生……”

“好好拍你的戏。”

一周过去了，盛娱没明确说对谢褚辰的处理情况，但是从温茴跟陆文艺和陆斯衍姐弟俩聊天时旁敲侧击得到的消息来看，谢褚辰今年的所有通告全部暂停，连带整个人都跟着安分了不少。

除了前两天那一封道歉信，他的微博就完全没了动静。

等到金剧盛典的前一日，温茴登机飞申城的半个小时前收到了言宁的一条消息。

宁宁：谢褚辰的微博注销了！为了庆祝……

温茴连忙赶在她发下一句话前回道：我准备亲陆斯衍一下。

言宁无语了。

正事没说，她还被温茴给虐了一通。

见那边的人半天没动静，温茴也不逗她了，又说道：说吧。

言宁不敢让陆斯衍去客串，但是面对温茴还是开得了口的：我的那本《捧月》不是开拍了嘛，想让你去客串一下。

hui：戏份多吗？

宁宁：一天绝对能演完，就几个镜头。

温茴也没推托：没问题。

宁宁：我爱你，我愿意以身相许。

hui：我不愿意。

温茴跟言宁聊了会儿后，登机播报响起。

栗子的声音也跟着响在耳侧："嫂子，衍哥回来了。"

温茴抬眼，刚好瞧见从吸烟区出来的陆斯衍。

来送机的"星星"很多，跟粉丝说了几句话后，他才抬脚过来。

温茴带了行李箱过来。

马上七月了，她明天参加完金剧盛典，就得立刻飞往法国拍S.A的代言。

一来一回免不了要一周，所以她带的换洗衣物也不少。

陆斯衍替她拎过行李箱，牵着她往登机口走去："几点的飞机？"

"这不……"话一出口，温茴才反应过来，"1号凌晨一点多的。"

陆斯衍皱眉问道："就你自己？"

"付曦明天过来。"

男人像是这才放了心，眉头骤然舒展了些。

检票登机后，温茴趁着飞机还没起飞，去微博看了一眼。

谢褚辰这次注销微博的事太轰动，大家都在讨论。

她关注网友的发言，就看到了粉丝给她做的视频，有人留言：男粉丝报到！从今天开始，我和陆斯衍势不两立！

温茴看得想笑，弯了弯眼睛，转头看向陆斯衍："你要有情敌了。"

男人没转头，随意地说道："不是一直有吗？"

温茴："我今天见到了第一个男粉丝，活的。"

栗子咳了声，委屈极了："嫂子，我是死的吗？"

温茴摸了摸鼻子，耳朵热了下，说道："我的意思是……在网上见到的第一个。"

她对比自己年纪小的男孩子大多当弟弟看的，瞧着他的表情实在委屈，没忍住伸手想拍拍他的肩膀。结果手刚抬起来，就被夹在两个人中间的陆斯衍握住按了下来。

栗子了解陆斯衍的脾气，瞬间不敢继续委屈了。

温茴倒是没当回事，任由陆斯衍拉着手，微抬了下巴看着他："谢褚辰是不是等风头一过就会出来了？"

"不会。"

"为什么不会？"

"公司停了他的通告。"

栗子听懂了，估摸着自家老板不喜欢多说话，只能自发地给温茴解释道："嫂子，你知道什么叫'雪藏'吗？"

温茴点了点头。

"雪藏"这个词不难懂，对艺人来说这几乎可以算得上是致命一击，相当于只要谢褚辰没和盛娱解约，在盛娱没有松口前，他没办法参加任何跟娱乐圈相关的活动。

温茴问道："谢褚辰跟公司签了几年的合同啊？"

她跟盛娱的合同期就很长。

栗子倒是清楚这事："二十年。"

"那时候他都四十多岁了，应该没有粉丝了吧？"

栗子摇了摇头："用不了那么长时间，保准没几年就没人记得他了。"复出，他想得美。

温茴往椅背上靠了靠，问道："那他和公司解约呢？"这个问题跟栗子问不出来，她又看向陆斯衍："违约金多吗？"

"还行。"

"还行是多少？"

"几个亿。"

温茴和栗子默默地对视了一眼，没再接话。

飞机傍晚起飞，夜间抵达申城。

温茴没来过这座城市，晚上拉着陆斯衍去吃了当地的一家特色小吃。

刚吃完，她就后悔了。

温茴最近作息和饮食规律，虽然也确实是不太容易长胖的体质，但是这阵子还是重了几斤。她吃完这顿饭更是这样，小肚子倒没出来，不过明显跟刚回国时有了差距。

上次是录综艺节目，她胖几斤没有关系。

问题就在于她明晚需要穿礼服，过几日拍代言肯定也需要穿，腰围多一厘米都能看出来。

回来后，温茴拉着陆斯衍不想上楼："你跟我在外面散散步。"

陆斯衍挑了挑眉。

温茴说道："吃撑了。"她说着还没忍住拽着陆斯衍的手放在了自己的肚子上，"是不是特别鼓？"

沉默了两秒，男人的眼神晦涩了些："我做措施了。"

理智讨论无果，温茴自己绕着酒店楼下的公园走了几圈。

第二天起床，温茴还是没见轻多少，但是好在她也没再重。

她问过服务员，白天去健身房待了几个小时，中午和晚上吃的全是青菜。

成效很明显，按照以前尺寸定好的礼服上身完美，不肥也不瘦。

温茴第一次出席这种场合，赶去现场前，在房间里的落地镜前照了又照。她穿的是一件藕荷色的抹胸长裙，长发随意地披在肩上，正想着要不要把头发绾起来，手机屏幕就闪了一下。

陆长晴的消息发了过来：茴姐，需要我帮忙吗？！

hui：需要！

陆长晴的动作很快，没多久敲门声就响了。

温茴还没穿高跟鞋，拎着裙摆过去开门。门一打开，陆长晴笑眯眯地站在外面，说道："我刚才从会场过来的时候看到我哥了。"

陆斯衍是特邀嘉宾，过去得比温茴要早一些。

陆长晴对她滤镜十米厚："茴姐，你下凡累吗？"

温茴笑了笑说："我的头发要不要弄一下？"今天的裙子颜色浅，披散着头发她就总觉得有些不搭。

陆长晴翻了翻包，说道："我给你编一下。"

陆长晴手巧，又是相关专业的，十几分钟就把温茴的头发弄好了，长发被绾起，精致又温婉。陆长晴夸张地哇了一声："这就是仙女吧！"

温茴的嘴角牵得更大："差不多就行了。"

陆长晴叹了口气。

"怎么了？"

"越来越觉得我哥配不上你了。"

陆长晴是造型师，主要的时间都待在后台。两个人一到典礼会场，就立刻分道扬镳了。

温茴跟陆斯衍不是同样性质的嘉宾，连座位也没安排在一起。她挨着两个不太熟的演员坐，别人都认认真真听着主持人大串词，她自然也不好低头玩手机。虽然不太听得进去，但她还是很配合地随着众人鼓掌。

金剧盛典设置的奖项不多，每项奖公布以后，都会有一个其他明星表演的歌曲或者舞蹈节目。从年度最佳剧本到最佳龙套奖，简单的两个奖就用了半个小时。

温茴端坐着，等主持人公布最佳龙套奖入围的演员后，很标准地鼓了鼓掌。

入围的有三名演员，其他两个温茴都没听说过。她的视线落到台上的大屏幕上，看见上面依次晃过另外两位演员的脸，最后又定格在了自己脸上。

画面静止，主持人的视线也从大屏幕上收回来，他面带微笑地看向台下："下面我宣布，本届金剧盛典的最佳龙套奖得主是——"

按照国际惯例，主持人顿了顿。

温茴要佩服死这位主持人了，说这几个字的时候居然忍得住没笑场。连她作为一个观众，听着都没忍住弯了下嘴角。

她的嘴角刚弯起来，主持人又开口道："温茴！"

温茴没反应过来，嘴角弯起的弧度生生僵住，直到耳边有其他演员叫她的声音，她才有些蒙地站了起来。

温茴真的没想到得奖的会是自己，说不清自己是什么感受。

温茴原本以为这个奖的设定没有多少意义，如果真的给了她，她估计会哭笑不得。但是真的到了今天，她反应过来后居然还隐隐有些激动。尤其是在她起身时，旁边坐着的女演员很认真地跟她说了声"恭喜"。

温茴的心情仿佛突然就明朗起来，这应该是件好事的，毕竟她回来后演的第一部戏就拿了奖。

温茴的表情调整得也快，嘴角扬起一个十分标准的笑容，她拎着裙摆上了台。

主持人很绅士，知道她穿了细高跟鞋，还往这边走了几步迎过来："温老师，我是看着你的戏长大的呢。待会儿下台你可以给我签个名吗？"

温茴跟他握了下手，说道："没问题。"

台下的笑声和鼓掌声此起彼伏。

主持人退回到安全距离，问道："恭喜温老师，今天开心吗？"

她不开心也得开心。

温茴笑了笑道："开心。"

"想知道哪位嘉宾为您颁奖吗？"

温茴很配合地点头说道："想。"

主持人咳了声，看向台本："下面有请——"又是大喘气，主持人这次喘得更长，静了十几秒才又继续说道，"陆斯衍先生为温茴小姐颁奖。"

温茴一下子没控制住表情，低头弯了下唇。

主持人的话音一落，台下的鼓掌声更加热烈。

男人着一身黑色利落西装，自侧台上来，裤腿笔直，把他的腿衬得越发的长。

温茴的眼睛一眨不眨地看着他停在自己跟前，四目相对几秒，她听见陆斯衍低声问了句——

"可以抱吗？"

话筒还没递过来，所以这话台下的人应该是听不到的。

温茴先是愣了一下，不过又很快反应过来——如果不是陆斯衍问这个问题，她差点儿就忘了之前是自己跟他说过的那句话：如果获奖女演员穿得少，就不要拥抱了。

温茴的嘴角翘起来，笑得明朗温柔："可以。"

因为就站在台上，所以两个人的对话主持人听得一清二楚。

主持人已经不知道自己存在的理由了，陆斯衍完全当他不存在一样，微微弯腰抱了下温茴。

距离拉近，男人的声音轻轻地落在她的耳边："陆太太，恭喜！"

温茴也轻声回道："谢谢陆先生给我颁奖！"

不用想她也知道是陆斯衍要求的，不然这种奖项不可能由他来颁发。

陆斯衍虽然把主持人当空气了，但是还没忘了台下坐着的几千位嘉宾和观众。这个拥抱只持续了几秒，他又退开站直了身。

主持人这才反应过来，问道："温老师和陆老师有什么话想对大家说吗？"

温茴朝台下深深鞠了一躬，说道："感谢大家支持我！"

主持人笑了笑，又问道："陆老师呢？"

"感谢大家支持我的老婆！"

台下不仅有参加这次盛典的嘉宾，还有不少是普通观众。不管在哪里，都少不了陆斯衍的粉丝，这句话一说出来，底下就炸开了锅。

温茴抿了抿嘴角，说："那个……"

她对陆斯衍的粉丝的感情一直很复杂，不算讨厌也不算喜欢，忌惮倒是真的。

毕竟寡不敌众，用付曦之前的话来说，如果她哪点儿对不起陆斯衍了，那他的粉丝一人一口口水就能把她给淹死。

想到这里，温茴轻咳了声："也感谢大家支持我的老公！"

主持人说道："最后再恭喜一下温老师。"被迫吃"狗粮"的他强颜欢笑道，"祝温老师以后最佳女配、最佳女演员奖拿到手软。"

温茴说道："谢谢！"

又客套了两句后，温茴总算能从台上下去了。

陆斯衍跟她不是一个方向，但还是揽着她下了台。一直到了聚光灯照不到的地方，温茴才抬手捂了下心口："好紧张。"

"紧张什么？"

"我没想到是我得奖。"

温茴原本以为虽然奖项不是内定，前一天晚上主办方应该也会给消息的，结果这次半点儿消息都没有。

温茴扯了下陆斯衍的西装袖口，问道："这次颁奖典礼是直播的吧？"

"好像是。"陆斯衍也不太确定。

温茴："我觉得……"

"怎么？"

"刚才主持人公布获奖演员是我的时候，我的表情可能有点儿呆。"

陆斯衍弯了下嘴角，即使偏过脸，温茴还是看到了他上扬的唇线。

这人怎么半点儿同理心都没有？

温茴把自己曳地的裙摆从男人手里抽出来，说道："我回去了。"

她转身就走，几步后又转头看了陆斯衍一眼，“不许抱别的女演员。”

温茴的奖排在最前面，近两个小时后才终于轮到了颁发最佳女演员奖。

金剧盛典的档次不低，温茴先前看到入围名单的时候，就觉得这会是一场激烈的厮杀。三位入围的演员里，最年轻的今天也三十岁了，再大一些的将近四十岁。

温茴坐在台下，认认真真地看着大屏幕上投影出来的演员影像。

颁奖典礼进行到现在，有一部分嘉宾已经离了席，前面几排的座位跟残局的棋子一样零零散散的。

手机刚好这时候振动了下，温茴瞧了一眼距离她最近的摄像机，然后才看了一眼屏幕。

付曦的消息发了过来：茴茴，我到了。

温茴看了一眼时间：我大概还有半个小时。

其实现在就可以离场，但是她总觉得不太好。

xixi：得奖了没？

温茴有些诧异：没直播吗？

xixi：明天才会放录播出来。所以你得最佳龙套奖了没？

hui：得了。

付曦装得很激动：哇，真棒！

hui：陆斯衍给我颁的奖。

xixi：行了，可以了。

温茴被这句话逗得笑了下。

毕竟还在现场，她也没跟付曦多聊，确定付曦找了钟点房后，就又收了手机。

主持人刚好公布完最佳女演员奖的得主，是那位年近四十的女明星。这种大的奖项，好像比较偏爱从艺时间更久的演员，除非年纪轻的那一方演技真的到了惊为天人的地步。

比如陆斯衍。但是整个娱乐圈里面，也没有第二个陆斯衍。

这种安排，像是约定俗成的一样。

温茴觉得自己想拿到这种奖，可能起码要再等几年了。

她转头看了一眼那位女演员坐的位置，旁边两个竞争对手显然已经料到了会是这个结果，连眉都没皱一下，脸上不见半点儿失落的神色。

温茴把视线收回来，跟着其他观众一起鼓了掌。

女演员已经走到台上，虽是这次最大的奖项之一，但流程跟别的奖项也没有什么差距。

陆斯衍跟她合作过，把奖杯递给她后，又跟她握了下手。

主持人再说几句催人泪下的场面话，这场颁奖典礼就落下了帷幕。

温茴的视线落在陆斯衍身上，看着他站在主持人身边微低了下头。然后他再一抬眼，准确无误地和她的视线撞在了一起。

温茴愣了下，然后才牵了下嘴角。

主持人还在感慨，陆斯衍跟个局外人一样，嘴角也跟着微微上扬了下。

半个小时后，所有嘉宾陆续离场。

温茴比陆斯衍早出来几分钟，一呼吸到新鲜空气，她就发消息给付曦：我出来了。

时间已经过了十点，距温茴乘坐的飞机起飞还有三个小时，她也就没再等陆斯衍，打车先回了酒店。

付曦像是睡了过去，等到温茴进了酒店房间，她的消息才回过来：好，我收拾一下。

她有点儿担心温茴的胃：晚上吃饭了没？

hui：吃了几片菜叶子。

xixi：饿不饿？给你买了点儿水果，一会儿去机场的时候吃。

隔了半分钟，她又问：陆斯衍应该不会去吧？

hui：他下个月要去美国拍戏。

就在月初，如果他先飞巴黎，再飞纽约的话，航线就拉得太长了。

付曦居然松了口气：那就好。

hui：嗯？

xixi：在我找到男朋友以前，我不想再看见你们俩一起出现。

温茴笑了下，把手机搁在一边，开始检查行李箱里的东西有没有拿全。

陆斯衍晚上还有应酬，一时半会儿估计回不来。

十点半，温茴拉着行李箱乘电梯下楼。出酒店门口前，她给陆斯衍发了条消息：喝酒了吗？

L：嗯。

刚出酒店，温茴就在路边看到了正在拦出租车的付曦。她快步过去，跟在付曦后面上了车。

去机场的路会经过典礼会场，温茴又看了一眼手机上的时间，然后微微呼了口气。

付曦转头看向她："为什么唉声叹气的？"

温茴半真半假地回答："我认床。"

付曦敏锐地察觉到什么，没再往下接话。

温茴的手机刚好这时候又亮了下。

L：去机场了？

hui：在车上。

L：老婆。

hui：干吗？

L：我想见你。

这话说得像是两个人分开了一年半载一样，可是明明也就一个小时而已。

温茴的嘴角轻轻撇了撇，她没回复，直接朝前面的司机师傅说了声："师傅，麻烦在明锦酒店停一下。"

等还有一个路口到酒店的时候，温茴才又给陆斯衍发了条消息：下楼吧。

两分钟后，车在酒店门口停下。

温茴下车的时候，陆斯衍刚好从里面出来。看得出来他应该喝了起码一整杯酒，这会儿连眼尾都飞起一丝红色。

温茴抬脚轻盈地朝他走过去，走到他跟前时还没来得及说话，就被人扣住了腰。男人的吻落下来，混着酒气，吻得深且重。

温茴还没忘记这是在大街上，下意识地伸手要去推他。结果她还没碰到，陆斯衍就离了她的唇半寸："乖乖地等我亲。"

温茴抿了抿嘴角，说道："你现在亲完了……"

男人的唇轻轻贴下来，一下一下地在她的唇上轻碰，他的声音也轻，因为喝了酒带着半分哑："把下个月的补上。"

不说身后车来车往，光是想起出租车司机和付曦两个人，温茴就觉得耳朵有些热。她偏了下头："不亲了……"再亲下去要被围观了。

陆斯衍倒也没再继续亲她，俯身把她整个人搂进怀里："记得吃饭。"

"嗯。"

车喇叭声响了下，应该是司机师傅在叫她。

温茴从陆斯衍怀里钻出来，说道："我走了。"她后退了半步："你少喝点儿酒。"说完也不等陆斯衍回应，直接跑上了车。

车门关上，温茴果然听见付曦冷哼了一声："刚才有路人拍了照。"

温茴没太往心里去，转头看向付曦："我跟陆斯衍不像那什么吧？"

付曦知道她在说什么，扑哧一声笑了出来，说道："你天天都在想什么呢？你们俩像是在拍偶像剧。"

温茴这才放了心，问道："哪部偶像剧？"

付曦："《他的小甜妻》。"

申城飞巴黎需要大半天，飞机深夜里起飞，落地时天也没亮。

S.A 已经提前给她们定好了酒店，这个是法国知名奢侈品牌，订的酒店也是五星级的。

温茴进了房间后，倒头就睡了过去。她在飞机上没怎么睡着，这一觉睡醒，本地时间已经过了中午。

付曦正坐在沙发上玩手机，听到动静抬了下头："醒了？"

温茴点了点头，揉了下有些发酸的脖子，抬脚下床。

"你上微博话题榜了。"

温茴嗯了一声，昨天拿了一个"名垂青史"的龙套奖，上榜单太正常了。

付曦调侃道："他们说你像呆头鹅，看着还挺可爱的。"

温茴面无表情地点开了微博。

颁奖典礼延后一天播出，对她并没有什么作用。因为她听到自己的名字时呆滞的那一幕不仅没有剪掉，还被后期剪辑师拉近了镜头放到最大，评论里一大片"哈哈哈"的字样。

温茴不觉得自己可爱，对自己没有滤镜，就只觉得镜头里的那个女人除了脸好看点儿，一无是处。

付曦提醒道："还有个话题，你看到没？"

温茴又往下拉了拉，很快一个看起来很劲爆的话题映入眼帘——"陆斯衍温茴街头热吻"。

温茴累了。

拍照的路人可能是个粉丝，还给他们加了一个很温情的滤镜。照片里，她和陆斯衍在亲吻，只不过她伸手推陆斯衍的那个动作，给整个画面填充了几分热烈的气息。

温茴正看得入神，言宁的消息就发了过来。

宁宁：我决定写一个最佳演员和十八线演员的故事了。

第六章

顶级流量艺人——温茴!

hui：你说谁是十八线演员？

她现在明明挤得上二线了！

宁宁：除了你，难道我还能说是景哥吗？

她们没法交流了。

宁宁：我本来想在书名里带“彗星”两个字的。

温茴扯了下唇：因为好听吧？

彗星多好听呀，不仅好听，还是她和陆斯衍在七年前就一起存在的名字。

温茴和陆斯衍从七年前就被捆绑在了一起，光是想想就让她心神荡漾。

温茴因为拿了奖，反倒又把播放量不高的《为后》往上带了带。

她的微博粉丝虽然没有暴增，但是比以前的增长速度也快了些。

不光如此，还有粉丝询问她最近有没有新剧要拍。

温茴知道《吻香》那边的官方还没正式宣布演员，所以只回了两个字：保密。

这两个字等同于“有”，粉丝立刻放了心。

三天后，S.A代言拍摄前的所有流程全部走完，正式拍摄是在7月7号进行。

温茴只跟合作的男演员见过一面，还是前几天来试妆的时候碰见的。

今天过来的时候她差点儿没能认出人来，瞧着眼生，但是对方长得那么帅，除了她的合作对象，不可能是别人。

温茴朝他笑了下，男人也弯唇笑了笑："来得这么早吗？"

温茴的法语很流畅："要去化妆换衣服。"

男演员朝她伸了下手："那我们合作愉快！"

那边有工作人员在叫她，温茴抬手轻握了下他的指尖，连忙抬脚过去。

温茴不是第一次拍摄代言广告，不过之前拍DK的时候是单人代言，这次是两个人，多少会有些不同，况且S.A向来走狂野暧昧风，温茴心里就越发没底。

广告没有剧本可写，不过场景和画面是提前定好了的。

这次的视频要在不同的地点拍摄，相对应的是耗时也会比较长。

温茴在化妆间里上了会儿妆，等穿着一身暗红色的及膝短裙出来时，已经是半个多小时以后了。

付曦差点儿没忍住朝她吹口哨："漂亮！"

她说的是中文，在场没几个人听得懂。

温茴会说法语，所以直接连翻译都没找，她的手指在裙摆上轻轻点了一下："曦哥，我有点儿紧张。"

"紧张什么？"

"我跟那个男艺人好像有亲密的镜头。"

温茴拍的戏很多，但是直到现在除了和陆斯衍，不管是戏内还是戏外，她都没跟别的异性有过亲密的行为。

付曦拍了拍她的肩膀："放轻松。"

温茴心里七上八下的，她抿了下嘴角，没再说话。

十分钟后，摄像师叫她："温，准备好了没？"

温茴摁灭手机屏幕，当成镜子简单照了照，确定仪容上没有大问题了，才踩着高跟鞋走过去。

摄像师是个四十岁出头的法国男人，说话很简洁："之前跟你们说过了吧，会有亲密镜头。刚才又跟其他老师商量了一下，把本来定的吻戏删掉了。"

温茴松了口气，可是紧接着又听到摄像师继续说道："改成了亲衬衣领口和脖子。"

这怎么听着，还不如直接亲嘴呢？

温茴下意识地要抬手去碰鼻子。

摄像师转头看向她："温，你要亲得暧昧一点儿。性感，懂吗？"顿了顿，像是怕她不能理解，又加了句，"就像是你平时亲陆一样。"

温茴心想：完蛋，那陆斯衍还不得疯了？

只不过现在的问题在于陆斯衍还没疯，温茴就快要疯了。她光是想想那个场景，就起了一身的鸡皮疙瘩，肩膀也不自觉地缩了下。

付曦还以为她冷，不放心地往她的肩上搭了条披肩：“不会是要感冒吧？”不然大夏天的，她没理由发抖。

温茴摇了摇头，这个问题不好解释。她看向导演，问道：“脖子……是指哪一块？”

导演伸手往自己的喉结下方几厘米处指了指，说道：“要把口红印留在上面。”

温茴也就亲过陆斯衍那里一次，这种地方实在暧昧，擦枪走火都是轻而易举的事。

不过这些话不在温茴应该考虑的范围内，她抬了下眼，望向合作男演员的脖子。

男演员不是奶油小生的长相，肤色偏小麦色，脖颈上的喉结凸起得很明显。如果她真的吻上去——不用陆斯衍，粉丝都能炸了她的微博。

温茴实在不敢继续往下胡思乱想，见男演员也看过来，朝他扯了个笑容后就收回了视线。

摄像师又嘱咐了几句，等设备都调好后，他才又看向两位艺人：“还需要休息一会儿吗？”

两个人齐齐摇头。

摄像师这才比了个手势，示意同行的工作人员开始拍摄。

这次的广告没有一个镜头是在摄影棚里完成的，全部场景都在户外。拍摄主题围绕着男女主角的恋爱历程，从舞会上的初遇到后面的多次偶遇，从相知相恋再到分手后的久别重逢。

今天他们要拍的是前半部分内容。

S.A 的排场很大，光是一场舞会找的群演比《十七岁》整部剧里出现的人都多。

温茴要演的是一个刚成年的女孩子。

因为不喜欢这种喧闹的场合，少女戴着面具打算偷偷溜出去的时候，正好撞在了男主角身上。舞会的灯光暧昧，舒缓的音乐正缓慢地流淌开来。

温茴脸上戴着面具，所以倒也不觉得紧张。她站在舞池的角落里，时不时就要向旁边墙壁上挂着的时钟上看一眼。

等分针滑到“12”的数字时，温茴正了正脸上的面具，趁着还没人注意到她，贴着墙慢慢地往出口挪，很快就挪到了会场的侧门口。

温茴拎了下裙摆，转身正要开跑，一个不留意就撞到了来人坚硬的胸口上。面具虽然不是坚硬的材料，但是这一下撞得猛，温茴脸上的皮肤又细腻，所以感觉鼻子狠狠一疼，眼泪差点儿磕出来。

男演员连忙伸手扶了她一下，抱歉道："不好意思！这位女士……很疼吗？"

温茴的声音有些瓮："没……没关系。"

怕家里人发现她偷溜出来，女孩子看也没看他一眼，从他怀里出来就立刻跑开了。

温茴戴着面具，虽然能看到东西，但是视野毕竟不像平时那么清晰。跑出了摄像范围后，她立马就停了下来。

温茴半低着头，刚轻轻松了口气出来，跟前突然停了个人。

应该是个男人，因为来人穿着皮鞋、西裤。

温茴还没来得及抬头，那人的手突然伸了过来。下一秒，她脸上一空。

面具被那只手摘去，温茴愣了两秒，才慢半拍一样抬起头。视野清明，她看到了一张再熟悉不过的脸。

温茴本来就快被撞哭了，一看到陆斯衍，眼泪就怎么都收不住了，径直从眼眶里滚落下来。

男人敛眉，指尖在她的眼角轻蹭了下："撞疼了？"

温茴吸了吸鼻子，说道："是我不小心的。"说完后，她又皱了下眉，"你怎么来了？"

按照行程来讲，陆斯衍现在应该是在纽约的。

女孩子的鼻尖现在还是红的，陆斯衍微俯下身，视线和她平视："因为听说有亲密镜头。"

温茴的眼里还泛着泪光，她故作不解道："听谁说的啊？"

"叶景。"

看热闹不嫌事大的人，陆斯衍的身边也就只有叶景一个。陆斯衍本来是不想过来给自己添堵的，但一想到温茴跟别的男人亲近的画面，又实在受不了，所以今天还是出现在了这里。

自虐就自虐吧，他想亲眼看一次，就这一次。

温茴在心里问候了一遍叶景："你……"她避开陆斯衍的眼神，"你还是别看了吧。"

"为什么？"

温茴的语气严肃起来："陆斯衍，我很认真地劝你别看。"

沉默片刻，陆斯衍才又沉声问了句："半裸还是全裸？"

"没有……"温茴皱了下眉，"就是亲一下。"

"就？"陆斯衍的视线落在她的唇上，"亲哪儿？"

不远处有工作人员在叫她了，温茴后退半步，过去之前再次叮嘱陆斯衍道："反正你别看就行了。"

温茴虽然这么说，但是心里清楚，陆斯衍不可能真的老老实实地听她的话，说不看就不看的。

本来温茴心里就没什么底，陆斯衍一来，她的整颗心都悬了起来。

付曦对此倒是喜闻乐见，"狗粮"吃多了，偶尔闻闻醋味也不错。她兴致勃勃地坐在休息区里，给为了拍摄第二场戏正化妆的温茴发了条消息：开心吗？

xixi：你亲爱的老公漂洋过海地来看你，你就这个反应吗？

hui：呵呵。

xixi：说真的，茴茴，陆斯衍不会现场砸了摄像机吧？

hui：他又没有暴力倾向。

不过也是。

谁都知道陆斯衍生气的时候向来不喜欢动手，他更擅长悄无声息地发作。

xixi：所以他是怎么个吃醋法啊？

温茴懒得搭理付曦了，把手机搁在一边，抬眼瞧了一眼镜子里的自己。

拍摄第二幕的时候，时间线已经拉到了几年后。这次温茴的妆容就明显成熟得多了，搭配着黑色长裙，张扬得像是暗夜里绽放的一朵玫瑰。

温茴盯着自己涂了口红后那两瓣红艳艳的唇，已经开始担忧自己晚上怎么过了。

一刻钟后，温茴从化妆间里出来。

这次的背景依旧是在舞会，男女主角尚未确定关系，不过已经都对彼此有了好感。也就是在这一场舞会上，温茴亲吻了男演员。

两个人先是在舞会上跳了场舞，一曲完毕，她就主动踮起了脚。

温茴是真的不太喜欢和异性靠得太近，不光是因为陆斯衍，更因为她从小的生活环境。

拍《十七岁》的时候还好，因为对戏的都是弟弟妹妹，温茴不会往那方面想。但是今天就不一样了，和她对戏的是位成年已久、浑身上下都散发着荷尔蒙气息的男人。

刚踮起脚来，温茴的动作就戛然而止。

安静了一下，摄像师才有些诧异地问了句：“温，有什么问题吗？”

温茴有些亲不下去，呼了口气，抱歉道：“老师，我能再调整几分钟吗？”

摄像师虽然不明所以，但还是很利落地挥了挥手。

付曦起身过来：“茴茴？”

温茴的脸色不太好，不过因为化了妆，看着不太明显。

“没事。”

“不会是因为陆斯衍在吧？”

温茴摇了摇头。刚才她是真的没想陆斯衍，只是一靠近男演员，就无论如何都亲不下去。

付曦也了解她，很快就懂了：“不想亲？”

“嗯……”

“要不我们——”

温茴打断她的话，说道：“不用，我调整一下就好。”

这次的亲密镜头剪了，还有下次、下下次。连陆斯衍这样的人都要接吻戏，更别提她这种没有多少好剧本可挑的二线演员了。

亲密戏份不可缺少，她只能慢慢克服。

付曦还在给她出主意：“你就把他当成陆斯衍。”

她也想把那人当成陆斯衍，可问题是——

温茴：“他们俩的肤色不一样。”

温茴调整了几分钟，很快又重返战场。

言宁以前说过她这是心理问题。

温茴自己也知道，只不过即使她下定了决心，要克服还是有很大的难度。

这个镜头足足 NG 了三次，到后面连摄像师都慌了：“温……你是因为陆吗？”

温茴不好说“是”，也不好说“不是”，抿了下嘴角，没好意思接话。

好在有了前面几次的血泪教训，第四次的时候温茴总算过了。

所有人都松了口气，摄像师还以为是陆斯衍的锅，拍了拍他的肩膀：“下次温拍亲密戏的时候，你还是别去看了。”

这谁受得了？幸亏他们这个广告也就这一场亲密戏，不然可能要拍到天荒地老。

陆斯衍扯唇，不置可否。

今天的拍摄就到这里，温茴去化妆间卸了妆，换了衣服，再出来的时候天已经黑了。

陆斯衍正站在外面跟摄像师聊天，两个人早就认识，也合作过几次，所以还算熟稔。

等温茴一过去，摄像师就笑了下："行了，你们两个回去吧，有机会再合作。"

付曦贵在有先见之明，知道陆斯衍过来后她要变成电灯泡，为了避免"发光发亮"，干脆先回酒店了。

温茴踩了一天的细高跟鞋，又来回跑了好多趟，回到酒店时小腿还有些僵硬。

一进房间，她就踢掉脚上的高跟鞋，连拖鞋都不想穿，刚要往里面走，就被人揽着腰抱了回来。

男人的声音很低："穿鞋。"

"哦。"

温茴乖乖穿了鞋，觉得陆斯衍今天的脸色不太好。

她想想也是，看着自己的老婆拍亲密戏NG了这么多次，是个男人估计都忍不了。

温茴抬了下头，说道："我不是故意NG那么多次的。"

陆斯衍没理她，拿了另一双一次性拖鞋来换。

他是被那股子醋意冲昏了头脑，所以根本没注意到温茴拍摄时的不对劲。

温茴也没打算跟他说，轻撇了下嘴角，有些委屈地说道："说了让你别看的。"

"还怪上我了？"

温茴今天不想多说话，也知道陆斯衍好哄，踮脚在他的嘴角亲了一下："没有。"

陆斯衍嘴角还紧绷着，温茴的吻往下滑，刚落到他的喉结上，她就听他问了句："温茴？"

她没应，解开了男人的衬衣扣子。

陆斯衍是真的很好哄，不管多生气，只要温茴稍微主动一点儿，他的气就能全消了。

等洗完澡再躺到床上时已经是几个小时后了，温茴趴在床上玩手机。

北城时间现在应该正是清早，微博上还算热闹。

盛洋先前拍的那部校园剧刚开播就上了话题榜。也是巧，温茴刚刷微博，男主演的微信消息就发了过来。

盛洋：姐，你看我演的剧了没？

温茴有点儿不好意思说自己没看。这么一来，她干脆就装作自己睡着了的样子，没有立刻回复。

第二天，温茴是被付曦的电话给叫醒的。

电话那头，女人充满活力的声音传了过来："起床吃早饭了。"

温茴应了声。

她再一瞧床的那一头，陆斯衍已经不在了。挂断电话后，温茴给他发了条消息：这么快就走吗？

那人还没登机，所以消息回复得很快：九点的飞机。

温茴掀开被子下床：九月才拍完吗？

L：嗯。

温茴自从和陆斯衍结婚后，还没跟他分开这么久过。

她也不是闲人，拍完S.A的代言后要立马回国内拍《吻香》，两边的行程排得太紧，连去美国见陆斯衍的空都没有。

温茴的心情难免有些低落：哦。

L：乖。

温茴没再回复消息，放下手机进了洗手间。

十分钟后，她坐到梳妆台前，趁着上水乳的空当，看了会儿盛洋主演的那部校园剧。

这部剧跟《十七岁》不太一样，感情线没有那么重，更多的是励志和奋斗元素。

剧情不像是年轻人会喜欢的，但是由于几个演员的颜值都不低，弹幕也还算热闹。

温茴也没看太久，等付曦叫她的微信消息发过来，她就关了视频软件。

乘电梯下楼时，她回复了盛洋昨晚的微信。

hui：好看。

国内也是白天，盛洋几乎秒回：真的吗？

hui：真的。

盛洋的演技的确还不错，他长得又帅，怎么看怎么顺眼。

hui：弹幕都是夸你帅的。

盛洋：有你吗？

这个弟弟认真起来尤其可爱。

幸亏温茴心里有数，不然可能真的以为他对自己有意思。

她点了点头，意识到盛洋看不到后，才又发了句：我现在就去发弹幕。

温茴也不是个只说不做的骗子，跟付曦吃早饭的时候，一口气给盛洋发了好几条弹幕。

“哇，弟弟好帅！”

“弟弟笑起来真可爱！”

“怎么会有这么可爱又帅的男孩子？”

付曦在一边，就看着她的手指在屏幕上不停地点。付曦又不近视，所以能看清楚上面的字：“茴茴，你……”

温茴还在继续发弹幕：“怎么了？”

“虽然陆斯衍已经走了，你也不能这么明目张胆吧？”

温茴想起来了，盛洋是她的亲弟弟这码事除了陆斯衍，好像根本就没有别人知道。

温茴倒不是故意瞒着付曦和言宁的，只是一直没找到机会说这个话题。今天付曦提到了，她也就停了手，凑到付曦耳边小声说了句：“曦哥，你记不记得我有个弟弟？”

虽然是在国外，但保险起见，她还是跟做贼一样压低了声音。

付曦愣了下，好一会儿才反应过来：“他是你……”

不对啊。

付曦皱了下眉，问道：“你怎么知道的？”

以姐弟俩分开的时间来看，温茴还能记得自己有个弟弟就不错了，更别提过了这么多年，她还能认出来的概率。

温茴挑了挑眉梢，语调只是微不可察地低了半分：“因为看见他的妈妈了。”

付曦一时不知道该怎么接话了。她虽然不是从小就认识温茴，但也算了解温茴的家庭情况。

付曦欲言又止了半晌，终于还是没忍住开口问道：“那你打算怎么办啊？”

温茴的饭量本来就小，一提到这个话题就更没了胃口，她干脆放下筷子，问道：“什么怎么办？”

“就你……盛洋妈妈那边。”

“当作不知道吧。”温茴抽了张纸巾擦手，嘴角微微弯了下，“就这样挺好的。”

互不打扰，就像是两个人从来没有遇到过，也从来没有做过母女。

付曦说道：“盛洋家里好像挺有钱的。”

他虽然不是盛娱旗下的艺人，但是付曦之前也听人提起过——他跟陆斯衍一个类型，进娱乐圈很大可能是为了喜好，而不是赚钱。

温茴搅了下跟前的牛奶，附和道：“是挺有钱的。”

付曦见她兴致不高，也就没再继续往下说。她看了一眼时间，转移话题道：“把牛奶喝了，我们该去教堂了。”今天的拍摄地点在教堂。

温茴把剩下的小半杯牛奶喝光，又“满血复活”般地站起身来：“走了，曦哥！”

后面的广告视频拍了三天，虽然也涉及几幕亲密镜头，但是毕竟不像第一天时那么暧昧，所以整体的拍摄工作都很顺利。

三天后，温茴登上了回国的飞机。

她是真的有些认床，在巴黎拍广告的这几天虽不至于睡不着，不过也确实睡不安稳。她在飞机上睡了一觉后，刚下飞机，汪导延迟了一个多小时的消息就发了过来：小温哪，广告拍完了吧？

温茴心里咯噔一下，《吻香》前几天开的机，开机仪式她也没有过去。

温茴还以为自己耽误了进度，连忙回道：不好意思！汪导，我刚下飞机。

汪导：没事，就是问问你。看明天有你的戏，怕你还没回来。

温茴这才松了口气：汪导放心，明天我一定准时到。

付曦的车在地下停车场停了几天，今天终于能开走了。

把温茴送回家后，已经近中午，付曦怕她又不吃午饭倒头就睡，路过超市的时候还买了些菜，到御南一品后简单地给她炒了两个菜。

温茴不会做饭，所以就觉得会做饭的人不管男女，身上都跟镀了层光一样亮闪闪的。

温茴倚在门口看着付曦熟练地颠锅，漫不经心地搭着话：“曦哥，你跟谁学的做饭啊？”

“自己学的。”付曦以前也不会做饭，后来自己单独生活了，自然而然就会了，“外卖吃多了，还是自己做饭比较好吃。”

温茴拖着调子“哦”了声：“你说……我是不是应该去新东方学习一下啊？”

“算了，”温茴摇了摇头，“还是让陆斯衍去学吧。”

付曦不可置信地看着她，就很离谱。

温茴是真的动了学做饭的心思。跟陆斯衍在一起久了，她就越来越想做一个为他洗手作羹汤的妻子——她不喜欢家里突然多出来一个保姆，也不太想以后和陆斯衍在家的每一天都要靠外卖度过。

温茴甚至把未来几年，甚至几十年幸福美满的日子都规划好了。

然而事实是——温茴才进厨房没多久，就在第一步的切菜上放弃了。

她从入门到放弃，也就几分钟的时间。

温茴认清了自己，连夜给陆斯衍发了条消息。

hui：陆斯衍，你去新东方学做菜吧。

陆斯衍大概是在拍戏，没回复她。第二天早上，温茴才看到对方的回复。

L：等我拍完戏。

温茴发了个问号过去，他这就答应了？

这人答应得太痛快，温茴反倒有些不习惯了：还是别了吧，你的粉丝要是知道你不好好拍戏而去新东方学做菜，我估计要被迫滚出娱乐圈了。

温茴料到陆斯衍不会太快回复，所以发过这条消息后，直接去洗漱了。等到她换好衣服到了片场，陆斯衍的消息还没回过来。

温茴看了一眼时间，早上九点多，纽约那边应该正是晚上。

温茴又敲了几个字：还没收工吗？

陆斯衍没回复，她这边倒是有场助在叫人：“七月十三号第一场，演员老师们准备了。”

《吻香》是部仙侠剧，山水必不可少。在北城取景的时间不超过两周，过几天剧组就要前往平城的平沂山拍摄。不过陆斯衍不在北城，在哪里拍摄对温茴来说都没什么区别。

今天是她在剧里的第一场戏，小师妹因为和师兄、师姐玩闹而从树上摔下来，身为大师兄的男主角厉声教育他们。

这场戏的主要镜头都在温茴和男主演身上，其他人都是陪衬。

温茴之前听过很多次这个男主演，长相和气质真的当得起“清冷如玉”几个字。

白衣男子沉着张脸：“小师妹，以后莫要再胡闹了，这次知道疼了吧？”

这明明就是一个严肃冷漠的正常大师兄，一点儿都不像个“渣男”。

还是陆斯衍来演比较合适。

温茴确定自己对《吻香》原著和剧本的理解都没有太大的问题，所以一对上男主演严肃的表情，愣了片刻才接上台词：“大师兄，我……”

她还没说完，汪导的一声“cut”就插了进来。

“小孟，你过来一下。”男主角叫孟见。

温茴惊疑不定地指了指自己，问道：“汪导……那我呢？”

“你不用。”汪导摆了摆手说道，“我给孟见讲一下戏。”

孟见跟陆斯衍同岁，两年前入围过一次金像奖最佳男主角，公司似乎有意捧他，砸了很多钱在这部剧上。

汪导的声音也没刻意压着，他问道：“小孟，你跟我说一下你眼里的男主角是什么样的？”

汪导当初之所以同意选择孟见作为男主角，就是因为他和陆斯衍走的是同一个路线，一抬眼、一挑眉间都带了种骄矜的清冷气，符合人设，到时候演出来也不至于违和。

但现在的问题是，他的表演太过端着了。

孟见想了几秒，回道：“高冷。”

“还有呢？”

“专一。”

汪导似乎知道孟见为什么全程陪跑了，心平气和地问：“原著看过没？”

孟见沉默了，他的通告多，能看上几遍剧本就已经很不容易了。

汪导也没工夫给他讲大道理，转而看向温茴：“小温看过吧？”陆斯衍跟他熟，偶尔会跟他聊几句，就这几句里必定会出现温茴的名字。

也不等温茴回答，汪导接着说道：“小温来说说你理解的男主角。”汪导又说：“你是和他拍对手戏的人，最有发言权。”

《吻香》是仙侠小说，刚发表出来的时候风靡一时，前些年流行先虐女、后虐男的“渣男”小说，挖心、失忆都要来一遍，男主角先伤害女二号，后伤害女主角。

一个“渣”字就贯穿了男主角的一生。

温茴也不想拉仇恨，抿了下唇，说道：“应该是表面清冷……内心温柔吧。”就是因为骨子里带了种温柔，所以才处处留情。

汪导看了一眼孟见，说道：“在女主角出现前，你要给小师妹一种你对她有意的错觉。”他说着指了指孟见的脸：“表情不要太冷。”

全都叮嘱完毕，汪导才又拍了拍手说道：“准备好了，我们继续拍。”

孟见虽然没那么多空闲时间琢磨剧本，但也是一点就通的性子。汪导说过一次后，接下来的对手戏，两个人都没怎么再NG过。

一拍就是大半天，温茴连午饭都没来得及吃，等收工时已经过了下午两点。

下午不拍戏，温茴换了衣服，刚从化妆间里出来，就碰上落在一边皱着眉跟助理说话的孟见：“我让你买本小说来，你下个文档是什么意思？你是想让别人都知道我在看盗版小说吗？”

助理也很无奈：“《吻香》已经绝版了啊……”网站里的连载早已经全文屏蔽了。

温茴咳了一声，那两个人愣住，立刻没了声音。

孟见走的不是偶像路线，跟女朋友都到了谈婚论嫁的地步。

这一对很低调，温茴反倒比较放心，弯唇朝他笑了下：“是在找《吻香》的实体书吗？”

孟见有些尴尬地挠了挠头：“今天不好意思了。”因为他的问题，让整个剧组的人都工作到这么晚。

温茴摇头说道：“那……我明天把书拿过来？”

孟见：“那多不好……”

助理赶紧接了话头：“那谢谢温老师了！”

温茴笑了笑，等出了片场再一看手机，陆斯衍的消息刚好在几分钟前发过来：收工了。

温茴看了一眼时间：这么晚？

纽约那边都已经是凌晨了。

L：嗯。

拍这个导演的片子，凌晨收工是常事。

hui：我觉得还是你来拍《吻香》比较合适，孟见演不出那种浑然天成的渣属性来。

陆斯衍难得地多打了几个字：下次让你知道什么叫“渣”。

温茴没往心里去，比较担心陆斯衍的身体，他晚睡不是一两次了。温茴光想着就觉得心里难受，皱了皱眉，发消息道：陆斯衍。

L：嗯。

hui：你不要那么忙好不好？

L：要赚钱。

呸！养尊处优的大少爷什么都不用干，金山银山都能堆出几座了。

hui：赚那么多钱干什么？

L：养你。

温茴弯了下嘴角，然后又抿直。

hui：我想去度蜜月。

L：好。

hui：婚礼也没办过。

L：办。

hui：早点儿睡。

他总是熬夜多不好，她想以后的每一个早上，都能见到喜欢的人。

hui：晚安。

L：晚安。

温茴按灭了手机屏幕，没几秒屏幕又亮了。

L：我爱你。

温茴的那本《吻香》实体图书，是言宁给她的。

言宁毕竟是漫画作者，给她寄过来前还细心地在书上对几个主角做了解读。

看了书的孟见就跟打通了任督二脉一样，连带着《吻香》前期的拍摄工作都异常顺利。

剧本和原著有一定的区别，本来温茴演的小师妹在书里是个标准的“黑化”女配角，但是到了剧里反而成了个挺出彩的女二号。

温茴本来一直觉得不会出什么问题，毕竟从一开始接到这部剧，剧方把导演介绍给她的时候，上面白纸黑字就是这么写的。然而过了半个多月后，问题就出来了。

温茴接到言宁的电话的时候，正在平沂山脚下抱着毯子等待开拍。

这边海拔高，虽是夏天，但在山上都还堆着积雪，因为地区偏北且人烟稀少，气温也比北城低了不少。

温茴吸了吸鼻子，问道："回来了？"

言宁道："我刚下飞机，就收到了一条微博推送。"

"什么推送？"

手露在外面冷，温茴拍戏的时候一般都是没心思玩手机的。

言宁冷哼一声，说道："你那部剧的女主演在微博群里跟粉丝卖惨了。"

温茴的直觉告诉自己这事跟自己有关系。

果然，不等她问，言宁就继续说道："她说自己没有什么背景，一路从底层摸爬滚打走过来的，好不容易接了一部大制作的戏，饰演女主角，结果戏份全被压了。"

温茴抬眼看向不远处正在拍戏的女主演："指的是我吗？"

"恭喜你答对了。"

温茴这还是第一次碰上这类事情，皱了皱眉，有些难以置信地翻了翻剧本："我的戏份也没有压到她啊。"

之前只是刚刚开拍，女二号先出的场，因为和男主角有朦胧的感情戏，所以戏份多一些很正常。但是从上周开始，女主角的戏份上来之后就比她的多很多了。

温茴对着剧本，一个头两个大。

言宁怒气冲冲地说道："所以说她是'白莲花'啊！她的粉丝还在群里安慰她，让她别伤心，以后看见你就绕道走，你代言的DK也绝对不买。"

言宁："哦，我似乎知道为什么了……她今年也代言了一个品牌的香水，好像跟DK同期上市。"

温茴想起来了，DK的香氛全线代言这周宣发。换句话说，两个人虽然不是老板，但作为代言人也存在一定的竞争关系。

这个圈子就是没有硝烟的战场，或者说每个圈子都是这样。

温茴想了会儿，问道："我要不要也卖个惨？"

言宁问道："你有什么惨可卖的？陆斯衍都是你的老公了，你再卖惨怕不是要激起众怒？"

话是这么说，但是温茴觉得自己是真的惨。最惨的点就在于明明很惨，她还不能卖惨。

"曦姐不是跟你一起去了吗？你跟她商量一下？"言宁还没出机场，所以声音有些嘈杂，"我先挂了，我妈都给我打过好几个电话了。"

电话很快被挂断了，温茴一转头，付曦刚好也正看着她："宁宁？"

“嗯。”

付曦也没让她再去看微博，直接把手机递过来。屏幕亮着，上面的话题清晰地映入眼帘：吻香女主角。

付曦跟言宁不一样，她就在现场，所以说话时都得刻意压低声音：“我刚刚想了一下，估计是因为代言的事。”

“因为 DK ？”

“不只是因为这个。”

付曦把手机从她手里拿过去，输入几个字后点击搜索，隔了会儿才又递过来。

“S&N 的官博关注了你们两个。”

S&N 全称 SELLY NICY，是全球顶尖的奢侈品牌。

付曦说道：“我问了下文姐，那个女主演的手表的亚太区代言人今年合同到期，现在品牌方应该是在找下一个了。”

温茵咽了下口水：“听起来很厉害的样子。”

付曦：“全球的代言人是陆斯衍。”

温茵不自觉地弯了下嘴角。

“温茵小姐，你能不能控制一下自己，笑什么笑？”付曦捏了一下她的脸，“你还笑得出来？”

S&N 还没给她发来邀约，就说明还在观望。品牌方选择代言人不可能光看名气，还要看明星的咖位和带货能力。

温茵现在的地位很尴尬，名气她是有了，但是咖位跟名气又不对等，跟 S&N 关注的另外几个女明星相比很明显处于劣势。如果这次 DK 的代言出来，粉丝购买力不强的话，温茵基本就和 S&N 无缘了。

付曦又说道：“你别笑得太早，还没定下来呢。”

温茵还翘着嘴角，说道：“我没笑这个。”

“那你笑什么？”

温茵回道：“我的老公真厉害！”

付曦呵呵了一声。

话题发酵得很快，等白天的戏份拍完，话题已经在话题榜第一名了。

这部剧两年前就有了关注度，现在开拍了，怎么都不可能风平浪静。

温茵看得头疼。

晚上七点多，饭就放在一边，她却半点儿胃口都没有。

手机振动了一下。

L：晚饭吃了没？

温茴睁着眼睛说瞎话：吃了。

陆斯衍凌晨三点多才收工，所以起床晚了点儿，结果刚醒就看到了微博上的话题。

L：乖，去吃饭。

hui：我要发微博吗？

这种被人泼脏水的感觉实在太难受了。

L：不用。

陆文艺工作室有公关团队，这种事情确实不好让艺人自己发微博。

温茴也就是说说而已，但不发归不发，还是有点儿郁闷。

温茴知道陆斯衍最近没少熬夜，抱怨的话一句没提：我真的吃了。

hui：你好好拍戏。

温茴随手敲字：昨晚几点收的工啊？

几分钟后。

L：十一点。

陆斯衍平时没怎么骗过她，所以温茴这次也没有半点儿怀疑。她看着“十一点”几个字，微微松了口气。

脑袋里其实装了很多关于未来每一天的计划，但是一想到陆斯衍那边应该很忙，温茴又抿着嘴角将话全部咽了回来：去拍戏吧，我背会儿剧本就睡觉了。

温茴心里藏着事，剧本背得也不够顺畅。

每隔几分钟，她都控制不住地要去看手机，刚碰到手机又硬生生地忍住放了回去。

她就这么心不在焉地看了半个小时剧本，直到手机屏幕又亮起来。

言宁的消息发了过来：茴香……孟见跟你很熟吗？

hui：还行。

自从借了那本书之后，孟见和她之间的关系虽然不至于有什么突飞猛进的进展，但也确实比最开始的点头之交熟了一些。

温茴纳闷：他怎么了？

宁宁：他发微博了。他可是目前为止第一个出来替你说话的人！

温茴又盯着剧本看了会儿，等言宁那几句话又在脑海里清晰地过了一遍后，才又猛地扔开剧本，拿过手机打开了微博。

孟见在她的关注列表里，因为是刚发的微博，所以她一刷新就刷到了。

“孟见：@温茴 h 前阵子送我的《吻香》实体书，这两周有空的时候我都会拿出来看，到现在为止起码也看了四五遍了……根据我的亲身体验，目前拍过的戏份基本忠于原书剧情，前面一部分小师妹确实出场多一些，没看过书的粉丝会质疑也正常。误会一场，大家不要太较真儿。”

温茴是真的没想到孟见会替她说话。他入圈久了，这条微博发得几乎没有任何破绽，既没有捧她，也没有刻意地去踩女主演，相反地还给了女主演和她的粉丝一个台阶下。

温茴翻出孟见的微信，非常真诚地道了谢：谢谢孟老师，您真的是个好人！

孟见：好人卡？

hui：我很少发好人卡的。

孟见：哈哈哈，也不用谢我，我就是看不下去这种冷嘲热讽、阴阳怪气的人。我前几年也被人说过。

他当时还没温茴的名气大，粉丝也不多，被骂得差点儿想直接退圈一了百了。

他有女朋友，对温茴要保持距离，不能过于暧昧，想了半天孟见才又说道：加油！

hui：谢谢孟老师，但是那本书……

孟见：怎么了？

温茴本来想说“是我借给你的”，但是再仔细一想，人家帮了她这么大的忙，她纠结这个问题就太小气了。

hui：没事，您去忙吧。

她记得今晚有男女主演的对手戏。

果然，那边的人就没再回应。

孟见虽然不比陆斯衍，但也是一步一个脚印走过来的，积攒了很多粉丝。

这条微博一发出来，网上的风向瞬间就有了转变的迹象。

刷了一会儿，温茴看到了言宁的微信：我的女神发微博了？

hui：我没发啊。

宁宁：你走开，我的女神是《吻香》的作者。

这事闹得这么大，原作者知道了也不稀奇。

hui：发的什么？

宁宁：你自己来看。

作者本身的粉丝就不少，这条微博发了五分钟，评论都过万了。

温茴退出评论区的页面，然后再刷新一下，有条新微博滑了出来——是陆斯衍转发的孟见的那条微博，他难得用了个标点符号，也只有一个标点符号。

评论区全是关于这个句号的解读。

“行行内心想法：我的老婆都没送过我书。”

“行行：看在你帮我的老婆说话的面子上，我决定不跟你计较了。”

“行行：看在你和你的女朋友快结婚了的分儿上，我就当没这回事吧。”

温茴本来心情还挺沉重，结果看了会儿评论，硬是被这些人给逗笑了。她弯了下嘴角，看看微博左下角又出了个红点，下意识地又刷新了页面。

那人的微博几分钟内又多出一条——

“陆斯衍 y：没必要加戏，她如果想演女主角，盛娱的剧本很多。我比谁都愿意把我的全部身家给她，但是她不愿意。”

底下还带了一张图，温茴点开一看，不难看出这是他跟汪导的聊天记录的截图，毕竟汪导的备注明晃晃地在上头标着，看日期还是半个多月前的。

L：不用给她加戏。

汪导：谁？

L：hh。

汪导仿佛在明知故问：hh 是……

L：我的老婆。

汪导知道陆斯衍担心的是什么。他也不是刚入圈的新人导演，看见喜欢的演员就想着给她疯狂地加戏。演员的戏份占比他拎得清，无论如何都不能超过那条线，偶尔加几个镜头问题不大，但是如果过了那条线，对演员本人和这部剧都只会弊大于利。

汪导的回复也很直白：放心吧，我也没想给她加，给她加戏不如直接下次找她演女主角，老冯那里刚好有个新剧本……

截图不长，汪导的话后面就看不到了，但是光这几句话，就能清晰地说明一切问题……

温茴的微博关注列表里人不多，但是光这一晚上就刷出来几条微博，而且看时间大家都是在不久前发的。

楚夏：《吻香》的女二号还能是怎么来的？靠实力拿来的啊。

盛洋：《十七岁》拍摄期间没有出现任何问题，谢谢！

《十七岁》剧组里基本都是一群弟弟妹妹，年纪不大，所以年轻气盛憋不住什么话。加上剧组拍摄期大家也确实相处得很好，几个主演都在微博下面评论证实了这句话。

“没问题 +1。”

“+2，我恨不得让徐导给茴姐多加戏呢，看她演戏都是一种享受。”

“你一个害茴姐跟你重拍那么多次的人就别说这种话了，成吗？”

温茴本来只想点个赞的，但是看到这条回复后，实在是没忍住回了句：男孩子害羞很正常嘛。

温茴没再看微博。她这一天像是坐了无数趟过山车，先是从高空坠落，然后又陡然上升。她惴惴不安了整晚的心，终于开始慢慢平复下来。

温茴又看了一眼手机上的时间，已是晚上九点多了。

温茴关了床头的台灯。

睡觉前，她又点开陆斯衍的微信头像，发了条消息过去。

hui：你的 hh 老婆要睡了。

那边的陆斯衍大概还没开始拍戏，所以很快回复过来。

L：乖，晚安！

手机放在床头柜上，屏幕暗下来再亮起，然后又暗下来。温茴闭着眼睛，一觉睡到了天亮。

平城因为地理位置问题，酒店的级别也没有多高级，连带着那两扇窗帘，起到的作用也只是隔绝外人的视线，压根儿遮不了多少光。

醒来后，温茴拿过手机一看，还没来得及解锁就已经看到了屏幕上推送的热门新闻。

“震惊！热门仙侠剧《吻香》再起风波！”

她顺着这个链接点进去一看——“今天凌晨，《吻香》女主演发布了一条长微博，疑似要与《吻香》剧方解约！”

温茴越往下看，眉头就皱得越紧。

女主演的名字叫沈希希，在微博里道歉了，解释了自己不是有意在群里抱怨，又说明自己的睡眠和精神状态不佳，可能需要提前休息一下。

温茴的手机屏幕上方突然弹出来一条消息。

汪导：小温哪，你现在能联系上楚夏吗？

hui：可以的。

汪导：女主角临时换人，我寻思着让她来试试。

既然换了人，那前面只要出现女主角的脸部的镜头，就全部得重拍，所以新的女主角越快定下来就越好。

温茴立刻去找楚夏了。

楚夏前阵子接了两期综艺节目，最近还在挑剧本，收到消息时还没反应过来：哪个《吻香》？

hui：昨天晚上微博话题上的那个。

楚夏：你确定是女主角？

hui：不然你想把我挤上去，你自己演女二号吗？

楚夏：为什么不是你直接演女主角？

这个问题不用去问汪导，温茴也能回答。

hui：你不觉得你跟女主角的人设很搭吗？

相反，小师妹的形象就跟楚夏不是特别符合，所以她的演技虽然确实很好，但去试镜女二号这个角色的时候，还是被当时发挥不太好的温茴给替代了。

hui：夏姐，你来吧。你要是来了，茴茴就不会被人说“有毒”，拍哪部戏哪部戏出问题了。

楚夏被温茴逗笑了。她也不常刷微博，但是对很多事也是知道的。

楚夏：行吧，你跟汪导说一声，我订最早的机票过去。

hui：爱你。

楚夏：等姐姐给你“解毒”。

第二天一早，楚夏就到了片场。

《吻香》还没开播，关注度就这么高了，加上又出了女主角换人的传言，自然不少狗仔盯着。

楚夏到平城后，《吻香》官方微博也没藏着掖着，等人签好了合同，立刻就发了条微博官宣。

“电视剧吻香官方微博：由于不可抗力问题，《吻香》剧方已与原定女主角 @沈希希 和平解约，双方自始至终没有发生过任何纠纷与矛盾，还望广大网友监督与谅解。自今天开始，本剧女主角定为 @楚夏 。敬请期待，谢谢大家！”

温茴给官方微博点了个赞，然后默默退出了微博。

她也想和陆斯衍拍一部剧，但是按照现在两个人的咖位和名气来讲，除非陆斯衍刻意压低身价，不然他们两个合作的概率将小到不能再小。

温茴叹了口气，五分钟后改了微信的签名。

“想拿奖的第一天。”

楚夏到了剧组以后，整个片场的气氛和谐了不少。

在北城拍的那部分戏现在还没办法补拍，原定女主角到平城以后拍的那几段戏补得也快，还没超过一周就可以继续往下拍了。

周日的时候，DK 官方终于宣发了温茴的代言消息。

品牌方中午十二点发的微博，温茴晚上收工回了酒店，第一时间就转发了。

她刚转发出去，就有很多粉丝在评论区晒了单。

温茴去 DK 的官网看了一眼，可能因为她的粉丝真的多了，加上 DK 本身的风评就好，几款香水光是一个白天的销量都已经破了五万。

温茴刚松了口气，DK 那边的负责人就发来微信：温老师，你晚上有事吗？

hui：没有，怎么啦？

DK：可以直播一下吗？

hui：直播什么啊？

DK：直播化妆、卸妆、聊天、唱歌等，什么都可以，顺便提一下香水就行。

hui：等我研究一下。

温茴出道这么久，除了之前那次跟叶景打游戏，其余时候还没直播过。

但毕竟是年轻人，研究这个没什么难度，没过多久，温茴就把手机连到笔记本电脑上，坐到桌子前打开了直播软件。

把所有的东西都调试好以后，她才开了直播。

DK 的消息又发了过来：温老师，你发条微博说一下平台和房间号啊。

温茴特别听话地去发了条微博。

微博发出去没多久，直播间的观众就多了几十万。

温茴是想现场直播玩《贪吃蛇》的，所以摄像头没开，屏幕上投影的是她的手机的界面。

安静了几分钟后，温茴看着直播间左上角的数字，刚要说话就有一通微信电话打了进来。

本来还算平和的弹幕，在这通电话进来以后瞬间变得热情起来。

“L？”

“陆斯衍的视频通话？”

“理智告诉我现在就应该立刻退出去，但是我的好奇心不允许。”

温茴瞥了一眼弹幕，然后立刻按了挂断。

半分钟后，那人发了文字消息过来。

L：接，想见你。

陆斯衍上午没戏，这会儿才刚刚起床。

温茴虽然是他的微博的特别关注，但是他今天连微博都没打开过，更别说看到她发的那条直播间链接了。

他只是单纯地想见温茴，想在今天刚刚开始的时候就见到她。

温茴猜到他没看微博，所以就更害怕了。

陆斯衍在粉丝面前看着像个正经偶像，但是私下里什么不正经的话都可能说出来。

温茴一想到那些弹幕，眼皮就控制不住地跳了跳，何况这条微信刚刚是从屏幕上方一条条弹出来的，在投影的电脑屏幕上无所遁形。

她再一瞧弹幕，果然大家全在讨论——

温茴只是瞥了几眼，那人的视频通话就又打了过来。

弹幕上满屏都是“接”这个字，她再不接视频通话倒显得她矫情了。

温茴突然庆幸自己没有开摄像头，所以别人都看不到她此刻纠结的表情。她呼了口气，扯过一旁的镜子照了下。

在确认自己脸上没有飘着诡异的红晕后，温茴才点了接听键。

屏幕上黑了一下，很快又切换到摄像头上。

男人的脸几乎在同一时间出现在上面。

陆斯衍应该是刚刚起床，身上还穿着深蓝色的睡袍，领口微微敞开，底下突出的锁骨好看显眼。

温茴不自觉地咽了下口水，甚至都没敢去看弹幕。

因为刚睡醒不久，男人还没完全清醒，连带着表情都没平时那么冷清寡淡。

温茴刚微微弯了下嘴角，就听他开口问：“吃了没？”

“吃了。”

第七章

我们行行居然会撒娇了！

毕竟当着几百万人的面，温茴不能乱说话。

不仅她不能，她还得防着陆斯衍乱说。她正想着找个机会提醒他自己正在直播，就又听他说道："我还没吃东西。"

废话……

你刚起床，吃什么吃？！

温茴像是回到了刚跟他领证的那阵子，就算心里再不愿意，表面上还得装出一副跟他十分恩爱的样子。她还弯着嘴角，脸上的表情堪称温柔。

陆斯衍挑了下眉，问道："怎么这么看我？"他的嘴角轻扯了下，"想我了？"

现在网络发达，从陆斯衍的视频通话打过来的那一瞬间，直播间里就涌入了一大批许久没见过自家鲜活偶像的粉丝。

直播间的观看人数瞬间翻了倍，连带着弹幕内容往前滑的速度都比之前快了不少。

温茴觉得是时候该提醒他了："陆斯衍……"她咳了声，"我——"

一句话还没说出来，那头传来栗子的声音："衍哥，你早上想吃什么啊？"

男人微偏了下头，声音慵懒随意地回道："随便。"回答完了栗子，他又把视线转移到屏幕上："怎么了？"

陆斯衍就像知道直播间里的粉丝的心思一样："宝贝？"

温茴本来没觉得有什么，她听陆斯衍叫"宝贝"的次数也不少，早就习惯了。但是今天不一样，那么多人在直播间里围观，这两个字刚被他说出来，她的脸就腾的一下热了。

她也不是害羞，就是脸皮有些薄。

陆斯衍微皱了下眉，问道：“脸红什么？”

接着，那边又有栗子的声音传来：“衍哥，我把三明治和牛奶都拿来了。”

温茴忙说道：“你去吃东西吧。”

“嗯。”男人不咸不淡地应了一声。

温茴刚要挂断电话，就又冷不丁地听到一声：“你先亲我一下。”

温茴差点儿被自己的口水给呛到，皱紧了眉，也不找说辞了，直接开口道：“我在直播。”

手机屏幕里的男人沉默了几秒，然后反问了句：“然后呢？”

温茴说道：“你快去吃饭。”

陆斯衍也跟着皱眉：“亲我。”

温茴开始怀疑陆斯衍根本没睡醒，盯着男人精致好看的脸看了一会儿，然后在手背上亲了一口，问道：“可以去吃饭了吧，陆先生？”

陆斯衍的视线就落在她的脸上，她旁边亮着盏台灯，清晰地把她的表情和动作都收进了镜头里。

陆斯衍微微弯了下嘴角，眼底浮了层浅浅笑意：“可以了，陆太太！”

“嘟——”通话被挂断，温茴这才松了口气。

温茴跟陆斯衍打过一通电话后，心情好了不少。她点开《贪吃蛇》的游戏：“看这个……可以吗？”

弹幕上有人说：“姐姐别玩游戏了，我们去看剧吧。”

温茴把手机放在一边，认认真真地回复起弹幕来：“看哪个剧啊？”

“《为后》！”

这简直是在为难温茴。

偏偏自从第一个粉丝说了《为后》之后，后面的弹幕也全都刷了起来。

温茴实在没办法，只能充当起了《为后》的解说员，跟广大粉丝一同看起了这部剧。

直播的时间过得很快，温茴就在满屏的“哈哈哈”中看了两个小时的《为后》。

十点多，温茴刚关了直播，言宁的消息就发了过来。

宁宁：茴香，你真的火了。

hui：嗯？

宁宁：而且你的微博粉丝马上 2000 万了。

温茴是有阵子没关注自己的微博粉丝数了。

上次《吻香》事件闹得大，虽然结果看上去还不错，但是也有不少人对她和剧组有意见。

温茴看得心烦，后面几天都没怎么上过微博。经言宁一提，她才又去看了一眼。

粉丝数 1830 万。

宁宁：估计等下周《十七岁》开播，你的粉丝就能达到 2000 万了。

宁宁：冲啊，茴香！你马上就要追上行行了！

hui：追上他的零头吗？

《十七岁》是小成本制作，宣传方面也没太多营销，所以直到开播前，微博还是一片风平浪静。

暑期档上映的校园剧有四五部，只有这一部看起来最没排面。

剧播出前两天，几位主演的微博才陆续开始营业。

《吻香》最近演到了一个小高潮，温茴的戏份很重要。一天 24 小时，她有 16 个小时都在片场里。

不在片场的时候，她也是在酒店对着付曦演戏。

一忙就是好几天，温茴连微信都没有时间看，更别说刷微博了。

付曦有她的微博的密码，这几天也都是她复制了《十七岁》剧方给的文案，再转头去发微博。

等到《十七岁》播出当天，温茴才终于有空看了会儿手机。

这个剧本好归好，但是因为演员阵容实在不算强，里面也就温茴和盛洋算是有些名气的，开播的第一天守着看的也基本是两个人的粉丝和原著粉丝。

弹幕少得可怜，热度不是一般低。

温茴给言宁发了条消息：宁宁，你能不能多发几条弹幕？

宁宁：盛洋弟弟好帅……

hui：去弹幕上说。

很快，平台上就多了几条夸主演的弹幕。

温茴正想着是不是要把宣传这部剧的微博置顶，弹幕突然就多了起来。

温茴看得一脸蒙，下意识地点开微博，不用刻意去找，陆斯衍刚发的那条微博就在最上面。

“陆斯衍 y：学妹 @ 温茴 h。”

下面还附了张图，根本不用点开，温茴很快就认出是陆斯衍那次去探班时，她转头看向他时拍的照片。

两个人隔了大半个教室遥遥对视的那一眼，被相机完整清晰地记录了下来。

男人坐在靠近门口的位置，周身镀了层浅浅的余晖，半抬眸望过来，眉眼间凌厉之色散尽，只留了几分不易察觉的温柔。

温茴更不用说，嘴角翘起的弧度很明显，连桃花眼都像是两弯月牙。

她穿着私高的校服，站在课桌边没有半点儿违和感，完完全全的少女模样。

温茴看着这张照片，像是真的回到了高中时代。她的嘴角弯了又弯，迟了好一会儿她才想起重点来，手指戳开了评论区。

两个人公开结婚半年了，现在微博底下的评论看起来特别和谐。

温茴刷过了前面的几条热评后就没再往下看，点开评论框，回复了一句：学长好！

温茴又刷了会儿微博，才给言宁发了条消息：宁宁，《十七岁》的网络热度是不是过于低了？

《为后》虽然风评不好，但是每一集的弹幕都不少。

即使大部分弹幕是吐槽，那也是有人气的一个标志，毕竟很多电视剧连被人吐槽的机会都没有，比如《十七岁》。

温茴看不到弹幕，都没有信心继续往下看了。

hui：我觉得这部剧真的拍得还可以。

虽然《十七岁》比不上《海棠依旧》和《吻香》的场景和阵容，但是比起《为后》还是绰绰有余的。

温茴为了对比，还特地跑去搜了一下同是暑期档热播的另外一部校园剧，刚看了几分钟，言宁的微信就弹了出来。

宁宁：不是，茴香……你这部剧的弹幕明明挺多的啊。

hui：啊？

她明明点进来了几分钟，一条弹幕都没看到。

宁宁：APP 有延迟，你现在退一下再进来，就能看到前面的弹幕了。

hui：哦。

温茴退出软件，然后又点进了《十七岁》的第一集。

这次她一进去，屏幕都被弹幕给占领了。

“我们茴茴演的电视剧，必须支持！”

“盛洋弟弟是真的帅，温茴姐姐也是真的美……咦，这两个人居然还有点儿神奇的姐弟相？”

“不得不说，一旦接受了这个设定，真的越看越像了。”

长得像的人也不是没有，何况温茴和盛洋男女有别，即使五官有些相似，组合起来也不至于叫别人想得太多。

温茴没当回事，光是看着这些多到叠起来的弹幕，她的心情就好起来了，笑眯眯地打开微信给另一个当事人发了条消息：盛洋弟弟。

盛洋回得很快：在。

hui：在干吗？

盛洋：看剧。

天气闷热，温茴拿了罐冰可乐打开：《十七岁》吗？

盛洋：对。

温茴对亲情其实没有太多的感受，她从小没经历过太多的温情时刻，所以观念淡薄，但相应地也很容易满足。

这几个月里，她对盛洋的感情在很潜移默化地改变着，由一开始的冷淡和不知所措，到现在的下意识地亲近。

温茴也不知道这是好还是坏，但只要一想到他是弟弟，是她在这个世界上为数不多还记得她的亲人，那颗心又一瞬间软了下来。

所以今天看到盛洋不同以往的冷漠回复时，温茴心里难免有些不是滋味。

她觉得自己可能有病。

不喜欢别人靠近，别人冷漠了，她又不高兴。

温茴越想越觉得生气，最后干脆不回复了。

过了会儿，盛洋才又问了句：怎么了啊，姐？

hui：呵呵，没什么。

这话太阴阳怪气了。

温茴觉得这几个字很可能伤害到了盛洋的脆弱的心灵，刚要撤回来，对方又发了一条语音过来。

盛洋：“姐，你跟陆……老师吵架了吗？”

这个弟弟实在是听话。

温茴之前也就是跟他提过一次，后面就再也没听他直接喊过陆斯衍的名字了，她被这声明显不自在的称呼逗笑了，也发了语音过去：“没有啊。”

温茴嘴角上扬，问道：“最近接新剧了吗？”

她记得盛洋还没有经纪人来着。

果然，盛洋答了句：“要开学了，先不接戏了。”

因为发的是语音，那头背景里的“咔嗒”声也被一并录了进来。

温茴开始还没听出来，重复听了好几次，才把这个声音跟陆斯衍平时按打火机时的声音重合在一起。

温茴话到了嘴边，很快又咽了回来。

算了，盛洋是个成年人了。

温茴向来不喜欢管东管西，回了个“嗯”后就没了声音。

手机那头，盛洋对着没了动静的手机皱紧了眉。

不是说姐姐都爱管弟弟的吗……为什么他的姐姐都不管他抽不抽烟？

盛洋：姐。

hui：嗯？

盛洋：抽烟对身体不好。

温茴很容易就听懂了他的话。

盛洋跟她的性子很像，因为敏感，说话不太喜欢特别直白，换句话来说，就是经常会说出容易让人误解、拐弯抹角的话。

这不是什么好习惯，但是温茴也没纠正，顺着他的话回了句：我不抽烟。

温茴认真起来：小孩子不要抽烟。

盛洋放下手里刚才装打火机的圆珠笔，心满意足地笑了。

她总算像个真姐姐了。

《十七岁》是网剧，首播低迷也不至于像上星电视剧那样影响收视率。

短短几天，播放量就破了亿。

这部剧的好评很多，尤其是官方偶尔会在微博放出几段花絮，短短几分钟的短视频虽然画质可能不够清晰，但是由于剧组气氛融洽，视频看点也多，观众倒是很喜欢。

到了八月底，《十七岁》已经带起了一阵校园剧热潮。

《吻香》拍摄顺利，进度已经过了三分之二。

八月的最后一天，温茴迎来了她在《吻香》里的第一场也是唯一的一场吻戏。

付曦知道她在心理上还是不太能接受这种戏份，提前一天就给她做了很多功课，到了拍戏的这一天，还拿着把逛街时推销员送的广告扇给她扇着风："茴茴放松，不要紧张……"

他们离了平城回首都以后，温度瞬间高了好几摄氏度。

太热了。

温茴懒懒地抬了抬眼皮，说道："曦哥，你为什么说得像是我马上生孩子一样？"

付曦回想起刚刚自己的语气，一时间竟无言以对。

温茴站起身来，说道："我不紧张，孟老师起码长得很白、很帅。"

付曦差点儿被口水噎到。

陆斯衍知道你这么说吗？

温茴确实没怎么紧张，但毕竟是第一次拍吻戏，还是NG了一次才过。

孟见跟谢褚辰不是一类人，即使是吻戏，也不会借机占女演员的便宜。

温茴跟他拍了一场后，反倒对这种戏份有了更深层次的认知。吻戏，只不过是两个人的唇短暂地相碰了几秒而已，等摄像机一关，根本没人会往心里去。

孟见是这样，温茴也是。

一天的戏份拍完，等温茴再回到家时，太阳已经落山了。

时隔一个多月，御南一品半点儿人气都没有，连鞋柜上都落了层灰。

温茴今天拍的感情戏居多，她倒也没觉得太累。

晚上她本来打算不吃饭的，但是收拾了会儿房间后腿就有些软了。

八点多，温茴躺在沙发上看起了外卖，看到一半，就见言宁的消息发过来了。

宁宁：茴香，记得晚上吃面，家里有鸡蛋的话顺便也煮一个吧。

温茴差点儿忘了，明天是她的生日。

按照她这里的习俗，生日前一天晚上是要吃长寿面的。因为温奶奶的忌日就在前一天，温茴已经有很多年没有过生日了。

最近她太忙了，加上从平城到北城的车上一直昏昏欲睡，天一亮又要连轴转似的拍戏，对日期的概念都有些模糊。

她是真的差点儿忘了。

温茴拍了拍额头，全然没了看外卖的心思。

宁宁：茴香？

hui：嗯。

宁宁：宝贝，以后好好地过生日好吗？

温茴的眼眶没来由地就热了起来。

温奶奶去世很多年了，成年以前温茴每到这几天都会很难熬。后来思想成熟了，温茴就想开了，她过得好，奶奶在天上也会开心。

只不过虽然想开了，她也没再给自己过一次生日。像是某种不成文的规定，温茴每年都会自觉地把这一天错过去。

宁宁：要我过去帮你煮面吗？

温茴轻轻吸了下鼻子，这才回道：不用。

月底是言宁的截稿日。

hui：你去画稿子吧，我点外卖。

消息发过去后，温茴正要返回外卖界面，手机铃声就响了起来，号码显示是陆斯衍，但是所属地区在国外。

温茴迟疑了几秒，确认自己的话费还够用后，才滑开了接听键。

男人的声音很快传过来："吃了没？"

温茴的声音有些沉闷："还没有。"

"想吃什么？"

"想吃糖醋排骨。"温茴说道，"还想吃红烧鱼……"

那头的男人轻轻笑了声："还有呢？"

温茴撇了下嘴角，说道："我不吃外卖。"

陆斯衍的套路她早就看清了，他先问她想吃什么，然后再给她点外卖。但是外卖这种东西，长手的人都会点。

温茴窝进沙发里，声音更轻了："你不要给我点外卖。"

"不给你点。"

男人的声音也轻下来，像是怕吵到她："还想吃什么？"

"嗯……鸡蛋面。"

刚说完，温茴就又想起什么，皱了下眉问道："你没拍戏吗？"

现在纽约那边应该是白天才对。

"请了半天假。"

温茴："干吗？"

"我跟导演说，"陆斯衍那边很安静，就这么静了十几秒，他才又把话接上，“我的老婆想我了。”

温茴被他这大言不惭的借口给逗乐了，不承认道：“谁想你了？”

“你……”顿了顿，那人又问，“不想我吗？”

温茴弯了下嘴角，说道：“明明是你想我——”

她刚说完，还没听到陆斯衍的回答，叮咚一声，门铃声突然响了起来。

温茴愣了下才从沙发上坐起来，说道：“我去开门。”

御南一品的安保措施很好，外来车辆和人员基本进不来，所以按门铃的应该是在小区登记过的经常出入的人，但温茴还是有点儿害怕。

她一边踩着拖鞋往楼下走，一边还在问陆斯衍：“你怎么不说话了？”

陆斯衍一安静，她就更害怕了。

“我在。”

温茴走到门口，实话实说道：“我有点儿害怕。”

“怕什么？”

“万一是坏人怎么办？”温茴开了别墅外面的监视器，“你的老婆长得这么好看……”话还没说完，温茴的声音戛然而止。

陆斯衍似乎笑了下，极短的一声：“怎么不说了？”

温茴看着监控录像里的两个人，一时间手都不知道该往哪儿放了。

门口亮了好几盏路灯，所以光线并不暗。

陆长晴拎着两个袋子，正轻轻地跺着脚；旁边的女人看不见脸，个子要比陆长晴略高一些，抱着一大捧花在跟旁边的女孩子说着什么。

温茴抿了抿嘴角：“我能问一下……你妹妹旁边的人是谁吗？”

那头的男人沉默了几秒，然后慢慢吐了两个字出来：“我妈。”

温茴更害怕了。

陆斯衍也知道她的性格，对他拿捏得精准，但是对长辈就不行了，尤其是温茴第一次见钟庆虹。

陆斯衍放缓语气：“乖，把门打开。”

“我……可以叫‘阿姨’吗？”

“可以。”陆斯衍耐着性子哄她，“叫什么都可以。”

温茴说道：“你不要挂电话。”

“好。”

温茴也顾不上国际漫游的话费了，抬手按了解锁键，下一秒雕花大门自动打开了。

紧张是真的，但温茴也不是个没有礼貌的人，把手机揣进口袋里，随便扒拉了几下头发后，伸出手去开门。

门一打开，她刚好和外面的两个人打了个照面。

陆长晴将手伸过来，还没碰到门就硬生生地僵在了那里。

三个人面对面大眼瞪小眼了好几秒，还是陆长晴先开的口：“嘿，茴姐……”

她还没说完，钟庆虹就伸手戳了下她的额头，纠正道：“叫嫂子。”

陆长晴改口道：“嫂子……”

温茴的手心都出了一层汗，因为过于紧张，她脸上的表情显得十分纠结，陆长晴都被她给逗笑了：“茴……嫂子，你不用这么紧张。”

女孩子拎了拎手里的袋子，说道：“你明天过生日嘛，我跟妈来给你过生日。”

钟庆虹笑眯眯地接了句话：“你爸明天有事，就先不过来了。”

钟庆虹是第一次见温茴本人，之前都是在电视里看，每次一播《海棠依旧》，她必定一分钟不差地连广告都看完。

为了支持儿媳妇的事业，钟庆虹甚至把《为后》看完了。

小姑娘长得比电视里还漂亮，唇红齿白的，她越看越喜欢，连带着声音都温和了许多：“我听小四说，你想吃红烧排骨和红烧鱼，对吧？”

温茴的耳朵有点儿热，她开口道：“阿姨……”

大概是陆斯衍提前跟她说过，钟庆虹也没觉得阿姨这个称呼有哪里不对，点了点头，说道：“明天中午做这些，今天晚上吃面怎么样？”

温茴哪敢有意见，忙答应下来让两个人进了门。

钟庆虹娇贵惯了，以前都没进过厨房。还是温茴和陆斯衍结婚以后，她瞧着儿媳妇太瘦了不好，特地报了个厨艺班去学习。

她上了年纪，反倒喜欢上了做饭这种沾了烟火气的事。

温茴和陆长晴全被轰到了外面，厨房门一关，两边世界就被隔绝开来。

陆长晴尝过她母亲大人的手艺，放心得不得了，直接拉着温茴去外面透气了。

临近九月，北城已经入秋了，夜风都沁了丝凉意。

别墅的院子不小，秋千花园一应俱全。

陆长晴在御南一品住过，对这边的一切都异常熟悉，才出门就拉着温茴直奔秋千。

两个女孩子长得瘦，脚尖在地面上一点，秋千就轻轻地晃荡起来。

晚风拂过，温茴的裙角像是卷起一阵浪。

陆长晴的视线落在温茴纤细的小腿上，轻叹了口气：“茴姐。”

“嗯？”

“我还是觉得我哥配不上你。”就跟陆斯衍的某些粉丝一直觉得温茴配不上陆斯衍一样。

温茴听着这句话，突然完完全全释怀了，弯起嘴角，声音里飘着温温柔柔的笑意：“为什么这么说？”

陆长晴特别认真地皱了皱眉：“我觉得没人配得上你。”

温茴仰头看了一眼头顶：“那是因为你的粉丝滤镜太厚了。”

夜色正深，月明星稀，今天是个好天气，不知道陆斯衍那边是不是晴天。

她似乎感受到了异国恋的痛苦，明明两个人生活在一个世界上，却连星星都没办法一起看。

温茴数了几颗星星，声音轻下来：“他配得上。”

因为他是世界上最好的陆斯衍。

温茴和陆长晴在外面看了十几分钟的星星，等钟庆虹叫她们进屋吃饭时，已经过了九点。

温茴好几年没吃过长寿面了，好不容易吃一次，连晚上的饭量都比以往多了些。

十点，温茴上了楼。

困意袭来，她在床上躺了会儿才准备去洗澡。正要换衣服的时候，她突然想到自己好像还没有挂陆斯衍的电话。

屏幕黑着，温茴点开屏幕一看，通话界面还明明白白地在手机上显示着。

温茴轻轻咳了声：“陆斯衍？”

几秒后，男人的声音传了过来：“嗯。”

“你怎么还没挂电话？”

刚问完，温茴就想起来了，是她让陆斯衍不要挂电话的。

温茴刚要岔开话题，就听那人答了句：“想听你的声音，宝贝……”男人的声音有些发沉：“我好想你。”

将近两个月没见面了，他再忙也不可能把温茴给忘了。

温茴“嗯”了声，轻轻走到了窗边：“我也好想你。”

她好像突然就明白了为什么会有那么多的娱乐圈模范夫妻从恩爱有加走向离婚，因为光是“聚少离多”这个词，听着就已经足够折磨人。

温茵的语调软了又软：“老公。”

“嗯。”

“等你回来，我们一起看星星吧。”

“好。”

温茵又说道：“今天的星星特别好看。”

如果陆斯衍在身边就更好了，她刚这么想着，那人就回了句：“没你好看。”

“你又没看到……”

“那也没你好看。”

兄妹俩都对她有滤镜。

温茵的笑声浅浅飘开，她问道：“什么时候拍完电影啊？”

“九月底。”还有一个月。

温茵：“我觉得我在独守空房。”而且按照时间来看，她已经足足守了两个月了。

男人低声笑道：“我不是吗？”

温茵刚要说话，那边突然传来很轻的一声：“嘘——”

她下意识地屏住呼吸，几秒后男人的尾调也轻下来：“生日快乐，宝宝！”

十二点了。

温茵看了一眼时间，才后知后觉地反应过来，陆斯衍刚才叫她的不是“宝贝”——是“宝宝”。

她长这么大，第一次被叫宝宝。

这种感觉像是年龄瞬间暴跌了二十岁，她变成了一个年仅三岁的小宝宝。

温茵不自觉地看了一眼自己的手，确认没有缩小后，才扑哧一下轻轻笑出声：“陆斯衍，你是不是叫错了啊？”

因为这两个字，她的行为都变得幼稚了不少。

陆斯衍的音调又缓缓扬了起来：“没有。”

“宝宝？”

“宝宝。”男人认真的语气，压根儿不像是在开玩笑。

温茵似乎听见自己的心脏怦怦乱跳的声音。

陆斯衍这人就是这样，温柔起来谁都招架不住。

温茴的嘴边有笑意浅浅荡开，一颗心软得一塌糊涂："嗯？"

"生日快乐！"

"你说过了。"温茴听得清清楚楚。

她最幸福的一点就在于尽管家庭关系破碎，但是朋友都对她真心实意，每年的生日都被言宁和付曦记得清清楚楚。

现在又多了个陆斯衍。

温茴说道："我已经24岁了。"顿了几秒，温茴补充道："不是宝宝了。"

"宝宝，"陆斯衍纠正她，很轻地笑了一下，"我第一次陪你过生日。"

温茴这才听懂了他的意思。

虽然他第一次陪她过生日，但是——不代表过的是一岁生日啊！

温茴有些哭笑不得："陆斯衍，你是在玩养成游戏吗？从一岁养到几岁？"

陆斯衍的声音里含着半分笑意："养一辈子，好不好？"

温茴拖着调子"嗯"了声，说道："可是我不太好养。"

"所以我在努力赚钱。"

温茴咧着嘴角，觉得自己快要笑出皱纹来了。她把手机放到跟前的桌子上，伸着两只食指把嘴角的弧度压下来："差不多行了，陆少爷。"再说就太假了。

"说起吻戏——"

温茴的眼皮突地跳了一下。

"你今天是不是拍吻戏了？"

温茴装作不经意地把电话挂了，世界瞬间清静下来。

她还来不及关机，陆斯衍的微信消息又发了过来。

L：？

hui：可能是手机欠费了。

L：我给你充了话费。

hui：那可能是……用完了？

L：你挂我的电话。

这人明明也没发任何表达委屈的字眼或符号，但她就是从里面读出了一种很别扭的撒娇感。

hui：我……不小心碰到的。

L：吻戏拍得开心吗？

hui：不开心。

温茴反应迅速：我想和你拍。

她觉得这个回答很完美，陆斯衍肯定得半天才能反应过来。

然而事实是消息发过去没几秒，那头的人就回复了。

L：好。

温茴抿了抿唇，突然有种不好的预感，就是不知道现在撤回消息还来不来得及。

她刚要撤回消息，陆斯衍又发了一条新消息过来：截图了，宝贝。

温茴白天没拍戏。

本来之前她还以为这是个巧合，但是等言宁提醒过今天是她的生日之后，她就觉得应该是汪导特地空出了这一天。

陆斯衍那边下午要拍戏，两个人没聊几句，他就准备去片场了。

不知道是不是因为这通电话，温茴这晚睡得尤其香，后半夜还做了个有些难以启齿的美梦。

醒来的时候天已经亮了，温茴出了一身的汗，盯着天花板看了半晌，拿过了手机。

八点多了。

她打开微博一看，有很多新消息和评论。

温茴点开关注列表，给祝她生日快乐的盛洋、楚夏在内的十几个圈内好友都点了赞。

确认没有遗漏后，她才回到自己的主页发了条微博——

"温茴 h：今天想当个宝宝。"

微博粉丝多了，她刚将动态发出去，点赞、评论就破了万。

"这么可爱的宝宝谁不想要呢？"

"我刷了几遍首页，发现除了陆斯衍，大家都发微博了。"

温茴其实不太喜欢秀恩爱，更讲究平平淡淡才是真。偏偏这条评论，就跟逼着她秀恩爱一样。

温茴没办法，只好打开了最近的一条通话记录，截图了详细信息且把手机号打上马赛克后，给那位粉丝回复了过去。

然后网友发现新的"知识点"——打了四个小时的电话？国际长途？

温茴刷了会儿评论，然后又去翻了一遍《吻香》的剧本。

小师妹的戏份前半部分很多，“黑化”没多久就死在了大师兄的剑下，所以拍过了那场吻戏后，温茴的戏份就少了很多。

她来来回回把自己之后的行程安排看了几遍后，给汪导发了条消息。

Hui：汪导，我过几天可以不在北城吗？

九月三号到七号都没她的戏份。

汪导那边正忙，消息是中午回过来的：可以，但是七号晚上必须在。

Hui：好，谢谢汪导。

确定了时间后，温茴又立刻去看了航班信息。

北城飞纽约要大半天，来回就是一天的时间，来回转机她免不了会很累。

但是——累点儿就累点儿吧，她太想陆斯衍了，想快点儿见到他。

三号晚上，温茴拎着小行李箱直接从片场去了机场。

因为是私人行程，温茴全程只有自己一个人。

每隔半个小时，付曦都会跟个老母亲一样，给她发条微信以确保人没走丢。

等温茴抵达纽约的时候，付曦的消息已经发了几十条。

她呼吸了口和陆斯衍一样的新鲜空气，然后才回复了付曦：茴茴到啦。

付曦发现温茴最近越发喜欢撒娇了。

——这是件好事。

谁不喜欢娇软漂亮的女孩子撒娇？付曦的嘴角快要咧到耳根。

她还没来得及回复，那边的人又发过来一条消息。

茴茴：曦哥，陆斯衍在哪里拍戏来着？

温茴还是第一次来纽约，人生地不熟的，她的英语口语没那么好，靠着路标才出了机场。

出了机场后，她更是连东南西北都分不清。

付曦给她发了个地址过去：你直接打车去吧，我看过地图了，那地方离机场不远。

纽约这边正好是晚上。

温茴怕自己扑空，上车以后还特地给陆斯衍发了条微信：收工没？

陆斯衍没回消息，那就是没收工。

温茴跟司机报了地址后，开始期待起时隔两个月后两个人的第一次见面。

她弯了弯嘴角，十几分钟后，车停到了《第七分钟》拍摄的片场附近。

《第七分钟》是大制作，拍摄范围内全都拉上了类似于警戒线的黄色长条，温茴刚过去，就被人拦在了外面。

这里不是国内，没那么多人认识她，她被拦下再正常不过了。

温茴猜陆斯衍还在拍戏，所以退而求其次，向栗子问道：还没收工吗？

果不其然，栗子回复得很快：十一点吧，怎么了啊，嫂子？

温茴分享了自己的地理位置给他。

栗子：嫂子，你真的来了吗？！

温茴微笑，干脆给他拍了张附近的照片发过去。

栗子：我马上过去！

栗子是行动派，不出三分钟就出现在了她面前，说道："嫂子，你怎么来了啊？"他比较关心自己的女神，暂时没想到老板，"累不累啊，酒店订好了吗？"

话说完之后，栗子才想起陆斯衍，有些不好意思地挠了挠头："哦……你不用订酒店。"

温茴被他逗笑了，问道："你的衍哥呢？"

"衍哥还在拍……"栗子的话音戛然而止，眼神也开始闪躲起来，"嫂子你累吗？要不我先带你去酒店吧？"

温茴坐了一整晚的飞机，时差颠倒，肯定是累的。

但是既然都来了，她也没打算这么快就去休息，朝着栗子弯了下唇，问道："我可以去探班吗？"

栗子想说"不可以"，但是又说不出不可以的理由来。

沉默了几秒后，栗子小心翼翼地看了她一眼："真的不累吗？"

温茴摇了摇头。

"那……那你就跟我一起进去吧。"

温茴有点儿搞不清楚状况。

她跟着栗子进去后，那边果然正在拍摄。

片场类似于一处废墟，看起来就很荒凉，加上栗子给她找的地方比较偏，温茴坐在那里时甚至没有几个人注意到她。

她瞥了一眼陆斯衍，然后又收回视线看了一眼手机。

付曦的消息刚好发过来：茴茴，S.A 的官方微博晚点儿会发你的代言，你记得转一下。

hui：好。

她本来还想着多跟付曦聊几句，结果还没打字，就听见不远处有男人吆喝了一句英文。

别的她没听清，只那声“kiss”特别清晰。

温茴的第一反应不是皱眉，而是想笑。

有句话怎么说来着：天道好轮回，苍天饶过谁？

温茴自己就是演员，也拍了一场吻戏，心里完全能分清拍戏和生活的区别。

她甚至能说服自己不要乱吃飞醋，当然这都是在不亲眼看到陆斯衍拍摄的前提下。

怪不得栗子刚才一直遮遮掩掩的。

温茴试着让表情看起来放松一些，但是扯了下嘴角，只扯出来一个不用看就知道十分勉强的笑容。

栗子看了她一眼，又看了一眼陆斯衍的方向，犹豫地说道：“嫂子，要不你还是……”

温茴也不想给自己找不痛快。

她收回视线，椅子还没坐热就又站起身来：“我先回酒店吧。”

栗子这才松了口气，尽可能地挡住那边正打算拍吻戏的两个人，几乎是半踮着脚跟温茴一起挪出片场的。

两个人安安静静地来，再悄无声息地离开。

酒店就在片场附近，步行也只需要不到十分钟的时间。

温茴即使努力控制着自己不去想，脑海中还是会时不时地跳出陆斯衍跟别人拍吻戏的画面，模糊，但是很扎眼。

回到酒店后，温茴为了转移注意力，打开了视频软件准备看电视剧。

《十七岁》在这两天刚好是结局，她也没再去挑别的，直接点了进去。

这部剧播出一个月来，毫无疑问成了年度最热门的青春校园剧。

最后两集作为结尾，弹幕更是多得超乎平常。

最后一集还没看完，言宁的微信就发过来了：《十七岁》剧组真的厉害，把大招憋到了最后。

hui：嗯？

言宁把视频分享过来：行行去探班时拍的花絮。

宁宁：茴香，你能不能说说你和行行是怎么吵架的啊？

言宁又问：行行会凶你吗？

hui：不会。

言宁：你们吵过架没？

温茴想了想，答道：吵过一次。

宁宁：说来听听！

hui：拍《我们恋爱吧》的时候，他因为我买了好多双情侣拖鞋给剧组的工作人员穿，跟我冷战了好几天。

言宁的热情被浇灭了，她就不该问。

但是又实在好奇，言宁忍了几秒，还是没能忍住：怎么和好的？

hui：拍《十七岁》的时候，男二号背我来着……

宁宁：就这？

hui：他那天去探班……一定要听吗？后面的内容对单身的你不太友好。

言宁要骂人了，对着屏幕冷笑了几声：滚！

温茴干脆利落地滚了。

陆斯衍还没回来，她便拿了睡衣去浴室洗澡。

她洗到一半，门被敲响。

温茴还靠在浴缸里，转头朝门口瞧了一眼，男人的声音刚好从外面传进来："茴茴？"

陆斯衍刚才在片场确实没看到她。

他拍起戏来很投入，不被导演喊"cut"的情况下，基本是不会注意场外情况的。

但是一收工，栗子支支吾吾了半天，他就知道哪里不对了。果然他回来一看，浴室的灯亮着。

他叫了一声后，里面的人没理他。

陆斯衍微侧了下脸贴在浴室门的磨砂玻璃上，声音压得很低："老婆。"

里面的人还是没回应。

男人将手落在门把手上，说道："你不说话，我就进去了。"

陆斯衍这次也没等她回答，直接把门推开了。

温茴完全没有想到他会真的进来，连忙伸手遮在了胸前："你……

你出去。”

“老婆，”男人关了浴室的门，嘴角微勾，很耐心地提醒，“这是我的房间。”

“那我出去。”

温茴想要去拿浴巾和睡衣，但是手伸过去后怎么都碰不到东西。

好不容易她快摸到的时候，男人的手指落在上面，又轻飘飘地把浴巾拿远了。

温茴抬眸瞪了他一眼，问道：“你干吗？”

陆斯衍太久没见到她了，心里柔软，连眼神都是化了冰一样温柔深沉：“我帮你。”

“不需要。”

温茴拒绝得很干脆，冷冷地说道：“我自己会。”

“我想帮你。”

“我不想让你帮我。”

陆斯衍低低笑了声：“温茴。”

“干什么？”

“你是不是吃醋了？”

温茴的心思被他猜得一清二楚，这太明显了。

她那么喜欢陆斯衍，不吃醋就奇怪了。

温茴皱了皱眉，也没嘴硬：“我的老公跟别人拍吻戏，我不可以吃醋吗？”

“可以。”

陆斯衍勾着嘴角，抬手把溅在她的脸上的水珠给擦干净。

温茴也没躲开，抬了眼皮瞧他：“干吗？”

男人的指腹没有半点儿茧，手指的力度很轻，凉凉地擦过她的侧脸：“哄你啊。”

声音很轻，他的确像是在哄人，只不过更像是在哄小孩子。

温茴抓住他的手指，问道：“你觉得我像是这么好哄的人吗？”

陆斯衍干脆在浴缸外面半蹲下来：“那怎么哄？”

“你今天拍的吻戏是什么样的啊？”

温茴本来是想问激不激烈的，但是又觉得这样问不太好，所以临时换了说辞。

陆斯衍低头笑了下，几秒后抬起头来，捏住跟前的女孩子的下巴，倾过身吻了下来。

他没有抽烟，也没有喝酒，身上只带了外面的夜风凉凉的味道，干净又冷冽，跟这个温柔的吻截然相反。

陆斯衍的吻技很好，好到让温茴的大脑死机了好几秒，她才伸手把人给推开：“你们……舌吻了？”

男人的眼底染上一层浓重的阴影，他只盯着她不说话。

温茴继续问道：“真的是舌吻？”

虽然知道有点儿无理取闹，但温茴还是想哭。

她是演员，情绪稍微酝酿下，一分的难过就可以哭出十分的委屈来，刚吸了吸鼻子，就听陆斯衍否认道：“没有。”

“哦……”温茴弯了下嘴角，“所以你的吻技为什么这么好？”

男人微皱了下眉，唤道：“温小姐。”

“嗯？”

“我别的技术也很好。”

“神经病！”

第八章

起床气很重的陆老师

第二天，温茴意料之中地起晚了。

好的一点就在于陆斯衍也没比她好到哪里去，都到八点多了还没醒。

温茴伸手碰了下他的唇：“老公。”

男人很轻地应了一声。

“你早上拍戏吗？”

陆斯衍微抬了下眼皮：“别说话。”

温茴凑近他，问道：“你是不是要拍戏？”

见男人没有反应，温茴恶作剧一样加重了声音：“陆斯衍，你九点有戏要拍！”

男人像是终于恢复了意识，问道：“嗯……几点了？”

“八点一刻。”

静了片刻，陆斯衍完全睁开眼睛，起身下了床。

温茴弯了下嘴角，道：“真不容易，你也有今天。”

她跟陆斯衍结婚这么久，今天还是第一次看见他在白天有戏的情况下起床晚了。

温茴趴在床头，刚要再说两句，男人就侧目看了她一眼：“闭嘴。”

“你凶我。”

“没有……”

陆斯衍虽然起床晚了，但是温茴叫醒得及时，所以他也不至于迟到。

他把睡袍脱下扔到床上：“乖乖闭嘴。”

男人抬脚进了浴室，很快里面传来哗啦啦的水声。

温茴睡不下去了。她确实懒得动，但也不想自己千里迢迢地过来，只是换个地方睡觉而已。

她又在床上躺了几分钟后，掀开被子起了床。

十分钟后，陆斯衍从浴室出来。

男人额前的碎发比上次见面时稍长了些，因为挂了水，有些潮湿地垂在额头上。

真好看，陆斯衍哪里都好看。

温茴找了卫衣和牛仔裤出来，刚要换衣服，就一把被陆斯衍攥住手腕："干什么？"

"换衣服啊。"

男人垂眸看着她："不睡了？"

"睡不着，"温茴由他攥着手腕，嘴角微微弯了下，"我跟你去片场吧。"

她说完后还不太放心，又问了句："今天没吻戏吧？"

陆斯衍扯了下唇，笑声很轻："没有。"

温茴："那我要跟你去。"

男人挑眉，问道："怎么？"

温茴说道："我要看我的老公是怎么拿奖的。"

陆斯衍一大早就能见到温茴，心情本来就不错，听她说了这句话后，唇边也微微勾起了弧度："万一没拿呢？"

温茴看向他的眼睛："没拿你也很厉害。"

陆斯衍加深笑意，刚低头在她的唇边落了个早安吻，温茴就矮身从他怀里钻了出来："你先去吃饭，我收拾好就过去找你。"

温茴平时动作还算利落，但是今天实在行动不太方便，过了半个多小时她才乘电梯下了楼。

一晚上过去，付曦估摸着她醒了，才催促道：快去转 S.A 的微博。

温茴肚子饿了，也没急着去找陆斯衍，边跟付曦聊天，边拿着房卡去了一楼的餐厅。

xixi：性感小妖精，在线撩人。讲真的，你拍这个广告的时候也没觉得有多暧昧，剪辑了之后就完全不一样了。

温茴找了个位置坐下，等送餐的几分钟里先把微博给转发了。

她的粉丝数前阵子就破了 2000 万，所以转发的微博马上就有人评论了。

十条评论里面，有九条是关于陆斯衍的；还剩了一条，是哭喊着“老婆不要跟别的男人靠得这么近”的。

温茴嘴边的笑容根本就收不住，好不容易等到早餐端上来，她刚把手机放在一边，屏幕就又亮了下。

微博特别关注的回复弹了出来——

陆斯衍 y：老婆，不要跟别的男人靠得这么近。

如果微博能把他拉黑就好了。

温茴吃过了早饭后，又在餐厅里待了会儿。

等她到了片场的时候，已经接近上午十点。

栗子今天明显就正常了很多，又是给她递水，又是给她送饼干的，前后忙活着说道：“嫂子，我们衍哥的演技真的太好了，是不是？”

温茴咬了片饼干，虽然才坐下没几分钟，但还是配合地点了点头，说道：“特别好。”

她没怎么看过陆斯衍的演戏现场，上次看还是拍《蝴蝶杀》的时候。

同样是吻戏，只不过那场不知道为什么被沈懿给改了。

温茴觉得自己可能是中了什么魔咒，双手托着下巴，咀嚼饼干的动作慢慢放轻，直直望向不远处的男人。

这场戏不是男、女主角的对手戏，主要在男主角个人的感情戏上，只用表情表达心理情绪的戏份要比肢体语言类困难很多。

但是陆斯衍偏偏就能演得很轻松，不会情绪不足，也不至于用力过猛。

温茴以前拍戏时最担心的两点，在他身上半点儿体现都没有。

隔了十米左右的距离，温茴瞧见他的神色一点点地黯淡下来，眼神放空，整个人都带了种心灰意懒后的失魂落魄感。

画面是静止的，但他的表情不是。

温茴的嘴角轻轻抿起来，她轻声开口道：“栗子。”

“嫂子，你说！”

“你说，你的老板怎么这么帅呢？”

栗子沉默了。

陆斯衍的戏拍到了近中午。

温茴全程没怎么走过神，甚至连手机都没看过几次，注意力就只放在了那个人身上。

所以导演一喊“收工”，温茴的眼睛立刻就亮了起来。

陆斯衍接过栗子递过来的外套随便披上，目光一抬落在温茴身上，两个人对视几秒后他朝这边勾了下手指。

温茴起身过去。

导演正在和陆斯衍说话，叽里呱啦的英语单词快速地往外头蹦着。

温茴默默听了半天，没怎么听懂。

这种听别人说话都一知半解的感觉太难受了，温茴决定待会儿回去就下载一个软件学习英语。

她正想着这个问题，导演突然转头看着她：“温茴？”

他用的是中文的读法。

温茴礼貌地笑了笑。

下面一句话虽然也是英语，不过她听懂了：“斯衍的妻子？”

温茴点了点头。

不是她不想说话，实在是英语学得不太好，怕说了人家也听不懂。

导演也不在意，又开始说起来。

温茴有点儿郁闷地看了陆斯衍一眼，那人虽然没转过头来看她，但是悄悄伸出手握住了她的手。

温茴的心里突然又安静下来。

过了几分钟，等导演终于说完正事，他才又转头朝温茴咧嘴笑了下。

“下次见！”温茴倒是听懂了。

回了句同样的话以后，陆斯衍刚揽着她的肩出了片场，温茴就没忍住问了句：“导演刚才在说什么啊？”

“说你很漂亮。”

温茴存疑道：“还有呢？”

“说你的演技好。”

温茴这次都不是存疑了，皱眉说道：“你骗人。”

这一年来，她演的剧也就那么几部。

唯有两部档次高的《蝴蝶杀》和《吻香》，一部即将上映，一部都还没杀青。

温茴的眉皱得更深了：“我的戏……”

“他去了《蝴蝶杀》的点映。”

“哦……”

因为不是主演，温茴没那么关注《蝴蝶杀》。

陆斯衍的手落在她的肩膀上，然后他微微用力，迫使她转身看过来，说道："温茴。"

"嗯？"

"你的演技真的很好。"

温茴第一次从陆斯衍嘴里听到这句话。

这些年来，夸她演技好的人不是一两个。就像言宁说过的一样，她骨子里的的确确带了种自己都不愿意承认的不自信。

温茴眨了眨眼睛，问道："真的吗？"

"嗯，"陆斯衍微微扬了下嘴角，"特别特别好。"

因为陆斯衍的一句话，温茴第一次把自己的角色合集视频都缓存下来了。

她要赶时间，也没能在纽约多待。

第二天下午，她就又登上了回北城的飞机。

十几个小时的航程枯燥无聊，温茴戴上了耳机，一条一条地开始播放自己先前缓存下来的视频。

她平时不喜欢看自己的剧，即使看了，也会刻意忽略自己的那部分。

温茴的粉丝多，会剪辑的博主也不在少数。

十几分钟的视频里，场景切换流畅自然，能不自觉地把人代入角色中。

温茴刷了几个视频后，信心大增。

她的嘴角弯了起来，心脏跳动的速度也跟着加快了些。

将视频全部看完后，温茴点开陆斯衍的微信，发了几条消息过去。

hui：陆斯衍。

hui：虽然很遗憾没有在很久以前就喜欢你，但是从现在开始到以后的每一天，我都会好好地喜欢你。

hui：永远喜欢你。

手机开了飞行模式，消息根本发不出去，聊天框里满屏的红色感叹号。

温茴笑了笑，想撤回这几条消息，就又点了取消。

就这样放着吧，像她喜欢陆斯衍一样，保存到往后的余生中。

温茴在飞机上难得睡了个好觉。

她的行李箱不重，所以也没托运，下了飞机后她直接拉着行李箱往VIP出口走去。

她到大厅的时候，身后突然有人轻轻叫了声“嫂子”。

男声明朗好听，隐约有几分熟悉感。

温茴直觉对方是在叫她，脚步微顿，转过头一看，刚好瞧见口罩、帽子一样不落的男人。

那人挑了挑眉，问道：“嫂子回来了啊？”

“嗯……”

温茴跟他打了个招呼：“好巧啊。”

叶景笑了下，抬手把口罩拉下来：“是挺巧的。”

他也刚从国外飞回来，没想到他们就在机场碰到了。

“嫂子，我刚好找你有事。”

温茴问道：“什么事啊？”

“我的新歌 MV，能请你帮忙录制吗？”

“嗯？”

“男主演是陆斯衍，可以吗？”

“嗯……”

温茴也没过多地考虑，很快就应了下来。

倒不是因为陆斯衍才答应的，即使男主演不是他，就凭叶景之前带她打游戏直播的情分，温茴都不可能拒绝他。她又不是过河拆桥的白眼狼。

VIP 通道的人少一些，但偶尔还是会有路过的人朝这边看来。

两个人也没聊太久，把 MV 的事简单确定下来后就各忙各的去了。

温茴最近渐入佳境，付曦也就没再跟最开始一样，只带她一个艺人。其他大大小小的艺人被塞过来几个后，付曦就没那么闲了，三天两头地要东跑西跑。

刚好今天有事，付曦就没来接她。

温茴出了机场后，正要拦出租车，身后就有喇叭声响。

言宁的声音传了过来：“茴香？”

温茴顿住脚步，拉着行李箱转了个身。

言宁一脸见了鬼的表情：“你不会是想打车回去吧？”

“不能打车吗？”

言宁抬了抬下巴，说道：“你看见那群对着你拍照的人了没？”

温茴还真的没注意，经言宁提醒后转头一看，才看到不远处拿着手机对着她拍摄的一群人。

明明她去美国才几天，再回来就跟换了个世界一样——去的时候冷冷清清，回来的时候被众人围观。

温茴这次的行程没对外公开，连粉丝都不知道，如果她没猜错的话，这会儿对着她拍照的基本上都是路人。

不然真的有粉丝的话，起码会有几个来问她要签名的人。

温茴弯了下嘴角，有些惊讶地问道："我已经这么火了吗？"

"可不是吗？"言宁打开后备厢，"你不知道你的《十七岁》跟S.A都要火出圈了吗？"

"你上一次火出圈还是……"言宁意识到两个人还在大庭广众之下，咳了声止住话音，"上车，上车。"

温茴还真的不知道。她好不容易抽出时间去见陆斯衍，都没怎么刷过微博。

温茴坐上副驾驶座，才打开微博，正要清理微博私信，叶景的微信就发了过来：嫂子，月底有时间吗？

他应该是在商量拍MV的事。

hui：有。

《吻香》九月底全剧杀青，不过她的个人戏份这几天就差不多结束了。

她毕竟是女二号，戏份不可能贯穿始终盖过女主角去。

叶景：我刚才问我四哥了，他下旬能回来。

hui：好。

叶景：片酬怎么说？

hui：不用啦，友情出演。

叶景当然不可能让她免费给自己拍MV，他不差那个钱，何况真的要免费的话，陆斯衍那边他都不好意思开口。

毕竟陆斯衍已经是免费的了。

叶景想了半天，最后定了和《吻香》一集片酬同样的价。

温茴晚上有戏要拍，只回家放了行李箱就赶去了片场。

《吻香》虽然是电视剧，但不管是主线剧情还是拍摄制作，都不比电影差。

温茴这一段戏份是剧里的一个高潮情节，"黑化"的小师妹为了救男主角不惜散尽千年修为，一夜之间白了头。

这场戏的时间跨度太广，几乎是从晚上到第二天天亮。

中间虽然没有一直拍摄，但是温茴也没怎么休息过，不是听汪导讲戏就是坐在化妆间里化妆。

老年人的造型化起妆来异常麻烦，脸上像是糊了几层粉，紧绷又厚重。

温茴的眼皮都被压得有些沉，为了打起精神来，她拿着手机给陆斯衍发了条消息：老公。

发过去之后，她才意识到现在是凌晨四点。

她刚要撤回，那头的人就发过来一个问号。

L：这么晚还在拍戏？

hui：对呀。

L：几点收工？

hui：估计要到六七点吧。

陆斯衍发过来一个句号。

hui：你在拍戏吗？

温茴平时跟陆斯衍聊天很少用“吗”和“呀”这类的字眼，上次听《十七岁》剧组的小妹妹说过以后倒是记住了，就是一直没机会撒娇。

今天闲得无聊，她就开始派上用场了：茴茴好困呀。

L：……

陆斯衍觉得温茴是太困了，所以头脑也不太清醒。

L：茴茴。

hui：嗯？

L：你是不是不清醒？

她就知道跟陆斯衍撒娇行不通。

hui：你完了，陆斯衍。

L：清醒了。

hui：呵呵。

下一秒，对方撤回了一条消息。

她说她不清醒的那条消息不见了。

hui：？

L：该拍戏了吗？

转移话题倒是快，温茴努了努嘴：还有半个小时。

顿了下，她又问：陆斯衍，你为什么叫“行行”啊？

温茴想问这个问题很久了，以前觉得是因为《海棠依旧》里的“容鹤行”这个角色，后来就越来越觉得不太对。

她也没刻意去搜，想着当事人就在她身边，随时都可以问。

过了半分钟，当事人回复过来了：我爸本来想给我起名叫“行”的。

L：后来找了人算命，说我缺水。

hui：就改成了“衍”？

L：嗯。

这也……太随便了吧？

L：后来还是缺水。

hui：那怎么办了？

L：娶了温小姐就好了。

温茴不自觉地扬了扬嘴角：那为什么叫“斯衍”？

刚发过去，她又想起了什么。

hui：因为“螽斯衍庆”吗？

她记得陆斯衍的母亲叫钟庆虹来着。

这一家人，怎么听怎么都是完美和圆满。

果然，陆斯衍嗯了下。

L：我的宝贝呢，为什么叫温茴？

hui：因为我妈不喜欢吃茴香。

别人都是喜欢吃什么，才会给子女起名叫什么，宋琴偏偏反其道而行之。

她不喜欢温茴，所以起名都带了个自己不喜欢的字眼。

双方沉默片刻。

L：对不起。

不等她回复消息，那人紧接着又发过来两条消息——

L：我喜欢吃茴香。

L：我喜欢你就好。

温茴偶尔做梦的时候会梦到宋琴，后来在私高的校园里碰上过她几次后，梦见她的频率就越发高了。

这不像是什么好兆头。

每次梦醒，温茴都要找钟庆虹去聊几句。

婆媳两个人相处得不错，上次过了生日后就互相加了微信。

时间过得也快，一转眼，《吻香》的拍摄接近尾声，温茴饰演的小师妹彻彻底底地消失在了剧里。

临近九月底。

温茴没戏拍，也就没再往剧组里跑。她这两天空闲，把陆斯衍的电影一部不落地全看了一遍。

陆斯衍自从开始拍摄电影后，已经几年没演过电视剧了。

如果当时他接了《吻香》，免不了又要被网友关注。

温茴突然庆幸他没接，不然显得自己跟妲己一样。

温茴看了一眼日期，盯着上头的“28号”看了几秒后，猛然想起什么。

她点开叶景的聊天记录一看，果然明天是拍MV的日子。她立刻给陆斯衍发了条消息：下飞机了没？

对方几乎秒回：嗯。

温茴想去机场接他，但一想到机场这会儿肯定已经被围得水泄不通，到处都是闪光灯，就又放弃了。

hui：晚上想吃什么啊？

陆斯衍的回复很简单，就一个字。

L：你。

L：哦，你生理期。

难为他还记得。

L：那随便吧。

温茴这阵子事情少，几乎每天都是自己在家里做饭吃。

她没那个天赋，就干脆打语音电话让言宁教她，学了十几天后做出的东西虽然卖相还是比不上饭店里的菜，但是起码也能吃了。

家里食材充足，跟陆斯衍聊完天后，温茴就一头扎进了厨房，半天没出来。

温茴照着言宁给的菜谱做了三菜一汤，正要关火，厨房的门突然被人轻叩了几下。

刚才锅里的汤沸腾的声音大，温茴压根儿没注意有人进来，愣了下才转过头去，嘴角刚弯起来，就听到男人开了口：“老婆。”

“嗯？”

陆斯衍看着一桌子粉丝给他私信推荐过的强身健体菜，轻轻扯了下嘴角：“你在暗示什么？”

温茴像是被按了暂停键，嘴角还弯着，弧度硬生生地僵住，半点儿变化都没有。

她大学不是学表演的，也没怎么受过专业的训练，但是毕竟演了近十年的戏，还是能管理好面部表情的。

但……她在陆斯衍面前时除外，可能这就是传说中的恋爱脑。

温茵保持着这个表情，视线落在陆斯衍身上，从下往上把他整个人看了个遍。

太阳还没下山，光线不算暗。

阳光不盛，眉眼精致的男人迎着光，身姿挺拔，周身覆了层柔和的光晕，像是从画里走出来的人，怎么看怎么好看。

温茵觉得这人比上次见面时更好看了。

她努力绷着自己的表情，在嘴角忍不住翘得更高前，转头看向那桌看起来平平无奇的菜，说道："嗯……暗示你的老婆今天是个贤妻良母。"

男人轻倚在门框上，嘴角也轻轻翘着："是吗？"

陆斯衍的表情不太对，温茵太了解他了，再联想到菜谱是言宁给她提供的，瞬间又觉得这些菜看起来也不是那么平平无奇了。

温茵看着陆斯衍的眼神变得有些怪异，问道："你吃过了吗？"

"没有。"

"那你为什么知道？"

陆斯衍终于抬了腿走进来。

锅里的汤还没煮好，玉米和胡萝卜在沸腾的热水里上下翻滚，咕噜咕噜的声音越发大了。

温茵反应过来，刚转过身准备专心地把饭先做完，那人的手就从身后伸了过来。

陆斯衍不常进厨房，但是天然气关得很熟练。

不出几秒，整间厨房都安静了下来。

温茵盯着男人匀称干净的长手指抿了下嘴角，还没来得及说话，头顶先一步传来淡淡的男声："我怎么知道的，你还不清楚吗？"

温茵还真的不清楚，陆斯衍放轻了声音提醒她："有人开小号——"

"停！"温茵的反应也快，立刻就想伸手堵住他的嘴，偏偏跟前滚烫的热气还在往上升腾，她根本不敢乱动。

陆斯衍垂眸就瞥见了她微微蹙起的眉。

毕竟是放在心上的人，"一日不见，如隔三秋"这种说辞都显得无比苍白，陆斯衍将手从天然气的开关上收回来，握住她的手腕，快速又小心翼翼地把她揽进怀里转了个身。

身后是镶着冰凉瓷砖的操作台，陆斯衍怕她坐上去着凉，刻意把手抵在她的臀后，说道："我还没说完。"

温茴开口道：“不用说了。”

她已经懂了，八成是那次她跑到言宁的漫画底下开小号吐槽的后果。

温茴理亏，正想着把话题转移开来，男人就微不可闻地轻笑了声：“还有给我推荐视频的。”

温茴实在听不下去了。

她皱眉瞪了他一眼，手疾眼快地抬手捂住他的嘴：“闭嘴！”

女孩子的掌心细腻，带着很清淡的蔬菜味道。

陆斯衍顺势在她的掌心上吻了下，而后把她的手拉下来些，问道：“肚子疼吗？”

温茴今天是生理期的第三天，肚子倒是不太疼，就是腰有些酸。

温茴摇了摇头，反问道：“怎么了？”

“真的？”

温茴的耳根瞬间热了起来，她问道：“你……你要干吗？”

陆斯衍被她逗笑了，刻意学着她的语调，结巴地反问道：“你……你想要我干吗？”

温茴觉得陆斯衍想离婚了，踩了他一脚：“我想你今晚别上我的床，你晚上睡沙发吧。”

温茴想了想，很认真地建议道：“打地铺也可以。”

话音刚落，陆斯衍突然低头在她的嘴角落了个吻：“不想我吗？”

不等她回答，男人的声音紧接着响起：“不舒服的话，明天就不拍了。”

“我没事。”温茴脱了拖鞋，干脆踩在他的脚上不下来了，“你以后能不能一口气把话说完？”

“能啊，”男人的声音很低，半认真半诱哄道，“你先亲我一下。”

“如果我不亲呢？”温茴轻轻弯了下嘴角，刻意往后倾了倾身和他拉开距离。

下一秒，她的下巴被人抬起，陆斯衍就凑在她的嘴边，开口时声音低而缱绻：“我亲你也行。”

叶景的新歌叫《绿洲》。

他不是创作型歌手，因为《绿洲》是他的第一首由他作词、作曲的歌，从年中被爆料出来就一直备受粉丝和网友的关注。

近期要拍摄 MV 的消息才刚放出来，猜测由谁出演男、女主角的言论不在少数。

娱乐圈里不管有名气还是没名气的明星，只要最近和叶景有过接触的，都被列入了名单里。

温茴跟陆斯衍意料之中地也在名单里面。

不过可能因为咖位一个过高、一个一般，就连投票活动里两个人的票数都是最少的。

《绿洲》这首歌写的是一对情侣从青涩的学生时代相识、相恋，再到分隔两地的平淡疏远，三年之痛好不容易熬了过去，两个人却还是因为误会而分手的故事。

分手后的双方依旧对彼此余情未了，只不过成年人的世界不再只有爱情，随着时间的推移，两个人也各自有了新的伴侣和生活。

几年后，两个人在广阔的沙漠中不期而遇，

烈日当空，男、女主角的长相虽然和以前没有太大的变化，却已物是人非。

隔着沙漠中的一小片绿洲遥遥相望了几秒后，两个人很有默契地收回了视线，就像从来没有遇见过一样。

剧本是叶景和沈懿两个人商量着写出来的。

温茴来回看了几遍，越看越觉得虐。

晚上吃过了饭后，温茴趴在床头，实在没忍住给叶景发了条消息。

hui：会不会太虐了啊？

这好歹是年末收官的主打歌。

歌词虽然还没爆料，但是这个歌名出来之后，叶景的粉丝猜的大多是治愈系曲风，欢天喜地地提前过了个年。

现在看来这首歌不像是治愈曲风，倒像是致郁的。

叶景回消息不像陆斯衍那么快，过了十几分钟他才回道：虐吗？

hui：不虐吗？

温茴怀疑是自己的认知出了障碍，瞥了一眼床头正在擦头发的男人，抬起腿来，在他的小腿上轻轻蹭了下。

陆斯衍的动作果然顿住，温茴把腿收回来些，唤道："老公。"

男人侧目看了她一眼。

温茴将腿完全收回来，老老实实地放进被子里，问道："你看《绿洲》的剧本没？"

"还没。"陆斯衍把毛巾扔在一边，"你讲给我听？"

温茴也没多想，当真简短地给他讲了一遍剧情。

这种久别重逢的情节其实挺俗套，但是配合这首歌的歌词后，气氛瞬间就渲染出来了。

温茴滑着和叶景的聊天记录，问道："虐吗？"

陆斯衍懒得吹头发，直接掀了被子上床，回道："还行。"

"还行？"

停顿了两秒，陆斯衍抬手碰了下嘴角："虐。"

温茴抬脚踢了他一下："我是认真问你的。"

"我也是认真回答的。"

这人去美国拍了这么久的戏，别的没学会，睁眼说瞎话的本事倒是比以前还强了。

温茴抿直嘴角，唤道："陆斯衍。"

男人就靠坐在她身侧，稍微一侧身，身上淡淡的沐浴露和着须后水的味道就轻易散开，一股脑儿地涌到了温茴的鼻息间。

温茴屏住呼吸，开口道："你……"

还没说完，她刚才还在乱动的腿突然被压住，陆斯衍打断了她的话："宝贝。"

男人的声音里难得带了几分烦躁和不解之意，问道："你真的不想我吗？"

话题转变得太快，温茴一时没反应过来。

愣了片刻，温茴才有些好笑地扯了下嘴角，问道："怎么突然问这个？"

她肯定是想的，只是没说出来而已。

陆斯衍根本就懒得管《绿洲》是什么剧情，皱起眉头，眼睛也微微眯了起来："我去看了你朋友的漫画。"

陆斯衍的这句话一说出来，温茴的耳朵立刻就热起来，连带话音都结巴了下："然……后呢？"

温茴就怕陆斯衍去看的是她用小号评论的那一章节，毕竟以这人的性格，他也不是做不出来这种事。

温茴的头皮有些发麻，眼睛一眨不眨地等着他说完。

陆斯衍懒懒地抬了下眼皮："你自己去看。"

得，后面的内容连陆斯衍这种人都说不出来了。

温茴越发觉得那不是什么正经内容，一头躺倒在床上，刚要扯过被子蒙上头，那人的手就横了过来。

"第 74 章。"陆斯衍问道，"我给你找？"

“那还是我自己找吧。”

温茴撇了撇嘴角，兴致缺缺地把手机拿过来，登录到言宁发作品的那个网站。

她以前在国外的时候，也在这个网站上看过不少小说和漫画。言宁的所有漫画都静静地躺在她的收藏夹里。

温茴点进最新更新的那本小说，在点开第 74 章前还特意去看了一眼章节标题。

“回国。”

名字看起来很正常，温茴这才放心地点了进去。

她没怎么看过言宁的这本漫画，但是言情小说的感情线套路都差不多，无非是男、女主角在一起之后秀恩爱或者分分合合的日常生活。

言宁这本是小甜文，感情线没那么曲折，男、女主角很早就在一起了。

第 74 章写的是男主角去国外出差的那几周，女主角跟得了相思病一样，不仅早早去机场接回国的男朋友，晚上又是给他做爱心晚餐，又是给他放热水洗澡。

洗完澡更过分，女主角还肉麻地跟男主角诉说了半天的相思之苦。

温茴看得脸一阵热过一阵，头发都快要竖起来的时候，陆斯衍的声音响在耳侧：“看完了？”

“看完了……”

温茴也没跟陆斯衍吐槽，深呼了口气后把手机搁在一边，又翻了个身坐起来。

陆斯衍的视线随着她的动作上移，灯光柔和，他的视线一眼望过来也温温柔柔的，他问道：“怎么了？”

温茴没立刻回答，拉开床头柜的抽屉，把吹风机拿出来插上。

开了风后，她才又半跪在床上凑过来，下巴在男人的肩膀上搭了下，偏过头凑在他的耳边轻轻亲了下。

吹风机的声音不小，女孩子的声音穿插在里面，像风一样轻飘飘地撩拨人：“证明我是真的很想你。”

“嗯，”陆斯衍弯了下嘴角，声音低到几乎听不见，“我也想你。”

《绿洲》的歌曲只有四分多钟，但是因为跨越了近十年，场景转换太多，最后一场戏甚至要去真的沙漠里拍摄，所以拍摄 MV 要花费的时间不短。

前面两场戏的背景相对来说就简单了不少。

一场是在温茴拍摄《十七岁》所在的私立高中，还有一场是在附近的两所大学。

温茴晚上睡得有些晚，第二天又早早起了床，到学校的时候大脑还没完全清醒。

这次拍摄的行程安排不是公开的，加上国庆节放假，整个校园都是空荡荡的，除了摄像组根本就看不到几个无关人员。

温茴化妆的时候，眼皮重得厉害，还差点儿一头栽在课桌上。

这么一栽，人倒是清醒了不少。

温茴转了下头，刚好对上叶景和沈懿意味深长的视线。

化妆师的眼神也意味深长起来："温老师，你昨晚没睡好吗？"

"挺好的……"

化妆师暧昧地笑了笑，没再往下接话。

温茴没解释，也没办法解释，因为她确实没睡好。

独守空房久了，身边突然多了熟悉的味道，她反倒心悸了一个晚上。

陆斯衍也没比她好到哪儿去。

因为没睡好，男人的眉眼间都覆了层郁气。

叶景看了一眼温茴，又看向半低着头闭目养神的陆斯衍，没忍住抬脚踢了下他坐着的那把椅子："啧，你为什么看起来这么不高兴啊？"

陆斯衍没理他。

沈懿也装模作样地"啧"了声，问道："昨晚睡得太晚了？阿衍，我们还是要节制一下的。"

"对啊，四哥，你现在年纪大了，跟我们这些年轻人比不了。"

陆斯衍要被他们两个烦死了。

昨天晚上温茴的话就不少，纽约飞往北城时间长，他本来想早早睡觉的，但是温茴一直在他耳边说话，睡不着觉就算了，偏偏也没法做更亲密的事情。

陆斯衍舍不得跟她说重话，但是舍得跟这两个人说。他皱了下眉，从喉咙里挤出了一个干脆的字眼："滚！"

因为声音没刻意压低，整个教室的人都愣了下，包括正打算闭眼休息一会儿的温茴。

一群人齐刷刷地望过来，陆斯衍的脸色不太好："看什么看？"

温茴瞧着他的这张脸，莫名其妙地就想到很久很久以前，陆斯衍也跟她说过这句话。

时隔十几年，连语气都是差不多的。

其他人不明所以，大气都不敢出一下。温茴牵了下嘴角，突然就轻轻笑出了声。

周遭的寂静气氛被打破，她刚把视线从他脸上转开，就又听到男人的声音放软了些："没说你。"

温茴没理他，转过头朝着还呆若木鸡的化妆师笑了下："继续吧。"

化妆师这才反应过来，一边继续给她上妆，一边小声道："陆老师是不是生气了？"

"没事，"温茴的声音微扬了些，解释的时候尽量让其他人也能听到，"陆老师只是起床气比较重。"

温茴转了下头，问道："是不是啊，陆老师？"

起床气比较重的陆老师应道："嗯……"

陆斯衍的那声"滚"只是个小插曲。

没过多久，等MV开始正常拍摄的时候，所有人都把这一茬抛到了脑后。

今天要拍的内容不多，有几个校园场景的片段，最后一场是吻戏。

场景里的人物都是青春期的少男少女，吻戏自然也很单纯青涩。

沈懿作为参与拍摄的导演，拍摄的前几分钟无比认真地友情提示陆斯衍道："阿衍，你可能不知道……你的这个角色，接吻是很纯洁的。"

"什么意思？"

"没什么意思，"沈懿咳了声，"你一会儿别亲得太忘我就行。"

沈懿自认为对陆斯衍很了解。

如果他今天不提醒，恐怕这人会把这场戏变成激情热吻拍摄现场。毕竟这场吻戏还是陆斯衍让他加的。

沈懿拍了拍他的肩膀，叮嘱了一句："阿衍，你清醒一点儿。"

陆斯衍本来还挺清醒的，但是过了几分钟后再一看到温茴，就不是那么清醒了。

这个MV和《十七岁》不一样，校服也不是衬衣和裙子，而是简单又普通的蓝白外套和长裤，颜色单调寡淡，穿在温茴身上却把她衬得越发干净俏丽，比在《十七岁》里更像学生时代的温茴。

陆斯衍的眼角眉梢都挂了层温柔色，他拿着节目组提前准备好的情书，抬脚朝她走了过去。

男人身姿挺拔，也只穿了最素净的校服，整个人却带了种衿贵气。

难怪陆斯衍的粉丝说他不像演员，像是王子。

温茴一直很赞同这个结论，只不过就在这一秒，除了“老公真帅”，她就只有一个想法——

这次应该不会有人再吐槽她了，她24岁穿校服怎么了？陆斯衍26岁还在穿呢！

总不能因为男女有别，网友就差别对待。

温茴弯了下嘴角，开口道：“陆……”

沈懿插话道：“温茴，你也清醒一点儿。”

开拍了。

温茴猛然反应过来，只花了几秒的时间调整，嘴角的笑容迅速抿下去，眼神看向站定在她跟前的陆斯衍。

MV的设定是剧情和歌曲穿插，所以是会录进原声的。

温茴抿了下嘴角，问道：“你找我有事吗？”

她刚说完，那个信封被递到了跟前，是一个淡粉色的信封。

温茴正要去接信封的手僵在半空中，微咬着下唇，几秒后她才抬眼看过来：“你……”

女孩子的眼眶里覆了层水汽，看着越发楚楚动人。

陆斯衍脸上的表情变化不大，他开口道：“给你。”

温茴低下头，手指轻屈了下，僵硬了半分多钟，到底还是把信封接了过来。

“不打开看看？”

四下安静，只有头顶偶尔传来几声树叶的哗啦声。

温茴颤抖着打开，信封薄薄的一层，里面的信纸也只有一张，上头字不多，就短短几行。

笔迹清晰利落，几句话写得龙飞凤舞，很漂亮。

温茴只简单看了一眼，就觉得不太对劲。再往下看，她看到了最下面的落款：陆斯衍。

这不是节目组给的道具，是陆斯衍写的情书。

温茴嘴角的弧度快要压不住了，她将视线又挪回到上面，认认真真地看清楚了那几行字——

杜拉斯说：“爱之于我，不是肌肤之亲，不是一蔬一饭。它是一种不死的欲望，是疲惫生活中的英雄梦想。”

我本来是不信的。

“爱情”这种东西应该是最无关痛痒的身外之物。

直到十九岁的时候，

我喜欢上了一个女孩子。

温茴还是第一次收到情书。

她在国外读书的时候，追求她的异性不少，却没有给她写过情书的。

她的心里像是陡然翻起了浪，个人情绪夹杂在里面，抬头的时候她强忍着才没弯起嘴角来。

温茴轻咬了咬牙关，垂下眼吸了下鼻子。

陆斯衍的声音很平静：“是我先表白的。”

跟前的人倾身凑过来，说道：“我喜欢你。”

温茴下意识地抬起了头。

本来按照剧情走向，女主角应该是惊讶加上欣喜，和男主角对视半晌后他才吻下去的。

结果她还没酝酿出情绪来，那人的吻突然急躁地落了下来。

沈懿瞬间一个头两个大，皱眉提醒道：“陆斯衍，一般人……”

陆斯衍偏了下头，嘴角微牵：“我又不是一般人。”

沈懿跟陆斯衍合作时很难正经起来，这次为了表示自己的认真和严肃，他还特地叫了陆斯衍的全名。

只不过还没严肃几秒，沈懿的话音就戛然而止——他接不上话了。

陆斯衍这人不太好搞。

沈懿干脆就把突破口放在温茴那里，移开视线看向陆斯衍旁边的人：“温茴？”

两个人对话不完整，温茴虽然不知道他们之前聊了什么，但多少也能猜出来一些。

她的鼻息间还残留着陆斯衍身上的味道，被风吹过，被太阳晒过，干净又清冽。

那是应该独属于少年陆斯衍的味道。

就在前一秒，温茴的心里还百转千回。她的情绪很复杂，然后全在沈懿的视线落过来的那一瞬间消失得无影无踪。

温茴有些哭笑不得地摸了下耳朵，说道：“不好意思，沈导，我们重拍一次吧。”

陆斯衍跟沈懿是好友，但温茴跟沈懿没那么熟络，该有的礼貌还是要有的，何况在场的还有这么多工作人员。

陆斯衍拍戏的时候年纪不大，还真的没演过现代青春期的少年。

沈懿自然不担心他的演技，就是多少会担心他融合不了角色，毕竟违和感这种东西很玄学，演技再好的人都可能让观众出戏。

好在陆斯衍没出现这种问题。

沈懿揉了下太阳穴，说道："先休息几分钟吧。"他哀怨地看了一眼陆斯衍，"阿衍，你过来一下。"

陆斯衍半低着头，抬手把校服外套的长袖卷上去一些，摄像机已经关了，他冷冷地说道："说。"

"你先过来。"

陆斯衍抬了下眼："我要陪老婆。"

沈懿有些无奈地看了温茴一眼。

温茴也不知道今天的陆斯衍是怎么回事，他平时倒也没这么黏人，今天就跟吃错药了一样。

明明她昨天晚上缠着他，一晚上没让他睡好觉来着。

温茴不想耽误这么多人的时间，抬脚在陆斯衍的鞋侧轻轻碰了下，开口道："快去。"

男人偏过头来看了她一眼，问道："不用我陪了？"

"不用。"

"昨晚说想我、想让我陪的不是你？"

温茴想起来了，她昨天也不太正常——热情得不正常。

她一个晚上几乎把毕生所有的热情和温柔全都给陆斯衍了，还说了不少现在连她自己都记不起来的情话。

所以……她居然还说过这种话？

温茴实在不太愿意回想，脑袋里嗡了一下："今天的我已经不是昨天的我了。"她强忍着才没下脚踩到他的鞋上："赶紧去。"

陆斯衍弯了下唇，也没再逗她，抬手轻碰了下她的耳朵："知道了。"

男人这才移开微凉的手指，转身朝沈懿的方向走去。

温茴手里还捏着那张信纸。

纸张洁白，上头还有粉红色的细线和涂鸦，满满的少女感。

陆斯衍的字写在上面，居然也不会让人觉得违和。

刚才她看得不够仔细，现在再一看，温茴的心脏就跳得又快了起来，怦怦怦的。

明明两个人都在一起这么久了，她偏偏就是吃陆斯衍的这一套。

温茴的嘴角弯了又弯，反复看了几遍后她才又把信纸折好，原封不动地放回那个信封里。

陆斯衍和温茴的那场吻戏没NG几次。他的职业素养没那么差，戏内戏外他还是能分清的，第二次拍摄时很顺利地就过了。

众人收工的时候，太阳已经落山了。

十月的北城天黑得快，温茴刚换回自己的衣服，学校外面就连路灯都亮了。

沈懿还在摄像机后面看刚拍好的片子，看到一半，不远处传来熟悉得不能再熟悉的男声："走了。"

"这就走了？"沈懿抬了下头，问道，"晚上不一起吃饭？"

陆斯衍顿住脚步，转头看了他一眼，回道："不了。"

沈懿哎了声，说道："阿衍，我们都好几个月没见了……"

"我要陪老婆。"

他又是这句话，沈懿受到二次暴击："我知道你有老婆了，你不用说了。"

沈懿刚说完，陆斯衍的手机就振动了下。他低头看了一眼，上面温茴的消息发了过来：我今晚不回家睡了。

陆斯衍皱了下眉，发了个问号过去。

hui：宁宁生日，我去给她过生日。

hui：今晚你自己睡吧。

L：有事给我打电话。

陆斯衍也没多问，把手机又收起来，转而看向沈懿："叶景呢？"

沈懿被他问得愣了下，反应了几秒才又讶然起来，问道："意思是你要一起去吃饭了？"

陆斯衍瞥了他一眼。

"怎么又要去了？"

"我的老婆今晚没空。"

沈懿刚嘚瑟得弯起来的嘴角瞬间垮了下来，所以说他和叶景是"退而求其次"里的"次"。

沈懿扯了下嘴角，吐槽道："出息！"

温茴没有骗陆斯衍，今天的确是言宁的生日。

言宁的朋友不少，但大多是网络上认识的，所以跟她一起过生日的人不算多。

言家有钱，别墅在最贵的地段。

付曦过来接温茴，去言家的时候因为是下班高峰期，开一条路就要堵半天的车。

七点出头，两个人出发，到了八点半才到达目的地。

言宁的生日宴也没大办，等两个人到的时候，其他人都走得差不多了。

偌大的客厅显得越发空荡荡的，言宁正坐在地上唱歌，听到动静就转头看了一眼："给你们留蛋糕了。"言宁抬了抬下巴："桌子上呢。"

温茴换了鞋，问道："叔叔和阿姨睡了吗？"

"还没。"言宁撇了撇嘴角，"家里没有新的睡衣，我爸妈出去遛弯，顺便给你们俩买衣服去了。"

温茴和付曦来过言宁家几次，和言宁的父母相处得不错。

尤其是温茴，言爸爸、言妈妈把她当作女儿看，言宁有的东西温茴基本上也有。所以温茴在国外这些年，从来没有缺过钱。

温茴晚上不怎么吃得下东西，但今天是言宁的生日，她还是象征性地吃了口蛋糕。

付曦跟温茴不一样，她晚上没吃饭，堵了一路的车，这会儿饿得前胸贴后背，边吃蛋糕边对言宁说道："宁宁，生日快乐！"

温茴也弯了弯眼睛："生日快乐！"

生日礼物两个人早就送过了，就差一句祝福了。

温茴把烧过了半截的生日蜡烛放在手里看了一眼，问道："许愿了没？"

"许过了，"言宁托着下巴看向她们俩，眼睛亮了亮，"茴香、曦哥，我今年的生日就一个愿望。"

温茴把玩蜡烛的动作顿了下。

言宁开口道："你们能叫我一声'爸爸'吗？"

温茴把蜡烛放在桌子上，问道："宁宁，你想听陆斯衍跟你说生日快乐吗？"

她太了解言宁了，言宁的原则在陆斯衍面前不值得一提，这就是偶像对粉丝的奇妙魅力。

果然，言宁刚才眼里的幸灾乐祸瞬间被兴奋替代：“我想听。”

温茴哧的一声笑出来：“等一下。”

她没问陆斯衍在哪里，但是刚刚在车上的时候，陆斯衍主动跟她说了与叶景和沈懿在吃饭。

温茴给他发了条微信：喝酒了没？

L：嗯。

hui：还清醒着吗？

L：嗯。

hui：宁宁今天过生日。

L：你说过了。

hui：她是你的粉丝。

L：你直接说。

hui：她想听你说句“生日快乐”。

陆斯衍也没跟她讨价还价，几乎立刻就发了条语音过来，就几秒。

温茴点开语音，把手机凑到言宁耳边。

叮的一声后，开了外放的男声传来：“生日快乐！”

陆斯衍喝了酒，声音跟平时不太一样，低低哑哑的，情绪波动不大。

言宁激动地吸了吸鼻子，说道：“我们行行的声音过于好听了吧。”

当着好友的面，她当然不能说“我可以”这种话，激动之下言宁差点儿语无伦次：“茴香……你上辈子是不是拯救了银河系啊？”

温茴刚要接话，语音自动播放到下一条：“可以了吗，宝贝？”

言宁吸鼻子的动作僵了一下，和温茴四目相对了片刻后，她吸鼻子的动作更大了。

陆斯衍跟她说“生日快乐”的那句话像是被迫营业一样，后面那句话就温温柔柔的。

明明前后隔了还没几秒，这人的语气相差得却那么大。

温茴笑得更开心了，不等她问就自觉地解释道：“因为我是他的宝贝。”温茴摸了摸她的头，母爱泛滥，语气也柔和了些：“你是我的宝贝。”

言宁跟陆斯衍有一个共同点，都是一样好哄。

温茴和付曦陪言宁在客厅里唱了半天的歌。

别墅的隔音效果好，和四周邻里挨得又远，所以不至于出现扰民的情况。

到了十一点多，几个人才回了房间。

洗过了澡后钻进被窝里，温茴打开微博，编辑了一条内容发出去。

“温茴 h：我的宝贝 @ 言笑晏晏 生日快乐！”

自从温茴在《吻香》里的戏份杀青后，她就没怎么发过微博。

时隔半个多月，这条微博才发出来，转发、点赞、评论数就破万了。

温茴和言宁的微博大号虽然一直是互相关注的状态，但是之前她们还没互动过。

粉丝猜测她们两个的关系很正常。

温茴刚挑了一条评论回复，隔壁房间的言宁就将微信发了过来：你还有心情发微博？！

hui：嗯？

宁宁：行行今天上午怎么回事？

hui：没怎么啊。

宁宁：所有营销号都在说你们俩吵架了，因为有狗仔拍到了上午拍 MV 的时候，行行看你的表情不太好。

陆斯衍刚回国，有狗仔跟着很正常。

温茴只是没想到狗仔刚好会把那一幕拍下来，她也没再问言宁，直接去微博看了一眼。

温茴突然有种不祥的预感，点进话题一看，前面几条营销号发的内容都差不多。

这些营销号都不喜欢把话说得太死，最后总要带一句问网友看法的话。

他们不表明立场，但是喜欢引导网友的思维。

果不其然，底下的评论像是他们跟在现场一样，讨论得无比热闹。

温茴也不知道他们是怎么从几张照片里解读出来这么多层意思的。今天拍了一天的 MV，她又困又乏，原本是打算发完微博就睡觉的，这个话题让她根本睡不着了。

虽然话题里也有粉丝在努力解释陆斯衍和温茴本身就很少发微博，而且陆斯衍这几个月在国外拍戏。

但是有些人像是活在自己的世界中，所有的辩解都与他们无关。

温茴看得多了，心如止水地往下再一滑——

彗星今天也很甜：刷了一晚上的微博，还没等到行行跟茴茴的回应……我的心情就跟坐过山车一样。我现在是真的有点儿怕了，我怕的不是他们两个离婚，而是怕他们明明离婚了还瞒着不告诉我们，还在荧幕前秀恩爱。我也知道没有什么东西会永垂不朽，但还是私心希望“彗星”会成为那个例外。

温茴的手指停在这条微博上，她看了这条微博后，一颗心突然开始七上八下起来。

温茴心虚，因为她跟陆斯衍的关系一开始确实是假的。

有句话说得好：“世上没有不透风的墙，纸永远也包不住火。”

温茴像是做了坏事怕被大人抓到的孩子，手指几乎不受控制地颤了下。

这一颤，她不知怎么就点了赞。

温茴愣了半秒，又立刻把赞给取消了。

但她还是晚了一步。

不出一刻钟，言宁的消息又发了过来：你的赞？

她又发了一排的问号。

hui：我说是手滑，你信吗？

宁宁：好家伙，已经被截图了，现在营销号都说你是默认了网友的猜测，说你跟行行快离婚了。

第九章

老公是个有故事的男人怎么办？

如果不是今天晚上言宁还被强行塞了“狗粮”，连她都要信营销号的话了。

短短几分钟内，温茴的微信被经常联系的好友轮番轰炸了。

盛洋的消息也发了过来：姐，微博上说的事不是真的吧？

有图还有真相，毕竟路透图里陆斯衍的脸色是真的不太好。

盛洋就怕自己担心了半年多的事往最坏的方向发展，实在放心不下：他对你不好吗？

温茴沉默了几秒，回道：他们瞎说的。

hui：我晚上来给朋友过生日，所以没跟他一起回家。

顿了顿，她又补充道：你的姐夫起床气比较重。

盛洋：姐，你如果想离婚也没关系的，我可以养你。

温茴已经不知道该欣慰弟弟懂事，还是忧愁他想得太多了。

想了一会儿，温茴才答了句：早点儿睡。

她还没等来盛洋的回复，屏幕顶部弹出来一条特别关注发微博的消息。

温茴来不及仔细看，下意识地就点了进去。

几秒后，界面显示出来。

“陆斯衍 y：离婚会说，没有离婚，也不会离婚。最后，没有秀恩爱，我是真的爱她。”

下面还附了一张温茴点赞那条微博的截图。

陆斯衍最让她心动的地方并不是他的长相和家世，而是永远把她放在第一位，偏爱和温柔都只给她。

温茴的眼眶渐渐升温，她微微用力咬了咬拇指，戳开陆斯衍的微信头像。

永远那么远，那今天——

hui：今天温茴也很爱陆斯衍。

L：去睡觉。

半分钟后。

L：陆斯衍也是。

温茴没敢睡太晚。

《绿洲》的MV拍摄工作还没完成，睡醒后她还要坐车去几千公里开外的沙漠取景。

由于地势和气候的问题，温茴不太适应。

一路颠簸，她刚下车就开始干呕，好在她的身体素质比之前好了不少，没有影响到正式拍摄。

他们那是真正坐车两天时间，拍摄两个小时。

三天后，一行人从沙漠又舟车劳顿地回了北城。

《蝴蝶杀》排片上映的时间是国庆档。

温茴和陆斯衍回北城那天，刚好是《蝴蝶杀》上映的第三天。

她折腾了几天，水土不服加上晕车，肯定是累的，但就是想去看她和陆斯衍拍的第一部电影。

温茴抿了口水，说道："老公，我们去看电影吧。"

"不看。"陆斯衍的语气很坚决，"乖乖休息。"

温茴把水杯放在床头柜上。她对陆斯衍撒娇管用，刚要踮脚亲他，结果可能因为动作太大，胃里一阵翻滚，忙捂住嘴偏过身去干呕了几下。

温茴心想，完蛋了，她这样好像太不给陆斯衍面子了。

本来她坐了一路车都没发作，刚刚要亲他就干呕起来。

温茴胃里空荡荡的，什么都吐不出来。

她用手抵在胸口，耳朵嗡嗡作响，只呕了那么几下，眼里就有泪花开始往上涌。

那股劲儿来得快，去得也快。

不出两分钟，温茴胃里就舒服了不少。但是她没立刻去看陆斯衍的表情，半低着头，刚抽了张纸巾，水杯就被递过来了。

在沙漠里风吹日晒了几天，男人的手指依旧白皙干净。

温茴没接水杯，缓慢地抬了下眼。她的眼底还有没散开的泪，隔了层水雾望过去，陆斯衍的脸都有些看不清楚了。

温茴不知道他皱没皱眉，但应该是皱了的。

温茴对陆斯衍的情绪把控得比自己还准，她用力地眨了眨眼，还没来得及开口，水杯已经被递到了嘴边，他开口道："明天去。"

温茴不打算跟陆斯衍讨价还价，垂下眼睫，老老实实地接过水杯漱了漱口。

"温茴。"

温茴把空水杯放在一边，嗯了一声。

"你想要孩子吗？"

温茴庆幸自己嘴里没有水，不然可能会被呛到。

陆斯衍对孩子一直没什么很深的执念，有没有都无所谓。他一方面觉得不需要，另一方面想到是他和温茴的孩子，好像又有那么一点儿期待了。

但是他再想到温茴的身体素质，晕车都能这样，以后孕吐肯定会更加难受，那几分的期待又瞬间跌落回去。

陆斯衍的心思深，连表情都比平时深沉了些。

温茴还没想到这一层面，还以为陆斯衍想要孩子了，干巴巴地咳了两声后才有些不自然地说道："等我拿了奖再说吧。"

男人微微哂了声。

温茴这几天都有些晕乎，脑袋不够清醒，自动地把这声轻哂翻译成了他觉得自己拿奖都要十来年，两条细眉不自觉地皱了下："陆斯衍，你是什么意思？"

陆斯衍敛起嘴边的笑意，说道："我问的是你想不想要孩子。"

温茴余下的话就这么被堵在了喉咙里。

她没想过这个问题，以前没和陆斯衍在一起的时候，她连恋爱、结婚都没想过；和他在一起后，她又总潜意识地回避这个问题。

温茴的原生家庭不幸福，打小她就没体会过母爱，所以生怕自己也做不好一个母亲。

就像她的母亲宋琴一样，出生在一个重男轻女的家庭里，然后她成了一个重男轻女的母亲。

这是其中的一个原因，至于另一个——温茴的身体素质确实不行。

小时候她不注意多少落下了病根，大毛病倒是没有，小毛病确实有不少。

温茴的思绪像被抽空了，眼里的光霎时间暗了又暗。隔了几秒，她才又慌忙把视线别开。

为了避免陆斯衍发现自己不对劲儿，她尽量让语气跟平常差不多，问道："你呢？"

陆斯衍半蹲下身，再一抬头就刚好能看到她的眼睛，说道："你先回答我。"

温茴抿了抿唇，慢吞吞地从嘴里挤出来几个字："我……不太想。"心跳很快，她像在等待什么判决。

温茴紧盯着陆斯衍的眼睛，一秒，两秒——

好半晌，男人才轻轻垂下眼帘，说道："那就不要了。"

他好像也没太失望的样子。

温茴拖长调子嗯了声，隔了一会儿实在是好奇，很克制地试探着问道："你……想要吗？"

"我也不太想。"

温茴甚至没多加思考，几乎立刻问了出来："为什么？"

"为什么要？"

陆斯衍伸手抵在她的后颈上，指尖上下摩挲而过，问道："你一直是我一个人的不好吗？"

陆斯衍吃醋的时候太可爱了。

噢，她突然有点儿想生小宝宝了。

温茴在家里休息了两天，没什么事干，百无聊赖地刷了两天的微博。

《蝴蝶杀》在影院排片全线爆满。

今年上映的电影不少，口碑和人气都不错的也有几部，但是明显都比《蝴蝶杀》要差一些。这部电影选角好，陆斯衍和沈懿的名字一出来，就相当有说服力了。

电影上映时间虽然不长，但是票房已经有几亿了。

短短几天，温茴作为一个女配角，微博的粉丝就涨了几百万。

这几百万人里，还有比她网速更慢的人在她的微博底下发了条评论——

"才知道陆斯衍是你的老公。啧，我还以为陆斯衍出轨了。"

她再一看ID，是盛娱对家的“太子爷”。

娱乐圈这么大，大大小小的娱乐公司数不胜数，但名字说出来谁都知道的基本上也就盛娱和寰娱这两家。

双方倒也算不上是对家，只不过两家独大，难免会被别人拿出来比较。

寰娱的“太子爷”和陆斯衍不一样，人不在娱乐圈里，不过圈内关于他的消息五花八门。

原因再简单不过，“高富帅”三个字就能概括完全。

温茴确定自己跟这个人没有任何交集，所以刚看到这条评论的时候，还以为是高仿号。

看了半分钟后，直到点进他的主页，她才不得不认清现实。

——这确实是傅淮。

傅淮的话题度不比陆斯衍高，但是对比温茴就绰绰有余了。

温茴毫无疑问地被送上了话题榜。

这条话题倒是没那些暧昧不清的词汇，几个字简单明了：“傅淮评论温茴”。

不仅言宁，估计连营销号都没想到他们两个会有交集，连文案的风格都跟平时不太一样。

明明傅淮评论的那句话也没有多少情感暗示，但是网友已经脑补出了一万部大戏。

也不知道傅淮什么时候关注的她，温茴刚关注他还没出两分钟，陆斯衍的微信消息就发了过来，只有一个问号。

温茴也回了个问号。

L：你跟傅淮？

hui：不认识。

温茴觉得他下一秒就要问“不认识为什么要关注他”了，但是转而一想，她才没关注几分钟，陆斯衍应该还没注意到。

温茴想了想，又问：你呢，认识傅淮吗？

这应该是句废话。

果然，那头的人很快回道：嗯。

陆家和傅家有生意往来，他们不认识是不可能的。

但两个人不是同一个圈子的，也就是平时碰上会打个招呼的交情，再多就没有了。

傅淮这两年在国外，前阵子才回国，不知道陆斯衍和温茴结婚的事也正常。

陆斯衍将消息回过去后，见温茴半天没理他，还以为她觉得他敷衍所以不开心了：怎么了？

hui：没怎么。

她越看越像是不开心的。

陆斯衍晚上有饭局，不在家里。

包间里三三两两地坐了几个人，因为都是熟人，他还难得地喝了些酒，倒是没太醉，就是喉咙有些热。

旁边的中年男人操着一口不太普通的普通话，正在跟他搭话："小陆，《破晓》的剧本你看了吧？"

陆斯衍瞥了一眼暗下去就没再亮起来的手机屏幕，嗯了声后，端起酒杯轻抿了口白兰地。

他的手指修长漂亮，将酒杯端起和放下的动作都足够优雅，像是中世纪住在古堡里的王子。

这么一看，《破晓》的剧本就越发像为他量身定做的。

刘导越看越满意，嘴角一咧开，就无论如何也合不拢了。

他是外国人，但因为比较喜欢中国，还特地给自己取了个中文名字。

刘导的电影主角也喜欢用中国人，国内的大腕基本上都和他合作过。

陆斯衍也跟他合作过两次，两个人还算熟。刘导也就没说废话，直截了当地问："你对男一号这个角色有兴趣吗？"

《破晓》的剧本从几年前就开始写了，前前后后改了数十次，几乎倾注了刘导的全部心血。

光是这几个月，他来来回回就见了不少个演员，名气大的、小的都有，陆斯衍是最适合这个角色的人了。

至于女一号，刘导看中的是一名俄罗斯女演员。

"刘叔，"陆斯衍半垂着眼，手腕微微一转，高脚杯在指间旋了一圈。他声音淡然，似是漫不经心："我对女一号有兴趣。"

刘导先是微微一愣，紧接着眼底就放了光："小陆，你想演女一号的话，也不是不可以……"

让陆斯衍反串出演女主角，光是想想就让人激动。

刘导虽然还没这么用过人，但是陆斯衍的话，他可以勉为其难地为其破个例。

他的脑袋中甚至已经构想出了这部电影的美好未来，眼角的皱纹都挤得比平时多了些，结果下一秒陆斯衍扯了下嘴角：“我不演。”

刘导的嘴角立刻垮了下去。

陆斯衍说道：“但我的老婆可以。”

短短几秒，刘导仿佛经历了人生的大起大落，但是垮下去的嘴角才扬上来，他就意识到了问题所在：“等等……你的老婆是谁？”

刘导年过半百，不太关注八卦新闻。

他知道陆斯衍已婚，但不知道陆斯衍的太太是谁。

他刚问完，旁边就有同行的人答道：“温茴。”

怕他不知道温茴是谁，那人又解释了一句：“就是《蝴蝶杀》里的那个女杀手。”

刘导还真的不知道温茴是谁。

《蝴蝶杀》几个字出来后，他认真想了好一会儿，才恍然大悟地哦了声，说道：“是她啊！”

“怪不得我看《蝴蝶杀》的时候，总觉得你们俩有情况。”刘导啧了声，“之前老戴跟我说过她。”

老戴是《第七分钟》的导演，人家本名叫David，被刘导擅自取了个中文名字。

David很欣赏温茴，本来想下一部电影就找她来演的，只不过他们这些导演都不产快餐电影，一部电影少说要花一两年的时间。

他跟刘导熟，知道刘导的下一部戏就在近期，所以干脆先把人推荐给了刘导。

刘导为此还特地去看了《蝴蝶杀》的电影。

温茴在里面确实很出彩，很有灵气，但是和他的预期还是有些差距。

《破晓》跟《蝴蝶杀》在剧情上基本没有什么重合的地方，两个女性角色更是天差地别，一个妖艳魅惑，一个中性性感。

就是因为温茴在《蝴蝶杀》里的形象太深入人心，刘导才没办法把她代入自己的戏里。

没办法，两个角色风格差得太远。

但既然陆斯衍和老戴都开了这个口，就算温茴是个中看不中用的花瓶，他都得给一个试镜的机会。

刘导拿着酒杯跟陆斯衍碰了下，说道：“我这几天正好不回去，你的太太什么时候有空来试个镜？”

“我问一下。”

温茴最近没什么事情，陆斯衍是知道的。

他之所以要再问一下，只是因为想找个理由光明正大地跟她说几句话，毕竟刚才那几条消息都是他借口去抽烟时在外面回复的。

结果温茴好像还是不太开心。

刘导也没多想，随意摆了摆手："问吧，问吧。"

话音才落，陆斯衍放在桌上的手机屏幕就亮了下。

宝贝：傅淮还挺帅的。

陆斯衍微不可察地皱了下眉，就是这么巧。

温茴解释自己这么久没回复消息的原因：刚才在网上搜索了一下他。

傅淮这么火也不是没有原因的，他那张脸进娱乐圈绝对能混得风生水起。

陆斯衍回了个句号。

温茴倒是自觉：不过还是我的老公更帅一点儿。

整个包间的人几乎都在等他，陆斯衍也没急着跟她算账。

L：什么时候有空？

hui：这周都有空，怎么了啊？

温茴以为是陆斯衍有什么事，毕竟前阵子是她比较矫情地说起婚礼、蜜月的。

所以等了一会儿，陆斯衍的消息回复过来时，她还是有些惊讶的。

L：试镜。

温茴背后有付曦这个经纪人，还有陆文艺的工作室，挑剧本和试镜的事基本上都是他们安排。

hui：你转行当经纪人了吗？

L：嗯，你归我管。

温茴知道陆斯衍今晚有应酬，大概也猜到了些，就没多废话，挑了重点问他。

hui：哪部戏啊？

L：《破晓》。

《破晓》这部戏太有名了，剧本从几年前开始写的时候就被很多媒体和演员关注，本来前两年没什么风声，外界都在猜测剧本夭折了，结果到了今年又大肆造了几次势。

这名字说出来，连盛洋那些才进娱乐圈没多久的人都知道。

温茴知道《破晓》的导演，前面几部电影用的主演不是获奖的演员，也是入围过这类奖项的演员。

她盯着陆斯衍的消息，没来由地起了一层鸡皮疙瘩。

hui：是我想的那个《破晓》吗？

L：是。

温茴觉得应该是陆斯衍给她走的后门，但是严格来讲，走后门的话应该不需要再试镜。

她就花了半分钟思考的工夫，那人的消息又发了过来：周六？

温茴对自己的演技心里有数，在国内的同年纪“小花”当中算是拔尖的，不过还真的不一定能满足刘导的要求。

但是万一呢？连陆斯衍都能喜欢她，她通过试镜也不是没有可能。

温茴再没底气，也没跟陆斯衍说。

她轻抿了下嘴角，然后敲了个字回答：好。

陆斯衍没再回复消息。

温茴等了会儿，然后才退到联系人界面，点开言宁的头像发了一张傅淮的照片过去。

hui：宁宁，你认识这个人吗？

百科上写得详细，傅淮跟温茴和言宁都在同一所高中学校就读。

温茴没在学校待过几天，不知道这个风云学长，但是言宁就不一样了。

果不其然，言宁很快回了句：认识。

hui：有点儿帅。

宁宁：哪里帅了？

温茴太了解这个好友了，“颜控”一个，而且审美趣味也正常。

傅淮的照片拿出去，应该不至于审美畸形、让人觉得不帅的，温茴有点儿不解：你跟他有什么矛盾吗？

除了这个，她也想不出别的原因来了。

宁宁：没什么。

过了一会儿，那边的人似乎咽不下那口气，又回了句：“渣男”一个。

温茴的眼睛瞬间睁大了些，她不是喜欢八卦的人，但如果八卦的对象是好友，那就另当别论了。

hui：怎么说？

宁宁：他就是挺渣的。茴香，你别被他的脸骗了，他连行行的头发丝都比不上。

hui：我知道，所以他骗过谁的感情啊？

宁宁：我的一个朋友。

温茴哪能想到言宁在“无中生友”，还很认真地问道：哦……那你的朋友现在有男朋友了吗？

言宁接不上话来了。

温茴还想继续八卦，显示收到了新消息。

她点开一看，陆斯衍又发了几条消息过来。

L：睡了没？

L：看电影吗？

L：我叫栗子去接你。

温茴看了一眼时间，八点多。

她洗过澡，这会儿清清爽爽的。

温茴从床上爬了起来：等我！

言宁的“朋友”的八卦就这么画上了句号。

温茴没空再跟她闲聊，下床涂了口红，正要踩着拖鞋下楼，手机屏幕又亮起来。

L：外面冷。

温茴拿了件外套，这才出了门。

栗子很快就过来了，开车把温茴送到附近的商场时接近九点。

这边的商场晚上十二点才关门，现在时间不算晚，里面还很热闹。

温茴撩了撩几缕长发，然后又把口罩往上拉了些。

栗子跟在一边，小声提醒道：“嫂子，这一场电影九点十分开始，你跟衍哥晚点儿进去……”他伸手指了指前面排着队的那条长龙，“粉丝太多了，你们俩排队的话肯定会被认出来的。”

引起“腥风血雨”倒不至于，就是大晚上的他们还是安安静静比较好。

“衍哥应该也快到了，”栗子递过来爆米花和电影票，“嫂子，那我去楼下等你们？”

温茴看了一眼电影票，问道：“你不一起看吗？”

“不不不……”栗子忙摆了摆手，“我已经吃饱了。”他不想再吃“狗粮”了。

温茴笑了笑，也没再为难他，说道：“行吧。”

她一抬眼，就越过栗子的身侧瞧见了迎面走过来的那人。

男人穿着休闲黑色卫衣和长裤，口罩和帽子也戴得齐全，但她还是一眼就能认出来。

温茴抱紧怀里的爆米花，说道："不用等我们，你先回去就行了。"

栗子不明所以，正要问为什么，就听到了身后传来的脚步声。他也就没再继续问，点了点头后，忙一脚迈进了一旁的电梯。

陆斯衍喝了酒，人是没醉，露在口罩外面的一双眼睛就显得越发深不可测。

温茴伸手戳了戳他的胳膊，问道："醉了没？"

"没有。"

那边的工作人员已经检完票了，工作人员看见他们俩还站在这里，还提醒了句："两位要检票吗？电影已经开场了。"工作人员刚说完，眼睛就在陆斯衍抬头的那一瞬间亮了起来。

温茴连忙抬手，竖起食指在口罩上贴了下。

女生的声音又低下来："要……要检票吗？"

温茴递了票过去。

女生年纪不大，边撕票根边往陆斯衍身上瞥，问道："小姐姐，你们也来看电影呀？"

温茴弯唇笑了下："嗯，他非要拉着我来看。"

陆斯衍垂眸睨了她一眼："谁？"

温茴抬了抬眼皮，她今天穿的平底鞋，两个人差了一个头还多。

视线碰撞上，温茴在他的眼底看见了自己的影子，也只有她的影子。

温茴戴着口罩，这会儿连眼睛都弯了起来，笑道："你——"

陆斯衍也没跟她争，扯了下嘴角，接过那两张票后，轻揽着人进了放映厅。

温茴和陆斯衍的位置在最后一排的角落里。

《蝴蝶杀》已经上映接近一周了，但是今天的放映厅座位都是满的，里面没有多少说话声，基本上只有电影开场前的片头曲的声音。

温茴坐稳后，轻手轻脚地打开了装爆米花的袋子。

她是看过《蝴蝶杀》整部电影的，不过在家里看和在电影院看的氛围是不一样的。

陆斯衍就坐在她的身侧，片头曲放完后，放映厅暗下来的那一瞬间，温茴甚至能听到他轻轻的呼吸声。

他身上的酒味不大，似有若无地飘了过来。

温茴深吸了一口气，往他的方向靠了一下，下一刻——她被座位间的扶手挡住了。

陆斯衍偏了下头，问道："怎么了？"

温茴莫名其妙地觉得有些羞涩，又坐直了上身，面不改色地扯了句："东西掉了，刚才想捡一下。"

"什么东西？"

温茴在自己脚底下扔了颗爆米花，回道："爆米花。"

陆斯衍低头看了一眼。

电影片头的光线偏暗，连带偌大的放映厅看起来都是漆黑一片，地上有没有爆米花，他根本就看不见。

温茴刚要俯身把自己多此一举制造出的垃圾给捡起来，旁边的人就倾身朝她这边凑了下。她轻屏呼吸，后背几乎贴到椅背上。

光线暗淡，但是她的眼睛很亮。

陆斯衍俯身摸到那颗爆米花，起身的时候在温茴面前停了下来。

四目相对了两秒，温茴听见他的声音轻轻响起。

很轻的气音，两个人距离稍微远几厘米她就听不到了："看什么？"

温茴抿了下嘴角。

"在等我亲你吗？"

温茴没说话，下巴微抬，在他的唇上轻碰了下，说道："没有。"

她决定主动出击。

陆斯衍似乎没想到她会做出这个动作，愣了下才弯了下唇，坐回自己的位置，视线落到前面的大银幕上。

温茴饰演的女杀手出场就在前面的部分，所以他一抬眼，她正单膝跪在地上等着接受去刺杀小王爷的任务。

由于角色需要，她身上的布料不算多。一双长腿白皙笔直，腰被束得不盈一握。

陆斯衍轻滚喉结，可能是喝了酒的缘故，总觉得有股子热气涌上来。

他微偏了下头，隐隐约约听见前面那排有男声传过来："温茴的身材也太好了吧……"

陆斯衍不知道温茴听没听到这话。他不太喜欢别的男人议论自己的老婆这些，不自觉地皱了下眉，转头一看，温茴正跟没事人一样在往嘴里丢爆米花。

女孩子安安静静的，前面银幕上的光映过来，她脸上茸毛都被镀了层冷光。

陆斯衍突然觉得更热了，抬手按了按眉心，转过头去，唇几乎贴在温茴的耳朵上，问道：“走吗？”

温茴委实被他这个问题惊呆了，按亮手机屏幕看了一眼，距离他们坐下来还不出十分钟，这就要走了？

温茴把手机往他跟前递了递，说道：“我们刚进来。”

陆斯衍的眉皱得越发紧。

他很少有这么烦躁的时候，酒劲儿似乎在不断扩散，他连脑袋都开始不清醒了。

电影剧情还在往前推进。

很快就到了女杀手刺杀小王爷，结果被反杀的那一幕，两个角色的心理活动镜头都不多，但是这一幕演完好几分钟后，整间放映厅都是吸鼻子的声音。

温茴当初拍这段戏的时候，心里就不太舒服。

现在配上了烘托气氛的背景音乐，再加上有感性的观众不停地抽纸巾、抹眼泪，她的情绪就又被带动起来了。

好在这一段戏很短，温茴的眼泪还没掉下来，电影就跳转到了下一段剧情。

后面就没她的戏份了。

男、女主角有感情戏，温茴也没太大的兴趣，便把手机亮度调到最小，放到手袋里，悄悄地刷了会微博。

《蝴蝶杀》的相关话题还在微博上挂着，她点进这部电影的话题一看，就在今天还有个新“出炉”的微博消息挂在首页，是来自微博上的一个知名的观影博主。

“看电影不吐槽那还看什么电影：我觉得姐妹们应该都看过《蝴蝶杀》了，我今天没忍住，在这个风和日丽的下午，买了一杯我最爱喝的可乐坐在了我最爱的电影院里，看了我最爱的男人主演的电影。讲真的，我觉得剧情很普通，最大的亮点在于阿寻和落微的感情线。我现在就一个问题，@沈懿 @罗雯君 @蝴蝶杀官方微博，请问小王爷到底有没有对我们的小可爱杀手动过心？”

沈懿是总导演，罗雯君是编剧，还有一个是电影官方微博。

出人意料的是，他们全部回应了。

“蝴蝶杀官方微博：问@罗雯君。”

"罗雯君：问@沈懿。"

"沈懿：问@陆斯衍y。"

三个人推来推去，最后把问题推到了陆斯衍身上，只不过陆斯衍应该还没看到这些互动。

温茴扭了下头。

陆斯衍没怎么抬头看电影，像是困了，闭着眼靠在椅背上。

温茴没想打扰他休息，又把头扭过来，继续往下刷起了评论。

几分钟后，旁边有手机屏幕的光亮起来。温茴稍微一偏视线，就看到了她刚刷到的那条微博的界面。

那人似乎知道她在看他，手指在屏幕上滑了几下后，把手机递了过来。

他刚发出去的回复在最上面——

"陆斯衍y：有。"

温茴拍的第一部电影上映，虽然她担任的不是女一号，但好歹也是在演职员表前半部分的人，平时自然没少关注相关话题。

《蝴蝶杀》这部戏的剧情槽点不多，但也没什么太吸引人的地方。

因为这是部悬疑剧，感情线就显得薄弱了些。

偏偏悬疑类的电影又实在太多，《蝴蝶杀》放在里面最多算是无功无过。沈懿作为一个青年导演，就算再天赋异禀，也需要长久积累下来的拍摄经验才能达到登峰造极的程度。

这部电影的口碑的确不错，但是总让人感觉缺了点儿什么。

网友的影评也都写得明明白白，几十块钱的电影票钱不多，光是从演员的阵容来看就花得值了。

温茴看到的评论很多是"剧情很平""视觉盛宴""阵容强大"……当然，最多的一句话还是"为了行行"。

而当事人陆斯衍，除了电影首映的时候发过一条宣传微博，微博上就再也没了动静。

所以温茴看到屏幕上的那条回复时，第一反应就是又看了一遍，确定是陆斯衍发的微博没错，那个认证的红"V"标志不会有假。

就在前几分钟，温茴还觉得她跟陆斯衍好像和其他的情侣不太一样。

国庆节还没收假，影院里大半是来观影的小情侣。整个放映厅的气氛都充斥着甜蜜的味道，男男女女看得认真，偶尔还会传来几声男生安慰女朋友的说话声。

声音压得低，温茴听不太清楚。

她和陆斯衍就像是两个局外人，没有一个人在认真地看电影。

温茴手里的手机屏幕很快又暗了下去，再解锁需要面容识别或者密码，温茴刚要把手机递给陆斯衍让他解锁，手机屏幕就自动亮起，锁屏上的图片显示了出来。

——图片有点儿眼熟，好像是她在《十七岁》里面的剧照。

这样一来，他们好像就又像那些热恋期的小情侣了。

温茴没忍住多看了几眼。

陆斯衍也没催她，微侧着头，思绪放空，眼里只剩下嘴角越来越翘的温茴。

他换这个锁屏有段时间了，前几个月他在国外拍戏的时候，不管白天还是黑夜都很想她，见不到人，干脆就把锁屏和壁纸都换成了她。

陆斯衍活了二十几年，还是第一次有这种幼稚行为。

如果这事被叶景知道，叶景十有八九会嘲讽他是小学生。

后来回国了他也没急着换图片，想知道等哪天温茴看到他的手机的时候，她会是什么表情。

他一等就是好些天，因为温茴平时不怎么看他的手机。

陆斯衍想想自己确实挺幼稚，轻扯了下嘴角，头微微一歪，搭在了温茴的肩膀上，不怎么舒服，但是女孩子身上淡淡的沐浴露香味传过来，他就不太想起来了，问道："洗过澡了？"

"嗯？"

温茴的心思不在这边，愣了一秒她才点了下头。

她猜到陆斯衍要问什么，自觉地解释道："早就洗过擦干净了，一点儿也不冷。"顿了顿，温茴又说，"陆斯衍，想不到你不仅会写情书……"她把手机屏幕摁亮，"还会用女朋友的照片当锁屏啊。"

就是可惜，这张照片不是特别好看。

温茴叹了口气，说道："我给你发张好看的照片，你换了吧。"

陆斯衍坐直了上身，把手机拿回来："不换。"

"为什么啊？"

这张照片要身材没身材，要颜值没颜值，就是一个她趴在桌子上的侧影。

如果不是因为自己是照片上的人，温茴甚至根本不知道这个是她，一点儿宣示主权的感觉都没有。

温茴将手臂搭在扶手上，往陆斯衍那边倾了倾身，问道：“陆斯衍，我也不是无理取闹的人，你说说为什么……”

话还没说完，男人就拖长调子哦了声：“你还是无理取闹吧。”

温茴从未见过如此厚颜无耻的要求，轻抽了下嘴角。

沉默半晌后，她后知后觉地发现自己根本没有无理取闹的行为，倒是陆斯衍已经把手机解了锁，回答了她之前的问题：“不为什么。”

他退出微博后，屏幕回到主界面上，主界面的壁纸依旧是温茴的照片。

跟锁屏还不一样，她是真的花了会儿时间才确定这张照片是她的。

这应该是几年前的照片。

具体什么时候拍的，温茴自己都不太清楚，她只能通过辨认头发的长度和背景，勉强认出这是她在法国读书时被人拍的。

温茴抿了抿唇：“你……”

“你的朋友私信发给我的。”

温茴还以为是陆斯衍之前去法国，偷偷去看她时拍的。

这张照片还不如《十七岁》的剧照，像素差就算了，太阳光又强，导致照片过曝。

陆斯衍能坚持用也是不容易。

温茴试图劝说他：“老公，我的其他照片都比这两张好看……”

陆斯衍没看她，低垂眼睫，手指在屏幕上虚虚地描绘了一遍：“我喜欢这两张。”

因为这是少女时代的温茴，他想多看几眼，然后假装……那几年他都在她的身边。

《蝴蝶杀》时长108分钟。

其间，温茴刷了会儿微博，然后就锁屏壁纸的问题和陆斯衍打了近十分钟的“太极拳”，什么都没问出来。

陆斯衍不想说，那就是真的不想说，除非她认真努力、装模作样地撒个娇。

温茴暂时不太想撒娇，也不问了，又把视线落回到了大屏幕上。

正巧，上面的男女主角正在深情拥抱。

温茴的双手放在腿上，抓着爆米花桶的指尖不自觉地收紧了些。

不管看过几次，她都不太想看到陆斯衍和别人亲密接触。

温茴呼了口气，也不给自己找不痛快，低下头慢吞吞地吃了几颗爆米花，还没来得及咽下去，手机振动了下。

栗子：嫂子，电影还有十分钟就散场了。

栗子：你跟衍哥先出来吧。

当明星就是有这个烦恼，连场电影都没办法正常看完，温茴盖上爆米花的盖子，起身前碰了下旁边的男人的手，压低声音说道："该散场了……"

陆斯衍似乎没听清，没动作也没回应。

温茴干脆凑在他的耳边说道："我们走吧。"

她起身的时候，椅子碰撞发出了一声轻响，声音不大，但是架不住场内安静。突如其来的这声响，还是使几个人回头看过来。

陆斯衍的反应极快，他只微皱了下眉，而后起身握住她的手腕，把人拉到了自己身侧。

出口处的走廊漆黑一片，两个人的脚步声很轻，温茴看不清路，只能攥紧了陆斯衍的手往前走。

好在走廊不长，他们花了十几秒就走到了头。

门被打开又关上，外面的灯光骤然映入眼底。

温茴眯了眯眼睛，正要说话，陆斯衍手上一用力，直直把人拽进了一旁的安全通道里。

这边没什么人经过，连光线也只有一点点。

陆斯衍将下巴轻抵在她的肩膀上，说道："困……"

温茴看出来了，这场电影他没睡半小时，也得有十分钟。

温茴的手轻轻落在他的背上，她开口道："陆觉觉，我们再不回去，就要在这里待半个小时了。"

这场电影马上结束，很快又有下一场，来来往往的人自然少不了。

这话果然管用，陆斯衍几乎瞬间清醒，站直了身体后拉着她快步出了电影院。

等到国庆节过去，《蝴蝶杀》的热度才降下来一些。

不过相关论坛上写影评的人还是多得数不过来，温茴随便一刷新微博，就能看到相关内容。

只想夸 lsy："我就想知道，我什么时候能看到他们两个作为男、女主角拍一部戏？！"

“呜呜呜，茴香快拿奖吧！”

温茴觉得最后一条评论简直在扎她的心。

她的玻璃心哗啦啦地碎了一地，她正要往下滑微博页面，言宁的微信消息就发了过来。

宁宁：茴香，你之前是找我问过高泽吧？

言宁的性子急，消息一发就是好几条。

“我上次不是跟你说他被之前的公司封杀，后面的合同到期解约了吗？”

“他现在好像要签新公司了。”

“你说像他这种垃圾怎么都有垃圾桶收啊？”

对高泽这人，言宁本来是不太关注的。

人长得是可以，但不是她喜欢的类型。

温茴上次跟她提过一次后，言宁才对这人有了点儿印象。

言宁是陆斯衍的忠实粉丝，但又不仅仅喜欢陆斯衍一个明星。

她精力旺盛，还专门加了喜欢的明星的粉丝群。

粉丝群加得多也有好处，言宁每天都能知道最新的八卦消息。

这次高泽的消息就是言宁从某个粉丝群里得来的。

他跟谢褚辰是一类人，背地里明明是个人渣，但是在粉丝面前依旧是个完美的偶像。

他们别的不太行，这方面的演技却是谁都比不上的。

当初他骚扰前公司老板的女儿时，网络没现在这么发达，加上毕竟女孩子属于弱势的一方，那个老板怕这事传出去对自己的女儿影响不好，甚至都没对外公布这件事的来龙去脉。

高泽的粉丝不多，因为前公司只发了声明说他品行不端，没有细说详情，所以有很大一部分人到现在还觉得自家偶像是遭人迫害才被封杀的。

言宁之前听的属于小道消息，而且言家在京城也算有头有脸，就算产业不涉及娱乐圈，想接触的话还是能随时接触到，言宁想确定这种事再简单不过了。

这个年代的公众人物基本上没什么隐私，高泽还没签公司，消息就已经在圈内传开了，倒不是因为他火了，而是因为他现在的经纪人女朋友比较有名。

这里的“有名”可不是什么褒义词，有几个明星都被那个经纪人坑过，粉丝平时没少在群里骂她，这两天干脆连带着高泽一起给骂了。

宁宁：对了，茴香，你之前跟他拍戏的时候，他没骚扰你吧？

言宁问到了点子上。

温茴本来刚看到那几条消息的时候，下意识地就去微博搜索了一下高泽这个人。

他的微博主页虽然依旧没有动静，但是超级话题里活跃的粉丝明显比她上次看时多了不少。

“跟某垃圾公司的合同终于到期了，一晃好几年了……我还在呀。”

“呜呜呜，我等得好辛苦，终于守得云开见月明了。”

“有没有姐妹知道泽哥打算签的公司是哪家啊？”

温茴看不出这些是不是高泽的忠实粉丝，也没继续看，又点开了微信。

她自动忽略了言宁的最后一个问题，转移话题道：宁宁，你知不知道他新签的是哪家公司啊？

宁宁：反正不是盛娱就对了。

言宁大概是去问了，几分钟后她的消息才发过来：呵呵，好像是寰娱，还真的是垃圾桶收垃圾。

温茴看出来了，言宁对寰娱和傅淮有种敌意。

不过她也能理解，毕竟言宁的朋友被傅淮骗了感情。换位思考一下，如果是言宁被傅淮辜负了，那她也不可能对这两者有好感。

hui：那他的后台还挺强的。

寰娱占了娱乐圈的半壁江山，也不是谁都能进的。

宁宁：他女朋友有后台，我突然想起来……茴香，他的女朋友还追过行行呢。

hui：嗯？

宁宁：实不相瞒，追过行行的人可多了。《情投意合》你看过没？那个女主演之前拍戏的时候就向行行表白过，凑巧她当时的经纪人就是高泽现在这个经纪人……两个人当时闹得还挺厉害的。经纪人长得虽然不如女主演好看，但是人家家里有钱啊……

hui：你为什么把陆斯衍说得像个小白脸？

宁宁：……

温茴倒不是太关心这两个人之间具体发生了哪些纠纷。

经纪人和艺人反目成仇的案例也不是没有，温茴靠在床头上：宁宁，我还是更想听傅淮和你朋友的爱恨情仇。

宁宁：睡了，晚安！

温茴看了一眼时间，才晚上八点多。

言宁肯定没去睡觉，但也确实没再发消息过来。

温茴退出微博前又刷新了一下主页，言宁两分钟前发了条微博——

言笑晏晏：新买了个垃圾桶，好看吗？

微博下面还配了张垃圾桶的照片，普通的配色，普通的形状，除了顶部“hy”的标志，一切都很普通。

言宁的粉丝明显还没发觉异常，底下的评论清一色都是夸好看的。

温茴觉得言宁不太对劲，想了想，还是没忍住问了句：宁宁，你以前是不是喜欢过傅淮啊？

言宁没回复消息。

温茴等了好几分钟，直到卧室的门被人从外面推开，她都没能等到那边的人的回复。

她抬头一看，陆斯衍刚好把门关上。

男人洗过了澡，这会儿穿着黑色的睡袍，衣摆下方的两条腿修长有力，几步就走到了床前。

温茴的视线一路跟着他从门口挪过来，然后又将眼神落到他的脸上。

男人的一张脸生得实在精致，眉眼的弧度都像是精心雕琢过的一样，怪不得那么多人追过他。

温茴想起言宁刚才说的八卦小消息，盯着他的脸感叹了句：“想不到我的老公还是个有故事的男人。”

陆斯衍手里拿了几张纸，本来正打算放在床头的，闻言动作微微一顿，抬眼看向温茴。

他背光站着，影子把温茴遮得严严实实。

陆斯衍没接话，像是在等着她继续说。

温茴说道：“我听宁宁说，之前有个经纪人和她手里的艺人因为你而反目成仇了。”

陆斯衍不知道她指的是谁，眉梢微微一扬：“哪个？”

“《情投意合》。”

温茴不信他不知道这件事，问道：“想起来了没？”

陆斯衍别开视线，把纸放到床头柜上，回道：“不记得了。”

温茴：“我之前看过八卦，还有人说你跟那个女主演……”

陆斯衍偏了下头，垂眸看过来。

温茴的话突然就说不出来了，她一直都是不太想听陆斯衍的八卦消息的，今天也不知道是怎么回事，突然就很想知道这些事。

没缘由，这大概是发自内心的第六感。

温茴刚刚还是跟他开玩笑的语气，这会儿表情就正经起来，她的眼睛很大，里面隐约有光在跳跃。

她是真的很想知道。

陆斯衍能看出来，抬手在眉间轻轻按了下："没什么。"

他本来想说"不熟"的，但是话到了嘴边，又觉得不能这么说，因为他们俩好像算得上是半个熟人。

温茴最懂"点到即止"这个道理，没质疑陆斯衍的话，也没继续追问，只转头看了一眼床头柜上的那几张纸，问道："那个是什么？"

"《破晓》试镜部分的剧本。"陆斯衍把纸递过来，"后天试镜。"

他牵了牵嘴角，浅笑道："紧张吗？"

温茴觉得自己应该紧张，但可能因为心里清楚试镜成功的概率不大，所以根本就紧张不起来。

温茴很诚实地摇了摇头，回道："我觉得我不行。"顿了下，温茴又问道："老公，你能替我去试镜吗？"她的语气很正经，根本就不像在开玩笑。

陆斯衍见她没接剧本，干脆把那几张纸放到了她的腿上说："不能。"

温茴的腿很长，裸露在被子外面的那两截白得几乎透光。

陆斯衍的手指从纸上轻移到她的腿上，他松口道："我可以陪你一起去。"

温茴扁了扁嘴角，伸手扯过被子盖住了腿，说道："我自己可以去，你不要动手动脚的。"刚说完，被子又被另一只手掀开。

"你……"

"我上床。"

第十章

看吧，这就是男人

陆斯衍当真只是掀开被子上了床。

温茴等了会儿，见他没什么进一步的动作，这才坐正了身体，翻开剧本看了一眼。

陆斯衍手里有《破晓》的全部剧本，但是温茴马上就要试镜了，现在完整的剧情根本看不过来，他干脆就只给她印了试镜的那部分和男女主角的人物小传。

《破晓》是部悬疑暗黑风的爱情悲剧电影，与《蝴蝶杀》不同，这部电影即使不看剧情，光是男女主角的人设都比《蝴蝶杀》新颖带感不少。

女主角最开始是个有性别认知障碍的留学生，因为这个障碍，她被家里的所有人厌弃，很小的时候就被送到了国外过着放养式的生活。

女主角长得漂亮，但是除了这张脸几乎没有任何女孩子身上的特点。

她剪短发，打扮中性，加上常年裹胸，女主角穿上宽大的衣服时几乎跟男生无异。

电影里的男主角比女主角年长几岁，是名贵族出身、英俊优雅的医生。女主角有一次因为打架斗殴凑巧被他撞到，女主角虽然总是假想自己是男性，然而体能一般，所以受伤后鼻青脸肿、被男主角带回了家，一住就是几个月。

男主角的家像座城堡，野蛮生长的女主角住在里面拘束又不屑。她自幼无人管教，连叛逆期都比普通人要长。

男主角不让她抽烟、喝酒，她就每天当着他的面抽烟、喝酒。

男主角不让她带朋友回家，她就三天两头地带新朋友回去。

但很奇怪的一点是她每次带到男主角家里的朋友，第二天全部都会离奇失踪，无一例外。

更奇怪的是女主角每天晚上都会在自己房间的地下室里看到一个诡异的女孩子，那个女孩子穿着红色的长裙，黑色的头发长而柔顺，漂亮得像个洋娃娃。她再仔细一看，洋娃娃居然长了一张和她一模一样的脸。

女主角开始以为是自己在做梦，可是接连几天，她每到晚上都会看到这个人。她不仅看到了这个人，还在地下室里看到了被绑在椅子上的那些失踪的女孩子。

女主角一开始怕被发现，所以根本不敢出声，直到后来有一次她不小心碰到了什么东西发出了响声，却没人发现她。

那些人仿佛根本看不到她，都在自顾自地干着自己的事情——

女主角第二天就生了场大病，而当地警方接到报警后，很快就把嫌疑人锁定在了这座古堡里。

男女主角依次被带到警察局问话，因为没有证据，问审时间到了警方只能把他们俩放了出来。

很长一段时间，女主角都在警察局和男主角家里两点一线地生活。

她想不通为什么会有一个和自己完全一样的人，直到有一次找东西时，误打误撞地开了一个带密码锁的保险箱。

箱子一被打开，就有红色长裙和黑长直的假发从里面掉了出来。

女主角几乎瞬间懂了前因后果，慌不择路地冲下地下室，里面的灯亮着，但是除了那些失踪的女孩子，根本就没有那个和她长相一样的长发红衣女孩。

她之前看到的场景不是在做梦，也不是别人，应该就是她自己——另一个自己。

女主角虽然乖张叛逆，但是人并不坏。意识到这个问题，她纠结了一天后，当晚就去警察局自首了。人证、物证俱在，电影的剧情也接近了尾声。

然后就在最后的十几分钟里，剧情突然出现了十级反转。

就在女主角被判了刑，关进监狱以后，男主角有一次来探监时，快结束的那几分钟轻轻地弯起嘴角跟她说了声“谢谢”。

然后镜头转换，是作为医生的男主角几个月前把一个女孩子整容成女主角的样子的画面。

女主角在地下室里看到的一切，既不是梦，也不是人格分裂后的她自己。

之所以她发出声音也没有被人发现，不是因为她是当事人，而是地下室里的所有人看不到也听不见。

这件事情从头到尾都是一个局中局，罪魁祸首是表面衿贵优雅，但是内心阴暗畸形的男主角。

剧情总结下来就是——男主角是个变态，女主角是个小可怜。

这部电影不会在国内上映，温茴光是看剧本，脑袋里还没联想出画面来，就起了一身的鸡皮疙瘩。

虽然重头戏是结尾的反转，但是难点全在女主演身上。

女主演的任务太重了，不仅要演两个性格完全相反的人，还要演出男生的感觉。除此之外，她甚至要演出那种明明没有病，却总以为自己是个神经病患者的纠结型人设。

温茴不敢往下想了，现在大脑一片空白，正要往下看她要试镜的那一段内容，就听到身旁有人问了句："看完了？"

温茴的心跳很快，她闷闷地应了一声。

陆斯衍和她挨得很近，一抬手就能碰到她的侧脸。

男人的指尖带着些微的凉意，从她的脸上轻轻滑过，然后钩住她脸侧的一缕长发说道："要剪短发了。"

温茴听到他的声音，心跳这才慢慢缓和下来。

"你想得太早了，"她撇了下嘴角说道，"我还不知道能不能接下来呢。"

她又不是陆斯衍，连刘导的戏都直接给他递剧本。

温茴心里没底，因为光从人物形象来看，她好像就和这个女主角不是特别吻合。

她转头看了一眼陆斯衍，问道："我像男的吗？"

温茴想了想，又换了个问题："我剪了头发会像男的吗？"

陆斯衍其实能想象出温茴剪短发的样子，她长得好看，短头发造型倒也不至于拉低颜值。

唯一让他有点儿郁闷的是温茴剪了短发以后，他可能会有种每天跟男人相处的错觉。

以前在床上他压到她的头发的时候，她就会放柔了声音跟他撒娇，以后段时间内估计他没机会听到了。

陆斯衍轻轻啧了声，手指只稍微用了一下力，温茴就倒吸了口气：“你干吗？”声音很软，像是在娇嗔。

温茴平时也没少跟他撒娇，但是这种时候听着就尤其让人心动。

陆斯衍心头一动，倾过身来抬手关了温茴那边的台灯。

光线暗下去好几秒后，温茴才反应过来，伸手按住他乱动的手，说道：“等一下……我还没看完呢。”

“明天再看。”

温茴要试镜的那部分是刘导临时挑选的。

他本来心里早就有了女主角的人选，那个女演员跟陆斯衍的咖位差不多，之前也跟刘导合作过，根本不需要试镜这一环节。

就像陆斯衍一样，刘导直接给她递剧本就行。

温茴算是一个意外。

刘导挑了几天，才挑了一个难度偏高、极富张力的桥段。

他倒不是想为难温茴，实在是这部戏倾注了他和几个老朋友的心血，随便不得。

毕竟女主角跟其他配角比不得，就像好的开头是成功的一半，男女主角的定角也是一部电影成功的一半，甚至更多。

而恰巧温茴的外形条件和女主角的人设的确有些出入，这种出入很有可能靠演技都填不平。

温茴看到剧本上写的那处情节时，刚起床的困顿感瞬间一扫而光。

她没有哪一刻比现在更清醒，清醒地觉得自己这次可能是真的不行。

刘导选的试镜内容是女主角第一次到地下室时，心理和情绪上的变化。她的穿着和打扮都还是男生的样子，连表情也带着少年独有的冷淡和散漫。

如果不看五官的话，这应该就是一个男孩子。

但是就在看到地下室里的场景的第一眼，她惯常淡漠的眼睛里第一次出现了震惊和害怕的情绪。

最难的一点在于温茴这次试镜不仅要演女主角，还要演那个被整容成女主角的长相且迷惑她的炮灰女配角。

这段剧情里，女主角甚至没有一句台词，所有的情绪都只能从表情和眼神里流露出来。

温茴看着那印了一张A4纸的文字，好半晌才又抬了下头：“老公……”

陆斯衍开衣帽间门的动作顿了顿。

温茴平时喜欢叫他的名字，叫“老公”时基本上只有两种情况，要么是气氛到位，要么就是有求于他。

陆斯衍随便拿了件衬衣，回应道：“说吧。”

温茴问道：“我要怎么才能像一个男生啊？”

陆斯衍被问住了。

她大概知道像男生的第一步，就是要穿男生的衣服。

温茴也没等着陆斯衍回答这个复杂的问题，视线越过他的手，落向他身后的衣柜：“拿件你的衣服给我。”

陆斯衍挑了挑眉，轻勾嘴角，似笑非笑地把手上的衬衣扔到了她身上。

衬衣很干净，上面还带着洗衣液的味道。

温茴被蒙了满头满脸，愣了下才把衣服从脑袋上扯了下来，说道：“我不要这个。”

大早上的，谁要穿他的衬衣？

温茴抬了下下巴，问道：“卫衣……卫衣有没有？”

“没有。”

“你明明有呢。”

上次看电影的时候，温茴看见他穿了。

陆斯衍合上衣帽间的门，倒也没否认道：“不给穿。”

温茴自知指望不上他，刚掀开被子下床准备自己去拿，男人的声音又响了起来：“穿鞋。”

北城的天气转凉，但是这个月还没供暖，即使地上铺着毯子，她赤着脚踩上去还是有些凉。

温茴倒是想拿这个气陆斯衍，偏偏她的体质不太行，根本经不起这么折腾，白了他一眼后还是老老实实地穿上了拖鞋。

温茴现在不想理陆斯衍，直奔衣帽间的另一扇门，拉开之后把里面挂着的衣服一件件地看了个遍。

——要酷酷的衣服，温茴拿了件黑色的连帽卫衣出来。

陆斯衍比她高了不少，衣服尺码自然也不合适。

之前穿在陆斯衍身上的时候温茴也没觉得衣服有多大，现在套到了自己身上，衣摆几乎完完全全遮住了她的大腿根。

她现在不像有性别认知障碍，像是女扮男装，还是一眼就能被别人认出来的那种女扮男装。

温茴没转头去看，也知道陆斯衍的嘴角现在肯定弯着。

他自己安安静静地偷笑不够，过了几秒像是没忍住，更恶劣地直接轻嗤出了声。

温茴看了一眼镜子里惨不忍睹的自己，半点儿都笑不出来，委屈巴巴地坐回了床上。

下一秒，她被压在衣领下的那缕头发被轻轻地挑了出来，陆斯衍轻声问道："怎么了？"

温茴没接话，坐在床边独自郁闷了半晌，好不容易才想通了——服装并不重要，不合身可以再买，重点在于她的言行举止。

温茴转过头去，一把拽住陆斯衍还没来得及收回去的手，问道："老公，要不你演示一下给我看吧？"

陆斯衍的太阳穴隐约跳了跳，他从头到尾看了一遍《破晓》的剧本，女主角虽然一直觉得自己是个男生，但在一些小细节上还是像个女孩子。

这是天性，根本改变不了的。

陆斯衍冷漠地拒绝道："不会。"

在温茴眼里，就没有陆斯衍不会演的角色，他就是不想演而已。

温茴也没为难他，又站起身来去衣帽间拿了件自己的衣服，说道："算了，你本来就不行。"然后抱着衣服倒在床上："我去找盛洋。"

陆斯衍皱了下眉。

有个事事顺着她的弟弟，她何必要吊死在陆斯衍这一棵树上？

温茴说做就做，当即打开微信去问盛洋，

hui：弟弟，干吗呢？

她刚将消息发过去，头顶就传来明显有些不满的男声："我怎么不行了？"

看吧，这就是男人。

刚才她让他演的时候他一百个不愿意，现在不需要他了，他又开始不开心了。

温茴跷着脚，回道："你的年纪大了。"

《破晓》里的女主角还是个青春朝气的大学生，在年龄上陆斯衍就不合适。

温茴又说道："盛洋就比较合适。"

陆斯衍看她一万个不顺眼："温茴。"

温茴嗯了声，问道："干吗？"

盛洋的消息回复得很快，一分钟不到就发了两条过来。

盛洋：刚吃完早餐。

盛洋：怎么了啊，姐？

hui：今天有空没？

盛洋：有。

温茴光想着和盛洋说正事了，后面陆斯衍又说了句什么，她根本没听进去。

等跟盛洋商量好见面的时间后，她才后知后觉地发现身后的某人过于安静了——陆斯衍在看她，但是没说话。

温茴咳了声，问道："你刚才……说什么来着？"

陆斯衍觉得温茴是故意的，她像一个"渣女"。

陆斯衍没理她，连衣服都懒得再换，抬脚就往门口走去。

温茴扬了半分的声音在身后响起："陆斯衍？"

啧，她又开始叫他的名字了。

陆斯衍没停脚步，面无表情地直接开了门出去。

下一刻，房间门被砰的一声关上了。

温茴摸了摸鼻子，不太懂这人的情绪怎么转变得这么快。片刻后，她去搜了一下，结论很简单：

一、就跟女生的生理期一样，男人每个月也有那么几天不太正常。

二、更年期到了。

温茴跟盛洋约的时间是下午两点。

两个人现在都有了名气，公共场合肯定去不得了，温茴干脆就拜托栗子去盛家把人接了过来。

温茴把盛洋当作模板，确实比陆斯衍合适得多。他年纪相当，身上的那种少年感根本不需要刻意去表演，自然而然就散发出来了。

最主要的是盛洋听话，不像陆斯衍这不愿意、那不愿意的，温茴只是试探性地问了句能不能照着剧本走一遍，盛洋想都没想就应了下来。

少年穿着白色外套和浅蓝色的牛仔裤，脚踩一双白色球鞋，状态进入得也不算慢，但是温茴看着他从头到尾把那段剧情走了几遍，怎么看都觉得哪里不太对。

盛洋演的也不像有性别认知障碍的女主角，更像是一个"男主角"。

温茴都快要把剧本给翻烂了，翻来翻去，连盛洋的语气都跟着沮丧了些：“姐，我演得是不是不对啊？”

“不是你的问题，”温茴摆了摆手说道，“等我叫你姐夫过来。”

陆斯衍跟盛洋互相不太待见，平时都没怎么正面接触过。

知道盛洋下午要过来，陆斯衍吃过午饭后就直接把自己关进了书房。

温茴给他发了条微信：老公！

他回了一个句号。

hui：过来一下。

L：干什么？

hui：盛洋演的感觉不太对。

陆斯衍没再回复消息。

温茴以为自己要再撒一下娇，话都输入在对话框里了，还没发出去，房门就被人推开了。

盛洋看了一眼门口，又看向温茴。

他被陆斯衍指导过，导致现在看见对方就下意识地绷紧了神经。

陆斯衍倒是没太多的表情，把从书房带出来的打火机随手搁在桌子上：“演吧。”

温茴：“谁？”

“你。”陆斯衍说道，“把自己当男孩子。”

道理她都懂，问题就在于她根本演不出来。

但是就剩这一下午了，温茴也没再浪费时间，深呼了口气试着把自己当成一个男生，一当就是大半天。

难归难，但也没到她真的做不到的程度。

一直到太阳落山，温茴才终于从表演的状态里走出来。

盛洋晚上要回家吃饭，没过多久就离开了御南一品。

温茴平时演一天一夜的戏都没这一下午累，等盛洋一走，她就趴在床上不愿意起来了。

微信上的消息多出来好几条。

宁宁：茴香，看我的手机号是二十年前的，祖传的。

下面还有张她办理手机号码那年的截图。

温茴觉得还挺有意思：怎么查的啊？

言宁很快把查询方法发了过来。

温茴按照查询方法试了一下，几分钟后短信嘀了一声。

温茴的手机号是回国后才办理的，但是陆斯衍的她就不知道了。

她朝旁边的人伸了伸手，说道："手机。"

陆斯衍也不问干什么，直接把手机递了过来。

解了锁屏，温茴直接又按部就班地发了条短信出去。

不出一分钟，她收到了短信回复。

陆斯衍的手机号不算"祖传"，但也有近十年了。

温茴着实吃了一惊，抬头看他时眼神都变得有些怪异了："你这么多年都没换过手机号吗？"

她甚至以为这个手机号是陆斯衍的爸妈不用了又扔给他的，太具有年代感了。

很快，温茴又想到了什么，轻轻吞了下口水，问道："是不是因为我才没换的？"

虽然这么问有点儿自恋，但是温茴确实有这么想的理由，毕竟拍《海棠依旧》那会儿，陆斯衍是给她留过手机号的。

温茴那时候还没有自己的手机，电话号码只能用纸笔来记录。《海棠依旧》杀青那天，这人就随手扯了张纸写了串数字给她。

少年俯下身平视她，说道："有事给哥哥打电话。"

陆斯衍那时候就喜欢自称"哥哥"了。

那时的温茴对他是的确没什么想法，尤其是出了国以后，不过也知道陆斯衍对她好，逢年过节时还是要礼貌地问候一下，不然显得她像一个白眼狼。

温茴叹了口气："我刚出国那年给你打过一次电话。"她的叹气声更大，"只不过刚说了一句话，就不知道被谁给挂断了。"

陆斯衍确定不是自己挂的，是谁挂的电话已经不重要了，他现在更想知道另一个问题，连带声音都不自觉地放轻了些："说了什么？"

"就……'哥哥新年快乐'啊！"

说起来，温茴自己都觉得感慨。她刚出国的时候特别不习惯，晚上经常失眠到后半夜，和言宁一起睡了几个月才有所好转。

那年的巴黎尤其冷，温茴记得很清楚，给陆斯衍打电话那天，外面难得下了场大雪。

言宁自小娇生惯养，在国外住的房子和自己家里的豪华别墅也没多大区别。

温茴抱膝坐在卧室的窗边，低着头望向楼下的小花园。黑色雕花的秋千上落了层雪花，厚重又洁白，看着就很冷。

手机里传来的男声比这更冷：“哪位？”

说来也奇怪，温茴跟陆斯衍好久不见，但是她一下子就听出来这声音不属于陆斯衍。

陆斯衍的声音也冷，只不过尾音总是会上扬几分。

温茴愣了下，以为自己拨错了电话，刚要道个歉把电话挂断，男声又传了过来：“找阿衍有事吗？”

“没……有。”

裴越听得直皱眉，也不知道陆斯衍的手机号是怎么流出去的，这几天经常有女人打电话给他，含蓄一点儿的是约他吃饭，更有露骨的直接报了酒店和房间号。

打电话过来的人多得都可以凑在一起打几桌麻将了，明明换一个手机号就可以解决问题，偏偏这人不肯换。

裴越下意识地以为温茴也是她们中的一员，语气自然也好不到哪儿去：“他没空。”

温茴没听太懂，问道：“我能跟他说一句话吗？”话音落下，她又立刻补充道，“很快的。”

裴越说道：“你跟我说吧，我转告给他。”

那头的人沉默了半分多钟，就在裴越耐不住性子要挂断电话的时候，温软的女声才又传过来：“哥哥新年快乐！”

啧，还“哥哥”呢，肉麻兮兮的，这种人他见得多了。

裴越哦了一声，直接把电话挂断了。

过了好半晌，温茴才皱着眉把已经静下来的手机从耳边拿下来，屏幕已经暗了下来，仿佛刚才那通电话根本没有存在过。

她倒不觉得失落，就是有些莫名其妙。

温茴刚才沉默那么久，只是因为一时没想到该怎么称呼陆斯衍。她呼了口气，把手机搁在一边跳下了窗台。

房门刚好这时候被人敲响，言宁的声音响起：“茴香，我爸妈叫你下楼搓麻将了。”

言爸爸那年在法国有生意要谈，就顺便过来陪两个小姑娘过年了。

温茴应了一声，踩上拖鞋出了门。

楼下的电视开着，正播放陆斯衍的某部电视剧，言宁那个时候就喜欢他了。

言妈妈边洗麻将边跟言爸爸开玩笑："你跟老陆不是认识嘛，有机会让我们宁宁和他的儿子认识一下。"

言宁连忙摆手，说道："别了，偶像就是用来远距离欣赏的。"

密切接触后，那他们就不叫偶像和粉丝了。

言妈妈拍了下言宁的手，又笑眯眯地看向温茴，问道："对了，茴茴，你是不是跟他演过戏啊？"

一家三口全部齐刷刷地看过来，温茴险些出错了牌。

《海棠依旧》还没开播，言宁反应了几秒才恍然大悟地哦了一声，问道："茴香，你们两个熟吗？"

温茴很诚实地摇了摇头。

"有他的手机号吗？"

温茴想到就在十几分钟前的那通电话，然后又摇了摇头。

言宁很满意地点了点头，说道："我就知道他不会随便给别人留手机号的。"

那通电话是温茴给陆斯衍打过的第一通，也是她在国外期间给他打的最后一通。

温茴不怎么用国内的手机号，当时还担心境外来电会被拒绝，才特地把之前还没扔的手机卡插到手机里用了几分钟。

她打完电话之后，那张手机卡没过多久就不知所踪了。

温茴现在已经记不起手机号码是什么了，只不过没想到的是陆斯衍一直没换过手机号码。

温茴觉得自己起码猜对了八成，嘴角不受控制地轻轻翘了起来，问道："所以你是不是因为在等我的电话，才一直没换号码的？"

这个问题问得可是太嚣张了。

温茴抬头看过去，她是趴在床上的姿势，陆斯衍靠在床头，要垂着眸才能和她对视上。

他眼底有明灭的光在闪烁，就像温茴给他打电话那天晚上落在秋千上的雪，在路灯下泛着莹莹的光，亮晶晶的。

温茴眨了眨眼睛，眼神不由自主地就跟着温柔起来。

几秒后，她听到男人似是漫不经心又在她意料之中的回答："是。"

陆斯衍一开始是真的在等温茴的电话。他没追过女孩子，给温茴手机号码前想了好几种说辞——

“要是有人欺负你，给哥哥打电话。”

“有什么需要帮忙的地方，可以给哥哥打电话。”

叶景、裴越那些人靠不住，陆斯衍甚至根本没和他们提起过温茴。

后来他看似随意地给她手机号码后，每天习惯性地看一眼手机的通话记录。

陆斯衍的手机号是私人号，只有家人和朋友知道，平时会给他打电话的人少之又少。

“未接来电”那一栏始终空空如也，温茴一直没给他打过电话。

拍完《海棠依旧》后，陆斯衍的行程安排比之前多了不少，他也就没那么多时间看手机了。后来手机号不知道怎么在小范围内暴露了，他拍戏的时候干脆就直接把手机扔给了裴越。

那段时间谁给他打过电话，他一概不知道。

陆斯衍也没想到温茴会给他打电话，毕竟中间隔的时间太长，是谁都会觉得没那个可能了。

他等了这么久，没想到唯一的一通电话被人给挂断了。

挂断电话的人是谁并不难猜，裴越那阵子刚入行当经纪人，三天两头地跟陆斯衍在一起，最有可能接到她的来电。

除了裴越，也不可能会有别人。

陆斯衍在心里给裴越记了笔账。

然后他轻弯嘴角，伸过手来在温茴的脸上轻轻捏了下，说道：“宝贝新年快乐！”

温茴握住他的手，说道：“还没过年呢。”

不过好像也快了，再过几个月就又是新的一年了。

陆斯衍笑了笑，低声说道：“对八年前的你说的。”

她那年跟陆斯衍说的“哥哥新年快乐”，就像石沉大海一样，没有任何回应。

事情都过去这么久了，温茴也没纠结是谁挂了她的电话这个问题，翻了个身后仰头枕到了陆斯衍的腿上。

她闭上后眼睛，头顶吊灯的光倾泻下来，在眼帘上方晕开了一层层的剪影，亮得晃人眼睛。

温茴刚皱了下眉，有只手就轻覆在她的眼睛上，男人温柔地说道：

“睡吧。”

温茴明天早上要试镜，今天演了半天高难度剧情，真的累了。

她调整了一个更舒服的姿势，轻轻应了声后就没再动。

陆斯衍的手遮在她的眼帘上没多久，掌心下方的人已经呼吸平缓均匀下来。

温茴睡着了。

陆斯衍这才又把手拿下来，拿了手机下床，去阳台前把卧室的灯也一并关了。

晚上阴天，连风都带着潮湿的凉意。

陆斯衍也没觉得冷，坐到椅子上拿了支烟出来点上。

将烟咬到嘴里后，他才解锁了手机，给裴越发了条微信：是你挂的温茴的电话？

裴越发来一串问号。

裴越：我都几年没碰过你的手机了，怎么挂她的电话？

消息发过去不一会儿，裴越就意识到问题的严重性了。他有几年没碰过陆斯衍的手机了，但几年前也确实碰过。

裴越：你指的是……很久很久以前？

L：不然呢？

裴越：我接电话的时候不知道是她。

裴越当时确实不知道，温茴自己又没说，不过当时即使说了，还是有很大可能被他挂断电话的。

没办法，那两年的陆斯衍是个万人迷，谁接近他，裴越就觉得谁不怀好意。

L：什么时候知道的？

裴越：后面就知道了。

裴越没敢说具体时间。他意识到给陆斯衍打电话的人是温茴，是在《海棠依旧》播出以后。

温茴当时虽然没有陆斯衍火，但也算是家喻户晓的演员了。就算裴越不知道她叫温茴，也差不多知道她演过的那几个角色。

她的声音很有辨识度，台词功底又好，那部剧也是用的原声。

裴越看剧的时候就觉得不太对劲儿，隐约觉得自己可能干了件错事，没好意思直接问陆斯衍，只是拐弯抹角地试探道：“这个小姑娘长得真好看。”

陆斯衍瞥了他一眼，没说话，那副不以为意的样子就仿佛是看不起他的眼光。

当时，裴越又问：“你有没有她的联系方式啊？”

陆斯衍回道：“没有。”顿了顿，他又冷冷地看了一眼裴越，“她有我的。”

温茴的联系方式也好找，她虽然没再拍戏了，但是和盛娱签的合同还没到期，所有的个人信息都完完整整地录进了信息库里。

裴越去公司里调出来看了一眼，这一看，还真的就和被他拉进黑名单里的一个号码对上了。

裴越不了解温茴，甚至算不上认识她，但毕竟是一个公司的，裴越的消息来路又广，很快他就知道因为她那个犯了事的赌鬼父亲，她已经退圈了。

说起来还得感谢当年不发达的网络舆论环境，那种放到现在要炸锅的事情，在当时并没有引起多少风浪，被盛娱轻而易举地就压了下去。

裴越是个感性的人，一联想到温茴的背景，负疚感就油然而生，觉得温茴不像对陆斯衍别有用心的那种女人。

换一句话说，她如果想走捷径，有一万种方法可以再回归娱乐圈，没必要在陆斯衍这人身上浪费时间。

当天晚上，裴越连夜把那个号码从黑名单里放了出来。

他对温茴的感觉很复杂，感情肯定谈不上，但是自打那天之后，他就有意无意地会关注她的消息，虽然她几乎没什么消息。

后来公司出了事，裴越第一时间就想到了温茴。

他倒没想把温茴跟陆斯衍绑在一起，毕竟在裴越的眼里，这两个人不应该有任何情感方面的纠葛。

没人往那方面想，就像他们根本想不到陆斯衍这样的天之骄子，会喜欢上一个当时扔在娱乐圈里都找不到的小姑娘一样。

再后来，事情就完全朝着裴越意想不到的方向发展起来。

裴越到现在还是不明白：阿衍，你到底为什么喜欢温茴啊？

这个问题，已经困扰裴越和叶景他们好久了。

L：不为什么。

他喜欢就是喜欢了，一瞬间的事情。

L：我是来算账的。

裴越：拉黑她是我做得不对，但是我后面也弥补了啊！

L：拉黑？

裴越开始装死。

过了好半天，他估摸着陆斯衍已经消了气，这才又发了条消息过去。

裴越：阿衍？

下一秒，这条消息后面立刻就跳出来一个红色感叹号。

“消息已发出，但被对方拒收了。”

裴越琢磨好的借口全被堵在了嗓子眼儿里，至于嘛……这个小气鬼！

第二天，温茴去试镜前都没怎么化妆。

她对着镜子看了半天，犹犹豫豫地在想要不要搞一顶假的短发过来。

后来再一看自己已经及腰的长发，她又打消了这个念头。

刘导定的时间是上午九点，温茴提前了一刻钟，到的时候刘导正在打电话。

偌大的办公室里，他的声音还带着回音：“等会儿就来了……”

他正说着，敲门声就应景地响了几下。

陆斯衍敲门的动作很敷衍，他打了个招呼：“刘叔。”

刘导回头看了一眼，说道：“行，先挂了，晚点儿我视频叫你。”

手机很快被搁到桌子上，刘导站起身来，笑着看向温茴：“小温是吧？”

温茴点了点头，回道：“刘导。”

“不用这么见外，叫我刘叔就行。”

“九点准时开始，”刘导拍了拍旁边的椅背，“先坐下等会儿吧。”

他说着看了一眼陆斯衍，说道：“小陆，你跟我出来一下。”

温茴本来试镜这部戏就有些紧张，现在听刘导这么一说，直觉告诉自己他跟陆斯衍要说自己的事情，心脏突地跳得飞快。

她虽然还弯着嘴角，但是神色很明显地恍惚了一下。

陆斯衍就站在她身侧，稍一垂眸，就能看到她正慢慢攥起来的手指。他把手伸过去，在她的指骨处轻轻捏了下：“等我。”

温茴试过这么多次镜，还是第一次这么紧张。

那两个人出去后，她在空旷的房间里甚至能听到自己的心跳声。

温茴深吸了口气，实在不知道该干什么，也没坐下，就站着看起了剧本。

一墙之隔，等门一被关上，刘导立刻问了句：“小陆，如果小温试镜没过，你是不是也不接这部戏了？”

陆斯衍挑了挑眉，说道：“她过了，我也不接。”

这话一出来，刘导的眼神瞬间从刚才的担忧变得惊疑，他问道：“你还有别的安排？”

陆斯衍轻弯嘴角，半笑不笑地答：“嗯，去新东方学习。”

刘导的反应不亚于他看到了猪上树。

“等等，”他一脸难以置信的表情，“是我想的那个新东方吗？”

新东方多有名，连他一个外国人都知道，但是有名归有名，这压根儿不是陆斯衍应该去的地方。

“小陆，你有什么想不开的要去新东方学习啊？”刘导试探道，“你喜欢当厨师的感觉？”

他现在恨不得把《破晓》男主角的人设从医生改成厨师，从而满足一下陆斯衍的心愿。

刘导是真的想让他来演男主角，虽然也不是非他不可，但陆斯衍对票房和口碑来说就是个保障。

刘导刚要再和他商量几句，就又听他否认道：“不喜欢。”

陆斯衍偏了下头，办公室的门上方有一块玻璃，从他这个角度看过去，可以清楚地看到里面的人。

温茴正背对着他站在桌子前，踮起脚尖，再轻轻放下。

因为剧情需要，温茴今天穿得很休闲，上衣宽松了些，就把她衬得越发娇小。

“刘叔，”陆斯衍的视线落在她身上，下巴微抬，“瘦吗？”

刘导这才也跟着转了下头，刚才想着正事，没怎么仔细看过温茴，第一印象就是长得确实漂亮。

这会儿他再一看，温茴确实有些瘦。

刘导点头道：“挺瘦的。”

没到骨感的地步，但温茴也算挺瘦的。

陆斯衍垂了垂视线：“太瘦了。”他要把她养胖一些。

陆斯衍没明说，但是刘导突然就明白过来了。

他先前不清楚陆斯衍夫妇是什么情况，娱乐圈嘛，真真假假也就那么回事，当不得真，除非亲眼所见、亲耳所闻。

刘导没忍住多看了温茴一眼，小姑娘看着很安静，很拘谨地踱着步子在背剧本。

看得出来，温茴有点儿紧张。

刘导摇了摇头：“不应该啊。”

“小温不是演过好多部戏了吗，今天怎么看起来这么紧张？”

陆斯衍懂温茴紧张的点在哪里，但是明明她没必要紧张的。

掺和私人感情了，刘导也就没再为难陆斯衍，拍了拍他的肩膀说道：“行吧，那你去新东方学习……”刘导还是有点儿接受不了，问道，“是真的去新东方学习对吧？”

陆斯衍的眉尾挑了下，刘导恶狠狠地看了他一眼，威胁道：“那你千万别让我看见你接了别的戏。”

陆斯衍跟他熟了，也没往心里去，嘴角一扯嗯了声，应道：“不接。”

陆斯衍最近太累了，从出道忙到现在，除了中途那根本算不上休息的一年空窗期，每天不是在赶通告，就是在赶通告的路上。

之前他不觉得这有什么，后来可能因为有了家室，就一同有了宜其室家的心思。

刘导本意就是和他开个玩笑，玩笑过了，又看向办公室里的温茴：“这么认真的啊？”

“嗯，”陆斯衍笑了声，“昨天一直问我怎么才像个男孩子。”

刘导被他的这句话逗得哈哈笑，说道：“行了，快到时间了。”他把手搭在门把上，“你一起来吗？”

“不了。”陆斯衍轻倚在墙上，垂眸看了一眼腕表，“她会紧张。”

温茴确实很紧张，有没有陆斯衍在跟前她都紧张，只不过有陆斯衍在的话，她可能会更紧张一些。

《破晓》的试镜很正式，导演组好几个人，但是这次来北城的就刘导一个。其他人的意见也要参考，所以刘导就开了一个视频会议，把试镜的这部分情况实时转播过去。

温茴独自紧张了半天，等到真的上了战场，心跳反倒又缓和下来。

刘导性格很随和，正式开始的前几分钟还在给她吃定心丸：“没事，别紧张！”

温茴今天的穿着打扮都是中性风，没了《蝴蝶杀》里的明艳俏丽，代入感就稍微高了些。

刘导开了视频：“十几分钟的事。”

温茴深吸了口气，弯唇笑了笑。

三分钟后，试镜终于开始。

温茴把外套的袖子往上卷了卷，这种时候不能紧张，也不能走神。她努力放松下来，神色淡淡地做了个开门的姿势。

这个情节里，女主角刚刚起床，意识还不太清醒。

温茴眯了眯眼睛，有些烦躁地下了楼。

几米开外，刘导的眼睛一亮，表情逐渐专注起来。

办公室里没有楼梯，下楼的动作几乎等同于原地踏步，温茴踏了十几步，然后停下，眼睛渐渐睁大了些。

耳边寂静无声，温茴微张着嘴巴，呼吸声急促了些，但是始终没有发出什么声音来。

她盯着某个点目不转睛地看了好一会儿，才失魂落魄地上了楼。

刘导摸了摸下巴，等温茴看向自己，才又点了点头："还有一段。"

另一段戏相对来说就简单一些，温茴只花了五分钟就把第二段剧情演了出来。

刘导的表情并没有太大变化，他见过太多的演员，情绪表露只会有很短的一瞬间。

电脑屏幕上，导演组的几个同事倒是看得热闹——

"新人？"

"演技挺不错的。"

"长得也好看。"

"小陆的太太？"

刘导不动声色地把这些消息都扫视了一遍，确定没有试镜内容后，把笔记本合上，说道："回家等消息吧。"他伸手指了指电脑，"我们得商量一下。"

温茴这会儿完全放松下来了，额头上的汗落过一次，紧张的氛围没了以后，凉意就瞬间上来了。

跟刘导道完别后，温茴拢紧外套出了门，刚走出去几步，又顿住了脚步。

陆斯衍就倚在门边的走廊上，像是在等她发现自己，刚才没出半点儿声音。

温茴后退回去，伸手去拉他，问道："你刚才看我试镜了没？"

"看了。"他一秒不落地全看完了。

温茴松了松扎得有些紧的头发，又问："那……还行吗？"

“嗯。”

陆斯衍替她把外套的拉链拉上去，语气低而温柔，像是在哄要糖吃的小孩子：“老婆真棒！”

《破晓》试镜结果还没出，温茴去试镜《破晓》的事情倒是先上了话题榜。

温茴来试镜《破晓》的事也不是秘密，盯着她和陆斯衍的娱记不少，不出几天这个消息就传遍了互联网的每个角落。

有人猜测温茴是借着陆斯衍的关系，走了“后门”。

温茴也很无奈，陆斯衍比她火，所有人一提到她就必定会提到陆斯衍。要是有一天别人提到陆斯衍，也一定会提到她就好了。

温茴点开微信，把微信联系人从头到尾翻了个遍。然后她点开陆文艺的头像，发了条消息给她：姐，我想接戏。

最近太清闲了，温茴不喜欢这种无所事事的感觉。

陆文艺还在加班，消息回得慢了几分钟：什么意思？

温茴又看了一眼自己发过去的消息，很正常，没有什么大问题。

陆文艺：你想接哪部戏？

温茴倒也没被问住。她最近关注了在筹备期但是还没定下女主角的影视剧，正要和陆文艺讨论，那头的人又发了一条消息过来：没《破晓》好的话，就别说了。

温茴好像只能保持沉默了。

陆文艺：《破晓》今天下午给我递剧本了。

hui：啊？

陆文艺：小茴香，你能不能劝一下小四？

hui：啊？

陆文艺：别让他去新东方学习了。

温茴听蒙了。

《破晓》递剧本这事足够让人震惊，她反应了一会儿才问道：什么新东方？

陆斯衍明明没跟她说过要去新东方学习的。

陆文艺：你居然不知道吗？刘导跟我说的，小四说他要去新东方学习。

陆文艺甚至觉得这个弟弟的脑子坏掉了，陆家的厨师多得数不过来，做什么菜系的都有，她实在想不通陆斯衍为什么要去新东方学习，闲得没事干一样。

陆文艺：他最近有什么不正常的地方吗？

这条消息一发过来，连温茴都听出她话里话外对陆斯衍深深的担忧和质疑之意了。

她还没忘记重点，岔开话题道：他去新东方学习，那《破晓》怎么办啊？

陆文艺：什么怎么办？

hui：他不拍《破晓》了吗？

温茴没问过陆斯衍这个问题，因为潜意识里就以为陆斯衍已经接下了《破晓》。

网上传得神乎其神不说，陆斯衍前阵子还跟刘导见面吃了饭，说他们没有合作都说不过去。

陆文艺回复得很快：他没接啊，档期都是空的，不知道他为什么没接。哦，我知道为什么了，因为他要空出档期去新东方学习。

她后面加了一个微笑的表情。

陆文艺平时说话就偏严肃，微笑的表情加在后面，温茴不知不觉就出了身冷汗。

她出冷汗是有原因的，因为就在不久前的某一天，她好像和陆斯衍说过让他去新东方学习。

温茴作为罪魁祸首，夹紧了“尾巴”，小心翼翼地说道：姐，你现在是不是很生气？

沉默半晌，那人回过来一句。

陆文艺：也没有，就是想不通。

她事情多，吐槽过也就完事了：算了，不想了，你劝劝他。

到时候这事传出去，陆斯衍放着好好的戏不接，跑去当厨师了……啧！

不管跟温茴有没有关系，她绝对是第一个被拖出来骂的人。

陆文艺也没提这茬儿：记得跟他说。

温茴比陆斯衍让她省心，叮嘱了几句后，她就去忙自己的事了。

陆斯衍空着长长的档期，但是小的行程几乎都没有断过。他今晚有个大品牌的发布会要参加，这个点估计活动刚刚开始，他能不能回家睡觉还是个问题。

温茴想劝他都没有机会，也没给陆斯衍发消息，直接打开微博看了一眼。

发布会是现场直播的，直播间里有几千万人，弹幕刷得正热闹。

温茴点进去的时候，主持人正在和现场的嘉宾互动，放眼望过去，一长排都是温茴叫得出名字的艺人。

陆斯衍站的位置不算显眼，在这条“龙”的最后面。

男人个子高，穿了一身白色的西装。他身上仿佛安装了聚光灯，什么都不用做，甚至连镜头都不需要看一下，就是全场最瞩目的存在。

温茴没忍住，跟着弹幕一起敲了四个字：老公真帅！

发布会的嘉宾有几十个人，压根儿没有咖位低的。陆斯衍的镜头不多，就几秒。

温茴也没把整场发布会看下来，退出直播间后又无聊地刷了一遍微博话题。

就十来分钟的工夫，她再一刷新，话题榜前排就多了一个新的话题。

“寰娱新签约艺人时尚大片”。

温茴也不知道怎么回事，明明还没点进去看，但就是觉得里面的主角她应该认识。

寰娱最近两年已经不怎么签新人了，唯一传过消息的只有高泽这一个。

温茴呼了口气，手指在那个话题上停了一下，然后点了进去。

隔壁老王在娱乐圈：寰娱新签的帅气哥哥，大家品品这个颜值可不可以？

正文内容就这两句话，甚至连这位男主角的名字都没有提到，下方放了一个视频。

视频不长，也就半分多钟。

高泽的经纪人明显在他身上花了钱和心思，不管是他的造型还是成片的效果都挑不出任何问题来，有不少网友夸他的颜值。

温茴的胸口莫名其妙地有些发堵，她刚想眼不见、心不烦地关掉界面，不小心又看到一个话题。

这次的话题更直接明了，就两个字：高泽。

这个话题的名次就在发布会的下面，温茴不用想也知道能引过去多少流量。

连登录微博只想看直播的言宁都看见了，她发来消息：寰娱居然真的签了他。

温茴不太关心寰娱，现在想的是以高泽的颜值再加上他的公司和经纪人力捧，用不了多久他就会火起来。

那么他火起来之后呢？比以前更有骚扰别人的底气了吗？

温茴越想越觉得头疼，抬手在太阳穴上揉了几下，没立刻回复消息。

言宁的手速也不是吹的，短短几秒她就又连着发了好几条消息过来。

言宁：寰娱真的是垃圾场，这种垃圾也收。

言宁：芳姐还真舍得下血本。

言宁：我怀疑高泽最近接了戏，而且很可能是大制作项目。

温茴这才终于回了句：你觉得是哪部戏？

近期在筹备的大制作项目没有几部，跟寰娱有关系的更是一只手都数得过来。

言宁很快猜测道：电视剧的话是《青衣行》，电影的话……是《破晓》？

宁宁：不过如果是《破晓》，那他肯定演不了男主角。

高泽的演技和咖位还不够。

一部电影总得有个撑得住场子的主角，温茴只撑得起一半，剩下的那一半只能交给男主角。

温茴没再继续往下想：有消息的话，我告诉你。

言宁反应了一会儿：哦，打扰了，我忘记行行是男主角了。

hui：行行不是男主角，不过我是女主角。

言宁发了更长的一串问号过来。

过了一会儿，宁宁：牛哇。

温茴清楚自己的性子，没事干的时候最喜欢胡思乱想。

为了避免胡思乱想，她跟言宁又东扯西扯地聊了会儿，等到了十点半才又去微博看了一眼。

发布会还没结束，不过已经在收尾了。十几台摄像机把任何角落都拍得一清二楚，下面的几排嘉宾席上，几乎每个人都在聊天或者玩手机，就陆斯衍一个人没什么动作。他的手机倒是在手里，不过屏幕一会儿亮起来，一会儿又暗下去，他明显没在认真看，只偶尔和一旁的人搭几句话。

温茴为了让他合群一点儿，给他发了张表情图过去。

直播是完全实时的，连几秒的延迟都不存在。消息发过去不出半秒，直播屏幕上那人的手机屏幕就亮了起来。

这种感觉很微妙，就像是他们当着千万网友的面在直播聊天。

温茴下意识地从床上坐了起来：行行。

温茴没叫过陆斯衍几次“行行”，粉丝叫得很多，她一直没多大感觉。

今天和言宁一起叫了一次之后，她就能理解粉丝为什么喜欢叫他“行行”了——和他本人的反差太大，叫起来就尤其可爱。

hui：你抬下头。

几秒后，屏幕上的人果然抬头看了镜头一眼。

温茴对着手机弯了下唇：你怎么不给我发消息？

别人忙忙碌碌地玩手机，就他一个人没什么动静。

L：怕你睡了。

hui：还早呢。

L：快十一点了，早点儿休息。

温茴平时睡觉也不晚，今天纯粹是不太想睡。

她也没接陆斯衍这茬儿：我听文艺姐说，你要去新东方学习？

hui：别说不是你说的。

这确实是陆斯衍说的话，但他怕温茴想多了，本来没打算让她知道的。

hui：真的不接《破晓》了吗？

L：嗯，不接了。

hui：刘导给你的片酬是多少啊？

L：没看。

陆斯衍从一开始就没打算接这部戏，所以也没问过片酬。

hui：不拍戏就没有钱赚了吧？

L：嗯。

hui：真好，那以后我养你吧。

温茴的脑回路跟一般人不太一样，可爱得与众不同。

陆斯衍轻轻地笑了，不纠正也不反驳：好啊，小富婆。

《破晓》的合同第二天就拟定出来了。

温茴对这种大制作项目的片酬没有什么概念，这部电影又是她第一次担任女主角，所以大部分条款是陆文艺和付曦帮忙定的。合同的签订日期定在了周末。

刘导团队的人的办事效率极高，这部戏从试镜到签约都没用上两周的时间。

周六上午，双方确定没问题后，很快就顺利签约。

刘导和陆文艺认识，签了约以后还聊了几句。

温茴坐在一边，十指交叉在一起轻轻握了下，等那两个人聊得差不多了，她才又开口问了句："刘导，其他主演也都定好了吗？"

她也怀疑高泽会接这部剧，毕竟以他的经纪人的手段，也不是没有可能替他争取到这个机会。

刘导点了点头，说道："男主角还在接洽……配角都定得差不多了。"像是想到了什么，他哦了声，伸出食指点了点，"还有个华人演员……高泽，你认识吗？"

温茴心里咯噔了一下。

刘导还没发觉异常。他没看过《海棠依旧》，也不知道他们认识。

《破晓》的演员表都能拉出来好几页，但是华人演员确实不多。

本来有陆斯衍的话，一共就三个，然而陆斯衍没接这部戏，那就只剩下温茴和高泽两个人。

因为都是中国人，刘导就把他单拎了出来："那个小伙子长得挺帅的。"

高泽确实帅，当时拍《海棠依旧》时没有大火，一是因为他是配角，二是因为他的上头压了个陆斯衍，没人盖得住陆斯衍的风头。

偏偏这个没有大火过的人，回归娱乐圈的第一部戏就接到了《破晓》。

起点就这么高，以后他接的戏也只会越来越好。

温茴润了润有些干涩的嗓子，问道："他是男几号啊？"

刘导回道："男三号。"

剧中的男三号是个青年教师，表面上温文尔雅，但实际上是个金玉其外，败絮其中的人渣。

高泽是由相熟的导演朋友推荐的，刘导两个月前面试的他，眯着眼睛回忆道："他的演技也挺好的。"

高泽没温茴那么富有张力，但是演男三号绰绰有余。

刘导叹了声，又说道："现在像你们这样能沉下心演戏的年轻人不多了啊……"

温茴没听进去，她的一颗心沉得越发厉害，抿了个笑容作为回应，没再往下接话。

没法接了，因为她很恶毒地见不得高泽好。

温茴没有让刘导因为她而换掉高泽的本事，就只能接受现实。

合同是上午签的，温茴下午约了言宁逛街，等到再回到家时天已经黑了。

《破晓》的拍摄周期定在了十二月初到明年二月初，距离开机还有一个多月的时间，温茴的任务是在这一个月内把体重增加到95斤以上。

角色需要，她得增肥。

逛完街以后，温茴还为此点了份晚餐。

她没什么胃口，筷子在面条上扒拉了好半天，那碗面也没进肚子几口。

言宁咬了咬筷子，问道："怎么了，茴香？"

温茴老实地答道："没胃口。"

一想到高泽，她连饭都吃不下去了。

言宁知道她今天去签《破晓》的合同，所以猜的时候基本上围绕着《破晓》来猜。

"谈崩了？"

"没有。"

"片酬低吗？"

"不低。"

和她以前拍过的剧相比，片酬翻了好几倍。

"那是……"言宁低声骂了一句，"不会真的被我猜中了，高泽也在演员表里吧？"

温茴的眉眼间沾了倦色："恭喜你！"

言宁也吃不下去了，放下筷子脑洞大开："茴香，你实话跟我说……你之前是不是跟高泽在一起过，被他抛弃后发现了他的真面目？"

温茴慢吞吞地摇了摇头。

言宁："那到底是为什么啊？"

温茴皱了皱眉，表情有些嫌恶。她不习惯在刘导面前外露情绪，但是在言宁面前就不一样了，她说道："因为他是个人渣。"

言宁愣了一下。

"渣男"和"人渣"又不太一样。

言宁碰了碰嘴巴，问道："他不会……'咸猪手'过你吧？"

温茴彻底吃不下任何东西了，端起茶杯抿了口水，茶水入口苦涩，回味也没有半分甜，她目光直直地看向言宁："他摸过我的腿。"

言宁张大嘴巴，眼睛也不由得瞪了起来。

唯一庆幸的是温茴当时裙子底下穿了一条短裤，虽然那条短裤还没过膝盖。

《海棠依旧》是部古装剧，拍到后面天气极度闷热，连带剧服都跟着改得薄了一些。

温茴记得很清楚，那天自己穿的是一身罗纱裙，薄薄的两层，裙摆处还隐约能看到小腿和脚踝。

那场戏是她和高泽一起拍的，摄像师和他们两个中间隔了一张很大的桌子，从拍摄角度来看根本瞧不见他们俩被桌子挡到的腰部以下的情况。

温茴本来正在说台词，冷不丁地有只手就搭在了自己的腿上。那人掌心的热度轻而易举地隔着两层薄纱蔓延到她的腿上，温茴当时脑袋空了一瞬，然后猛地站了起来。

导演反应得很快，问道："温茴，你怎么回事？"

温茴像是被人泼了一身冷水，又瞬间冷静下来。她可以选择把高泽刚才的所作所为说出来，但是没人会信。

温茴和导演对视了一眼，默默地坐了回去。

后面的大半场戏，温茴的状态都不太对，她脸色发白，台词说得也有些中气不足，重拍了两次才过。

温茴对高泽那么抵触也不是没有原因的，出了那事以后每次拍戏，不管天气有多热，她的裙子下面必定会穿一条长裤。

没过几天，高泽就发现了问题，赶在开拍前几分钟，装作和她对戏的样子凑过来问道："温茴妹妹，你不热吗？"

大概也猜到了她为什么这样，男生不懈地轻嗤了声："装什么装？！"

温茴捏紧了手里的剧本。

"之前穿得那么少，不就是想勾引别人？"

温茴差点儿把剧本砸到他的脸上，如果不是导演叫她开拍的话。

她其实很难想象，这种恶毒言论会从高泽的嘴里说出来。

可惜他那不是反讽，他是很认真地在说那些话。

温茴拿他没有任何办法，只好能离他有多远就离他多远，只不过后来还是被他逮到了机会。

如果那次不是陆斯衍突然去而复返，温茴大概要被强拉着去那种声色场所。

她太讨厌高泽了。

温茴有多喜欢陆斯衍，就有多讨厌高泽，这两个人就是两个对立面。

温茴实在不想回忆这些事，轻屈食指敲了敲额头，说道："算了，都过去了。"她抬眼看向言宁，"宁宁，你觉得傅淮和高泽，谁更'渣'一点？"

她想不起别的"渣男"了，只能拿傅淮来类比？

言宁沉默了好半晌，嘴角抽了抽，答道："那……还是高泽'渣'得多。"

温茴逛街穿着高跟鞋，走了大半天，现在整个人都累得不太想动。

一进家门，她就直直地倒在了床上。

陆斯衍在浴室里，水声哗啦啦响得很有规律，像在催眠。

温茴闭着眼睛听，等声音停下的时候，才又颤了颤眼睫开口道："洗完了啊……"声音很轻，轻到几乎让人听不见。

陆斯衍弯腰把耳朵凑近她的嘴边，问道："什么？"

温茴沉默了几秒，才又轻轻叹了口气："你知道《破晓》的男三号是谁吗？"

见她的声音大了些，陆斯衍才又直起身回道："不知道。"

"高泽。"

静了片刻，陆斯衍止住擦头发的动作："谁？"

温茴本来不确定陆斯衍还记不记得高泽，毕竟贵人多忘事，但陆斯衍的眼神告诉她，他还记得。

温茴把手垫在下巴上，抬起眼皮看着他，再次说道："高泽。"

陆斯衍动了动喉结。他当然记得这人。

温茴那次被他吓得不轻，虽然表情看不出有多胆战心惊，但是陆斯衍那晚送她回家的时候，她说话的声音都是微微发颤的。

陆斯衍猜了个大概，所以《海棠依旧》杀青以后，给温茴留了自己的手机号码。

因为他怕温茴再被高泽欺负，或者被像高泽一样的人欺负。

陆斯衍把毛巾搭在椅背上，抬手在她的脸上轻轻碰了下："没关系，哥哥保护你。"

"你不是要去新东方学习吗？"温茴突然清醒了些，"你要拿菜刀保护我吗？"

陆斯衍看着真诚发问的温茴，嘴角微微上扬道："拿命保护你。"

温茴因为高泽的事情，心情低落了整整三天。

付曦以为她是开机前恐惧心理作祟。

言宁说她像失恋了似的。

只有陆斯衍没什么想法，因为温茴没敢在他面前低落。

三天后，她决定自己还是要忙起来。

hui：曦哥，我好闲。

xixi：有个综艺节目被我推了。

xixi：S.A 的品牌代言最近在争取。

通告不好排，因为《破晓》的时间已经定下来了，现在她能安排的时间就只有十一月。

付曦又不太想给温茴接综艺节目，她是靠综艺节目有的人气，但是不能一直依赖于综艺节目。

hui：我想工作。

xixi：我劝你赶紧趁现在不忙，好好玩几天。等拍《破晓》了，你估计睡不了几个好觉。

刘导是出了名的工作狂，平时看着随性亲和，工作起来一天从凌晨拍到半夜的情况时有发生。

xixi：好好珍惜现在能睡到自然醒的日子吧。

温茴也想珍惜，但现在没事干，心里总是觉得发慌，干脆去微博翻了一遍私信。

私底下找她谈合作的广告商不少，温茴半个小时就找出了三家，名气还行，口碑也还可以。

温茴截了图给付曦发过去：这几个怎么样？

xixi：还可以，先别急，再等几天。叶景的新歌不是过几天发布吗？

温茴差点儿忘记这一茬儿了。

叶景的新歌还没发布，她跟陆斯衍拍的 MV 还没面世。

xixi：他的影响力大，说不定 MV 一发布出来，S.A 就心想，哎哟，这就是我们要找的代言人啊！

xixi：S.A 老总的太太是叶景的歌迷。

hui：好的，我不急！

《绿洲》是定于“双十一”零点发布的。

温茴跟着言宁一起等了这首歌一周多，十号晚上十一点五十分，两个人就坚守在了电脑前。

宁宁：等会儿十一点五十九分的时候，我们就疯狂地点击购买。

温茴看了一眼旁边眼神明显不太友善的陆斯衍，快速敲了个“好”字过去。

陆斯衍的表情不可能友好，他的新剧上映的时候他都没见温茴蹲过点，叶景发一首新歌而已，她已经挂在嘴边好几天了。

陆斯衍冷冷地哼了声，但是温茴没空搭理他。

马上就要到十二点了，叶景的这首歌是限量发售，第一批次只有100万个名额，过了这一批要等到下周。

温茴等不了这么久，MV拍完以后她自己都没有看过，所以迫切地想在第一时间看到。

十一点五十八分，陆斯衍又看了她一眼。

十一点五十九分，陆斯衍的视线落在她身上，没再收回去。

零点整，温茴快速按鼠标的时候，听到了耳边极轻的一声“啧”。

与此同时，电脑界面上显示“购买成功”。

温茴这才松了一口气，嘴角几乎要翘上天了。

跟温茴一样蹲点的粉丝不在少数，她才一点开MV，上面铺天盖地的弹幕就涌了上来——

温茴看得入迷，一时间都忘了旁边还有个莫名其妙地吃飞醋的陆斯衍，笑眯眯地跟言宁交流起了感想。

hui：叶景唱歌真好听。

她刚将消息发过去，耳边就传来淡淡的男声：“是吗？”

她咳了声，随口瞎编道：“这不是因为和我亲爱的老公一起拍的MV……我才急着看的嘛。”

陆斯衍欣慰地笑了笑，好像瞬间就舒服了。

陆斯衍还真的信了温茴的话，顺着她的话问道：“好看吗？”

当然好看了，评论区有条发言点赞都破十万个了。

两分钟破十万，四舍五入就相当于全世界的人都赞同了这条评论。

《绿洲》作为叶景的主打歌，也是为数不多且有独立MV的一首。整张专辑的封面上，这首歌占了将近一半比例，包括背景图也是温茴和陆斯衍在绿洲两边对视的那一幕。

夕阳西沉，昏黄的余晖下，两个人的表情都是模糊的。没有过于哀伤的气氛，画面看上去甚至像是所有的一切都归于沉寂后岁月静好的感觉。

两分钟刚过，这首歌就下架了。

温茴刚点了点头，言宁的消息就回了过来：入股不亏！

宁宁：茴香，跟我一起追景哥吧！

言宁的消息接二连三地弹了出来。

温茴和陆斯衍挨得太近，她的手机又没有贴防偷窥膜，她刚要把屏幕侧到另一边，耳边就突地有股热气飘过来："温茴。"

"嗯？"

"我也会唱歌。"

温茴当然知道陆斯衍会唱歌，他友情担任叶景的助唱嘉宾的那场演唱会火遍大江南北，估计全世界的人都知道他会唱歌，而且唱得不错。

不过唱得再动人，他也只唱过那一次，温茴也只听过一次。

她顿时没了和言宁一起追叶景的心思，微微握紧了手机，转过头来看他时眼睛闪着莹莹的亮光："我不信。"

"怎么？"

温茴睁眼说瞎话："我没听你唱过。"

陆斯衍先是愣了下，很快又轻哂了声："继续编。"

"我不管，"温茴无理取闹起来，"我就是没听你唱过。"

那次是陆斯衍对着千万粉丝唱的，不是对着她唱的。

温茴今天铁了心要听陆斯衍唱歌，也不管他答没答应，自顾自地说道："我想听情歌……就是感天动地、对我表白、爱我爱得死去活来的那种！"

陆斯衍的脸近在咫尺，他稍一低头就能碰到她。

温茴抿了抿唇，把语气放软了些，问道："可以吗，老公？"

陆斯衍没的选，不管温茴撒不撒娇，他都想为她唱歌，他也将声音放轻，说道："可以的，老婆。"

温茴的要求有些苛刻。

陆斯衍凑在她的耳边，轻轻地哼唱："我唱得不够动人，你别皱眉。

"我愿意和你，约定至死。"

男声低沉，粤语很标准。

温茴的耳朵像是骤然麻了一下，耳边很快恢复安静，她的心跳和男人的呼吸声交织在一起。温茴眨了眨眼，开口道："这首……"

这首歌好像不太对，又好像没什么问题。

温茴听过完整版，属于情歌范畴，但绝对不算她想听的那种甜蜜圆满的情歌。

陆斯衍似乎知道她在想什么，唇轻贴在她的耳朵上，说道：“所以我只唱前两句。”

他愿意和她约定至死，这听起来有些煽情。

温茴被感动得心尖乱颤。她对这种腻人的情话并不十分感冒，嘴角却忍不住弯了起来。

这大概就是女人的口是心非。

温茴感觉耳朵有些痒，没忍住偏头躲了下说道：“陆斯衍，你好肉麻啊。”

陆斯衍也不否认道：“是你让我唱的。”

温茴听他唱了情歌，心满意足地躺在床上：“你可以选择不唱。”

男人斜睨她一眼。

温茴扯过被子蒙到脸上，只露出一双湿漉漉的眼睛来，补充道：“要是不唱，你会被我赶下床。”

“我唱了。”

温茴眨了下眼。

“所以——”

陆斯衍将手伸过来，按住她的被角轻轻拉了下，问道：“奖励呢？”

温茴还真的没想过这个问题。

“你想要什么奖励？”

陆斯衍笑了下，抬手扯开睡袍的衣带。

第十一章

喜欢你，从很久很久以前开始

第二天，陆斯衍照常起床，还早早地去晨练了。

而《绿洲》在微博话题榜上挂了一上午。

温茴有些头疼地揉了揉太阳穴。

因为《绿洲》，时隔多日，她和陆斯衍很难得地一起出现在了话题榜上。

“绿洲彗星彩蛋”。

MV 里确实是有彩蛋的。

温茴半夜刷评论的时候看到的彩蛋分析，但是后面只顾着听陆斯衍唱情歌了，根本没顾得上看。

反正拍摄的时候她在现场，基本上不会有她不知道的内容。

但网上议论得热闹，温茴还是点进去看了一眼。

《绿洲》这首歌曲有四分十七秒，MV 的时间五分多钟，结束后还有一分半的时间是鸣谢名单和花絮。

彩蛋是叶景的工作团队发布的，微博正文里还提到了温茴和陆斯衍。

“叶景工作室：特别感谢 @ 温茴 h 和 @ 陆斯衍 y。”

微博后还放了视频链接。

工作室粉丝有九百多万，这条微博的点赞数就已经破了千万。

“不知道为什么，总觉得这两个人的名字挨在一起就是爱情。”

“MV 最后的鸣谢名单里，温茴在陆斯衍前面！”

“制作组居然准备了情书！我以为是制作组想让他们俩甜蜜，所以让行行亲自写的情书呢！”

摄像师和后期人员都是行内人，就算拍的镜头很清晰，这些涉及艺人隐私的内容也不可能剪进MV里。

所以视频里就只有陆斯衍落笔写自己名字的那几秒画面。光打在他的脸上，他的表情温柔又干净。

温茴出道这么久，还是第一次看见在她和陆斯衍同框的视频里，夸她的弹幕比夸陆斯衍多的。

她还以为是弹幕故障，但打开评论区一看，第一条热评就是关于她的——

温茴我养你：赞我一下，茴茴就亲你一下哟。

这条评论的点赞数量过于夸张，整整三十万。

温茴估计她的嘴都要亲肿了，她下意识地碰了碰唇，点开这条评论的楼中楼，然后在里面看到了一条回复。

陆斯衍y：？

温茴有些哭笑不得，跟陆斯衍一样回了一个问号。

就在这时，付曦的消息发了过来：我就说吧，让你别急。

她发了张图片过来。

xixi：S.A全线，中国区代言人了解一下？

付曦毕竟当了多年的经纪人，对这方面的情况还算了解。

S.A先前只是对温茴有意向，但是缺一个契机。

《十七岁》跟这次的《绿洲》，两个项目原本也没差多少，唯一的差别大概就在男主演身上。《十七岁》也不能说不火，但就是不像《绿洲》那么出圈，国外也有人气。

娱乐圈就是这样，大火起来的很可能是一部戏，甚至只是一个MV。

付曦没觉得突然，以温茴的本事，这倒更像是理所当然的现象，她反倒觉得温茴火得晚了。

xixi：陆斯衍像是你的吉祥物。

他一来，温茴的人生就像是开了挂。

付曦羡慕又郁闷：还有没有吉祥物？我也想批发一个。

hui：仅此一家。

她也没刺激付曦，紧接着问道：S.A的代言什么时候开始啊？

xixi：月底。跟《破晓》挨着，估计从巴黎拍完广告，你就得直接飞往柏林了。

两边的距离不算远，她坐飞机很快就到了，问题不大。

xixi：我听说陆斯衍没接《破晓》？

连付曦这个跟陆斯衍没怎么接触的人都知道了，那估计用不了几天，这个消息就能在网上传开。

xixi：那你们不是又要分居三个月？太惨了吧！

温茴居然有些接不上话来，因为这听起来……好像确实有点儿惨。

付曦纯粹是为了好友的婚姻生活忧心，又感叹了几句后，才把S.A的电子合同发了过来。

温茴和这个品牌合作过一次，不算知根知底，但也算是有些了解。合同内容跟上次差不多，就是报酬翻倍了。

hui：这么多钱？

xixi：冷静，你说这句话显得自己太没出息了，撤回！

xixi：等你变成全球代言人，钱就更多了。具体有多少，你可以问陆斯衍。不过你拿下这个代言已经非常厉害了，你想想啊，S.A的全线！

不是美妆，不是香氛，是S.A全线的产品，中国区品牌代言人，温茴距离陆斯衍的全球代言人就只差一步了。

温茴想起陆斯衍的代言，又长长呼了口气。

如果有一天，她和陆斯衍能代言同一个品牌就好了，她不是想跟他捆绑，只是想走一遍他走过的路，然后在顶峰和他相见。

xixi：快撤回。

温茴很听话，撤回了那条消息，重新发了一条：钱太少了吧，还不如我老公的千分之一。

xixi：滚蛋！

温茴又在床上躺了会儿，等快吃午饭的时候，才重新洗漱好下了楼。

陆斯衍还在厨房里做饭。

温茴在客厅玩了几分钟手机，然后百无聊赖地溜达到了厨房门口。

厨房里面油烟不重，男人身上倒是多了几丝烟火气。

温茴倚在门框上，看着他熟练地关火起锅，抽油烟机的声音停下之后，她才轻轻开口道："我刚才刷微博，看到有人说……"

陆斯衍没看她，但是朝她回应了声："嗯。"

"《绿洲》的感谢名单里，你的名字在我后面。"

"嗯……"

陆斯衍转头看向她，语气淡淡的。他拧开水龙头洗了手，然后又慢条斯理地把手擦干净，说道："老婆在上啊。"

高高在上的“在上”。

温茴的预感向来准，不出一周，《破晓》的主演名单就以小道消息的方式流传开来。

虽说是小道消息，但温茴看了一眼，名单基本上和定下来的八九不离十了。

男主角的一栏里，那一排英文字母尤其瞩目——是个外国演员。

最先爆出名单的微博下的评论区尤其热闹。

温茴又看了一眼微博内容，发现了不对劲的地方，男三号写的不是高泽。

她来不及想太多，直接问付曦：曦哥，《破晓》的男三号是谁来着？

合同都签订了，付曦手里有剧本和相关的安排，所有已定的演员在上面一目了然。

几分钟后，付曦回过来消息：高泽啊，就是《海棠依旧》里的那个。你应该还记得他吧？

温茴没接这茬儿。

hui：那今天的微博话题内容是怎么回事？

xixi：先放一个假的消息，到时候确定下来的名单一被公布，这不就是一个话题点了吗？

这是娱乐圈常见的套路。

温茴本来也是懂的，但是牵扯到高泽，她一时半会儿就没反应过来。

付曦也有点儿纳闷：怎么了啊？

温茴没跟付曦详细说。

高泽这人在圈内的表面朋友不少，毕竟在不触及自身利益的情况下，没人会孤立一个看起来前途无量的潜力演员。尤其他现在算是半个新人，不像已经火起来的流量明星那么高不可攀。

光是他和寰娱签约后的这段时间，微博粉丝已经过了三百万，关注他的艺人不在少数。

温茴前几天看的时候，还看见他的关注列表里有楚夏夫妻俩。

跟付曦确定完演员名单后，温茴才又去看了一眼高泽的微博，关注108，粉丝317万。

关注人的数量比她上次看的多了些。

温茴本来只是想看看他又结识了哪个新的倒霉蛋，结果点开一看，最上面的关注人就是她自己。

温茴扯了下嘴角，一时连表情都做不出来了。

这人的置顶微博还发得像模像样的。

高泽：感恩，下个月见。

温茴顺着这条微博又点进了他的超级话题。

因为粉丝都是近期涨的，话题广场里也还算热闹。

温茴越看越烦躁，干脆退出微博，屏幕回到手机的主界面上。

温茴盯着时间看了会儿，然后给陆斯衍发消息：几点收工啊？

陆斯衍没回复。

陆斯衍今天去B大客串沈懿的新剧了，就几个镜头，时间应该不会太长。

温茴等了五分钟后，又把同样的消息发给了栗子。

小助理回复得很快：嫂子，衍哥收工要五六点了。

栗子：沈导今晚请客，我正要跟你说来着。

hui：你的老板去吗？

栗子：他说让我问你。

hui：让他去吧。

不然显得她多么不通情达理，每天都要干涉老公的私生活。

栗子：不是……衍哥说你去，他就去。

温茴其实不太想出门。

北城最近的气温降得厉害，昼夜温差又大，白天跟晚上就如同两个不同的季节一样。

但是，她又确实该出门逛逛了。

言宁下午没事，温茴就把她叫到B大附近的商场逛了会儿。

陆斯衍五点多收工，她五点整才动身去B大的校园。

这个月份学生都还在正常上课，教学楼上也没有挂任何与沈懿的新剧相关的横幅。温茴站在楼前，一边问栗子一边上楼，才好不容易找到拍摄的教室。

群演找了不少，教室里满满当当都是人。

剧还在拍摄，里面除了男人讲课的声音，连半点儿窃窃私语声都听不到。

温茴轻手轻脚地走到了栗子旁边的空座位边，再慢慢地地放平座椅，坐上去后才松了口气。

栗子也不敢出声，只能发消息给她：嫂子，你来了啊，衍哥在讲课呢。

温茴看得出来，而且如果她没听错的话，陆斯衍讲的应该是法语课，发音还挺标准的。

温茴回了句：他以前在法国待了多久啊？

栗子：一年多吧。

最开始是没有任何通告，在法国深造了一年，一年过去后，回国前他又接了一部在法国取景的电影。

栗子其实不太了解这些。

陆斯衍跟盛娱普通的艺人毕竟不一样，他不想公开的行程，那就是真的连狗仔都挖不出来。

温茴如果想知道的话，就只能问他本人。

栗子：衍哥的语言天赋真好。

陆斯衍在法国待了一年，法语就说得这么好。

温茴没接话，弯了下嘴角后，抬头看向前面讲台上的那人。

阶梯教室很大，两个人又隔了一整间教室，温茴几乎看不清他的表情。

她支着下巴看着投影仪的大银幕，勉强看清了上面的几个法语词汇。紧接着，那几个词就从陆斯衍嘴里说了出来，扩音后，无比清晰地传到了温茴的耳朵里，但跟听他说中文时不太一样的感觉，酥酥麻麻的，带了阵温柔风。

温茴远远地朝那人笑了下，也不管他看不看得见，笑完了就收回视线。

手机屏幕刚好又亮了起来，是言宁分享的链接——

“震惊！高泽、林雅琪疑似分手，微博已互相取关！”

温茴皱了皱眉。

宁宁：看评论区。

温茴觉得跟她有关系，点进去一看，果然最前面的评论都是带她的大名的。

“两个人一个关注了温茴，一个关注了陆斯衍……这到底是什么剧情展开啊？”

“最有意思的难道不是温茴和陆斯衍谁都没有回关吗？……”

宁宁：你最近怎么突然冒出来这么多黑粉？

黑粉一直有，近期尤其多，她应该没得罪过谁。

宁宁：林雅琪不会还对行行有非分之想吧？

温茴的第一反应是不可能，细想之下她就越发觉得头皮发麻。

之前言宁说林雅琪跟《情投意合》的女主演闹掰的时候，温茴没怎么往心里去，也没细问，但知道那个女演员在这之后没过多久就退圈了，现在网上早就没了她的消息。

林雅琪跟许橙那种娇生惯养的小公主的心机都不在一个层次，林雅琪如果真的想找谁的麻烦，那绝对就是大动作。

言宁这么一提，还真的给温茴打开了新世界的大门。

她深吸了一口气，再抬眼望向讲台的时候，刚好看到了同样抬头看过来的陆斯衍。

他的目光似乎在她的脸上定了一下，直到下课铃响起。

铃声持续了好几秒，等沈懿喊了声“收工”后，温茴才又反应过来。

教室里的群演还没动，陆斯衍也没等他们，直接合上教案放在讲台上，拿了外套就朝后排走过来。

栗子不等他使眼色，连忙起身让了位置。

过了好几分钟，前面的十几排人才陆续出了教室。

陆斯衍没在栗子的位子上坐下，交叠着两条长腿轻倚在身后的那排桌子上，偏过头来看她：“怎么了？”

温茴刚进教室的时候看着那么开心，一眨眼的工夫脸色就变了，巴掌大的小脸明显有些苍白，鼻尖上还渗了汗。

陆斯衍皱眉，把手背贴到她的额头上。

正常温度，她没有发烧。

温茴顺势握住他的手拉下来，喊道：“陆斯衍。”

“嗯。”

“你认识高泽的女朋友吗？”

确切地说，现在那应该是前女友。

温茴也没在这种小问题上多纠结，眼睛一眨不眨地盯着他看。

等了几秒，男人才又嗯了一声。

林家的独生女，陆斯衍上大学时跟她同校。

温茴尽量让自己的语气听起来稀松平常些：“她追过你啊？”

陆斯衍挑了下眉。

“她跟余秋的事，你知道吗？”余秋就是《情投意合》的女主演。

温茴不想这么严肃的，但语气就是没办法轻松起来，搞得她像争风吃醋地在质问陆斯衍一样。

陆斯衍又没错，只是长得好看而已。

陆斯衍的手指落在温茴身后的椅背上，他回道："知道。"

当时事情闹得挺大，他又是当事人，怎么可能不知道？

现在知乎上关于这件事的后续评论都有了几万条，猜测什么的都有，偏偏陆斯衍淡出娱乐圈的时间点就在出了这件事之后。

于是最后舆论的风向就变成了——他脚踩两条船，最后翻船了。

说他不得不出去避避风头的言论也不在少数。

温茴没问过，因为知道陆斯衍不会干出这种事来。

本来她都该忘记这事了，直到刚刚言宁又提醒了她。

教室里的人走得差不多了，偌大的空间显得寂静又空旷。

温茴沉默了好一会儿，才又接着问道："你那年为什么会去法国？"

陆斯衍也沉默了。

隔了半晌，就在温茴以为他不会回答的时候，才又听到他轻声开了口："因为事业上出了点儿问题。"男人轻描淡写地继续说道，"觉得可能没办法演戏了，所以去了法国。"

"为什么要去法国……"陆斯衍的手指在椅背上轻点了几下，他自顾自地答道，"因为喜欢的人在那里。"

他想跟她来一次偶遇的，可惜法国那么大，他们没有偶像剧里在异国他乡久别重逢的桥段。

"她应该不想回国吧。"

温茴在国内无牵无挂，以后很有可能留在法国。

"所以那年，我学了法语。"

陆斯衍的语言天赋没那么强，至少没强到他只在法国待了一年，就能把法语说得流利标准的程度，他那一年是真的很认真地在学法语。

裴越那时候已经是他的经纪人了，来法国自然也和他一起。作为工作以外的好友，裴越非常不理解："阿衍，你学个管理专业不行吗？金融也可以啊？"

陆家的公司不在少数，盛娱只是其中的一家。

裴越想的是就算以后陆斯衍真的不混娱乐圈了，起码也可以回家继承家业。而陆斯衍想的是事业没了，他总得追求一下真爱。

温茴当时还是盛娱旗下的艺人，出国是要和公司报备的。

陆斯衍知道她去了法国，但是因为温茴退圈了，公司已经不太干涉她的私生活，再具体些的消息就无从所知了。

那时候的陆斯衍和温茴像是两个时空的人，在巴黎的街头和无数人擦肩而过，却唯独没有见过对方。

裴越试图劝说他：“阿衍，你想过退圈以后要干什么吗？”他说着指了指桌子上那一摞厚厚的法语书，“你难道要去当翻译吗？”

陆斯衍神色淡淡地看了他一眼，问道：“不可以吗？”

他那时少年意气，暗恋是无论如何都说不出口的。

裴越动了动唇，回道：“那……也不是不可以。”

裴越是真的以为他要去当翻译了，本来都给他打探好了靠谱的翻译公司，就要推荐给他的时候公司来了电话。

挂断电话后，裴越的表情很纠结：“阿衍，我有一个好消息和一个坏消息。”

陆斯衍懒得和他玩这一套，看都不看他一眼：“说。”

裴越年龄比他大，觉得自己应该体谅他的小脾气，呼了口气说道：“坏消息是你没办法当翻译了。”

陆斯衍侧目瞥了他一眼。

裴越说道：“好消息是……你也不用退圈了。”

这也不完全是好消息，因为那意味着他也没机会再遇见温茴了。

陆斯衍把书合上，不咸不淡地哦了一声。

陆斯衍淡出娱乐圈一年，粉丝数也没怎么变少。深造归来的消息才一放出来，就有大制作项目给他递了剧本。

陆斯衍变得比以前更忙，除了感情，还有更为繁重的工作。

温茴成了他不切实际的幻想……

陆斯衍弯了下唇，眼神清冷，语调也只微微扬起了一瞬：“法语好难学。”

温茴的眼眶突地一热，法语的单词和英语差不太多，一起学的话难免会记混，所以法语确实会比其他语言困难一些。

但是温茴没感觉出来，因为她的英语很差。

陆斯衍不一样，温茴记得他是学霸，英语讲得很流利。

她盯着陆斯衍看了好几秒，才又低下头眨了眨眼，说道：“那就不要学，我又不是不会讲中文……”顿了顿，她又抬起头来补充道，“家里有一个会法语的人就行了。”

温茴的眼底浮了层水光，明净透亮，她说道：“所以你——”

“事业上出了什么问题”还没说出口，就卡在了她的喉咙里。

能让陆斯衍差点儿退圈的事，不可能是什么好事，温茴从自己身上就能看出来。

她突然就问不出口了。

陆斯衍其实知道温茴想问什么，但不太想告诉她，因为确实不是什么好事。

——事情跟林雅琪和余秋都有关。

这两个人当时闹得沸沸扬扬，陆斯衍明明跟她们当中的任何一个都没有关系，结果硬生生地被传出了“三角恋”“劈腿”“未婚先孕”等这些消息。

一传十，十传百，小道消息比营销号更管用。

连陆青元都差点儿信了，把陆斯衍叫到书房里，负手来回转了好几圈，开口道：“小四，你是不是真的……”

“不是。”陆斯衍说得很直接，“我单身，私生活很干净。”

一句话把陆青元堵得哑口无言，但是陆青元相信他不管用，网上小道消息依旧传得沸沸扬扬。

那阵子网络虽然不及现在这么发达，但还是有不少年轻人喜欢上网看八卦消息。

消息彻底传开之前，公司的公关人员打算从根源下手，找到最先造谣的那个网友直接发律师函过去。

盛娱有专门的律师团队，何况是这种明摆着造谣的微博，处理这些问题不是什么难事。

看上去很小的一件事，在娱乐圈里也是再常见不过，偏偏就在陆斯衍这里出了问题。

造谣的人是个大学生，比陆斯衍也小不了几岁，假期无聊就喜欢抹黑陆斯衍。

他的脑洞大开，故事编得就跟真的一样，他编着编着还越发离谱。

男生年纪不大，心智也不够成熟，加上在学校受人排挤而有些轻度抑郁。律师函发过去没几天，那个男生就顶不住压力干了傻事。

那个男生的身体倒是没有太大的事，就是抑郁症状好像更严重了。

陆斯衍莫名其妙地又背上了一个让别人抑郁的“帽子”。

这事比三角恋更严重。

盛娱费了好大的力气才没让这件事掀起什么大风浪来。

那个男生受不住刺激，陆斯衍怕有不理智的粉丝在网上攻击他，甚至都没提起过这个人。

他当时年纪也不大，出了这么大的事，工作肯定是要搁置一段时间的。

陆斯衍没觉得自己做错了什么，但心里又始终压着一块石头，好在这块石头后来被那个男生亲自搬开了。

可能因为按时看心理医生，男生的精神状态比之前好了很多，他也没再有过偏激的举动。

公司给裴越打电话的那天，男生的道歉信也一起寄了过来。

陆斯衍波澜不惊地听完道歉内容，半个字都没说。他接受道歉，但是不太想谈原不原谅的问题。

这种事发生在谁身上，谁才有发言权。

从那以后，陆斯衍就不太管这些事了。这事就算翻了篇，也会是他心头的一道坎。

他太压抑了。

如果可以的话，陆斯衍希望温茴永远接触不到这种事。他屈起手指把她鼻尖的细汗揩去，毫无关联地接上她的后半句话："所以我……是真的很喜欢你。"应付她的说辞。

温茴还听得弯了下嘴角，也没接着问，站起身来张开胳膊抱住他，问道："老公太优秀了怎么办？"

"什么？"

"情敌太多了。"还一个比一个厉害。

陆斯衍搂住她，说道："我的情敌也不少。"

"没我多。"

"我看见你的微博底下有人叫你'老婆'了。"每天都在增加。

陆斯衍低头在她的耳朵上轻轻亲了下："你明明是我的老婆。"

温茴说道："你怎么不说微博上那些叫你'老公'的粉丝呢？"

"我没答应过。"

陆斯衍是真的一次都没答应过，粉丝跟女朋友是不一样的物种，都是宝贝，但不是一样的宝贝。

陆斯衍轻声说道："我是你一个人的。"

温茴订了二十五号飞往巴黎的机票。

S.A 的广告片还没拍，官方微博的宣传已经出来了。

“S.A 官方微博：中国区的品牌代言人，当然是要中国人呀。听说某位仙女该上飞机了，一路顺风哟。@温茴 h”

然后微博后放了一个视频链接，是个只有两分钟的剪辑视频。

视频内容最早到温茴小时候拍的广告，最晚到《绿洲》里的镜头，横跨了近二十个年头，视频里每张照片的脸几乎都重叠在一起，像是在替她回应前几天说她整容的言论。

温茴在机场的休息室里，看得昏昏欲睡。

她就快头点地睡着的时候，付曦忙扶住了她，轻声喊道：“茴茴……”

“嗯？”

“陆斯衍今天为什么没来送你。”

温茴清醒了几分：“大概是……昨晚太累了？”

“嗯？”

“不是，”温茴掩饰道，“他昨晚跟我对剧本来着。”

付曦暧昧地笑了笑，她都懂。

《破晓》的剧情和人设都很复杂，稍有不慎，合同签了都有可能因为表现不好而被解约换人，温茴这段时间每天都会背剧本到很晚。

昨天最开始的时候，她和陆斯衍也确实是在认认真真地背剧本。陆斯衍在戏中的代入感很强，长得过分好看，举手投足又带了种衿贵气，男色当前，是温茴先没忍住的。

她有些尴尬地摸了摸鼻子：“真的是在背剧本。”

付曦看了一眼她下眼睑的浅青色痕迹，似笑非笑道：“哦，《破晓》里还有亲密戏吗？”

温茴干脆不解释了，解释就是掩饰。

温茴这么说，付曦心里反倒松了口气。

她不是觉得温茴和陆斯衍的感情不稳固，只是觉得娱乐圈里所有的情侣都不像表面上那么坚不可摧，尤其是温茴和陆斯衍现在还处在高泽、林雅琪一事的风口浪尖上。

付曦也没再打趣，正了神色问道：“你是真的不打算关注高泽了吗？”

高泽关注她也有段时间了，再用“温茴不知道”的借口已经说不过去了。

网友最爱看热闹，现在都在传“高泽倒贴她”的八卦，越传越夸张。

温茴也懒得管了，伸手捏了下眉心：“我不想关注他。”

手机还在手里拿着，但是屏幕早就暗了下去，温茴低着头又解了锁，头脑清醒些之后，视线里S.A官方微博发的视频也跟着清晰不少。

上午九点多，距离登机还有十分钟。

温茴把视频重新看了一遍，才给陆斯衍发了条微信：醒了没？

陆斯衍今天是真的没有起来，温茴这次出国一走就是几个月，他本来是想送她去机场的，没想到再一睁眼时天都亮了。

陆斯衍靠在床头，睡袍的衣领敞开着，锁骨上的斑驳红痕隐约可见。

他滑开屏幕：醒了。

温茴对昨晚的记忆并不深刻，因为她后面又困又累，不知道什么时候睡着了。

好在闹铃是提前定好的，不然她还真的有可能晚点。

她起得晚是常事，但陆斯衍不是，他以前精力很旺盛的。

大清早的，温茴不想说得那么直白，很隐晦地暗示他。

hui：行行啊。

她学着陆斯衍的粉丝的语气说：熬夜伤身。

他肯定是因为熬夜久了，所以身体也不比从前了。

hui：以后早点儿睡。

陆斯衍觉得哪里不太对。

hui：好好锻炼身体。

温茴想表达的意思是让他好好注意身体。她真的很担心陆斯衍的身体，毕竟演员拍戏中途晕倒的消息数不胜数。

新闻刚出来的时候，可能还会被粉丝们夸一夸敬业，可是他们再敬业又能怎么样呢？身体总归是自己的。

但是陆斯衍明显想歪了：哦。

L：下次服务包你满意。

hui：闭嘴！

S.A的代言拍摄流程和上次差不太多，温茴拍的广告不多，但熟悉了流程以后，这次的代言拍摄工作就尤其顺利。

S.A的老板娘的确是叶景的歌迷，拍代言的这几天，她还来拍摄现场看过温茴两次。

她是一个四十岁出头的漂亮女人，很平易近人。

代言拍完后，两个人还互相关注了微博，然后高泽的粉丝就跟被人踩到了痛处一样“跳起脚”来。

网络上对温茴不实的八卦传闻越来越多。

付曦看得怒火中烧，马上就要忍不下去了，之前跟陆文艺那边也商量过对策，结果就是再等等。她等了快一个月，传闻还是没有要平息的迹象。

自从高泽回归娱乐圈以后，温茴就隔三岔五地被抹黑。付曦潜意识里觉得这和他有关系，但是又没有证据。

温茴倒是看得开，某八卦论坛上关于她的黑评多，她干脆就把APP卸载了。

付曦看着手机上的黑评，又看了温茴一眼：“茴茴，陆斯衍知道这事吗？”

温茴正在打游戏，心情还算不错，付曦的话音一落，她就关了游戏麦克风，开口道：“嘘——”

付曦这才反应过来。她以为温茴是跟言宁一起玩的游戏，没想到会是陆斯衍。

两个游戏菜鸟能玩出什么好的游戏体验来？

付曦也没心思吐槽，见她关了游戏麦克风后才又继续说道：“我前几天跟公司又提了一次。”

温茴摘了只耳机，拖动手机屏幕上角色的手指放缓了些速度，问道：“公司怎么说？”

“公司搜集了几个造谣最厉害的网友的信息，过几天直接发律师函准备起诉。”

事情平息不下来，他们就只能枪打出头鸟。

付曦又看了她一眼，问道：“所以陆斯衍到底知不知道这事？”

说实话，温茴也不清楚。她很少和陆斯衍提这些糟心事，刚才怕他听到，更是直接关掉了麦克风。

温茴顿住手指，视线落在屏幕上好几秒，听到右耳耳机里传来的男声：“知道。”

他想装不知道的，温茴不想让他知道，所以他就装了一个月。

陆斯衍确实不太关注这些事，他被抹黑得最厉害的时候，比温茴这次要严重得多。

但是网线一拔，就跟什么事都没发生过一样，心脏不够强大的人，在娱乐圈根本混不下去。

温茴不一样，跟她强不强大没有关系，她本来就应该干干净净的，远离那些恶言恶语。

温茴沉默了半晌，才又开了麦克风：“我跟高泽……”

她下意识地想解释，话还没说完，那人又说道：“我知道，早点儿睡。”

反正天塌了，还有他在。

陆斯衍的手指在屏幕上温茴那个角色的头顶轻轻碰了下：“明天见。”

温茴和陆斯衍只玩了那一局游戏，两个菜鸟确实没有什么游戏体验感，加上温茴也没了那个兴致，结束之后直接下了线。

付曦还在一边欲言又止地盯着她看。

温茴摘了耳机，把手机随手搁在一边：“说吧。”

付曦这才又叹了口气，说道：“工作室刚刚发微博了。”

温茴没接话，安安静静地等付曦继续说。

她是演员，任务就是干好自己的分内事，其他事情她都管不了，不是专业人士，掺和进去只会添乱。

文艺工作室就不一样了。

付曦有些出乎意料地轻啧了声：“我以为直接发律师函呢。”

毕竟前几年陆斯衍被抹黑的时候，文艺工作室就没有任何预警，直接给当事人发了律师函。

付曦又说道：“算了，你自己去看。”

工作室的那条微博是在十分钟前发的，刚才因为温茴在和陆斯衍打游戏，所以付曦没立刻告诉她。

“文艺工作室：鉴于近期某些用户对本工作室所属艺人@温茴h 的恶意抹黑和造谣行为严重影响了艺人的声誉，本工作室及所属公司@盛世娱乐 有权要求该部分用户即日起三天内删除所有恶意评论。否则公司法务部门将采取法律措施。”

相对直接起诉，这个处理方式温和得多，倒是意外地符合温茴的性格。

温茴这边是晚上，国内还是白天。

看了一眼时间后，她给陆文艺发了条消息：姐，刚刚那条微博是你的意思吗？

文艺姐：不是，小四的意思。

温茴几乎想立刻转去问陆斯衍，但是就在刚刚她已经跟陆斯衍说过“晚安”了。

文艺姐：安心拍戏，这种事公司会处理的，你只要记住你没有做错过任何事情就好了。哦……对了，小茴香，你去发条微博吧，不然粉丝会担心的。

温茴确实挺久没发微博了，但不是因为这件事，只是不知道发什么内容而已。

hui：我转发微博？

文艺姐：不用，日常发微博就行。

温茴的“日常”就是不发微博。

陆斯衍大概把不爱发微博的习惯传染给了她，温茴冥思苦想了半天，才一拍脑门儿，发了张图出去。

“温茴 h：欢迎来到游戏世界。”

配图是她今天刚截屏的游戏段位图，微博评论区瞬间热闹起来。

陆斯衍的消息刚好弹了出来：晚安？

这人过于较真了。

hui：马上睡！

L：明天几点的飞机？

hui：七点。

L：熬夜伤身。

陆斯衍最擅长用她说过的话来堵她自己的嘴。

温茴老实地放下手机，乖乖钻进了被子里：“曦哥，走的时候记得帮我把门关上。”

温茴第二天早上的航班飞往柏林。

《破晓》还没正式开机，几个主演到的时间都不一致。

男主演最先到达片场，温茴是第二个。

虽然还没开拍，但是场地都已经布置好了。

当地并没有合适的豪华古堡，所以剧组就租了几个月的三层别墅，搭设了基本的场景，其余的全靠后期制作。

高泽还没到。

温茴也没抱着“男三号不是他”的希望，毕竟工作人员刚给她的这周计划表里，明明白白地写着他周六抵达片场。

今天是周三，剩不了几天了。

第一天没什么重要的事，到的演员互相认识了一下，下午就各自回了剧组准备好的酒店房间。五星级酒店，套房豪华精致。

温茴下午没有安排，午觉睡醒了后，贴了片面膜靠在沙发上。

她打开电视，前面几十个频道都说着她听不太懂的语言。温茴一个一个地换台，然后听见付曦再一次问道："茴茴，你真的不跟我一起去吗？"

付曦去见自己在国外读博的初恋，她去凑什么热闹？

温茴瓮声回道："不去。"

付曦白了她两眼，无奈又紧张地出了房间。

房门一关，温茴才深深叹了口气。她孤家寡人一个，看起来可怜得不行。

温茴好不容易找到一个说中文的频道，还没看清内容，就直接把声音调大，闭上眼睛听起台词来。

听了半分多钟，她听出来了，是陆斯衍的剧。

他在国外也这么火。

温茴不自觉地睁了下眼，左下角写着剧名：《情投意合》。

温茴一把扯下了脸上的面膜。

《情投意合》里的女主角余秋长得并不是让人惊艳的类型，五官素淡干净，左脸上还有颗跟温茴一样的痣，倒是很耐看。

温茴抿了下唇，多看了几眼才把视线收回来。

这部剧是好久前的了，剧情是很古老的狗血套路，温茴权当打发时间看了两个小时。

两个小时后——

xixi：晚上想吃什么？我给你带回去。

温茴的回答很随意：随便。

付曦没再回复。她记得温茴的喜好和忌口，买了份清淡的小食后就回了酒店，刚路过大厅想进电梯，就被叫住了："付……付曦姐？"

异国他乡，付曦听到熟悉的语言还是挺诧异的，顿住脚步，转头看了一眼。

男生正快步朝她走过来。

来人有些眼熟，但她一时想不起是谁了。

栗子吐了口气，忙从口袋里掏出张房卡递过去。

付曦说道："不是，你……"

栗子："付曦姐，你能把你房间的房卡跟我换一下吗？"

付曦一脸的惊恐表情。

这该不会是温茴的私生粉吧？

付曦见识过这种人的可怕之处，吓得汗毛都要竖起来了，拒绝道："那绝对不行……"

她立刻就要伸手去按电梯，还没碰到按键，有只手就先伸了过去。

——很漂亮的男人的手。

那人按了上楼键后，抽走旁边的男生手中的房卡，直接递了过来："隔壁的房间。"

这声音她熟悉。

付曦再一看那个年轻男生，就知道为什么眼熟了。

哦，那是陆斯衍的助理……

付曦没再磨蹭，从包里翻出了房卡跟他交换："那个……"

陆斯衍偏头看了她一眼。

付曦委婉地提醒道："茴茴的胆子比较小。"

如果房间里突然有个男人开门进去，在没看清楚是谁之前，她肯定会被吓到。

陆斯衍嗯了一声，抬脚走进电梯。

他知道温茴的胆子不大。

所以上了楼后，他没敢直接开门进去。

他站在门外，给温茴打了个电话。

铃声响到第三声，里面的人接听了电话："喂？"

温茴看了一眼时间，下午六点，国内应该是凌晨以后了。

她皱了皱眉问道："你怎么还没睡啊？"

"睡不着。"

"嗯？"

男人压低声音，笑容闪现："想和你一起睡。"

温茴本来正在背剧本。

就在陆斯衍说这句话的时候，她的视线还落在那一页的剧情上。

男女主角刚巧也在打电话。

两个人的关系还没有确定，但是女主角对男主角的心意已经很明显了，她也不是性格内敛，打电话的时候刻意用和平时不太一样的娇软声音说了几句暧昧的、充满暗示意味的话。

中文和德语混杂在一起。

虽然知道后期请配音演员的可能性很大，但嘴型还是不能差得太多，温茴背台词的难度直接上升了一个高度。

她就差自学德语了。

温茴满脑子都是那几句拗口的台词，一时没听明白陆斯衍的话。

温茴看了一眼外面刚刚黑下来的天色，哄小孩子一样说道："别闹，我在背剧本呢。"

今天估计又是个不眠夜。

越临近开机，她的心里就越是不踏实。

五星级酒店的隔音效果很好，虽然只隔了一扇门，但是里面的人声被阻隔得无声无息。

陆斯衍听不见半点儿来自他的手机以外的动静。

他也没急着敲门，回道："没闹。"

"那就赶紧去睡，"温茴一想到国内的时间，就没了和他继续聊下去的心思，"很晚了。"

"睡不着。"

温茴无奈道："你……"

她又低头看了一眼剧本，女主角在电话里半挑逗半勾引地跟男主角说的台词……

温茴扯了下嘴角："我……"

这种小情趣温茴是可以理解的，但她现在还要背剧本。

付曦也可能马上回来了，待会儿如果她推门而入……温茴光是想想就觉得很尴尬。

温茴刚要再催促他去睡觉，手机听筒里就传来一句女声："您好，请问需要帮忙吗？"这是句德语。

温茴背了这么久的台词，简单的日常问候还是能听懂的，但是陆斯衍应该听不懂。

温茴还没来得及多想，已经下意识地开口替他翻译道："她问你需要帮忙吗？"

"需要。"

陆斯衍说的中文，语速不快，字正腔圆："帮忙开个门，陆太太。"

安静了几秒，她才又问道："你是在跟我说吗？"

"不然还有谁是陆太太？"

温茵又不傻，这点暗示还是听得懂的。

她没挂断电话，但几乎立刻从沙发上起身，踩上拖鞋轻手轻脚地走到了门口。

门上有猫眼，温茵刚要凑过去看，耳边又传来低低的男声："过来看看是不是你的老公。"

温茵微踮着脚看了一眼。

明星的麻烦事多，处处都要有一颗防备心。

门外的男人看着倒不急，也不知道是怕吓到她还是怎的，人站得远了些，所以她的视野里的那张脸并不算扭曲。

他也没有盯着猫眼看，半低着头在听电话。

温茵完完全全松了口气，开门时，嘴角已经牵了起来。

陆斯衍就站在门外，电话还通着。他的右手指间夹了张房卡，上面的房间号异常显眼。

温茵扭过头去，抬眼看了一眼头顶上方。

几秒后，她又看向陆斯衍："你不是有房卡吗？"

"想让你给我开门。"

温茵轻哼了声，本来刚才看那堆难搞的德语还觉得头疼，这人一出现在跟前，她瞬间头不昏、眼不花，整个人都有精神了。

温茵从旁边的鞋柜上拿了双一次性拖鞋扔在地上，刚转过身准备回到沙发上，就被人从身后抱住了。

房门被轻轻地带上。

陆斯衍也没换拖鞋，下巴在她的肩膀上轻轻蹭了下。

温茵穿的睡衣薄，隔了层丝质的布料，她甚至能感觉到那人的下巴上若隐若现的胡楂，不知道是真实触感，还是心理上的错觉。

温茵缩了缩肩膀，问道："你怎么突然过来了啊？"

"突然吗？"

当然突然，温茵事先根本就不知道。

陆斯衍在她的长发间轻轻闻了闻："不是说了明天见吗？"

他说了明天见，那就一定来见她。

温茵的头发还没剪，乌黑柔顺地垂在肩上，她被搂在怀里的时候就显得乖巧了些。

陆斯衍的手指轻轻勾起她的发尾，然后一点点地撩上来，他问道："什么时候剪？”

“哦……明天吧。”

艺人的发型需要剧组的造型师现场把关，她不能随便剪。

温茴扭头看了他一眼，问道：“你呢？”

她从陆斯衍怀里转了个身，手直直地往他的小腹上探了过去：“最近有没有好好锻炼身体啊？”

温茴没别的乱七八糟的想法，只是想通过陆斯衍的腹肌来判断他最近有没有听她的话。

但是手一伸过去，她就感觉到落在自己脸上的目光意味深长了起来。

“本来想先带你出去吃晚饭的。”

陆斯衍盯着女孩子那只瘦弱白皙的手，意味不明地笑了下：“但你好像很急。”

温茴并没有那个意思，觉得自己现在百口莫辩。

这个月份气温低，陆斯衍穿了一件大衣，扣子不知道什么时候解开的，里面的羊绒衫薄而柔软。

温茴手指落下的那一处，男人腹部的肌肉紧实坚硬，一看就是经常锻炼的好身材。

她为此松了口气，但没过几秒，指尖传来的热度就令她的那口气又提了上来。

温茴刚要把手收回来，手腕就被陆斯衍握住，他问道：“不摸了？”

“不了。”温茴屈起手指，攥成了拳头避免在这个时候不小心和他碰撞出什么火花来，“我检查完了。”

陆斯衍却没有半点儿要松开她的意思。

温茴倒不是逃避和他亲热，就是一想到付曦随时可能回来，就生出种对单身狗好友的怜爱和不忍之情。

平时倒还好，今天毕竟是付曦去见前男友的日子，那么话多的一个人，刚刚给她发微信感觉都沉默寡言的。温茴实在不忍心再刺激她，连安慰的话都想出了一大段。

别到时候人没安慰到，自己反倒又给了她重重的一击。

玄关处的光线昏暗，温茴本来想借着开灯的动作和陆斯衍拉开安全距离的，结果才一迈开腿，就被他按着腰抱到了一旁的鞋柜上。

男人的吻几乎随着这个动作一起落下，他唇上味道干净，连烟草味都没有。

温茴伸手推了他一下，推拒道："别……付曦该回来了。"

陆斯衍恍若未闻，问道："肚子饿不饿？"

"有一点儿。"

"亲我一下，带你去吃饭。"

温茴立刻仰起脸，递了个吻过去。

陆斯衍给她整理好衣领后，才把她从鞋柜上抱下来："真乖！"

温茴翘了翘嘴角。

陆斯衍从鞋柜里拿了双温茴的运动鞋出来轻放在地上："对了。"

温茴把脚踩进去，问道："怎么了？"

"付曦去隔壁了，"陆斯衍弯身给她系好鞋带，慢条斯理地继续说道，"今晚我陪你睡。"

陆斯衍去过的地方很多，之前他也在柏林待过一阵子，算不上特别熟，但也知道几家合温茴口味的餐厅。

时隔多年，《情投意合》依旧在这边的电视台热播，陆斯衍的人气显而易见。吃晚饭的半个小时里，几乎每分钟都有路人往他们这边看。

还好他们是在国外，很多当地人不认识她。

温茴好像突然就体会到了名气不大的好处。

一顿饭吃的时间不长，他们回到酒店的时候才七点多。

外面的天阴沉得厉害。

温茴吃饱喝足，背剧本前先给付曦发了条消息：曦哥，晚饭吃了没？

xixi：没胃口。

看吧，付曦果然心情不好。

付曦是真的有点儿心情低落：你说他出国前还一表人才的，这才几年怎么就脱发成了"地中海"啊？

这个初恋不是付曦的第一个男朋友，却是她第一个动过心的人。

那可是她心头多年的"白月光"。

付曦耿耿于怀：同样都是26岁，他跟陆斯衍怎么就差这么多呢？

xixi：算了。

付曦认命了：我喝点儿酒就睡觉了。

温茴放心不下付曦，看了一眼浴室紧闭的门，水声不小，说话声估计听不太清。

温茴干脆就没跟陆斯衍说，拿了手机出了房间。

半个小时后，付曦和温茵双双倒在了沙发上。

付曦的酒量不错，但是因为喝得实在太多，这会儿她已经不省人事了。

温茵纯粹是酒量不行，思维还有意识，但就是一动都不想动。

手机屏幕在旁边亮了又暗，温茵也没去管。

就这么又过了几分钟，直到敲门声响起，她才转了转脖子。

礼貌的女声从门外传来：“客人您好，请问可以开下门吗？”

温茵摇摇晃晃地站起来，觉得自己没喝多，但脚步就是虚浮得像是踩在棉花上一样。

温茵的手肘半撑着墙壁，她花了半分钟才走到门口。

因为支撑点转移，她刚开了门，就直直地往前面栽过去。

陆斯衍把她接了个满怀，偏头朝工作人员道了声谢，拦腰抱起温茵进了隔壁的房间。

温茵半眯着眼睛，不需要抬头去看也知道自己是被谁抱在怀里。

陆斯衍洗过了澡，但她还是可以闻出来他身上的味道，那是种不会随着沐浴露品牌变化而变化的熟悉味道。

温茵把脸往他的胸口埋了埋：“老公？”

房门被关上。

“我有个问题想问你。”

昨天她就想问来着，只不过被他催着去睡觉了。

温茵用力地眨了眨眼，酒劲儿暂退，她的声音也跟着清晰了不少：“文艺姐说昨天那条微博是你的意思，为什么啊？”

以陆斯衍的性格，别说发律师函，他不直接起诉就是好的。

但是温茵转念一想，他好像又确实没怎么起诉过名誉权相关的造谣者，就连后来有媒体编造他的恋情，他好像都很少理会。

所以裴越才说他是一块砖，哪里需要就往哪里搬。

温茵问道：“还有你那年事业上出了点儿问题……是什么问题啊？”

此刻的温茵不像平常那么清醒，但她也能隐约感觉到哪里不对，这两者之间应该是有什么联系的。

清醒的时候，她不会去问陆斯衍不主动告诉她的问题。

温茵皱紧了眉，眼睛直勾勾地盯着他。

陆斯衍扯过被子盖到她身上，说道：“因为不想让你经历这些事。”他俯身在温茵的额头上轻轻落了个吻，“睡吧。”

温茴本想不问出来不罢休的，但实在抵挡不住铺天盖地的困意，没撑一会儿就睡了过去。

她醒来的时候天还没亮，陆斯衍躺在她身侧，呼吸均匀绵长。

温茴翻了个身，她昨晚并没有喝醉，昨晚的记忆都是清晰的，清晰地记得她没从陆斯衍那里问出半句话来。

他应该是真的不想说。

温茴翻了个身。盯着身边男人安静的睡颜看了半晌，才又拿着手机下了床。

国内现在是白天，温茴先找言宁打听一下几年前的事，答案是言宁也不知道。

温茴只能又去问陆文艺，实在是太想弄明白这件事了。

虽然知道好奇心害死猫，但是她怕如果不问清楚，自己下次喝了酒又去问陆斯衍，那多不好。

万一那是个悲伤的故事，不是往他的伤口上撒盐嘛。

温茴等了五分钟，陆文艺才答：他没告诉你？

hui：没有。

文艺姐： 算了，也没什么要瞒着你的，之前因为起诉网友出了点儿问题。

温茴在窗边坐了半天。

陆文艺发的是语音消息，只花了几分钟就把来龙去脉讲得明明白白，但是温茴消化这件事用了足足半个小时。

她很难想象，但一切又都有迹可循。

温茴的视线落在窗外，看着天边渐渐泛起了鱼肚白。冬日初阳从地平面上缓缓上升，透过玻璃窗在地板上映出了一层暖色光影。

天亮了。

温茴身后有被子被掀开的动静，男人的声音有些哑：“怎么醒得这么早？”

“睡得早。”

温茴转过头来，朝他微微笑了下：“陆斯衍。”

“嗯？”

“你是世界上最好的陆斯衍。”

温茴下午去剪了短发。

晚上再回到酒店，她有些不自在地戴了顶帽子，推门进去的时候，陆斯衍正坐在客厅的沙发上翻看《破晓》的剧本。

温茴把帽檐又往下压了压，正要从他后面溜进卧室，就听到那人叫了她一声："站住。"

温茴站住后，哀怨地看了他一眼，她现在的发型是真的不太好看，就只比陆斯衍的长了一些，要型没型，要长度没长度。

好处就是——现在她都快觉得自己是个男孩子了！

温茴见他不说话，越发郁闷地叹了口气："托尼老师说，我的头发要长到以前的长度，估计至少要三年。"

温茴扒拉了一下还没及耳的碎发，说道："下面采访一下陆先生，请问你现在有什么想法？"

陆斯衍其实没有太多的想法，唯一的想法就是他的宝贝剪了短发都这么好看。

温茴已经受不住他的眼神了，将帽子一扣，就快步回了房间。

五分钟后，她换上男款服装出来了。

陆斯衍抬了下眼睑，温茴在他身边坐下来，问道："为什么要帮我？"

她说的是德语，这是《破晓》里男女主角初遇时，女主角跟男主角说的话。

陆斯衍翻了页剧本："你不需要知道。"

温茴的手机差点儿从手里掉下去。

不是吧，这人连德语都会说？

温茴觉得陆斯衍真的是一个神奇的男人，好像这个世界上就没有他不会的东西。

她表情古怪地看了陆斯衍一眼，问道："你还会德语？"

"以前在这边拍过戏，会几句。"

昨天那句服务员问需不需要帮助的话，他听懂了。

今天这几句是现学的，因为他猜到了温茴要跟他对戏。反正他这几个月的时间都空着，来柏林就是为了陪她。

温茴半信半疑地问道："你还有什么不会的？"

他不会的可多了。

陆斯衍弯了弯嘴角，想起昨天晚上栗子当段子说给他听的话，正经地说道："不会不喜欢你。"

温茴差点儿起了一身鸡皮疙瘩。

跟陆斯衍对戏的效率，比温茴自己一个人背剧本要高得多。

等到两天后，《破晓》正式开机，温茴都不怎么觉得紧张了。

第一天的拍摄工作很顺利，温茴的德语虽然不是特别标准，但是起码还算流利，中途休息的时候还被刘导夸了几句。

温茴的好心情持续到了晚上。

今天的任务不重，八点多剧组就全部收工了。

陆斯衍倒是说话算话，虽然没去新东方学厨艺，不过还真的请了某个高级餐厅的厨师教他做饭。

今晚就要上课，他没办法来接她。

温茴换完剧服从化妆室出来的时候，已经接近九点。

街道喧哗而热闹，付曦去马路对面买甜品了，温茴在这边等她的空当，刚要去看一眼微博，身侧就站定了一个人："温茴？"

温茴皱眉，转头看了他一眼。

就一眼，她立刻把视线收了回来。

温茴没想到会和高泽碰到，虽然她知道他确实是今天进组。

高泽问道："我们找个地方谈谈？"

温茴连敷衍的笑容都不想扯一下："我没什么想跟你谈的。"

"啧，"高泽倒是笑了一声，"我记得以前拍《海棠依旧》的时候，你好像没这么冷淡。"

温茴插在大衣口袋里的手轻轻地攥了起来。

这都是七八年前的事了，跟高泽相关的向来都不是什么好事，温茴总是下意识地忽略。

温茴面无表情，也没接他的话。

"没证据的事我不乱说，"高泽微微凑近她，"你说当红女明星以前陪投资商喝酒的照片应该值多少钱呢？"

温茴扯了扯嘴角，像是听到什么笑话一样，眉眼舒展开来，但是很快她又敛起了神色。

温茴的眼神平静得可怕，开口道："感谢你教了我一个道理。"

高泽似乎没想到她会说这句话，挑了挑眉诧异道："什么？"

"人渣长大了也是人渣。"

温茴表面上看似风平浪静，但是心里有暗流涌动，根本平静不下来。

她心里没底，女艺人在灯红酒绿的场合出现就不是一件光彩的事，不会有人在意起因，也不会有人在意结果。

他们在意的只会是温茴以前确实跟那些大腹便便的投资商一起出现在同一个饭局上。

这个新闻无疑是个定时炸弹，引爆的时间完完全全由高泽决定。

温茴的脚底生寒，搁在口袋里的手攥得越发紧。

高泽也不觉得生气，笑了笑，没立刻接话。

骂他人渣的话，他听了不是一两遍。一开始的时候年轻气盛，他可能还会动动怒；现在成熟了，听听也就过去了。

高泽偏头看着目视前方的温茴，压低声音问：“盛娱的小公主别说几千万，几亿应该都值吧？”

温茴咬了咬牙，男人身上带着刺鼻的烟酒味，她甚至不想跟他呼吸同一片空气。

高泽瞥了一眼她因为愤怒而涨红的耳朵，阴森森地笑了声：“陆斯衍不是很喜欢你吗？”

别说陆斯衍，高泽以前也挺喜欢温茴的。

她从小就漂亮，一张脸生得干净又温柔，看人的时候眼睛里还有水光。

他谈不上真不真心，这是一种出于本能的欲望。

就连现在剪了短发还特意打扮得中性的温茴，站在人群当中依旧引人注目，显眼到高泽到片场的时候，一眼就瞧见了她。

她跟以前没有太大的变化，就是漂亮中还多了分从前没有的风情。

高泽眯了眯眼：“我给你一晚上时间考虑？”

似乎知道她想说什么，高泽接着说道：“照片我已经发给你的工作室了，你好好考虑要用多少钱来换。”

照片倒也不是高泽亲自拍的，他有朋友以前是做娱记的，拍《海棠依旧》的时候陆斯衍正火，经常有娱记去片场蹲人。

不过这人实在没什么可蹲的点，恋情没恋情，甚至连跟女演员之间的暧昧都半点儿没有。

时间久了，大部分娱记换人去跟拍了。高泽的朋友是个有耐心的主儿，非要隔三岔五地等到整部剧杀青。

但是直到戏杀青，他也没拍到陆斯衍的爆炸性新闻，温茴的倒是拍到了。

本来他想着等《海棠依旧》开播的时候把照片爆料出来，结果还没开播，温茴就退圈了。

那几张照片就被他压箱底了，去年底翻出照片的时候还想了半天是谁，后来想到高泽也拍过《海棠依旧》，干脆就给高泽发了过来。

那时候，高泽也没想到会有用上照片的一天。

他本来就不是什么好人，以前当明星的时候好歹还有所收敛，被封杀了后就越发放飞自我，常年挥霍欠下的债自然也少不了。

他跟林雅琪也没什么真爱，各取所需的合作关系，一个负责把他捧红，一个负责替她赚钱。

温茴最近的事还是林雅琪出的招。

林氏公司这几年的发展一直不太好，刚好也能借机捞上一笔把资金窟窿给填上。

红绿灯已经转换，高泽看了一眼马路对面正要走过来的付曦，站直了身，装作只是跟温茴打个招呼的样子又笑了笑："那明天见了。"

他像是鬼魅，来得快，去得也快。

温茴的视线直直地落在正前方，付曦抬手在她跟前晃了晃，喊了声："茴茴？"

她这才回过神来，勉强挤出笑容。

付曦转头看了一眼高泽已经走远的背影，皱着眉揽了下温茴的肩："先回酒店。"

温茴全身没什么力气，甚至不知道自己是怎么回到酒店的。

房间里很安静，付曦倒了杯热水放在她跟前，欲言又止地坐下来。

温茴连攥紧手指的力气都快用不出来了，微垂着眼一动不动。

过了好几分钟，付曦才又叹了口气："刚才跟你说话的是高泽吧？"

林雅琪是铁了心地想捧他，高泽还没有什么作品，就出名到连付曦都能一眼认出他的地步了。

温茴还是垂着眼皮，闷闷地应了声。

付曦问道："他跟你说什么了？"

温茴沉默半晌，才抬了下眼："曦哥，如果我以前出现在饭局上的照片被曝光，会怎么样？"

话音落下，房间里突然陷入诡异的沉默气氛中。

付曦没想到会是这么大的事。她本来以为高泽是老毛病又犯了，对着温茴说了几句轻佻下流的话而已，造不成什么实质性的威胁。

温茴说出这句话以后，整个房间的气氛都不对了。

付曦也没处理过这种问题，但就算没处理过，也猜得出来后续的结果。

这对温茴的影响非常大。

付曦都蒙了，好一会儿才干巴巴地问道："你的照片？"

"是我。"温茴回复得很直接。

付曦觉得自己处理不来这个大麻烦，眼角都抽了抽："你……"

她知道温茴的家庭情况，所以这种时候连质疑的话都问不出来。

一个不喜欢烟酒味的女孩去那种场合，她用脚指头也能想出来是为了什么。

付曦深吸了口气，问道："陆斯衍知道吗？"

温茴回道："他应该很快就会知道了。"她解释道，"高泽把照片发给工作室了。"

现在国内是凌晨，过不了几个小时，她的微信消息绝对会多到爆炸。

温茴站起身来："我睡一会儿。"

她居然还睡得下去？付曦惊呆了。

温茴上床钻进被子，轻轻闭上眼睛："明天就睡不着了。"

看来用不了明天，温茴蒙着被子，意识清醒到不能再清醒了。她在心里默默数了几千只羊，还是半点儿困意都没有，根本就睡不着。

她就这么一直清醒着闭着眼睛到了凌晨。

中途陆斯衍回来，和付曦压低声音说的几句话她都听得一清二楚，甚至十二点才过，陆斯衍的手机铃声就响了起来。

手机铃声是一首法语歌，温茴最喜欢听的那一首。

本来极为温柔缱绻的调子，突兀地在安静的房间里响起来，温茴的心脏猛地颤了一下。

虽然只有几秒，电话就被人干脆利落地挂断了。

温茴的心跳声很大，眼皮跳了又跳。实在没办法继续装睡下去了，她呼了口气，慢慢睁开眼睛。

陆斯衍刚好正在看她，他的声音很温柔："吵醒你了？"

温茴摇了摇头："没睡。"这么说好像也不太对，她又眨了下眼睛，"睡不着。"

陆斯衍拉起她放在被子上的手，不轻不重地从她的指尖一直捏到掌心，说道："那继续睡。"

温茴反握住他的手，问道："谁给你打的电话？"

"我姐。"

"你挂了？"

"嗯。"

温茴几乎立刻翻身坐了起来："我一时半会儿也睡不着。"

陆斯衍侧目看她，还没来得及说话，陆文艺的电话又打了进来。

手机静音，但是屏幕是亮着的。

温茴没等陆斯衍反应，直接拿过手机就滑到了接听键。

陆文艺的声音很快传了过来："温茴睡了没？"

陆文艺都叫她的名字了，看来事情果然很严重。

温茴软着声音回道："没呢……"

嘟的一声，电话被挂了。

温茴都没来得及猜测陆文艺的意思，屏幕上方就弹出来一个微信视频通话邀请。

温茴接听以后，陆文艺也没多废话："你看一下我发的几张图片。"

温茴返回聊天界面看了一眼，上头一共四张图片，背景昏暗，照片像素虽然不高，但也勉强能辨认出上面的人影来。

大概是角度问题，其他人的脸并没有在里面出现。

温茴的心口像是压了块石头，沉得她有些喘不过气来。

陆文艺又说道："我现在就两个问题。"

温茴嗯了一声。

"这个是不是你？"

"是……"

"拍《海棠依旧》的时候？"

"嗯。"

"陆斯衍呢？"

不等温茴回答，陆斯衍把手机拿了过去："姐。"

陆文艺深呼了好几口气，才勉强平静下来，说道："发照片的人要八千万。"

他怎么不直接去抢？

八千万元对盛娱来说确实不是什么大数目，但就怕钱给了，到时候还是会被其他人爆出照片来。

陆文艺又说道："查 IP 地址，没查出是谁来。"

温茴抿了抿唇，也没瞒着她：“应该是高泽。”

陆斯衍皱了下眉。

温茴已经又接着说道：“姐……你让他发吧。”

这八千万元干什么不好呢？可以捐给福利机构，还可以周游世界，为什么要白白地给一个人渣？

温茴咽不下那口气，就算真的因为这件事被网友骂到死，以后再也没有翻身的机会，她都不想便宜了高泽。

唯一可惜的是，这样她就没有机会再往更高的地方去追逐陆斯衍了。

陆文艺似是叹了口气：“不给的话，就要做好最坏的准备。”

其实黑点一堆，照样在娱乐圈里混得风生水起的人比比皆是，但是温茴不一样啊。

她善良，而且脸皮薄，最主要的是她本来就不该承受那些谩骂和诋毁。

“行吧。”陆文艺知道温茴这边是深夜，也没继续说，“我们出得起钱，你再好好想想。”

电话挂断，直到屏幕又暗下去，温茴才转头看向旁边的男人，问道：“最坏的准备……是我不能演戏了吗？”

她想笑一下，但是嘴角无论如何都牵不起来。

陆斯衍的食指点在她的嘴角，他回道：“是。”

温茴没回归娱乐圈的时候他总觉得庆幸，因为她回来的话他就要永永远远地想着怎么才能保护好她。

娱乐圈这么复杂，很多麻烦突如其来，而且没办法解决。

但是都没关系——他用手指压着她的嘴角，轻轻往上一拉：“那就做我一个人的公主。”

第十二章

真相是假，但我爱你是真的

温茴打定了主意不给高泽那八千万元，就算考虑十天、一百天，她都是这个回答。

这一晚，她果然还是失眠了，天快亮的时候才睡着，没两个小时又从梦里被惊醒。

今天阴天，天亮了，但是光线很暗。

温茴盯着天花板看了几分钟，直到手机振动了一下。

付曦的电话打了进来。

温茴怕吵到陆斯衍，拿着手机去阳台接听。

付曦问道："看新闻了没？"

温茴现在头脑发涨，睡眠不足，连眼睛都有些红肿："什么新闻？"

"高泽酒驾撞到护栏了。"付曦说道："真解气。"

温茴的脑袋还在嗡嗡叫，她下意识地转头看了一眼陆斯衍。

她知道盛娱的本事大，这种新闻挖出来就算要费些工夫，但应该也不是不可能。

高泽怎么样，她其实并不在乎。

温茴皱眉，问道："那我呢？"

付曦滑了下鼠标，然后看到话题排行榜的下方，问道："工作室没跟高泽谈拢吗？"

关于温茴的话题一目了然：温茴饭局旧照。

付曦还在说着："他都进医院了怎么还……哦，跟林雅琪工作室经常有来往的媒体发的。"

跟高泽有关的几个话题都在前排，最前面两个还有“爆”的字样。

“高泽疑似酒驾”。

“高泽进医院抢救”。

没过多久，温茴的那个话题就迅速地从排行榜的第20名爬到了第5名，话题热度瞬间涨了上千万。

网友的恶评和猜测都在温茴的意料之中，但是真的亲眼见到了，她还是觉得有些喘不过气来。

最让她心里难受的是她的粉丝，评论区下一片冷嘲热讽言论中，粉丝还在非常努力地替她说话，只不过刚发出评论来，又很快被一片新的冷嘲热讽言论淹没了。

温茴没跟付曦聊多久，挂断电话后，她才发现言宁发来了好多条微信消息。

言宁：茴香，你想开点儿。

言宁：微博一定要回应，而且越快越好。

言宁：就算你觉得自己没错，也得老老实实认错！

言宁：虽然认了错，他们应该还是会骂你。

言宁：但是错不是认给他们看的，是给为你说话的粉丝看的。

温茴完全赞同言宁的话，除了中间那一条，因为她觉得自己还是有错的。

她当时已经是公众人物了，尽管当时是爸爸带着她去参加的那些酒局。

温茴晚上睡不着的那几个小时，在脑袋里想了无数的说辞，天花乱坠、感天动地、博取同情的都有，但最终她就只想简简单单地表达和解释。

最坏的情况也不过如此了。

温茴一字一字地把字敲上去：首先，照片中确实是拍《海棠依旧》时期的我；其次，很抱歉以这种方式出现在大家面前；最后，小朋友不要抽烟、喝酒啊。

温茴发这条微博甚至没跟陆文艺和付曦说，发出去的三分钟内，陆文艺的消息就过来了。

文艺姐：我们给你准备了一篇八百字的长微博……结果你居然就这么发了。

道歉微博的内容其实不太重要，但是感情一定要真挚。

陆文艺看了一眼公关人员写的长微博：算了，还是你那个更直接。

而且看起来反响还不错。

温茴其实没想太多。她做了件错事，那就端端正正地由自己来认个错，不靠公司，也不用陆斯衍，就她自己。

短短几分钟，微博评论已经十几万了。

微博主页里多了新的动态，她刷新后，她的那条微博上面多出来一条微博——

“陆斯衍 y：没什么想说的。如果一定要说，那么抱歉是我没有教她这个小朋友不要随意出入那种场所。”

温茴的嘴角突然就弯了起来，明明事件走向还未知，她却瞬间安下心来。

过了今天，她在网友的心里可能人设崩塌，但是都不重要了。

温茴把阳台的门推开，进房间的时候，陆斯衍正站在床边穿衣服。

她又轻轻把门合上，喊道：“斯衍哥哥。”

陆斯衍弯了下嘴角，岔开话题：“刘导给你放了几天假。”

他说得委婉，但是温茴心里清楚，这很有可能不是一般的假，放了就收不回来了。

温茴能理解，毕竟出了她和高泽这档事，说影响不到《破晓》是不可能的。

而且刘导是个非黑即白的人，临时把两个主角都换了也是再正常不过的事。

陆斯衍扣上腰带：“所以我订了晚上的机票。”

温茴也没追问关于《破晓》的事，顺着男人的话问道：“去哪儿啊？”

陆斯衍想说度蜜月的，但是婚礼还没有，直接度蜜月不太合适。

他想了几秒，缓慢而认真地答道：“带你去看城堡，公主殿下！”

陆斯衍是第二次这么叫她。

温茴摸了摸自己短得不能再短的头发，有些不好意思接受这个称呼。她眨了眨眼睛，突然想起来，说道：“我以后可以让宁宁写一篇王子和公主的故事。”

过程曲不曲折不重要，小说结局一定要圆满，比如最后一句要出现标准式结局——

“王子和公主过上了幸福的生活。”

温茴没想到陆斯衍会真的带她来城堡。

“城堡”这个词最常出现在童话故事里，通常象征着神秘和美好，那是真正的王子和公主应该住的地方。

温茴还没去过城堡，在法国的几年一直没那个心思，回国以后国内又少有这类建筑。

小时候是没人陪她去，长大了作为明星，她根本就不能随便出入这种热闹繁华的地点。

拍《破晓》前，温茴本来还憧憬着能在戏里住几个月城堡的，结果剧组虽然有资金支撑，但是真的在城堡里拍摄，拍起来还是麻烦，而且没有必要。

温茴的梦想就这么像泡沫一样破碎了，失望倒算不上，但她多少是有些郁闷的。

所以真的到城堡面前的时候，她整个人都有点儿没反应过来，像在梦里一样。

从柏林过来的这一路舟车劳顿几乎瞬间消失殆尽，她缓慢而用力地眨了眨眼，还没来得及再看清眼前的情景，眼帘上突然有只手覆了上来。

陆斯衍站在她身后，低下头时声音就响在耳边：“什么都别想。”

耳边有风吹过，男人的呼吸混在里面，轻轻柔柔的。

这边的空气跟喧哗的大城市里似乎都不一样。

本来刚才没到这边的时候，温茴的一颗心七上八下，她想的全都是网上的那些事。

虽然她一直刻意地暗示自己不能多想，但是毕竟事关重大，而且作为当事人，真的想置身事外是不可能的。

“如果一定要想的话，”那人似乎也知道她静不下来，几乎是贴在她的耳边轻声说道，“那就想我。”

陆斯衍的声音有一种安抚感，他不愧是演了近十年戏的演员，甜言蜜语随随便便就能说出来。温茴的心很奇妙地平静下来，连呼吸都跟着放缓了些。

这个月份不是旅游旺季，周围的人不多，所以耳边不算吵闹。

温茴顺势闭上眼睛，身体放松下来，半倚在身后的男人的怀里小声问：“会不会有人认出你来啊？”

她总觉得陆斯衍到哪个地方，哪个地方就有人认识他。

温茴的耳朵又缓缓地热起来，声音放得更轻：“你先把手拿下来。”

眼前一片黑暗，四周又不知道有多少人的视线落在他们身上，温茴全无安全感。

陆斯衍也没等她重复，直接把手从她的眼睛上移了下来。

视野开阔明朗，跟前的城堡豪华高耸。碧空如洗的蓝天之下，有白色的水汽如云似雾地缭绕着，美好得不像是人间，比温茴几分钟前看到的那一眼更漂亮。

她将视线下移，正前方果然有人在看他们，是一对上了年纪的夫妻，看样子不像是认出他们的。

温茴一直以为她和陆斯衍走在一起经常被人围观，是因为他的名气。

现在她知道了，不管有没有人认识他，只要陆斯衍在她身边，就绝对会有人看他们俩。

每次都是这样，毕竟谁都会喜欢像是会发光的陆斯衍。

温茴握住刚搭在她腰上的那只手，手指展开和他十指相扣："又有好多人在看你。"

"在看你。"

温茴的声音低低的，她转过头去问了句："看我干什么？"

"你长得好看。"

温茴心里仅剩的那点儿烦闷情绪一扫而空，她弯唇笑了声："陆斯衍，我想问你很久了。"

"嗯？"

温茴问道："你从哪里学来的？"

"什么？"

"就……这种话啊。"

温茴记得陆斯衍以前不常说这种话，尤其是她刚回国的那段时间，这人还冷淡得不得了。

陆斯衍慢条斯理地迈开腿，反问道："还用学吗？"

温茴失笑，瞧把他厉害的。

陆斯衍把她的手握得更紧了些："看见你就想说了。"所有好听的词语全部用上，他都嫌不够。

温茴低头抿着嘴笑，好几秒后才又抬起头来说道："我教你说一句。"

陆斯衍顿住脚步，眉梢微微一挑。

温茴踮脚凑在他耳边："我爱你！"

温茴在国内是不喜欢外出的，出去逛街都是奢侈，更别说去这种旅游景点了。

国外不一样，就算碰到有人议论她也没什么关系，反正他们说的语言她几乎听不懂。

温茴也只能这么让自己放宽心。

刘导给她放的这几天假作用确实很大，虽然她回去后还不知道有没有机会继续工作。

温茴难得好好过了几天吃喝玩乐睡的悠闲生活。

这几天里，她甚至把社交网络软件都卸载了。微信还留着，她收到的消息倒是比以前多了几倍。

不管是圈内还是圈外的好友，都跟怕她想不开一样，一个个地排着队来找她聊天。

他们像是约定好了，丝毫不提那些烦心事。

温茴自然也不会提，没有提及，但又很心急地想知道。

只不过在陆斯衍面前她不能表现出来，他好不容易陪她出来玩一趟，怎么都不能因为这种事坏了心情。

最主要的是温茴不想总让他担心自己，那样太累了。

他们回柏林的前一晚，言宁的消息跟往常一样在她睡前发过来：宝贝，睡了没？

hui：还没呢。

陆斯衍在洗澡，温茴在等他。

宁宁：干吗呢？

言宁问的都是一些日常琐事，本来之前言宁每天必和温茴聊八卦新闻，这几天明显不正常。

两个人就这么默契地保持着这种异常气氛，有一搭没一搭地聊了几句。

过了会儿，言宁又问：明天回去？

hui：明天下午。

刘导只给她放了一周的假，就算要换女主角，后天之前她也必须回去。

温茴趴在床上，小腿抬起来搭在一起，轻轻碰了两下后，看见言宁又发过来一条消息：你的微博下载回来了没？

hui：没有，我决定继续做我的“山顶洞人”了。

温茴的记性也是好，“山顶洞人”这个词都被她说了快一年了。

言宁也没再提《破晓》的事，无比好心又隐晦地提醒道：早点儿睡觉，好好休息，最好让行行克制一下。

温茴盯着两行莫名其妙的文字，然后莫名其妙地发了个问号过去。

宁宁：睡吧，晚安！

温茴看了一眼时间，晚上十点多不算晚，只不过她这几天一直四处游玩，早出晚归不说，晚上偶尔还会稍微放纵一回。

某种程度上来说，言宁确实也没说错什么。

温茴敲了敲有些发酸的腰，皱着眉退出微信。

她盯着手机屏幕上的主界面看了半晌，最后实在按捺不住自己的好奇心，咽了咽口水，打开了浏览器。

历史搜索界面是空的。

温茴刚在搜索框输入自己的名字，甚至搜索结果都还没加载出来，就骤然响起浴室门被打开的声音。

温茴的心脏瞬间提到了嗓子眼儿，就跟干坏事被人当场抓包一样，她下意识地就把屏幕按熄了。她正要把手机倒扣过去，陆斯衍的声音就在身后响起："看什么呢？"

"什么也没看。"温茴呼了口气，"洗完了吗？"

明知故问，陆斯衍垂眸睨了她一眼，问道："真的什么都没看？"

"真的。"温茴很认真地点了点头。

陆斯衍弯了下嘴角，手作势伸过去拿手机："我看看——"

温茴连忙也把手伸了过去。

本来要拿手机的那只手就这么握住了她的手，温茴从床上站起来，像转移他的注意力一样，在他的唇上亲了下："我们睡觉吧。"

"头发还湿着，"陆斯衍把她拉开了几寸，"急什么？"

温茴说道："我给你吹头发！"

温茴跟陆斯衍回到在柏林住的酒店时，夜已经深得不能再深了。

陆斯衍的体质比她好得不是一点儿半点儿，温茴一路上昏昏欲睡，他却一直都很清醒。

回了房间真的躺在床上后，温茴反倒又睡不着了。

她半天没看手机，才从包里翻出手机，就被上头的微信消息吓到了，36 条通知。

温茴以为是话题经过了几天发酵，事态越来越严重了，一瞬间睡意全无。

刘导、言宁和付曦都发消息给她了。

温茴先看的是刘导的，简短的一条：小温，回来了吧？

他应该是要说《破晓》的事。

温茴连忙回了句：刚回酒店，刘导您说。

刘导：没什么大事，就是确定你回来了就行。

温茴有点儿接不上话，正要找个合适的表情发过去，那边又发了条消息过来：明天开工，别忘了。

这句话实在是出乎意料，温茴差点儿没忍住发个问号过去。

刘导：早点儿休息。

毕竟是前辈，温茴就算有问题也不好直接问刘导，礼貌地答了句后就没再发消息过去。

剩下的35条微信消息里，言宁和付曦的占了大部分。

xixi：茴茴，你知道月底的电影节吧？《蝴蝶杀》入围了好几个奖项，邀约今天发过来了。

这个月底的电影节就一个，在柏林本地的。

hui：是柏林的这个吗？

她就怕是个连名字说出来，谁都不知道的电影节。

xixi：放心，就是你想的那个。《破晓》剧组入围的奖项应该不少，以往碰上电影节的时候，刘导也会给全剧组放几天假的。

hui：我入围的是最佳龙套奖吗？

现在的颁奖典礼上什么稀奇古怪的奖项都有，金剧盛典出了个“最佳龙套奖”后，保不准别的颁奖礼也出这种。

xixi：最佳女配角，你还真的对那次的龙套奖耿耿于怀。

不好的事，温茴记得比什么都清楚。

xixi：我再去睡个回笼觉，你记得把三十日、三十一日空出来。

温茴这才又去看言宁的消息。

电影节的入围和得奖都跟演员的热度和知名度没什么关系，所以不存在投不投票这类问题，入围名单出来后就直接定了性。

言宁的前半部分消息是付曦说的事情，后半部分是刘导说的事情。

温茴看得一脸茫然：你怎么也知道？

宁宁：还有人不知道吗？《破晓》官方前两天就发微博了啊。

言宁发了张截图过来。

电影《破晓》官方微博：

“现对近期粉丝私信的一些问题做出回应：1. 关于角色换演员的问题。因为某些不可抗力原因，决定更换《破晓》的男三号饰演者，女主角不变；2. 剧组只是放假调整一周，不会出现拍摄中断或者延期的情况。感谢大家的关注和支持，我们下周见！”

官方微博的言辞干脆利落，两三句话就回答了网友最关心的问题。

下面的评论很多，但是言宁没有给温茴截图过来。

hui：评论里怎么说？

宁宁：不重要。

言宁这么一说，温茴反倒越发好奇起来。

她这几天像与世隔绝一样，通上网后准备回归工作了，心情自然也跟之前不太一样了。

温茴也不麻烦言宁截图了，自己去手机应用商店把微博又装了回来。

她没登录自己的账号，直接去话题榜单看了一眼，跟前几天比似乎没太大的变化。

高泽那场车祸很严重，受关注度也高。

宁宁：你是不是去下载微博了？

hui：恭喜你答对了。

温茴大致扫了一眼榜单上的话题，手指快速滑过去，然后落到了陆斯衍的那个话题上。

他的名字是和余秋在一起的。

温茴皱了下眉，停顿几秒才点了进去。

余秋是上午发的微博。

“余秋秋秋：是我，《情投意合》的女主演。好像从《情投意合》开拍，我跟前辈@陆斯衍y 就开始传绯闻了。双方都澄清过几次，但是没什么人信，后来我们也就不想再澄清了。前辈应该是嫌麻烦，而我不得不承认，当初确实是有私心的。我确实喜欢过前辈并且还表白过，因为当时的我以为他也对我有好感。有一次剧组出去吃饭的时候，还是新人的我跟某个投资商发生了点矛盾，还是@陆斯衍y 前辈帮忙解决的。我当时心脏跳得飞快，觉得他一定也是喜欢我的，所以我表白了，他拒绝了我。他当时给了我一个理由，我记得特别清楚，他说的是‘想起了喜欢的女孩子’。我一直不知道那个女孩子是谁，后来就知道了。看这两张照片的话应该一目了然吧，我们两个人的右脸颊上都有一颗痣。我本来以为这件事没多久就被人忘了的，没想到最近好像又被人翻出来说了，所以这次干脆就重新注册了个微博来说明我没有和 @陆斯衍 y 谈过恋爱，我们之间也没有任何不正当关系。不靠这条微博涨粉，澄清目的达到了就会申请注销微博。本人保证所说的句句是实话。最后，他确实不喜欢我，但这不影响他是一个很好很好的人。”

这条微博很长，温茴一字不落地全部读完了。

她也知道余秋和她在同样的位置都有颗痣，当时看到的时候还惊了一下，但是好在她并没有因此而想太多。

这条微博的热度不亚于其他流量明星发的微博，底下评论区讨论得很热闹。

“所以说，陆斯衍想起的是温茴？”

“前几天温茴的事情，不是有人爆料她有个赌鬼爸爸，目前还在局子里没出来吗？”

“要论惨还是温茴惨吧，当时拍完《海棠依旧》退圈，就是因为她的爸爸吧？这么多年了还被人拿出来说……”

“一石激起千层浪”这个道理，温茴还是懂的，只要冒出了一点，后面就一发而不可收了。

她后知后觉地去言宁的微博主页看了一眼。

言宁果然换了一条新的置顶微博——

“言笑晏晏：本来不太想发微博的，因为有些话其实不太方便说。我跟茴香认识是她拍《海棠依旧》的那年，以前听过她的名字，但是在学校里一直没见过她本人。高中学校不是只有她一个明星，所以我一直没放在心上。直到后来有一天，我有点事回家晚了，在学校附近的花园旁边见到了一个醉汉。挺巧的，那天茴香刚好回学校办理退学手续，经过花园的时候发现了我……当时茴香好瘦啊，整个人看上去都很小，但是把那个醉汉砸晕的时候劲儿可大了。从那天开始，我就想着以后一定要好好保护这个女孩子。我一直都知道她的家庭状况，她的爸爸就是网友说的那样，而她的妈妈自离婚以后就没再跟她见面了，还有个弟弟被她妈妈一起带走了。茴香呢，在我的眼里是个温柔坚强的人，在这条消息被爆料出来之前我没有提也不是藏着掖着，因为不觉得这是她的黑点，只是怕提了后她心里又会难受。但是现在好像没必要了，该提的还是要提，马上又是新的一年了，这些过去的事就让它们过去吧。今年最开心的一件事大概就是……我最喜欢的男孩子跟我最喜欢的女孩子在一起了。”

温茴跟言宁第一次见面，可以用惊心动魄来形容。

温茴的胆子也不大，但是当时就觉得不能坐视不管，反正她怎样都无所谓的，既没有家人，又因为常年演戏，也没什么朋友。

言宁的爸妈对温茴一直很好，自然也免不了成为当时她救言宁这件事的原因。

温茴深呼了口气，把眼底的泪水用力眨下去，然后给言宁发了条微信。

hui：宁宁，你什么时候知道的？

言宁发了一个问号。

hui：《破晓》。

宁宁：前几天就知道了啊，我不是提醒你了吗？

hui：啊？

宁宁：让你们节制点儿啊。

hui：你不告诉我，是等我回来给我个惊喜吗？

什么事都解决了，就像是场梦一样，梦醒来以后，所有的一切都恢复了原样。

温茴所担心的那些事，全部都被解决了。

宁宁：那倒不是。

哪有什么惊不惊喜，对温茴来讲，这本身就是场无妄之灾，她从来都没有错。

宁宁：怕告诉你之后，你觉得不需要散心，立马就飞回来了。行行好不容易有机会跟你出去玩的计划不就泡汤了吗？

都这个时候了，她还不忘替自己的偶像着想。

hui：你真的是个好粉丝。

宁宁：谢谢夸奖！

温茴涌上来的情绪，被言宁三言两语给浇灭了，比浇冷水都快。

浴室的水声刚好停下，温茴没再跟言宁聊，转头看了一眼浴室门口。

磨砂玻璃上有人影在灯光下晃动，但是她看不清晰。

温茴盯着那边看了几分钟，门一打开，她的视线来不及收回，直直地和那人的撞在了一起。

她突然想起余秋的那条微博。

陆斯衍喜欢她很久这件事，温茴其实已经听了很多次，但是每次听的感觉都不一样。

温茴的眼神落在陆斯衍的脸上，半分钟后陆斯衍偏了下头，问道："怎么了？"

"我突然想起来，你好像没跟我说'我爱你'。"

陆斯衍抬脚走近她，说道："不是前几天才说过？"

那怎么能一样？

温茴皱着眉看他："那是我教你说的。"

陆斯衍扯了下唇："那也是我说的。"

不仅前几天，他昨天也说过，只不过温茴睡着了，大概没有听到而已。

陆斯衍不太喜欢煽情，跟温茴在一起之前除了演戏，压根儿没提过"喜欢"和"爱"这种字眼。

他站在温茴身侧，随手揩去下巴上的水滴，转移话题道："怎么又醒了？"

温茴揉了揉有些发涨的眼睛，说道："睡不着了。"顿了顿，她又补充道，"刷了会儿微博。"

陆斯衍垂了垂眼，轻哂了声："不是说以后都不看微博了？"

那当然都是气话。

温茴白了他一眼："你不知道女孩子都喜欢说反话吗？"

"比如……"

"比如……我说不看，就是我想看的意思。"

陆斯衍将视线落在她的脸上，意味深长地哦了一声："那你要看我脱衣服吗？"

温茴回道："不……"还没说完，她自觉地闭了嘴。

陆斯衍嘴边的笑意扩大，他也没继续逗温茴，微微敛了神色说道："我过几天要回国。"

温茴抬眼看向他，问道："那电影节……"

"去不了。"

反正今年的最佳男主角落不到他头上。

温茴拖长调子哦了一声。

不等她问，陆斯衍已经自觉解释道："叶景月底有场演唱会。"

温茴的眼睛瞬间又亮起来。

陆斯衍的眼神倒是越发深沉了，也不知道这个丫头是怎么回事，每次提到叶景，她就跟打了鸡血一样。

陆斯衍都没见过温茴看自己时眼神这么亮过，皱了皱眉，唤道：“温茴。”

“嗯？”

“你的老公是我。”

温茴不明所以道：“我知道啊。”不等陆斯衍说话，她继续说道，“你是特邀的神秘嘉宾吗？”

叶景年年都有演唱会，今年这场并没有放出嘉宾里有陆斯衍的消息，所以温茴猜测是个彩蛋，可惜她没办法亲眼过去看了。

温茴没管陆斯衍越皱越紧的眉头，自顾自地叹了口气：“我要是也能去看就好了。”

陆斯衍嗬了一声。

温茴扯了下他的睡袍的袖子，问道：“陆斯衍，你听过《真相是假》没？”

当时“四个橙子”还算火，她跟陆斯衍结婚的消息刚出来的时候，微博上一大片刷这首歌的，跟视频剪辑搭配在一起，居然也意外地催泪。

陆斯衍扬了扬眉尾：“没有。”他的醋劲儿还没过，语调也是淡淡的，“但是……”

陆斯衍俯下身，凑在温茴的耳边轻声说道：“我爱你是真的。”

他的头发上带着洗发水香味的水滴落到温茴的颈间，她连心脏都跟着怦地猛跳了下：“什么？”

“没什么。”

真相是假，但我爱你是真的。

《破晓》的男三号换成了一个新生代演员，虽然温茴没跟他合作过，但是也算见过几面。

这个男演员比起高泽好了不是一星半点儿，多数情况下在背剧本，只有偶尔才会找其他演员对几场戏。

陆斯衍没在柏林待几天，叶景的演唱会筹备了很久，地点定在了国内。

陆斯衍虽然不是主角，但还是要彩排的，加上他还有其他事，所以提前一周回了国。

付曦跟他前后脚走的。

两个人都离开柏林以后，温茴在这里就成了完全人生地不熟的孤家寡人。

付曦不放心，隔几天就要问她一次：茴茴，你真的不找一个助理吗？

别的明星身后都得跟几个助理，就温茴孤孤单单的。

付曦没事的时候偶尔还能跟她待在一起，有事的话就只能温茴自己一个人。

温茴也不是没想过招助理这个问题，只不过一拖就拖到了现在。

hui：可以，就找个栗子那样的吧？

栗子认真又活泼，平时说说话也挺好的。

xixi：要不你直接跟你的老公把人要来吧。

hui：那不行。

xixi：知根知底的，怎么就不行了？

温茴想了想，回答：会爆发“世界大战”吧。

她身边十有八九是留不了男助理的，留了的话陆斯衍会是什么反应呢？

他大概会变成醋精吧。

温茴光是想着他顶着张冷漠无情的脸，不想看她，也不跟她说话的场景，嘴角就不自觉地牵了起来。

考虑到陆斯衍，她特地叮嘱付曦：要女孩子。

刘导的要求比传闻中还要严格些，原定计划在耽误了一周的情况下，自拍摄以来剧组基本上没有在凌晨前收过工。

晚睡早起的这段时间过得飞快，国内外还有时差，一周过去，温茴才找到机会和陆斯衍聊上几句。

不远处有场男主角和女配角的长镜头戏份在拍，温茴坐在镜头外，拿出手机用最快的速度解了锁，打开微信，然后敲了两个字发过去。

hui：老公。

L：我在。

hui：我休息五分钟也要给你发消息，开心吗？

L：嗯。

hui：你在干吗？

L：听叶景唱歌。

温茴听过叶景唱的歌，他嗓子好，唱歌时跟平时说话又不太一样。

hui：我也想听。

那边立刻发了个问号过来。

L：你休息五分钟，就是想听他唱歌吗？

这两者之间的前后关联不太对。

hui：那当然不是，你又不给我唱。

温茴也没指望陆斯衍老老实实地给她唱歌，看了一眼不远处盯着监视器的刘导，转移话题。

hui：你之前跟我说刘导要给我放假的时候，我以为我要被解约了。

那会儿因为不想让陆斯衍担心，她一直忍着没问。

L：为什么要解约？

hui：不然好好的为什么要放假？

刘导一放就是一周，导致后面的进度都很紧凑。

因为很多知名演员的杀青时间只能提前而不好延后，温茴甚至以为刘导要用这周时间去找替补她的演员了。

结果出乎她的意料。

L：因为怕你的状态不好。

当时刘导还威胁他，如果一周以后温茴的状态不好，刘导就拿他是问。

陆斯衍倒是不怕这个威胁，但怕温茴真的被那些负面新闻影响，所以很认真地规划了行程。

L：觉得我骗你？

温茴刚要回一句“善意的谎言”，那人又发了消息过来。

L：你信我就好，比如……我现在很想你。

温茴笑得眼睛弯弯：我也很想你。

如果她会飞就好了，那她一定会立刻飞到他身边。

《破晓》拍得很顺利，虽然熬夜是常事，但大家也没怎么通宵拍戏。

转眼就到了月底，果然跟付曦说的一样，刘导给全剧组放了两天假，刚好是电影节这两天。

温茴连续两周睡眠不足，脸色倒是还好，就是黑眼圈突兀了些。

电影节这天，连言宁都千里迢迢地赶了过来。

温茴坐在化妆间的椅子上，强撑着才没把眼睛合上。

言宁坐在一边戳了戳她的脸，提醒道：“茴香，你清醒一下。”

温茴没什么反应，言宁拖着椅子靠近了些：“你真的一点儿都不紧张吗？”

温茴安静了几秒后，慢吞吞地摇了摇头。

她参加颁奖典礼一般不会太紧张，因为压根儿就没有那种会得奖的想法，就像这次也一样。

《蝴蝶杀》的票房很高，但是口碑不如今年的另外两部电影。

更别说温茴在电影里的镜头也不算多，她只是一个女配角而已。

为了不让自己睡着，温茴有一搭没一搭地跟言宁搭着话："你不是喜欢叶景吗？"

"对啊。"

"怎么没去看他的演唱会？"

"这不是来陪你了吗？"言宁笑眯眯地说道，"我们茴香第一次拿大奖，我当然要亲眼见证了。"

温茴说道："你说得好像我被内定了一样。"

言宁啧了一声："我有预感。"

温茴反驳道："你的预感不准。"

言宁："……"

温茴看了她一眼，还是没忍住说道："宁宁，我有件事想告诉你……"

言宁疑惑地问道："什么事啊？"

温茴："陆斯衍是叶景今天的演唱会的特邀嘉宾。"

化妆间陷入诡异的沉默中，温茴知道言宁买了叶景的演唱会的门票，所以想把这件事当作惊喜，等她去演唱会亲自发现的。

她没想到言宁不声不响地就来了德国。

温茴拍了拍她的肩膀，安慰道："没关系，还有下次。"

"下次是什么时候？"

"嗯……十年以后吧。"

温茴跟言宁说话时气氛很轻松，聊了几句也不觉得困了。

她端着肩膀挺胸抬头，一直到入场坐下，姿势才稍微松懈了一些。

温茴的头发还是很短，裙子也挑了一件纯黑的及膝裙，整个人看上去多了丝帅气的冷艳劲儿。

言宁想对她吹口哨："我家宝贝天生丽质啊。"

不是谁都扛得住这种造型的。

言宁凑过来问道："行行没有夸你吗？"

温茴很努力地想了想，然后绷着嘴角摇了摇头。

他好像还真的没夸过。

言宁这么一提，温茴心里就又多了档事。

德国这边现在接近晚上，国内的演唱会应该已经结束了。

温茴正想着要不要给陆斯衍发条消息，付曦的微信就先一步发了过来。

xixi：这是给你准备的获奖感言文档，考虑到你不会说德语，英语也不太好，说法语又不合适，干脆就只准备了中文的。

温茴觉得自己受到了侮辱。

hui：我觉得我什么都不需要。

xixi：不需要也背一下，总有一天能用上的。

温茴点开文档看了一眼，获奖感言措辞精练又不失煽情，也就几百字。温茴边看边问旁边的言宁："演唱会结束了没？"

"刚结束。"言宁很委屈地说道，"我在看现场粉丝拍的照片。"官方的现场录制视频估计还要过几天才会发出来。

言宁越看越郁闷，过了一会儿唉了一声道："茴茴……"

"怎么了？"

"行行什么时候买了个镯子啊？"言宁的声音里有着显而易见的不解之意。

温茴更不解地问道："什么镯子？"

陆斯衍的手腕上向来干净，偶尔才会戴一只腕表。

温茴往言宁那边靠了靠。

言宁的手机屏幕亮着，图片被放大，男人右手的手腕上果然多了个东西。

——温茴感觉有点儿眼熟。

温茴想了几秒，才恍然大悟一样地哦了声："那个不是镯子……"

言宁目不转睛地等她继续说。

温茴咳了声，说道："是我以前用的皮筋。"

她留长头发的时候，皮筋这种东西随身带着，后来头发剪短了，这个习惯一时半会儿没有改过来，手腕上经常会有一根皮筋。

送陆斯衍去机场的那天，她就随手把皮筋套在了他的手腕上。

温茴当时没想太多，就想着少男少女们喜欢干这种事，那她偶尔也"青春"一下。

这都是多久以前的事了？温茴没想到陆斯衍还没将皮筋摘下来，有点儿不好意思，但是嘴角的笑意怎么都掩不住："他怎么还戴着啊？"

言宁觉得温茴在秀恩爱，深呼了口气：“茴香！”

“嗯？”

“算了，”言宁站起身，“我去透透气。”

直到颁奖典礼进行了大半，言宁还没有回来。

温茴不放心，偏偏马上就要轮到“最佳女配角”颁奖了，不管是不是她获奖，她都不方便离场。

她趁着主持人串词的几分钟，发消息给言宁，问了一句。

那边的人回得倒是挺快：马上。

温茴这才放下心来。

公布获奖名单的人的名字有些熟悉，温茴差点儿以为自己听错了。

言宁刚好在她身边坐下，眼神飘忽，左看右看，说道：“茴香，不要紧张！”

温茴觉得言宁好像有点儿紧张。

她再一看台上，傅淮已经上台了，他的个子很高。

即使看不清长相，温茴也看得出来那是个好看的男人。

她看了言宁一眼，说道：“宁宁，你口中的‘渣男’。”

“嗬！”

“还真的挺好看的。”

“呵呵。”

温茴正跟她聊着，下一秒台上传来男人低沉又字正腔圆的两个字：“温茴。”

温茴的话还没说完，又硬生生地憋了回去。

她突然庆幸自己刚刚虽然在跟言宁说话，但坐姿是规矩的，脸上甚至没有半分尴尬的表情，被叫到名字的时候她只是微微一愣就弯唇笑起来，然后没有其他动作了。

还是言宁咬着牙提醒道：“起来啊，去领奖了。”

温茴以为自己在做梦，就在几分钟前，她还在跟言宁讨论傅淮的事情，现在她就站在了这人的面前。

傅淮长得确实好看，比网上的照片里还要好看。

温茴的视线一时间有些收不回来，直到那人把奖杯递过来，她才反应过来，轻声道了声谢。

她好像在梦里没有醒来一样。

傅淮朝她笑了下，开口道：“恭喜！”

“谢谢！”

“我刚刚跟陆斯衍聊了几句。”

“嗯？”

傅淮跟前有话筒，他说的话台下观众是可以听到的。

傅淮继续说道：“他知道是我颁奖，所以让我转告你一句话。”

温茴听得云里雾里。

傅淮挑眉，一字一顿地说道：“你是世界上最好的温茴。”

温茴突然就从梦里醒过来了。

陆斯衍说不出这种话来，而且今天他也不在现场，所以才让傅淮转告。

傅淮跟她互动倒也有个好处——起码可以证明他们之间真的没有什么，毕竟从上次傅淮评论过温茴的微博以后，关于两个人的传闻就没断过。

无所事事的网友都喜欢编故事，即使今天是温茴和傅淮第一次见面。

今天过后，所有的传言大概都会不攻自破。

温茴呼了口气，抿唇浅浅一笑道：“你也一样。”她隔着千万里的距离，轻声说道，“你是世界上最好的陆斯衍。”

温茴回到酒店的时候，已经到了后半夜。

她喝了点儿酒，人虽然没醉，但是没什么力气，倒在床上后一动都不想动。

她在床上躺了半晌，手机振动了下，陆斯衍的电话打了进来。

温茴翻了个身，电话一接通，他的声音就响在耳边：“回酒店了没？”

“嗯。”温茴看了一眼窗外沉沉的夜色，“你是还没睡，还是已经醒了？”

“醒了。”陆斯衍说道，“我刚才看了电影节的直播。”

温茴眨了眨眼，然后又听到他问：“他好看吗？”

“谁？”

“傅淮。”

那当然是好看的，但温茴还有理智，不至于脱口而出。

沉默几秒后，她刚要说句“还行”，陆斯衍的声音就紧接着传了过来：“你看了他半分钟。”他似乎笑了下，“还对他笑得那么好看……嗯？”

——这人又开始了。

温茴想起之前和盛洋拍戏的时候，陆斯衍也替她记过小账。

她没忍住笑出了声："陆斯衍，你一定要这么小气吗？"

不过小气归小气，他从来不会说"你不要跟其他异性说话"这样的话。

他只是告诉温茴他吃醋了，他吃醋的时候好像要比平时可爱一些。

温茴眯了眯眼，说道："大早上的不要喝醋，对身体不好……"

"温茴，"陆斯衍打断她的话，"我是不是跟你说过，我可以让你下不来床。"

温茴也不怕他，学着他的语气说道："陆斯衍，我是不是也跟你说过……"

"嗯？"

放狠话谁不会？温茴继续说道："我也可以让你上不来床。"

一月底，临近过年，剧组放了个年假。

假期不长，就一周，这一周还是在拍摄顺利且进度超前的情况下挤出来的。

温茴赶着时间订了往返机票。

在飞机上十几个小时，等到她下飞机的时候已经接近傍晚。

年关将至，街上还挂了喜庆的红灯笼。

温茴拉着行李箱刚出机场，手机就收到一条短信，没有备注，但也不像诈骗信息。

陌生号码：有时间吗？我们聊聊吧。

这有点儿像骚扰短信，毕竟这年头还发短信的人不多了。

温茴没理会。

片刻后，这个号码又发过来一条短信：我是宋琴。

温茴想要删除短信的动作顿了一顿，她没想到会是宋琴，陌生又熟悉的名字。

温茴想了好几秒，才把这两个字和她母亲的名字对上号。

她皱紧眉头，把手机装进口袋里。

手机又振动了一下。

温茴拉着行李箱走了老远，才又停下把手机拿了出来。

陌生号码：我在机场出口。

嗯，这人还知道她刚下飞机。

温茴有些头疼地按了按眉心，在原地停了好一会儿，才又抬脚走出机场。

宋琴的车很好认，确切地说是很显眼。

温茴甚至不用刻意地去找，喇叭声响了下后，几米开外的跑车车窗跟着降了下来。

她呼了口气，迈开步子走过去。

机场的人多，认出温茴的人肯定不少。她也没太在意，拉开车门上了车。

宋琴和上次见面时几乎没有区别，依旧妆容精致。

温茴靠在椅背上，一句话都不想说。

这条路有些堵车，十几分钟车子都没过一个路口。

宋琴也不急，安静了近半个小时，才说了温茴上车以来的第一句话："洋洋说你今天回国。"

温茴猜到了，是盛洋告诉宋琴的。

宋琴目视前方，语调利落优雅："他挺喜欢你的。"

温茴把玩着包链，扯了下嘴角，没应声。

前方路口是红灯，宋琴停了车，终于转头看了温茴一眼："过年回家吃个饭吧。"

时隔多年，这还是她第一次打量这个女儿，温茴长得很漂亮，像她年轻的时候。

宋琴刚和温岭山离婚的时候，对温茴是有愧疚感的，只不过愧疚感不能当饭吃。

她年轻貌美，没必要带着一个拖油瓶。

放在现在，宋琴依旧觉得愧疚，只不过这么久了，愧疚感有之，那本来就为数不多的母爱早就被磨没了。

今天她来接温茴，主要是因为盛洋。

虽然没怎么一起生活过，但盛洋很喜欢这个姐姐，可能这就是血缘关系。

宋琴点了支女士香烟，说道："盛洋挺想你去的。"

温茴这才转头看了她一眼。

温茴的眼神很干净，才和宋琴对视几秒，后者就把视线移开了。

温茴本来不想见宋琴的，但又总觉得反正迟早都会见面，那晚见不如早见。

和温茴预想的场景不太一样，她面对宋琴，恨和抱怨之类的情绪通通没有。

上次见到宋琴时，温茴的心脏仿佛骤然停了一瞬，这次她反倒没什么感觉。

温茴像是在看一个陌生人，说道："过年要跟家里人一起吃饭。"

盛洋是弟弟，但宋琴已经不是她的妈妈了。

明明都还在这个世上，她却已经没有爸爸妈妈了。

宋琴动了动嘴巴，一支烟抽到一半，就再也抽不下去了。

她跟温茴的确像陌生人，不，可能还不如陌生人。

车内的空气似乎都是苦的，宋琴吐了口烟："那算了吧。"强求不得。

车还被堵着，过了前面的那条街就是御南一品。

温茴不想在车上待下去了，扯开安全带，说道："就送到这里吧。"

她打开车门，下车前又看了一眼主驾驶座上的漂亮女人："帮我跟盛洋说句'新年快乐'，谢谢！"

车门被关上了，宋琴看了一眼窗外那道纤细的背影，然后把烟摁灭在了烟灰缸里。

和温茴的这段关系，她其实没想补救，也补救不了——太迟了。

温茴拉着行李箱，回家这几百米的距离，她还碰上了两个过来跟她要签名的粉丝。

有个小姑娘年纪不大，还红着张脸想帮忙拿行李箱。

温茴虽然拒绝了她，但是心情瞬间好了不少。

陆斯衍今天下午有事，所以没在家。

温茴推门进去的时候，整个别墅都空荡荡的，没有人，但是有人气，不像酒店那样，住多久都没有家的感觉。

温茴把行李箱放下，回房间洗了个澡，出来的时候微信多了几条消息，全部来自陆斯衍。

L：到家了没？

L：晚上想吃什么？

L：明天回栗园吃饭？

栗园是陆青元那一辈人住的小区。

温茴坐在床上，边擦头发边回消息：好啊，你什么时候回家？

L：八点半吧。

温茴吹干了头发，又换了件可以出门的衣服，最后在客厅里看了一集电视剧，总算到了八点半。

陆斯衍给的时间大多时候是准的，温茴刚走到小区门口，就正好看到陆斯衍从车上下来。一切都是刚刚好。

温茴还没跟他说话，嘴角就已经弯了起来。

宋琴的事，她已经忘了——就在她见到陆斯衍的这一刻。

温茴悄悄站在一边，等陆斯衍从她身边经过，才跳出来抱住了他。

陆斯衍没什么反应，温茴本来是想吓他的，结果人没吓到，空气像是静止了一样，她差点儿以为自己抱错了人。

但是她不会认错的。

温茴看了他一眼，问道："你为什么不害怕？"

因为陆斯衍刚下车时就看到她了，一眼就能看到，但是为了配合温茴，还是象征性地皱了下眉："我好害怕。"跟哄小孩子一样。

温茴挂在他身上不愿意下来，说道："我等你好久了，脚都要麻了。"

她倒是越来越会撒娇了。

陆斯衍也不戳穿她的一通胡编乱造："那我背你。"话音才落，身后的女孩子美滋滋地跳了上来。

她还是很轻，跳的那个动作都没太大的重量。

因为是除夕，整个小区都很热闹，灯火通明，有很多大人和小孩在玩闹。一栋栋现代化别墅在路灯的映衬下都显得瑰丽了不少，像温茴和陆斯衍在德国看的城堡。

温茴把脸埋在陆斯衍的颈间，没头没尾地说了句："城堡真好看！"

"喜欢吗？"

大概没有人不喜欢吧，温茴点了点头。

陆斯衍微偏了下头："给你建一座，好不好？"

温茴啊了一声，吐槽道："财大气粗！"

"嗯，"男人轻轻地笑道，"所以跟我在一起，你可以做一辈子的小公主。"

温茴轻轻收紧胳膊，贴在陆斯衍的耳边温温柔柔地说道："好喜欢你啊。"说一万遍她都不觉得多。

头顶有烟花炸开，耳边有小孩子拿的仙女棒燃烧的声音。

刺啦啦一声，温茴扭过头去看了一眼，刚好看到那根仙女棒在空中画了个圆。

已经一年过去了呀，还有两年、五年、十年，或更久更久。

她想和陆斯衍就这样一直走下去，永永远远。

番外一

秘密

陆斯衍第一次见到温茴时，其实对她的印象并不深。

他性子偏冷，小时候就比其他孩子更像是个小大人。跟他年纪差不多的叶景还在玩泥巴，他就已经做好了去拯救世界的准备。

少年的青春叛逆期到了，游戏要比可爱妹妹重要一百倍。

陆斯衍每天被陆长晴烦着，对女孩子有一万分的嫌弃之意。

即使温茴长得的确很漂亮，可那又怎么样呢？陆长晴长得也漂亮，但还不是一样烦人？

所以陆斯衍当时只看了温茴一眼，就兴味索然地转开了视线。

陆家的家教向来严格，当时陆青元又在旁边，就算陆斯衍万分不情愿，还是勉强对着比他矮了大半头的小姑娘敷衍地扯了扯嘴角。

陆青元板着张脸说道："快跟妹妹打招呼。"

陆斯衍应道："哦。"

他这才看了温茴第二眼。

小姑娘瓷白的一张脸被明晃晃的太阳光照着，毛茸茸的头发丝被镀了一层光，她那天穿了同样毛茸茸的白色外套，整个人像是坠落凡间的天使。

陆斯衍这才发觉温茴和陆长晴是不一样的，从长相到性格，哪里都不一样。

陆斯衍难得地把注意力从PSP（游戏机）上移开了些，跟陆青元一样也板着张脸打招呼道："你好！"

虽然态度还是很敷衍，但起码比刚才好了不少。陆青元很欣慰地拍了拍两个小家伙的脑袋：“叔叔先去拍戏，小茴香在这里陪哥哥玩一会儿。”

温茴那会儿还是个挺自来熟的小朋友，每天在片场里的日常不是拍戏就是像个吉祥物一样被叔叔阿姨们抱着聊天，时间久了，她以为这个世界上除了温岭山，每个人都很喜欢她，连陆斯衍也不例外。

她猜陆斯衍的面无表情，可能只是因为冬天太冷，面部神经反应迟钝导致面瘫了而已。

北方时值寒冬，寒风凛冽刺骨。

温茴用两只小手托着下巴坐在陆斯衍身边，有源源不断的寒风挤进两个人间的缝隙，像是筑起了一道空气墙，把她和陆斯衍隔得像是两个世界的人。

小温茴心想：哥哥被冻得表情更僵了。

陆斯衍看起来实在太冷了，冷到温茴控制不住地想靠近他，然后把自己身上毛茸茸的披肩分给他一半。她捏紧自己的衣领，小心翼翼地从长椅上朝身边的人挪了几厘米的距离。

少年正在专心地玩游戏，过了半分钟才后知后觉地反应过来，转头看了她一眼。

小姑娘睁着一双大眼睛，在和他视线交会的一瞬间，笑眼弯弯。

陆斯衍皱眉，眼底有不解之色。

温茴翘着嘴角，又往他跟前挪了几寸。

陆斯衍懒得开口，因为一张开嘴就会有冷风往嘴里灌，牙齿冰凉，说话就像是漏风。

他听叶景这样讲过话，跟傻瓜没两样。

陆斯衍默默地收回视线，然后默默地往另一边挪了挪。

他以为温茴能懂他的意思，结果屁股还没坐热，小姑娘又像个雪团子一样跟着挪了过来。

陆斯衍再挪，温茴再跟着。

他当时想的是这个小姑娘长得挺漂亮，可惜脑袋好像不太正常。

而温茴不一样，她想的是这个哥哥好害羞啊，她要再主动一点儿。

于是在陆斯衍从长椅上滚下去的前一秒，温茴直接拉住了他的衣角。

陆斯衍被吓得不轻。

温茴的想法单纯大胆，但毕竟是个女孩子，她抿了抿嘴角，声音干净软糯：“哥哥，你冷不冷啊？”

她像是狼外婆，也像是小狐狸。

陆斯衍觉得再晚一秒，他就要被吃得连骨头都不剩了，生平第一次毫无颜面、连滚带爬地跳开了半米。到了安全范围之后，他又觉得自己这样很没面子，抬手捋了捋自己的头发，另一只手捏紧了游戏机掩饰尴尬：“看什么看？”

少年压着嗓子，怒气隐约可见。

虽然他不比温岭山凶，但是温茴也明白他是什么意思了。

她不懂怎么控制自己的表情，难得在片场被人凶了一次，一整天都闷闷不乐的，背地里还偷偷哭了好几通鼻子。

陆青元根本不用细问，一看到温茴泛红的鼻尖和眼角，再看自家儿子时就鼻子不是鼻子、眼睛不是眼睛了。他特地叫助理买了一大袋子零食给温茴，一边安慰她一边保证道：“小茴香放心，叔叔回家了一定好好教训他！”

话音才落，原本还在吸鼻子的温茴瞬间屏住了呼吸，摇头如同摇拨浪鼓：“不不不……”

她好半晌都没想到借口，一连串的“不”字像是欲盖弥彰。

陆青元更气了，表面上和蔼可亲，心里已经把陆斯衍骂了一万遍。

温茴一看他的表情不对，绞尽脑汁才终于憋出来一句：“我是因为想奶奶才哭的……”

她睁着眼睛说瞎话：“哥哥长得好像我的奶奶。”

几米开外，表面上是在打游戏，实则在偷听的陆斯衍手指一抖，屏幕上的小人直接一头撞死在了障碍物上。

陆斯衍和温茴的初次见面，就这样以互相看不顺眼的结局收了尾。

十三岁的陆斯衍并不待见温茴，算不上讨厌，但是也绝对不会想再见第二面。

陆青元也看得出来这两个小孩八字不合，从那以后除非必要，不然从来不会带陆斯衍到片场。即使把人带到片场了，他也只把陆斯衍扔在无人的角落里，别说温茴，连其他人都很少会接触到。

陆斯衍倒是乐得清闲，每天沉浸在自己的世界里，偶尔和温茴的视线撞上时就跟没看到一样转开目光。

时间一晃就是小半年。

这小半年里，陆斯衍觉得温茴是个怪妹妹，一个可能会吃掉他的怪妹妹。

至于温茴，因为当时年纪小，很多细节都记不清了，对陆斯衍的第一印象就只剩下了四个字——

他好凶啊。

再接触陆斯衍，是在温茴进《海棠依旧》剧组的那天。

她对陆斯衍的印象不太好，最开始接到剧组邀约的时候辗转反侧了整整三天三夜，每天夜里都抱着枕头在想该怎么跟温岭山说拒接这部戏。

她还没来得及跟温岭山说这件事，温岭山就已经把戏接下来了。

实在没有办法，温茴只能拉着行李箱进了组。

剧组的很多人之前和温茴合作过，一见到她的人影，呼啦啦的一群人就拥过来要替她拿行李箱。

少女时期的温茴个子并不高挑，整个人柔弱得像风一吹就要倒，几个人把她团团围住，正嘘寒问暖得热闹时，不远处突然有人笑着打趣说了句："阿衍，你这边也太冷清了吧？"

这句话的声音其实并不大，但是不知道为什么，温茴听得清清楚楚。

温茴整个人像是被人点了穴，脸上的表情瞬间僵住，全部注意力挪到了人群外的那两个人身上，然后她就听到了极清朗好听的声音："怎么？"

那是陆斯衍的声音。

他已经过了变声期，嗓音里却还带着几分少年独有的干净凛冽感，那股子不可一世的劲儿在他身上展现得淋漓尽致："关你什么事？！"

温茴轻轻地咳了一声，意识很快被耳边嘈杂的声音拉了回来，她弯起嘴角跟众人一一道了谢，然后半低下头，从陆斯衍身边经过的时候刻意把自己藏在了别人身后。

两个人的正式见面是在那天晚上的开机宴上。

温茴觉得陆斯衍是不记得自己了，因为两个人对视的那一秒，她在陆斯衍的眼中看到了冷淡又礼貌的距离感。

重点是礼貌。

温茴长长地松了口气，她人缘好，但是话不多，整个晚上基本在埋头吃饭。

其实她用脑袋想一想也知道，这种饭局里交际才是重点，根本不会有谁会认真地吃东西。

温茴是个例外。她把饭桌上的每一样菜都吃了一遍，散场的时候用手一摸，掌心底下难得摸出了点儿小肚子。

到了晚上十一点多，一行人三三两两地站在路边等着代驾过来。

很不巧，温茴和陆斯衍被安排在一辆车上。

初春的晚风还带着凉意，吹得温茴连头发丝都是冷的。她就站在最后面的位置，围巾往上拉起，眼皮再垂下，努力地让自己不被陆斯衍注意到。

没办法，陆斯衍对她来说是个危险人物，她不能靠近的。

每一秒都像被无限地延长，嘀嘀嗒嗒的，她仿佛能听到秒针转动的声音。

温茴将脸埋在围巾里深吸了口气，微微抬起眼皮，余光刚好瞥见了映在陆斯衍的指间的蓝色火光。

那人似乎注意到了温茴的视线，点烟的动作微微一顿。

温茴就像着了魔，鬼使神差地把头抬了起来。

下一秒，她看到了映在暖黄色路灯光底下的陆斯衍的脸。

少年轻抿嘴角，只和温茴对视了一瞬就把眼睫垂了下去。

这人的睫毛可真长呀。

温茴只顾着羡慕了，以至反应过来时，那人的视线已经落到了她正捂着小肚子的手上。

温茴的耳根瞬间烫了起来，她的手指抬起又放下，有好几秒处于无处安放的尴尬位置，因为她下意识地把小肚子吸了进去。

这绝对是温茴反应最快的一次，可惜还是慢了半拍，少年的眼里已有笑意，嘴角翘的弧度很明显。

然后，温茴听到了从他喉间发出来的一声轻嗤。

他在笑她，毫不掩饰地笑她。

这一晚，温茴对陆斯衍的好感度从 0 直接降到了“-100”。

连续很长时间，温茴对陆斯衍这个人能避则避。

等到两个人拍第一场对手戏时，温茴还因为不想跟他的视线相接而被导演喊停了两次。到了第三次，她好不容易有了状态，结果陆斯衍那边又出了状况。

《海棠依旧》开拍以来，陆斯衍就没 NG 过戏，温茴觉得奇怪。场外突然有人拍了拍手叫他：“小四，你过来一下。”

温茴一转头，刚好瞧见正朝她点头微笑的陆文艺。

温茴之前没见过她，不过从她的穿着和气质来看，也能猜出来这不是个好惹的人物。

识时务者为俊杰，温茴当即回了个甜甜的笑容。

陆文艺眯了眯眼睛，跟陆斯衍说话时，视线还落在温茴身上："长本事了，还知道怜香惜玉了？"

温茴竖起耳朵，听得倒是挺清晰，就是没能听懂是什么意思。

不过听到下一句话，她就懂了。

陆文艺继续说道："怕导演说人家小妹妹，你都知道主动 NG 了？"

温茴一个踉跄，差点儿来个平地摔。

更可怕的是陆斯衍根本就没解释，像是注意到了她的窘态，慢条斯理地把一个"嗯"字拖得老长。

温茴不敢继续往下听了，刚要抬手把耳朵捂住，就又听陆文艺问了句："那个小妹妹是谁啊？"

陆文艺很认真地打量了温茴一圈。她今天有空闲，已经到这边半个小时了，刚才完完整整地看过了那两场戏，温茴的表现虽然有点儿小问题，但无论从长相到演技都是同龄人里拔尖的水平。

毕竟温茴是童星出身，陆文艺也看过几眼她的戏。

她越瞧温茴越顺眼，迟迟不见陆斯衍回答，又转头睨了他一眼："问你话呢。"

她太凶了。

不仅陆斯衍凶，他的经纪人比他还凶。

温茴屏住呼吸，把步子放到最小，试图悄无声息地从两个人的视线范围内挪开，挪到第三步的时候，她等到了陆斯衍的回答。

这人平时话少，但只要一开口就必定是道惊雷。他对陆文艺说："就是那个一人吃了我们全组人的饭的妹妹。"

她敢保证，不敢说方圆十里，起码方圆十米内的人都将这话听得清清楚楚。

温茴的第一次"社会性死亡"，发生在那年。

她的整张脸憋得通红，像是立马能原地炸开。

"哦……"陆斯衍像是恶作剧般，又说道，"记错了。"

陆斯衍之前确实是不待见温茴的，看都不会多看一眼。但是也不知道从什么时候开始，他拍完戏休息的间隙，眼神总会无意间瞥向安静背剧本的温茴。

即使这种无意只有几秒。

温茴的戏份临近杀青的时候，她那天穿了件红色的斗篷，颜色太鲜艳，轻而易举地从剧组的百十来号人里脱颖而出。

陆斯衍的目光在她身上停留的时间第一次以分钟来计算。

那天的阳光白得晃眼，温茴坐在剧组临时搭的遮阳伞下，有光线从伞的边缘漏进去，洒在她的身上，明暗交界的地方像是从摄像机里看到的画面，带着很梦幻的光圈。

周遭那么纷杂，到处都充斥着噪声，陆斯衍却听到了自己的心跳的声音，那是一种无法解释的怦然心动的反应。

她不再像天使了，而像是森林里的女巫，轻而易举地给他下了蛊。

除了温茴自己，谁都解不了的蛊。

那天回去之后，陆斯衍难得登上了已经半年没登录过的微博。

陆斯衍翻了十几分钟，才翻到一条带有他和温茴的名字的微博，内容并不暧昧，就是简简单单希望他们两个多合作的微博。陆斯衍头一回动作快过脑子，手指一落，给那条微博点了个赞。

他刚点完没几秒，陆长晴的消息就发了过来：哥，我的微博被盗号了！

陆长晴：这盗号的人也太猖狂了吧，盗了我的微博还敢乱点赞。

陆斯衍突然就被陆长晴的这句话给点醒了，手机屏幕还亮着。他正犹豫着要不要取消点赞，陆长晴就发了几条消息过来。

陆长晴：太假了，太假了，他不点这个赞我还不知道他盗了我的号。

陆长晴：不说了，我先去改个密码。

陆长晴：然后立刻把这个赞取消了。

他发了一个问号。

陆长晴：人家姐姐长得挺好看的，我觉得你配不上她。

陆斯衍被气笑了。

冷静下来以后，他才后知后觉地反应过来，陆长晴前几天用他的手机登录微博没有退出来，所以他点的那个赞，根本不是用的他自己的账号。

这样也挺好的，本来他就不该一时脑热地点赞那条微博。

以后永远也不会有人知道他在微博上点的第一个赞，那是一个秘密。

番外二

一拜天地

温茴和陆斯衍的婚礼举办了两场，一场是西式，另一场是中式。

这个主意是最怕麻烦的陆斯衍提出来的，温茴一开始根本没办法理解。

“老公，你为什么不穿衬衣啊？”

“扣子很麻烦。”

“老公，你怎么不吃鱼啊？”

“挑鱼刺很麻烦。”

就是啊，这么嫌麻烦的陆斯衍，居然要大费周章地办两场婚礼！

她正要煞费苦心地继续寻找陆斯衍怕麻烦的证据，眼睛一转的工夫，那人把刚挑好刺的鱼肉放进了她的碗里。

就是这一瞬间，温茴突然就懂了。

陆斯衍确实不常吃鱼，但是因为温茴喜欢，所以平时没少给她挑鱼刺。

好像关于她的事情，陆斯衍就没嫌麻烦过。

温茴问道：“你为什么不嫌麻烦，要办两场婚礼？”

问完以后的短短几秒，温茴猜着陆斯衍的回答，脑海里已经上演了整部浪漫偶像剧。

然而沉默几秒后，他慢悠悠地吐出了几个字：“没看新闻吗？”

“啊？”

陆斯衍说道：“女子二婚大办中式婚礼，称第一次婚礼是西式婚礼，这次想体验不一样的感觉。”

温茴愣了好一会儿，才后知后觉地打开了微博，“二婚”两个字才打上去，相关新闻已经出来了，点进去一看，和陆斯衍说的一字不差。

温茴怀疑他偷偷背下来了。

她小声嘀咕了句：“西式婚礼还分好几……”话还没说完，对面那人的眼神已经凉了下来——重点歪了。

温茴连忙打住，低下头把碗里的鱼肉夹进嘴里，鱼肉滑嫩，刺被挑得干干净净。

她突然就对陆斯衍的情话没那么执着了，正要把话题转开，就听陆斯衍把话接了下去：“所以……你觉得两场少吗？”

陆斯衍又问道：“那我们每年办一场？每个月办一场？”

“别！”温茴咬着筷子的牙齿微微用力，“两场够了。”

两场婚礼相隔的时间不算长，三个月。

第一次婚礼之后，温茴有意没做安全措施。

如果能中招，那温茴就延长自己的假期；如果中不了，那也是意料之中的事情。

一切都交给命运。

温茴更倾向于后者，结果就在第二次婚礼前夕，她意识到自己可能怀上了宝宝。

她了解自己的身体，虽然这几年比先前好了不少，但小时候落下的病根总不可能完全祛除，所以在告诉陆斯衍前，她偷偷去药店买了验孕棒。

担心一支验孕棒不可靠，温茴直接把药店里所有牌子的验孕棒都各拿了一支。店员大概也没见过这种阵仗，从温茴做贼一样进药店开始，一直到温茴抱了满怀的验孕棒去结账，店员看温茴的眼神就像是在看一个外星人。

温茴拉了拉脸上的三层口罩，掐着嗓子说道：“谢谢！”

她的一双眼睛露在外面，只是礼貌地和店员的视线交接了一下，对方就立刻瞪大了双眼。

店员抬起手指了指，温茴马上反应过来，竖起食指抵在口罩上：“帮我保密。”

温茴这时候已经忘了自己来药店的用意了，像是一阵风，不出三秒就奔出了药店。

等到了家，温茴对着一袋子各种样式的验孕棒皱着眉头，叹了口气。

大概真的是一孕傻三年，明明线上叫个外卖就能解决的问题，她非要出门抛头露面地买这种东西。

幸亏今天药店冷清，也没有娱记蹲她，不然估计人还没到家，网友就已经看到新闻了。

温茴捂着胸口连着做了几次深呼吸，等心跳完全平复下来之后，才按照操作方法拿了东西去卫生间检测。

结果出来得很快，十支验孕棒，有十支都是两条杠。

——她中招了。

温茴蹲在卫生间的地上，有些哭笑不得。

毕竟就在昨天晚上，她还信誓旦旦地和陆斯衍说没那么容易中招的，没承想才过了一天，她就被“打脸”了。

温茴在原地蹲了五分钟，直到腿有些麻了，才把垃圾都收拾好，拿起手机给言宁发了条微信。

hui：完了。

实不相瞒，从温茴的好友的角度来看，言宁的第一反应是陆斯衍做错了什么事。

“行行”两个字都打出来了，结果脑子里的她在相信偶像和质疑偶像中间横跳了半分钟，她又把这两个字删掉了。

宁宁：怎么了？！

hui：我好像中奖了。

宁宁一口气追问了好几个问题：中彩票了？多少钱啊？！你什么时候背着我去买的彩票？！

hui：中了陆斯衍的奖。

言宁愣住了，好半晌才发了几个字过来：行行真牛！

顿了顿，言宁又加了句：茴茴更牛！

虽然十支验孕棒都是两道杠，但毕竟还没去医院确定过，温茴也就没告诉陆斯衍。

而且这种事情她没怀上就当是个乌龙，怀了的话就当是给陆斯衍一个惊喜。

但是不管她中没中招，该注意的问题还是要注意。

当天晚上，陆斯衍想跟温茴亲热的时候，被她伸手推开了。

明明老婆昨天晚上还很热情，才过了一天整张脸上好像都写满了拒绝之意，陆斯衍委屈又不解，眉头轻蹙地问道：“怎么了？”

他尽量把语气放得温柔些：“怎么不开心了？”

短短几秒，陆斯衍已经把自己可能犯的错误都在脑袋里过了一遍，实在没想出来，只能干巴巴地哄她："老婆，我错了。"

温茴眨了眨眼睛："你哪里错了？"

陆斯衍今天没抽烟，也没喝酒，连三餐都按时吃了，而且吃得不少……实在想不到自己错在哪儿了。沉默几秒后，男人答道："不知道。"

温茴差点儿被他给逗笑了："我没有不开心。"

恰恰相反，她其实是有点儿开心的。虽然这个宝宝并不在她的短期规划范围内，但只要是和陆斯衍相关的，那都是意外的惊喜。

"睡觉觉，"温茴难得用了叠词，把整张脸埋进被子里，百年难得一遇地嗲声说道，"老公晚安！"

陆斯衍被温茴搞得一头雾水。

一直到婚礼那天，陆斯衍都没有机会和自己的老婆亲热。

陆斯衍一时不知道是自己的问题还是温茴的问题。这几天他查询过，也找医生朋友旁敲侧击地问过，都没得到满意的答案。

温茴明显还是爱他的，但就是不愿意跟他亲热。

她借口也多，今天去照顾言宁，明天去剧组，后天又太累了，不想动……一周下来，陆斯衍练成了清心寡欲、坐怀不乱的本事，就是有点儿辛苦。

一周后，婚礼如期举行。

陆斯衍和温茴的爱情从《海棠依旧》开始，所以婚礼也用了中式的传统习俗，中式婚礼当然要穿大红喜服、掀红盖头。

婚礼当天，温茴一大早就坐在了梳妆镜前。陆家出手阔绰，人脉又广，请的化妆师都是圈内最有名的，而且一请就是好几个。

温茴端着肩膀，身上的红嫁衣在水晶灯的照射下亮得晃眼。她垂下眼睑，手指在依旧平坦的小腹上刚轻抚了几下，陆长晴就立刻凑过来："茴姐，饿了吗？"

毕竟温茴坐在这里小半天了，虽然没怎么动过，但是神经紧绷着的情况下会饿再正常不过了。

陆长晴把早就准备好的零食抱过来，问道："茴姐，你想吃什么？"

温茴是艺人，在身材管理方面的要求很严格，但今天是最特殊的一天，陆长晴还把那些平常根本不会出现在温茴面前的薯片也一股脑儿地推了过来。

陆长晴给自己的偶像批了个假，说道：“这些……今天通通可以吃！”

温茴小时候没得到过的奖励，今天在陆长晴这里体验了一回。她有些哭笑不得地看着堆了整个梳妆台的包装袋，然后在陆长晴的注视下一件件拿了个遍。

其实她都想吃，但是现在……她把手里的各种膨化食品都放回去，拿了袋果脯拆开，然后拈了枚果干放进嘴里：“那些我吃不了。”

陆长晴把她从头到脚打量了一遍，片刻后若有所思地点了点头：“茴姐，你最近好像胖了。”

温茴捏着果干的手指一僵，保密计划疑似暴露。

温茴连果干都吃不下去了，吓得立刻抽了张纸巾擦手，做贼一样发了条消息给陆斯衍：老公，我胖了吗？

新婚之日，陆斯衍难免被折腾，过了十来分钟，等温茴没经住诱惑吃了半包西梅之后，他的回复才姗姗来迟：没有。

他又问：谁说的？

温茴还没把陆长晴给供出去，陆斯衍就先猜到了正确答案：陆长晴？

毕竟是亲妹妹，陆斯衍对她的脾性摸得一清二楚。见温茴没回复，他直接给陆长晴发了条消息：闭嘴！

对方没懂，一连串的问号飞速地发了过去。

L：她没有胖。

其实温茴每天跟陆斯衍见面，她胖没胖，他一清二楚，她最近吃得比平时多了些，长胖很正常。但是这种程度对温茴来讲，不能算是胖。

陆斯衍一想到温茴可能在陆长晴的怂恿下再减肥，眉头就不自觉地皱起：再说一遍，你就完了。

“茴姐，你好像……”陆长晴顿了顿，才又说，“好像……也没有胖。”

陆长晴的语气很诚恳：“对不起，茴姐，是我眼瞎。”

虽然兄妹俩都这么说，但温茴觉得自己确实胖了。

原因就在于她明明只吃了一包果干，加上婚礼中途吃了几口垫肚子的蔬菜、水果，但是小腹已经凸起来了，连宽松的嫁衣都没能藏住。

好在这次婚礼客人不多，她不用像上次一样费力地招待。

两个人拜天地的时候，温茴觉得自己不像以前那样身轻如燕了。换句话说，她弯腰的时候稍微有些吃力。

陆斯衍皱眉，旁边的陆长晴也跟着皱眉。

夫妻对拜的时候，两个人隔着红盖头轻轻碰头的那个瞬间，温茴听到他轻轻地问："不舒服吗？"

温茴看不到他的表情，但也猜得到。她也放轻了声音说："不许皱眉。"

温茴刻意延长了弯腰的时间，就是为了多跟陆斯衍说句话，她微微笑了起来："晚上给你个惊喜。"

等到了晚上，温茴把"给陆斯衍惊喜"这件事忘了，还是陆长晴发来的消息提醒了她。

"茴姐，你今天肚子不舒服吗？"

温茴立刻从床上惊坐起，转头看了一眼陆斯衍，嘴巴动了好一会儿才憋出来两个字："嘿嘿……"

陆斯衍看她的眼神越发直接。

温茴坐直了身体，手放在小腹上，迎着他的目光问道："懂了吗？"

陆斯衍视线下移："懂了。"片刻后，又移了上去，"所以惊喜呢？"

温茴轻轻拍了拍用力鼓起来的肚子："这还不叫惊喜吗？！"她怀疑陆斯衍根本没懂。

她再次确认："你真的懂了吗？"

陆斯衍问道："你怀孕了？"

温茴和他四目相对了半分钟，才有些泄气地问："你为什么看上去一点儿都不开心啊？"

这哪里是当爸爸的人该有的样子？！

其实陆斯衍也不是不开心，只不过没太反应过来而已。过了几分钟，他才猛地心跳加快，

他小心翼翼地又把视线移到温茴的腹部上，许久说不出话来。

温茴泄气地说道："不开心也起码装一下……"

以陆斯衍的演技，那不是信手拈来的事情吗？

温茴掰着手指头，继续嘟囔："果然粉丝说的话都是骗人的。"

陆斯衍像是才回过神来，连语调都是慢吞吞的："什么骗人的？"

"他们说——"温茴一本正经地说道，"你见到我的第一眼，连我们的孩子叫什么都想出来了。"

她正想接着控诉陆斯衍的不上心行为，他就哦了一声："我确实想出来了。"

"叫什么？"

"陆温。"

“就这……”

“陆茴也可以。”

“呵呵。”

本来对他还怀着三分期待的温茴决定，明天一早就去新华书店买本字典回来，让这个男人熟读并全文背诵！

番外三

起名这件天大的事

温茴怀宝宝的中期，和陆斯衍出去度了个蜜月。

由于这个蜜月实在迟到了太久，加上温茴怀着身孕，虽然胎儿稳定，但还是不宜多运动，整个旅行过程的节奏很舒服，说是“蜜月”，其实用“夕阳红旅行团”形容反倒更贴切一些。

陪同的陆长晴和言宁活蹦乱跳，精力充沛。

温茴眼巴巴地看着两个人在夕阳下的海边追逐打闹，好几次忍不住想加入，结果手指才动了下，旁边的某人就装模作样地咳了一声：“躺好！”

温茴有些郁闷地说道：“医生说了，不能总是躺着，对胎儿不好……”

陆斯衍将手伸过来，碰了碰她的鼻尖：“你五分钟前才躺下的。”

温茴的视线还是落在那两个人身上：“老公，我无聊……”

一本新华字典被递了过来，他说：“无聊就给你的女儿起名字。”

温茴抱着字典，很不情愿地小声嘟囔：“你怎么知道是女儿？”

摆脱起名困扰的陆斯衍一身轻松，眼睛微微弯下：“我就是知道。”

“夕阳红旅行团”结束旅行的第二周，温茴在看电视的时候接到了快递员的电话。

快递送货上门，关上门以后，温茴盯着那箱母婴用品皱起了眉。

当天晚上，温茴就坐在床上拆开一个个快递盒子，越拆越觉得不对劲。

这些东西太粉了，粉得有些过分，盒子上还用了一根根蕾丝飘带系了一排的蝴蝶结。

温茴皱着眉头，拆开一个透明包装袋，粉色带花边的公主裙几乎让她眼前一黑。

“陆斯衍——”

开门声刚好响起，温茴以为陆斯衍回来了，拎着物证就要去找罪魁祸首。结果她刚一出门，就碰上了眉开眼笑的钟庆虹和陆长晴。

“罪魁祸首”陆斯衍站在最后面，一边把手里的东西放下，一边问道：“怎么了？”

温茴的气势弱了半截，她把手里的粉色裙子往前递了递，问道：“你买的这是什么啊？”

下一秒，裙子被离她最近的钟庆虹接了过去。她向来偏心自家儿媳妇，一看到温茴愁眉苦脸、欲言又止的表情，还没看清东西，就对陆斯衍一通狂轰滥炸：“就是……你买的什么东西啊？！”手里的东西不重，还带着蕾丝边，看起来就不像是正经东西。

钟庆虹定睛一看，开始觉得她接过的是一团火，把她烧得老脸一红。她想说点儿什么打破尴尬的气氛，但是又不知道该怎么开口。

沉默几秒后，钟庆虹转过头对着儿子疯狂地使眼色：愣着干吗？还不赶紧把我手里的东西拿走！

母子俩实在没默契，钟庆虹在心里咆哮了一万遍，陆斯衍还是无动于衷。

大概过了半分钟，陆斯衍才后知后觉地意识到这两个人气急败坏的原因，便接过粉色的衣服展开。

一旁的陆长晴咦了一声：“哥，你也买了这个啊？好巧……我昨天刚下的单。”

陆长晴难得地和陆斯衍有了共同话题，滑开手机屏幕凑近他：“哥，你看，我的购物车里有好几十件呢！”

陆斯衍低着头仔细看了起来，看了不到三秒，耳朵就被钟庆虹揪住，钟庆虹教育道：“你们俩能不能……”

陆长晴以为是自己冷落了她的原因，忙把手机递了过去：“妈，你快看看我给你未来孙女挑的衣服！”

温茴眼睁睁地看着钟庆虹从怒火冲天变成了一脸慈爱。

她迟疑地问道：“如果是个男孩呢？”

话音刚落，那三个人齐齐转头看了过来：“不可能！”

陆家人好像都比较喜欢女孩，陆斯衍就不用说了，陆长晴从知道温茴怀孕的那一刻起，就万分后悔婚礼那天递给温茴一包梅子。

酸儿辣女嘛。

陆长晴谨慎又期待，不下十次地问温茴想不想吃辣条。

很可惜，她不想。

钟庆虹就更是离谱，从温茴还没太显怀开始就准备好了她的未来小孙女的餐具，每次去家里吃饭，都要摆在自己手边。

全家人里，只有陆青元最正常。

温茴甚至一度为自己肚子里的宝宝担忧——如果是个男孩，是不是就不会像现在这样，还没出生就被全家人捧在心尖尖上呢？

他长大懂事了以后会不会问她，为什么爸爸不喜欢他？

为什么姑姑总是对着他叹气？

温茴不敢继续想。

她就这么担忧着，预产期也到了。

她的身板没那么好，加上生产前过于紧张而折腾的时间久，整个人像从水里捞出来的一样。

陆斯衍就不一样了，他像是还在水里，窒息感挥之不去，连护士叫他他都没听到。

护士一直喊到第三声，他总算反应过来："嗯？"

这人长得可真好看啊，比电视上还好看，护士被他看得有些局促："陆先生，要看看孩子吗？"

陆斯衍这才注意到她怀里的婴儿，小眼睛，小鼻子，小嘴巴，皱巴巴、肉乎乎的一团，发丝看起来略显稀疏地贴在头皮上。

老实讲，刚出生的婴儿并没有那么可爱，但陆斯衍的一颗心前所未有地柔软起来。他抬起手，伸出食指想触碰孩子的小脸蛋，就像以前很多次想触碰温茴一样。

护士有些兴奋地说道："是个男孩呢。"

陆斯衍的反应不大，他脑子里全是那一柜子的公主裙。直到温茴咳了下，他才神色淡淡地嗯了声，俯身轻握住温茴的手："还疼吗？"问完又觉得这是废话。

陆斯衍深呼口气，压低声音，带着歉意地说道："对不起。"

温茴脱力地躺在床上，眼底泛着泪光，还不忘提醒他："是个男孩。"顿了顿，她轻轻地问："你喜欢他吗？"

他眉眼柔和，也轻轻地回答：“喜欢。”

温茴的眼睛亮了又亮，悬着的一颗心这才放回了肚子里。

事实证明，“男人的嘴，骗人的鬼”，尤其是陆斯衍这种长得帅的男人。

宝宝出生的第三天，温茴直勾勾地看着陆斯衍，问道：“起好名字了吗？”

她心想都是当爸爸的人了，陆斯衍肯定要比之前更有责任感。

果然，陆斯衍自信满满地回答：“起好了。”

“叫什么？”

“陆思茴。”

温茴本来扬着的嘴角一瞬间抿直了：“你再说一遍？”

陆斯衍：“那……陆思温？陆念温？陆温？……”

这些个名字“土”得不能再“土”了。

当晚，温茴毫不留情地把陆斯衍赶到了门外。

最后还是温茴起的名字，叫陆羡阳。

陆斯衍当然没意见，也不敢有意见，毕竟他是连“陆温”这种随便的名字都能起出来的人。

名字定下后又过了一个月，温茴瞧见陆斯衍在哄宝宝睡觉的时候，露出了那种疑惑不解的表情。

——这已经不是第一次了。

温茴悄悄地在微信群里吐槽。

hui：家人们，为什么陆斯衍每次抱着孩子的时候，都是一副想不通的表情？

小陆：会不会是更年期提前了？

温茴惊呆了：那也太提前了吧？

姑嫂俩就这个问题讨论了好一会儿，三人群里的最后一个人才姗姗来迟。

钟庆虹发了张照片过来。

小钟：把这个拿给小四看。

温茴定睛看了几秒：妈，这是……

她觉得照片里的宝宝像陆羡阳，但陆羡阳好像没穿过这件带牡丹花的衣服。

钟庆虹是语不惊人死不休：这是你的老公啊！

温茴沉默了，把照片放到最大，又扭头看了一眼一旁睡得正沉的陆羡阳。

两个婴儿长得一样，但又不完全一样。

温茴把照片转发给了陆斯衍。

很快，对方回了消息过来：好丑。

L：我说衣服。

温茴试探地问道：那人呢？

hui：眼熟吗？

温茴根本不给他回答的机会，立刻发消息：这是你啊！

过了好几分钟，陆斯衍才小心翼翼地问了句：真的是我吗？

陆斯衍是否相信温茴的话，温茴不知道，反正自那天起他再也没有疑惑不解过。

——大概是他想通了。

很久很久以后，温茴偶然和钟庆虹又提到这件事，钟庆虹叹了口气：“小四刚出生的时候，老陆也是整天一副‘我这么英俊潇洒，怎么可能生出一个煤球’的表情。”

番外四

爸爸妈妈都不在的一天

“男大十八变”，陆羡阳越长越好看。

三岁的时候，小包子脱胎换骨，小脸肉嘟嘟的，皮肤光滑水嫩，像剥了壳的水煮蛋。

温茴每天都要捏捏他的脸，晚上恨不得将他抱在怀里一起睡，可惜陆斯衍不同意。

这人小气得很，从宝宝会翻身开始就找人定做了一张婴儿床。

宝宝的三岁生日一过，隔壁的儿童房也装修好了。

陆斯衍一心想把儿子赶出卧室去，隔三岔五地就要在陆羡阳耳边念叨：“宝贝，你自己睡好不好？”

他居然还会叫别人“宝贝”。

温茴第一次听到的时候惊呆了，后来习惯之后就明白了：陆斯衍叫陆羡阳“宝贝”，下一句绝对不是什么好话。

陆羡阳开始不懂“自己睡”意味着什么，轻而易举地就被亲爹一个奥特曼、一根棒棒糖连哄带骗地赶到了隔壁房间。

等房门关上，玩腻了奥特曼、吃完了棒棒糖的陆羡阳反应过来，踩着小拖鞋一溜烟地冲了出去。

于是刚抱着娇妻准备说情话的陆斯衍被一阵敲门声打断，门外的人用小奶音软绵绵地控诉着：“妈妈，爸爸把我赶出来了！”

后来，陆羡阳被骗的次数多了，奥特曼和棒棒糖就不奏效了。

陆斯衍在带他逛了三家玩具店无果后，渐渐放弃了挣扎。

直到陆羡阳上了幼儿园大班——

陆斯衍和温茴的演艺事业没有停滞，只不过比起之前挑剧本的眼光更严苛了些，他们一年只会接一两部戏，陪孩子的时间还算多。

某日，陆斯衍早早从片场收工，直奔儿子所在的幼儿园。

按照以往的习惯，陆羡阳一般不会在幼儿园里吃晚饭，所以每天他都是第一个冲出校门的。

但这次例外，陆斯衍在校外等了足足半个小时，小家伙才背着书包委屈巴巴地出来了，跟个受气包一样。

陆斯衍微微皱起了眉，来不及细问，陆羡阳脚步一顿，转头看了一眼门口。

几秒后，一个扎着双马尾的小姑娘迈着碎步出来，陆羡阳就乐颠颠地凑了上去。

隔着几米的距离，被自家儿子忽视的陆斯衍听到儿子说："嘿，我叫陆羡阳……羡慕的'羡'，阳光的'阳'。"这是温茴教他的。

儿子长大了。

陆斯衍颇有一种"吾家有儿初长成"的感慨，然后就看到陆羡阳伸出手，指着不远处的男人问："这是你爸爸吗？长得真帅！"还知道拍马屁了。

然而，下一秒——

"比我爸爸帅多了。"

一直没说话的小女孩转了转眼睛，直勾勾地盯着面无表情的陆斯衍，总算开了口："那是你爸爸吗？"

陆羡阳愣了愣，在看到陆斯衍的一瞬间瞳孔微缩，惊慌得像是见了鬼一样。

他猛地摇了摇头，否认道："当然不是！"小家伙试图挽回局面，"我爸爸哪有这么帅？！"

回家后，陆羡阳笑眯眯地问："爸爸，你生气了吗？"

陆斯衍连眼皮都没抬一下："没有。"

他明明就是生气了，小气鬼！

陆羡阳在心里犯嘀咕，撇了撇嘴说道："你平时对我妈咪可不是这样的！"

陆斯衍瞥了他一眼："你妈咪可没说过别人比我帅。"

"她又不想换了你……"

“那你想换了我？”

姜到底还是老的辣。

陆羡阳忙转移话题道：“爸爸，黎黎好看吗？”

黎黎是今天在幼儿园碰到的小姑娘。

陆斯衍把作业本合上：“人家比你小两个月，都不和爸爸妈妈一起睡了。”

本想转移话题的陆羡阳，立刻被陆斯衍牵着鼻子走了：“真的吗？”

陆斯衍：“你们出校门前，我跟她的爸爸聊天了。”

事实上，双方并没有任何交流。

眼看小家伙眼神松动，陆斯衍再接再厉道：“宝贝，你长大了，已经是个男子汉了。”陆斯衍难得慈爱了一回，“晚上还要跟爸爸妈妈一起睡吗？”

才上幼儿园，连“男子汉”几个字都不认识的陆羡阳，很有骨气地摇了摇头。

陆羡阳相比于其他小朋友还算是听话的，但毕竟是小孩子，难免会有叛逆期。

他不听话的时候，陆斯衍就罚他站在墙边背课文。

有一次陆羡阳一心想看动画片，缩在墙角探头探脑，他的心思不在这里，二十个字不到的《咏鹅》，说了三个“鹅”后就再没了声。

陆斯衍皱起了眉。他并不算是一个严父，平时父子之间的关系也很和谐，但陆羡阳就是怕他皱眉。

这是与生俱来的，像是老鼠怕见猫一样，是一种天性。

小家伙觉得委屈极了，情绪来得极快，眼眶里瞬间就包了一团泪。

而后又想起黎黎因为是个女孩，全家人都把她捧在手里怕摔了，陆羡阳跺了跺脚，甩下一句“等着”后，气鼓鼓地回房间锁上了门。

留下陆斯衍一脸茫然——他明明还什么都没说呢！

两分钟过去了，陆羡阳还没有出来。陆斯衍的表情逐渐从茫然转为无措，最后他急得在门口打起了转：“宝贝，爸爸带你去吃冰激凌好不好？”

没有人回答，陆斯衍转了又转，等转到第三圈的时候，咔嗒一声，门被打开了。

不等他说话，一个粉色团子飞快地冲了出来。

陆羡阳局促害羞地站到了陆斯衍面前，捏着嗓子说：“爸爸，你现在还忍心罚我吗？”

小孩子说话奶声奶气的，陆斯衍的眼皮跳了下，视线从自家儿子的白色小皮鞋上移开，再到白色花边袜子、粉红色的蓬蓬公主裙……陆斯衍再往上看，不知道陆羡阳从哪个芭比娃娃的头上薅下了假发，戴在了自己的头上。

先前孩子还没出生时他们买的东西，这回倒是用上了。

陆斯衍一时不知道是应该庆幸东西没白买，还是应该为小家伙这奇怪到诡异的操作而郁闷。

他盯着陆羡阳看了足足一分钟，然后意外地发现陆羡阳穿成这样的时候，身上有了更多温茴小时候的影子。

之前陆斯衍罚儿子做算术、背书的时候，温茴就问过他如果是女儿犯错会怎么样。陆斯衍也不知道，但总觉得对着缩小版的温茴，他应该生不起气来。

陆斯衍突然就想明白了，脸上的表情柔和许多。他蹲下身来，把手放在陆羡阳戴着光滑假发的小脑袋上：“爸爸带你去吃冰激凌。”

这回轮到陆羡阳害怕了。他虽然年纪小，但也明白事出反常必有妖的道理，立刻贴紧了墙角，把刚才还没背完的《咏鹅》一口气全喊了出来——

“鹅鹅鹅，曲项向天歌。白毛浮绿水，红掌拨清波！”

自打《咏鹅》事件过后，陆家父子的关系就发生了质变。

温茴是第一个发现的，以前陆羡阳很黏她，每次她去片场拍戏之前他都舍不得妈妈走，恨不得变成一个挂件跟着她一起出门；但现在不一样了，温茴出门前和他说“妈妈走了”的时候，小家伙会很乖巧地回一句“妈妈再见”。

往往这时候，陆斯衍也会温柔地回应她：“老婆再见！”

家庭和睦，父慈子孝，看起来好像没什么问题，但温茴就是觉得不对劲。

有一次她收工早，特地没告诉陆斯衍会早点儿回家，本来是想给父子俩一个惊喜的，结果蹑手蹑脚地把门打开之后，她整个人都蒙了。

客厅里还放着电视，声音轻而易举地盖过了她的脚步声，她已经站到了沙发后面。

陆斯衍还没发现她，戴着副眼镜在翻阅杂志。而靠在他旁边的穿着碎花娃娃裙的金发小女孩，温茴看了好几分钟才确认这是她的亲儿子。

陆羡阳大概是被她盯得久了，慢吞吞地把视线从动画片上移开，扭头望过来。

四目相对，陆羡阳直接从沙发上跳了起来："妈……妈妈！"

陆斯衍反应快，条件反射地想遮住儿子，温茴说话了："你们背着我在干什么？"

父子俩沉默了，陆羡阳开口问道："妈妈，好看吗？"

"好……"不对，这是好不好看的问题吗？

陆羡阳掀了掀裙子，坦白从宽："裙子比裤子好看多了，爸爸对我说话都比以前温柔了呢！"

"而且……"陆羡阳笑弯了一双桃花眼，"穿上裙子，我就可以和黎黎做好朋友了！"

温茴有些头疼，儿子从小就乖巧，她几乎一句重话都没对他说过，这次自然也不可能骂人。

她叹了口气，算了，孩子现在年纪小，他喜欢裙子就先穿着吧。

温茴掏出手机，点开相机对准父子俩："三、二、一，茄子——"

那时候的陆羡阳还不知道，这声听起来轻松愉悦的"茄子"，会成为他懂事以后最大的童年阴影。

陆羡阳并没有穿过几次小裙子，等到幼儿园毕业以后，就再也没说过"裙子比裤子好看"这句话。

即将升入小学的那年夏天，一档家喻户晓的综艺节目《爸爸和我的一天》发来了邀约，夫妇俩没有带孩子上综艺节目的想法，看了一眼合同就放到了床头柜的抽屉里。

没过几天，陆羡阳翻箱倒柜地找玩具的时候意外发现了这份合同，他认识的字不算多，一边翻看温茴之前买的新华字典，一边试图理解合同的内容。

最后对内容理解无果，但好在合同标题他看得懂，他攥着合同气冲冲地冲出了房间："我是不会同意的！"

笑话，他同意了的话，全班同学都得知他的爸爸妈妈是大明星的话，以后八成要绕着他走。他好不容易才和黎黎搞好关系，眼看着就要被毁了，陆羡阳又气又急。

陆斯衍和温茴都很茫然，陆羡阳说：“为什么是《爸爸和我的一天》？！”小家伙嚷嚷着不知道从哪里学来的话，“妈妈什么时候才能站起来？！”

陆羡阳越长大话就越多，他抓着合同的几页纸，根本不给爸爸妈妈回话的机会：“我不会参加的，除非是《妈妈和我的一天》！”

两年后，《妈妈和我的一天》节目组向他们发来邀约。

陆羡阳坐地不起，眼神幽怨地说道：“你们不觉得在这个家里，我才是那个‘站不起来’的人吗？”

温茴和陆斯衍问儿子：“那你想怎么办？”

“我要参加——”陆羡阳一本正经道，“《爸爸妈妈都不在的一天》。”